美好如期而至

杨术玲 著

北方联合出版传媒（集团）股份有限公司
春风文艺出版社
·沈阳·

图书在版编目（CIP）数据

美好如期而至 / 杨术玲著. — 沈阳：春风文艺出
版社，2023.5（2023.8重印）
ISBN 978 - 7 - 5313 - 6408 - 5

Ⅰ. ①美… Ⅱ. ①杨… Ⅲ. ①新闻采访 — 作品集 — 中
国 — 当代 Ⅳ. ①I253

中国国家版本馆 CIP 数据核字（2023）第 030071 号

北方联合出版传媒（集团）股份有限公司
春风文艺出版社出版发行
沈阳市和平区十一纬路25号　邮编：110003
永清县晔盛亚胶印有限公司印刷

责任编辑：张天斯		助理编辑：李朝科	
责任校对：陈　杰		幅面尺寸：155mm × 230mm	
字　　数：452千字		印　　张：27.5	
版　　次：2023年5月第1版		印　　次：2023年8月第2次	
书　　号：ISBN 978-7-5313-6408-5		定　　价：68.00元	

序 言

乍看书名，可能会以为这是一本散文集。可当你翻开它，就会发现这是一篇人物鲜活、富有感召力和感染力，践行习近平新时代中国特色社会主义思想，落实党中央关于解决"三农"问题政策的第一书记和扶贫干部追求人生价值的报告文学。可以说，这是富有人生启迪、催人奋进、净化思想、洗涤心灵的一本书。

本书通篇采用散文式新闻、新闻性散文的写作模式，语言朴实无华，情感真挚细腻，事例催人奋进、感人肺腑。它真实记录了贫困乡村脱贫致富的过程，讲述了一大批活跃在脱贫攻坚一线的普通党员干部带领村民摆脱贫困的感人事迹，展现了精准扶贫政策背景下，共产党人践行初心使命的责任担当、大爱情怀与崇高品格。

置身书中，你能感受到这些默默无闻、甘愿奉献的第一书记和扶贫干部，如同一颗颗闪闪发亮的星星，分布在偏远山村的夜空，散发着光芒，输送着温暖。

这些小星星，像一株向日葵——一株芳香馥郁的太阳花，永远向着太阳；这些小星星，像一杯酒——一杯浓郁醇厚的人间琼浆，喝了香甜醉人；这些小星星，像一首歌——一首催人奋进的时代进行曲，听了历久弥新，使人不由得想起唐代诗人罗隐的"采得百花成蜜后，为谁辛苦为谁甜"。

这些长期奋斗在基层一线的党员干部，不就是一群"小蜜蜂"吗？

经历三次生死的扶贫党员、干部，依然带病像小蜜蜂一样辛勤为贫困户"酿蜜"；在与病魔顽强的抗争中，仍不忘慈善公益事业，不忘扶贫济困；做了一场大手术躺在病床上，心里却依然在惦念村里的工作；撇下18个月大的孩子，只身为偏远山村产业发展送来希望……

一枝一叶总关情。他们把群众的疾苦当成自己的心结，把群众的幸福视为自己的幸福，克服自身及家庭困难，毅然奔赴偏远贫困山区，与乡亲们同吃同住同劳作，参与基层党建并见证脱贫攻坚这一人类减贫史上的壮举。

脚下有多少泥土，心中就有多少真情。工作中，他们渴了，就在路边的水井捧一口水解渴；饿了，就拿出包里的面包充饥；累了，就在路边的石凳上歇一歇。他们个个身上散发出浓郁的乡村泥土气息，在奔向第二个百年奋斗目标的长征路上，奔跑出属于党、人民和自己的美丽身姿。

尝鼎一脔，窥豹一斑。透过书中描述的第一书记、扶贫工作队、乡村带头人、企业家朴实、担当、奉献的事迹，可以看到辽宁广大党员干部践行使命担当的缩影，他们是全国众多第一书记和驻村干部的真实写照和大爱情怀的集中体现。

习近平总书记说，一代人有一代人的长征路，每一代人都应该走好自己的长征路。加强农村基层党建和精准扶贫就是驻村干部新时代的长征路。面对新任务、新使命、新征程，辽宁广大驻村干部一定能够一如既往、慎终如始地奋战在新时代的长征路上，为农业、农村和农民的全面升级、发展和康裕带来更多的实惠。

我坚信，辽宁的全面振兴、全方位振兴，也一定如同这本书的名字一样——美好如期而至。

目　录

全力以赴

共赴美好

引领发展

全力以赴

辽宁省农业
农村厅扶贫工作队

　　2018年，扶贫工作队带领鲁家荒村逐步加强基础设施建设，科学规划美丽乡村，增强了乡村自我发展能力和可持续发展的基础。以党建促进脱贫攻坚，以"蛋鸡养殖利润保险项目"为乡村产业保驾护航，创新消费扶贫模式，打造"扶贫+公益"基金，多种产业齐头并进加快乡村振兴步伐，在脱贫攻坚的基础上进一步向快速、高质量、可持续发展迈进。

发挥金融手段　打赢脱贫攻坚阻击战

——记辽宁省农业农村厅驻阜新蒙古族自治县
富荣镇鲁家荒村扶贫工作队

小康不小康，关键看老乡。习近平总书记在决战决胜脱贫攻坚座谈会上为2020年脱贫工作进行再部署、再动员、再落实，各地吹响总攻号角，拉开夺取脱贫胜利的伟大序幕。

2014年7月，辽宁省农业农村厅第一支扶贫工作队派驻到鲁家荒村。几年来，扶贫工作队充分发挥行业优势和专业优势，举全厅之力推进扶贫工作，努力践行"不脱贫不脱钩"的承诺，帮助鲁家荒村摘掉贫穷落后的帽子。第二支扶贫工作队在赵刚队长的带领下于2019年3月继续驻村帮扶。赵刚、鲁旭鹏、闫明三位年轻的扶贫干部有思想、有激情、有能力，充分利用自身优势不断探索精准扶贫新模式、新路径，创新实行金融"组合拳"，为涉农企业融资解困、规避风险、增收致富，探索助力乡村振兴的特色道路。

党建促进脱贫攻坚　干部群众凝心聚力

鲁家荒村总面积8平方公里，耕地面积5290亩，以种植玉米为主；现有村民386户1198人，外出务工人员200人，建档立卡贫困户46户93人。赵刚队长带领队员挨家挨户走访，了解到贫困户致贫主要原因有生病、上学、身体残疾、缺乏劳动力、缺技术等。

如何让这46户贫困户尽快消除贫困，实现共同富裕？送钱送物，不如有个好支部。为彻底改变"党建无阵地、工作无场所"的状况，省农业农村厅筹措50余万元，新建了448平方米的新村部，并配备了办公桌椅、电脑、培训桌椅和大量"三农"图书，使村部融办公室、会议室、培训室、文化室、卫生室于一体。2020年，省农业农村厅又争取资金3万元对村部和党建宣传展板进行维修和改建。

工作队积极筹措资金，为鲁家荒村购置了价值13万余元的45盏路灯，彻底解决了乡村夜晚一眼黑的状况。他们还结合农村能源生物质采暖炉项目，为全村安装了近300台采暖炉，让村民的冬天暖起来、清洁起来。

为让每个建档立卡贫困户都有一个脱贫项目，实现精准扶贫，省农业农村厅领导全部带头帮扶，所有基层党组织全部参与，与全村46户建档立卡贫困户全部建立了"结对帮扶"关系，全面开展了入户"一对一"帮扶，因户施策研究产业扶贫措施，帮助贫困户解决生产生活困难问题，并对部分贫困户专门进行了重点帮扶。5月20日开始，根据省农业农村厅党组安排，机关党委组织20个基层党支部陆续进村开展帮扶活动，有的为建档立卡贫困户送去了米面油等生活用品，有的送去了慰问金，还有的为建档立卡户对接了扶贫项目。

省厅机关党委还在鲁家荒村建设了"振兴林"。为村集体经济添砖加瓦的同时，给村内青年提供了向省厅领导接触学习并且建立联系的机会，省厅老中青三代优秀代表参加活动，实现了树树、树人、树志的"三树"目标。

工作队始终坚持加强基层党组织建设，发挥党支部在政治、经济、文化以及生态发展等方面的多项功能。严格落实"三会一课"制度，积极开展党员主题活动日，不断增强党员的理想信念，提升党员的党性修养。在镇党委的正确指导下，基层组织建设得到不断完善和加强。此外，驻村工作队还积极参与整理村部党建文件档案、会议记录、上报学习情况报告等，代表阜新县接受省委第九巡视组检查，受到了领导一致好评。

工作队除了参与森林防火、扶贫拉练、土地确权、白色垃圾清理、退役军人家中悬挂光荣牌等日常工作外，还积极发展年轻新党员2名，加强党组织的梯队建设，培养村两委班子后备力量。工作队还协助镇党委扎实有效推进村党组织书记和村委会主任"一肩挑"工作，顺利推举出该村致富能人担任村的"领头雁"。

工作队以"不忘初心、牢记使命，为新时代党的脱贫攻坚使命努力奋斗"为主题，给村里全体党员上党课，开展主题教育，培训党员干部共计200余人次。工作队组织村民积极参加全镇举办的文化艺术节和全镇广场舞大赛，强身健体的同时也拉近了群众与党的距离。

"蛋鸡养殖利润保险项目"为乡村产业保驾护航

鲁家荒村的阜兴蛋品场，是具有20多年历史的蛋品收购企业。日交易量在30吨左右，蛋品远销福建等南方省份。赵刚队长在与企业负责人王树武交流的过程中，了解到蛋鸡养殖利润波动剧烈，具有明显的周期性，存在很大的投资风险与发展困境。

赵刚通过自己对金融知识的了解及工作经验，一个大胆的金融扶贫创新方案在脑子里逐步成形。工作队与村"两委"班子仔细探讨实施方案与细节。首先成立了以村支部书记赵建牵头的建兴养鸡合作社，将阜兴蛋品场和46户建档立卡户纳入合作社里，为阜兴蛋品场寻找新的发展空间，也保障了贫困户每年都有稳定收益。

金融助农方案确定后，扶贫工作队的三位干部分别对接各个金融机构。赵刚队长说："辽宁省是全国第四大蛋品生产省份，鸡蛋产业优势明显，我们申请进入大连商品期货交易所鸡蛋交割库，一旦申请成功，全世界都可以通过期货市场交易他们的蛋品，不但能辅助企业成为地区行业龙头，给当地带来就业和税收，给企业带来稳定的经济效益，还能增强辽宁蛋品相关企业在行业内的话语权和定价权，助力辽宁牧业发展，最关键的是还有促进省内农牧企业管理现货经营风险和库存风险的能力，对于企业本身和整个现代农牧企业生存发展至关重要。"

在省农业农村厅组织领导下，在富荣镇党委政府的大力支持下，赵刚队长先后与中华保险辽宁分公司、华融融达期货公司、辽宁省农业信贷融资担保有限责任公司和邮储银行多次协商，辽宁省首个"蛋鸡养殖利润保险扶贫项目"成功落地，为建兴养鸡专业合作社及鲁家荒村46户建档立卡贫困户的近45万只蛋鸡（2400吨鸡蛋）提供共计960万元的风险保障，规避了蛋鸡养殖亏损、鸡只死亡、鸡舍自然灾害和人身意外伤亡等风险。

蛋鸡养殖利润保险是结合当地养殖户的需求，在鸡蛋价格保险的基础上通过鸡蛋、玉米、豆粕三个大商所期货品种的期货价格组合设计的保障养殖利润的保险产品。原理是根据计算生产每吨鸡蛋需要消耗的饲料数量，鸡蛋价格和饲料成本是养殖户收益的重要因素，同时对二者进行风险管理对养殖户要求太高，而根据二者投入产出关系进行数量配比，即可形成蛋鸡养殖利润的基本计算方法。

项目在2020年"大商所农民收入保障计划"中备案，其最大优势在于实现了对养殖户最终整体利润的保障，既非单纯保障鸡蛋的价格，也非单纯保障鸡饲料价格，而是保障产出鸡蛋价格与原料价格的价差。养殖户实际利润低于目标利润时获得赔付，稳定生产经营。鸡蛋养殖利润保险产品通过保险+期货的模式，为鸡蛋养殖户间接利用期货市场规避市场风险、保障养殖利润提供一种全新的解决方案。同时，辽宁省农业信贷融资担保有限责任公司为养殖户提供融资担保，邮储银行提供低息贷款，为养殖户提供生产资金支持。

2020年9月16日，第一期理赔仪式在阜新县富荣镇鲁家荒村举行，共获得保险理赔24万元，每户建档立卡户受益280元。通过蛋鸡养殖利润保险项目开展扶贫是一种畜牧产业扶贫模式创新，以蛋鸡养殖利润保险为基础的综合金融支农模式将进一步提高蛋鸡养殖户生产积极性，稳定蛋鸡产业链，同时通过养殖利润保险助力当地扶贫企业稳定生产。

创新消费扶贫模式　打造"扶贫+公益"基金

鲁家荒村的建兴养鸡合作社在鸡蛋流通方面具有较大优势，是阜新地区最大的蛋品贸易商，有230个专业蛋鸡养殖场户社员，分布于阜新市东梁、招束沟、建设、富荣、国华、大板6个乡镇，锦州市新立屯、英城子、无梁殿、太和4个乡镇。下游客户包括鲜蛋经销商、食品加工厂、蛋粉厂等，主要分布于辽宁、福建、浙江、广东、上海、山东等地。该合作社带动了当地蛋鸡产业发展，是扶贫攻坚的中坚力量，现在承担着两个贫困村的精准扶贫和村集体经济振兴重任，涉及建档立卡户126户258人。

赵刚队长决定充分发挥建兴养鸡合作社的平台和优势，他积极协调合作社与辽勤集团建立了紧密的供需关系，每年预计提供2.5万余公斤鸡蛋。经镇党委、驻村工作队与蛋品合作社沟通，设立了"扶贫+公益"基金，镇党委、驻村工作队负责宣传推销，蛋品合作社每销售1斤鸡蛋将计提0.15—0.25元存于基金中，年底统一用于建档立卡户。基金2020年用于脱贫攻坚，2021年以后将用于鲁家荒村的公益事业。

在繁荣的网络经济下，为了适应鸡蛋产业的发展形势，赵刚队长带领建兴养鸡专业合作社研究新的利润增加点——生产初乳麻酱蛋，这个鸡蛋口感好、利润高，还注册了商标，产品销售供不应求。与合作社传统的鲜鸡蛋大宗批发形成高低配。富荣镇党委书记郝建华评价，赵刚这个"鸡蛋书记"当得好，省农业农村厅扶贫工作队这本"鸡蛋经"念得好！

多种产业齐头并进　加快乡村振兴步伐

省农业农村厅始终支持、帮扶村里搞设施农业，推进冷棚葡萄种植，动员组建了鹏翔冷棚葡萄种植专业合作社。几年来，省、市累计投入和协调资金274万元，用于发展葡萄生产、冷棚小区建设等，省农委投入50万元，用于风灾后的冷棚维修。落实国家园艺作物标准化创建资金50万元，支持冷棚葡萄生产。目前，鲁家荒村冷棚葡萄产业稳步发展，冷棚葡萄每年收益可达200万余元，已经成为鲁家荒村主导产业之一。

张少红是最早一批种植冷棚葡萄的村民，他不断学习，勇于创新，在工作队的帮扶下，每年都有很好的收益。但是一场风灾，让他家的几个大棚都受到不同程度的损失，扶贫工作队与种植户共同抗风防灾，想尽一切办法让种植户的损失降低到最小，他们积极协调省农村农业厅和镇党委为种植户提供资金、产品和科技帮扶。

　　张少红说："今年我选择新品种金葫娃，品种好，价格高，是我种植葡萄以来的历史最高价，今年能有20万元的收入，有工作队在我们村，我们种植户有靠山了。"

　　工作队聘请省厅著名果树专家来现场指导，邀请辽宁电视台黑土地栏目组和省厅金农热线做宣传，积极协助葡萄种植专业合作社销售葡萄。今年，协助销售葡萄5万余公斤，果农的收益不仅没有受到疫情影响，反而明显高于往年，生产热情高涨。为了帮助果农扩建种植小区和调整效益优势品种，工作队已经为村里果农联系好了每户最高20万元的三年无息贷款，对接了两个设施农业扶持政策，鲁家荒村葡萄香气越来越浓，越飘越远了。

　　围绕实施乡村振兴战略总体要求，坚持绿色引领，转变发展方式，减少化肥投入，提高肥料利用效率，今年工作队在鲁家荒村冷棚葡萄产区示范开展果蔬有机肥化肥减量增效项目，该项目集成创新、推广应用技术模式，为全县建设一批化肥减量技术服务示范基地，对鲁家荒村葡萄大棚总投资6.1万元，示范面积110亩，累计受益11户。

　　5月份，驻村工作队协调省畜牧业发展中心在鲁家荒村开展辽育白牛选育工作。该项目向养殖户免费提供配种、技术培训、饲料等服务，此次项目共涉及39户的58头白牛，同时每头白牛给予补助500元。同时，帮助养殖大户协调贷款扩大养殖规模等系列措施，使农户养一头牛多挣2000元，帮助其脱贫增收。

桑港树莓酒厂于2016年在鲁家荒村建成并投产，流转农民土地1000亩，雇用当地农民用工，仅这两项每年就为鲁家荒村带来60余万元的收入。工作队经过调研，了解到树莓饮料有市场前景，于是积极协助桑港树莓酒厂重组转型，为其对接了沈阳的一家企业，双方已经多次深入商谈，最终签订了合作重组合同。转型生产树莓冻干果和树莓粉，冲水即可还原型树莓果汁。目前，正在申请省农村农业厅乡村振兴产业发展项目资金200万元，用于购置设备，作为村集体经济入股，每年定额分红。

推进基础设施建设　打造美丽示范乡村

鲁家荒村消除贫困，改善民生，但尚未实现共同富裕，摆脱贫困如果只是意味着"两不愁三保障"，就只是满足了农民最基本的生产和生活需求，是较低水平的小康。人民对美好生活的向往，就是工作队的奋斗目标。

驻村工作队驻村以来，多方联系，争取财政资金及社会资金，大力开展鲁家荒村基础设施建设。在省厅领导的大力支持下，扶贫工作队带领鲁家荒村"两委"班子，积极争取到2020年辽宁省美丽示范村创建项目，项目预计投资50万元，加强基础设施建设，美化村容村貌，提高村民幸福感和获得感。

驻村工作队全面深入推进"绿水青山就是金山银山"的发展理念，加快乡村绿化，促进提升村容村貌，顺利申报了国家森林乡村建设项目和500亩草原人工种草项目，项目预计投资62万元，努力实现经济效益和生态效益双赢。

鲁家荒村逐步加强基础设施建设和科学规划美丽乡村建设，增强了乡村自我发展能力和可持续发展的基础，包括水、电、路、气、网等基础设施，政务、医院、学校、文化、娱乐等公共服务，以及乡村产业等，鲁家荒村在脱贫攻坚的基础上进一步向快速、高质量、可持续发展迈进。

辽宁省委
老干部局扶贫工作队

    2021年8月，省老干部教育活动中心李庆双、齐慧娟、韩晴三名同志，来到抚顺市新宾满族自治县红庙子乡老戏场村开展驻村工作。工作队考察发现，村民自种的"稻花香"大米口感好、品质佳，但是却面临着销售困境。工作队与村"两委"第一时间办理了《食品经营许可证》和《食品生产加工小作坊许可证》，精心制作大米外包装图文，购买封装用具，拍摄宣传视频，广发朋友圈宣传，2个月内，大米远销17个省份，销售额达24万余元，帮助村内闲置劳动力20余人，人均增收500元。工作队成立了老戏场村微信公众号、抖音、快手、拼多多账号，用心做好家乡自媒体。

扎根乡村打通村民"致富路"

——记辽宁省委老干部局驻新宾满族自治县
红庙子乡老戏场村工作队

"才一个多月，就把我们的大米卖出去好几万斤！我们的腰包鼓了，真心感谢咱们驻村工作队！"在抚顺市新宾满族自治县红庙子乡老戏场村，提起驻村工作队，乡亲们赞不绝口。

离村民近了，心就打开了。每天早上9点，驻村工作队队长李庆双带着面包和水瓶，打包好一天的饭菜来到大棚，和村民一道准时开启"田间作业"。队员齐慧娟和韩晴发挥文艺特长，组织村民跳广场舞，拍短视频，田间地头、挥锹劳作、种树栽果等劳作场景，被编成一个个富有舞蹈元素的"节目"，村民们不仅会精心"捯饬"一番，视频评论区也经常热闹非凡。她们把村部当成自己的家，每天忙里忙外，村民有个大事小情的都愿意找她们聊聊，邻里之间有点矛盾愿意找她们调解。村部成了村民最喜欢待的地方，工作队来了后，村里热闹了，村民和谐了。

把暖心的事办到村民心坎上。8年来，省委老干部局先后选派7批17名驻村工作队员在新宾满族自治县红庙子乡老戏场村开展扶贫工作，为老戏场村协调和投入资金、物资折合人民币达455万元。通过一系列基础设施改造和建设，老戏场村的村部、图书室、卫生室、理发室、文化广场、村内道路、排水沟、护村河堤、水渠、路灯、绿化等得到重新修建。老戏场村彻底改变了外部环境脏乱差、村内道路凹凸不平、村委会办公条件简陋等实际问题，从根本上改变村容村貌，老戏场村美了，村民笑了。

"授人以鱼，不如授人以渔。"帮助老戏场村脱贫致富，不仅要"输血"，更要"造血"。工作队先后协助村"两委"班子成立了"为你好山野菜种植合作社"，合作社采取党支部+合作社+贫困户+普通农户"四位一体"的新型模式,老干部局总投资80万元,以党支部为引领,合作社为根基,建立脱贫攻坚长效机制。现有67户村民和剩余的5户贫困户全部纳入合作社。为实现稳定脱贫,防止脱贫人口返贫,已脱贫的贫困户中21户已申请加入合作社。合作社以村民增收为前提,壮大集体经济为导向,实现资源充分利用,助力精准脱贫。

黑天白天连轴转,累并快乐着。队长李庆双白天劳作在他开辟的"党建实验田",晚上回到村部,继续坐在书桌前研究自行采购的100余种蔬菜种子。他的书桌就像一个"小卖部","柜台"上摆满了各种等待试种的种子——香蕉西葫芦、紫鸽胡萝卜、奶油黄瓜、黑钻小番茄……日记里密密麻麻地写满规划。李庆双经过考察,发现村民自种的大米具有市场潜力,工作队员挨家挨户筛选水稻,做质检、打包装、做宣传,使"稻花香"品牌大米远近闻名。

疫情"倒春寒"一般突然来袭,老戏场村温室暖棚绿色蔬菜丰收却运不出去,工作队队员就同村"两委"成员,与村民一起,每天清晨5点开始,到大棚采摘新鲜蔬菜,把每一盒蔬菜分拣整洁、细致打包,从月色消退到夕阳满天,一干就是一天。工作队队员白天走进田间地头质检装箱,晚上编辑视频、更新文章、设计包装,在各大自媒体和电商平台销售推广。

　　他们24小时坚守在客服一线上，策划秒杀活动、发布接龙信息、联系快递发单、一对一沟通服务……手机叮叮响声不断，数千斤新鲜蔬菜输送至沈城。"忙起来没有黑天白天，连轴转，真是累并快乐着！"面对采访，驻村工作队队员绽放着朴实的笑容。

　　老戏场村火了，村民看到自家种植的"稻花香"大米登上了辽视春晚，激动得合不拢嘴。随着老戏场村出镜率越来越高，在县里的修车店、乡里的羊汤馆、村部前面的小广场……只要提起驻村工作队，总能迎来十里八村的点赞。

　　村书记兰世伟说："老戏场村原来是空壳村，还有外债，年终考核全乡倒数第一，现在我们村在省委老干部局的帮扶下彻底大变样，还被县里评为优秀党支部和精品村，有工作队在，我们心里有底，有勇气、有信心、更有干劲。"

　　省委老干部局真情真心为民，办好事办实事，在"领头雁"的带领下，村民们思想愈来愈开放、致富道路愈走愈宽广，老戏场村的明天将越来越美好。

辽宁省交通建设
投资集团扶贫工作队

2016年4月，葫芦岛市南票区缸窑岭镇下五家子村被确定为辽宁省交通建设投资集团定点帮扶村。全村380户1250人，建档立卡贫困人口206户426人，硅肺病确诊患者160人，村集体无收入来源。辽宁省交通建设投资集团党委成立扶贫办，选派优秀干部组成扶贫工作队。经过工作队几年来的精准帮扶，下五家子村在基层党建、产业发展、基础设施、环境治理等方面都有强劲提升，极大激发了广大农民的积极性、主动性、创造性，激活乡村振兴的内生动力，有效提高了农民收入、自我发展能力和精神文化生活水平，加快推动乡村全面振兴。

强化使命担当　破解乡村发展难题

——记辽宁省交通建设投资集团派驻葫芦岛市南票区缸窑岭镇 下五家子村扶贫工作队

下五家子村的贫困程度超出了辽宁省交通建设投资集团领导的想象：全村380户1250人，建档立卡贫困人口206户426人，硅肺病确诊患者160人。全村耕地面积1217亩，人均耕地不足1亩，人均年收入仅为2000元左右，村集体无收入来源。村级党组织软弱涣散，全村18名党员，11名党员年龄在60岁以上，连续多年不发展党员，党员长期不过组织生活，青壮年多数到外地打工。全村仅有800米硬化路面，村民出行难、饮水难。

2016年4月，下五家子村被确定为省交投集团定点帮扶村。接到帮扶任务后，集团党委领导带领相关部门负责同志到下五家子村对接、现场踏勘、走访座谈、调研论证。集团党委成立扶贫办，选派优秀干部组成扶贫工作队，并由运营公司葫芦岛分公司赵国芳担任驻村工作队队长。

经过工作队几年来的精准帮扶，下五家子村在基层党建、产业发展、基础设施、环境治理等方面都有强劲提升，极大激发了广大农民的积极性、主动性、创造性，激活乡村振兴的内生动力，有效提高了农民收入、自我发展能力和精神文化生活水平，加快推动乡村全面振兴。

加强组织建设，致力培根铸魂

农村要想富，关键看支部。工作队驻村后，针对下五家子村党组织软弱涣散的情况，采取了一系列举措，经过两年多的时间，狠抓党建，狠抓队伍，使下五家子村由后进村变成先进村，还被评为全市脱贫攻坚先进村、优秀基层党支部。

赵国芳说："无论是脱贫攻坚，还是乡村振兴，党建是根本，只有把基层党组织打造成脱贫攻坚的领导核心和突击队，才能保证脱贫工作的连续性和有效性。"

抓党建就要抓融合，要把国家的政策与农村实际紧密融合。工作队在党员会议、村民代表大会、田间地头都会宣讲党的扶贫政策和村里的发展方向，只有把群众脱贫的志气和勇气鼓起来，才能激发群众脱贫的内生动力。

抓党建就要带队伍，火车跑得快要靠车头带。驻村工作队高度重视"主题党日活动""三会一课""两学一做"和党员远程教育工作，积极完善党建工作档案，促进党建工作规范化。工作队注重壮大党支部核心力量，近年来，年发展预备党员2名，累计推荐入党积极分子13名，全面改进党员培养长期停滞的局面。

抓党建就要树正气，党员干部的清风正气是乡村发展的基础。在村级重大事项决策中，工作队坚持按照"四议两公开"流程依规决策，把权力装进制度的笼子里。建立健全村务监督制度，选举成立村务监督委员会，全面参与村务、合作社监督管理。组建合作社，选举产生合作社理事、监事，起草通过合作社章程，签订扶贫资金三方监管协议。

工作队以党建促发展，扎实推进乡村振兴战略，为绘就村美民富人和的精彩画卷提供坚强组织保障。

扛起脱贫重任，建立帮扶机制

集团切实担当起国企社会责任，决心彻底改变下五家子村的贫困落后面貌，要让全体村民过上更加幸福的生活。集团召开党委会议，明确了集

团党委书记、董事长徐大庆负总责，党委副书记马拥军具体负责的帮扶工作领导小组。集团党委成立扶贫办，负责对接协调扶贫日常工作。

集团党委每年召开专题会议研究扶贫工作，每年安排专项资金用于驻村扶贫。创新扶贫资金使用机制，强化内部审计。为保证投入的专项扶贫资金安全、足额使用，发挥投入资金最大化效益，由集团、农业银行葫芦岛市南票支行及下五家子村签订资金三方监管协议，开设扶贫资金三方监管账户，三方相互制约，确保了资金使用的规范性和安全性，创新了扶贫资金使用机制。集团纪检部门、财务部门、扶贫工作部门联合定期对扶贫资金的使用情况，严格按照每年集团党委批复的扶贫资金使用计划进行内部审计，及时提出问题，在资金使用规范、财务建账方面进行改进和提高。

强化基础设施，改善生活条件

集团投资29万元完成全村各自然屯之间的路基改造；协调政府资金276万元，解决了13.6公里村道路面水泥铺装。2017年，投入6万元，对易水毁路段、两侧路肩进行了完善施工；投资16万元，安装钢护栏800米，对危险路段进行了改造，彻底消除了村民出行的安全隐患；投资4万元，对扶贫产业基地道路路基进行改造。

为彻底解决群众吃水难和养殖用水难问题，集团投资20万元，建设深水井5眼。对群众关心的河堤隐患问题，投入6.5万元，及时修复了50米危险河堤和水毁路面。先后投入15万元，内外维修村部，购置电脑、打印复印一体机、空调，为村部屋顶增设了彩钢盖，建立村级图书室，配齐村委会办公设施和村民活动设施。

为改善农村人居环境，协调资金20万元，绿化美化村级主干道；投入20万元，改造公共厕所，清理路侧生活垃圾，为全村4个自然屯安装太阳能路灯150盏，照亮了下五家子的夜空，照亮了全村老百姓的心。

发展特色产业，壮大集体经济

集团累计投入产业扶贫资金120万元，协调利用外部扶贫资金165万元，新建厂房1907平方米，改建租赁厂房500平方米，建成黑猪养殖、土鸡养殖、白酒加工3个扶贫产业项目。协调投入资金55万元，建成70千瓦光伏发电项目；协调10.5万元，建成100立方米恒温库。

工作队坚持村社合一，规范产业管理，组建了惠众养殖专业合作社，合作社以股份制模式组建，村集体占股20%，426名建档立卡贫困人口均是合作社股东，每人1股。2018年，扶贫产业实现营业总收入189.83万元，实现净利润14.94万元。2019年年初，受疫情影响，合作社300多头黑猪集中到了出栏期，3000多只鸡陆续产蛋，巨大的销售压力成了合作社经营的最大困难。

集团党委发动集团党员干部员工帮助解决销售困难，集团党员干部员工积极响应，踊跃购买农产品，累计购买价值158万余元农产品。2020年年底，黑猪养殖项目存栏母猪13头，饲养育肥猪250头，春节前集中出栏，实现产值120万元，净利润30万元；酒厂项目以承包方式经营，年租金15万元；光伏发电年净利润3万元；丰达新碳入股项目年净收入8万元。全村建档立卡贫困户通过特色产业人均增收1000元，全村人均年收入达10000元，村集体经济净收入可达10万元以上，全村建档立卡贫困人口全部实现稳定脱贫。

实施结对帮扶，开展教育资助

集团党委连续5年组织中层党员领导干部开展结对帮扶送温暖活动，共投入资金92.1万元。为每户送去了现金1000元、价值300元的米面油等生活必需品。组织集团全体员工开展捐助活动，捐助衣物、被褥共计4万件，折合资金20万元。联合郭明义爱心团队完成对全村建档立卡贫困户入户走访，精准确认了112户重点帮扶对象和帮扶措施，投入20.36万元，为比较困难的贫困户发放现金，购买羊、鸡或维修屋顶，精准帮扶。

集团累计投入教育专项帮扶资金18万元。其中，2017年资助全村159名在校学生和21名重点困难学生4.7万元；2018年开展"金秋助学"活动，资助全村9名大学新生按期入学。

集团党委组织机关党员于2019年9月7日在下五家子村开展"不忘初心、牢记使命"党员为民服务、助力精准扶贫、关爱贫困村在校生系列活动。集团领导和党员慰问了驻村扶贫工作队员，组织召开了"强党建，助力脱贫攻坚"座谈会。

2020年9月，集团党委持续落实扶贫与扶智相结合的帮扶政策，举办了关爱下五家子村在校学生表彰资助活动，为村里在校学生购买110套专用学习桌椅、书包、护眼灯，向全村学习成绩优秀的学生颁发了奖学金，向即将升入高中和考入高等院校的学生颁发了助学金。

5年来，省交投集团累计投入资金400万元，集团员工累计采购扶贫项目农产品180万元，协调扶贫资金1000万元，实施光伏发电、黑猪养殖、土鸡散养、白酒酿造等产业扶贫项目以及村部建设、道路整修、路灯安装、人畜饮水等基础设施和教育资助、爱心扶助、结对帮扶等帮扶举措。坚持以乡村建设行动为契机，加强乡村基础设施建设，深入实施农村人居环境整治，提升乡村公共服务水平，让乡村更加宜居、更加美丽，不断增强农民群众的获得感和幸福感。

5年来，集团驻村工作队的出色工作得到了下五家子村村民的认可。2021年5月，省委、省政府授予集团驻村工作队"辽宁省脱贫攻坚先进集体"荣誉称号。

中国工商银行
葫芦岛分行

　　认真履行金融机构职责，统筹疫情防控和金融支持相关事宜，第一时间组建专职信贷服务团队，及时掌握乡村振兴和企业发展的融资需求，为疫情下的乡村振兴和小微企业发展提供了有力的金融支撑。在绿色金融、惠农产品、惠企服务等方面不断创新服务理念，实施了专业化经营、差异化服务、精细化管理，推出了特色化产品，打造了一条公开透明、规范高效、互惠互利的信贷绿色通道，打通了服务乡村和小微企业的"最后一公里"，以金融力量切实履行好国有商业银行的社会责任。

金融"活水"助农兴企

——记中国工商银行葫芦岛分行

2020年年初以来，在新冠肺炎疫情突然暴发的复杂严峻形势下，中国工商银行葫芦岛分行不断提高政治站位，坚决贯彻落实葫芦岛市委、市政府关于助力企业抗击疫情、稳定企业生产经营的工作部署，积极发挥服务实体经济的金融主力军作用，履行金融机构职责，统筹疫情防控和金融支持相关事宜，第一时间组建专职信贷服务团队，及时掌握乡村振兴和企业发展的融资需求，为疫情下的乡村振兴和小微企业发展提供了有力的金融支撑。

创新绿色金融　开启助农兴企新篇章

绿色金融是金融业和环境产业的桥梁。发展绿色金融是实现绿色发展的重要"助推器"，也是打好污染防治攻坚战和落实"双碳"行动的重要保障。党的十九大报告也明确提出，要把"发展绿色金融"作为推进绿色发展的路径之一。为此，葫芦岛分行主动履行社会责任，坚守环保底线，积极践行绿色发展理念，将绿色发展理念融入发展战略，利用金融工具和相关政策为绿色发展服务，不断加大绿色信贷投放，推动多元化绿色金融产品创新，加快构建绿色银行。通过金融手段，全面提升绿色金融服务能力，不断开发助农兴企绿色金融品牌，助推经济社会全面绿色转型，用金融之笔书写好"碳"文章。

当前，社会资金进入乡村绿色产业的渠道依然不畅，农村绿色发展资金瓶颈问题依然突出，这在一定程度上也阻碍了乡村振兴的步伐。为此，葫芦岛分行注重加强资金引导，以国家绿色产业为政策导向，创新供给模式，引导社会资本向农村倾斜。通过对绿色金融资源的有效配置，推进农村生产

活动和小微企业逐渐转向绿色生产模式，促进农村绿色产业健康发展。

目前，在信贷业务全流程中，分行注重将环境与社会风险等评估融入投融资审批与管理的各个环节，全流程执行绿色环保一票否决制，确保融资企业必须符合地区环保、土地、安全等法律法规及监管要求，主动加强信贷环境风险防控，切实化解重点领域信贷环境风险，遵守生态保护红线、环境质量底线的硬性要求。

在绿色金融授信工作中，分行时刻关注客户金融需求，重点支持符合绿色信贷标准、环境风险低的"三农"、小微企业，积极支持绿色农业开发项目和节能环保项目，做大做强绿色金融。年初以来，分行成功为葫芦岛地区绿色新能源领域客户提供融资8.5亿元，为地区经济和绿色领域发展注入了强大动能。

创新惠农产品　实现乡村振兴新突破

金融在乡村振兴特别是巩固拓展脱贫攻坚成果中，发挥着重大作用。乡村振兴离不开金融的支撑。立足新发展阶段，葫芦岛分行注重把更多金融资源配置到乡村振兴的重点领域，让脱贫基础更加稳固、成效更可持续，更好地满足乡村振兴的金融需求。

2020年伊始，葫芦岛分行积极与企业合作，并与乡镇政府及村委会取得联系，了解贫困人口情况，通过多方共同商议，在当地扶贫部门的帮助下，由企业向建档立卡贫困户提供扶贫帮扶服务，签订《扶贫帮扶协议书》，实施"一对一"有效帮扶，金融扶贫工作取得了较好的效果。

今年，葫芦岛分行坚持把金融支持经济持续恢复和高质量发展紧密结合，持续加快"三农"客户拓展。通过对脱贫攻坚成果的巩固与涉农贷款的发放，全力支持县域经济发展，助力乡村振兴。

在"农担贷"的基础上，针对地区优势特色农产品"红崖子花生"的种植农户及加工企业，葫芦岛分行通过与省农担公司合作，在花生种植户、加工户交易、结算等数据基础上，建立客户筛选模型，为葫芦岛地区从事花生种植和加工的个人和企业，提供线上经营快贷业务（信用贷款）。这不仅创新了特色融资方案"花生快贷"，也为本地辽宁小粒花生产业集群开辟了新的融资途径。

"花生快贷"的实施，将有效发展农村数字普惠金融，并对当地花生的生产和加工提供有力支持，能有效促进当地经济持续快速恢复。

在金融活水精准浇灌下，目前，首笔特色场景"花生快贷"产品在绥中支行成功落地，为绥中县高台镇马路岭村士平花生专业合作社发放信用贷款190万元，有力地促进了乡村振兴。

"这笔贷款就是'及时雨'呀，不仅缓解了我们的资金压力，更畅通了乡亲们的致富路哇！"该合作社负责人握着支行负责人的手动情地说。

绥中县高台镇马路岭村士平花生专业合作社成立于2009年11月，属于辽宁小粒花生产业集群范围。年初以来，因该合作社购置色选机、空压机、电子秤等设备和增加加工白角（经过加工的带壳花生）生产线等原因，资金缺口极大，但由于缺乏有效抵押，一直未能得到银行资金支持。

为完善"花生快贷"融资方案，在葫芦岛分行开展

座谈过程中,该合作社提出了融资需求。为确保合作社在花生收购期前取得贷款支持,解决企业经营困境,分行迅速派出普惠专员上门对接,全程协助,仅用3天时间,就实现贷款投放。

该笔贷款的成功发放,不仅解决了合作社无抵押物难以取得资金支持的难题,也帮助合作社用最短的时间和最低的利率解决了资金短缺的问题,有效助力了合作社的发展。

围绕辽宁小粒花生产业集群内的1500余户种植户及300余家花生加工企业,分行将大力推进涉农贷款投放,将产品进行精准滴灌,服务好田间地头,充当乡村振兴和服务"三农"的排头兵,实现普惠金融的高质量发展。

创新惠企服务　助力小微企业新发展

为应对疫情的影响,葫芦岛分行注重引金融活水精准浇灌,不断强化金融供给,提升融资审批效率,全力支持重点领域、重点项目、重点客户的资金需求。对符合条件的小微企业,做到快速调查审批,加快放款流程,有力支持了企业复工、扩产的紧急资金需求,为地区经济发展注入源源不断的金融活水,开启了金融助农兴企的新篇章。

在服务小微企业发展过程中,葫芦岛分行对普惠客户实行名单制管理,制订"一对一"的综合金融服务方案,逐一明确项目责任人,有力有序推进分类分层分批支持复工复产,全力加大信贷支持力度,全力支持企业恢复产能和扩大生产,高效保障复工复产资金需求,稳固银企关系,扩大客户规模,提升金融综合服务能力。2021年,分行累计为6户企业共计2273.7万元贷款进行了展期、续贷,其中涵盖制造业、批发和零售业及交通运输业,有效地缓解了企业资金压力。

对受疫情影响暂时陷入困境的企业,不盲目抽贷、断贷、压贷,并通过展期、续贷等方式做好融资接续,协助企业战胜疫情灾害影响,从而实现持续经营。年初以来,分行为受疫情影响的3户企业办理展期1945万元,有效保障了企业安稳度过困难期。

2021年2月下旬,周强行长亲自带队,多次对接辖内重点防疫企业,为客户提供有速度、有力度、有温度的金融服务。依托线上和线下的服务

模式，不断加大对农村和小微企业的融资支持力度，最大限度地满足客户在特殊时期的全方位金融和非金融需求，为地区重点企业提供疫情支持贷款2000万元，彰显了工商银行的责任与担当。

2021年春节后，绥中地区突发疫情，这无疑导致了葫芦岛市经济下行，制造业、物流业等企业面临的形势复杂严峻。为抗击疫情，葫芦岛分行制定支持政策，加大普惠贷款投放力度，做好重点领域普惠金融服务。面对不同企业的复工需求给出适合的贷款方案，做到有条可依、灵活应用。 其中辽宁东戴河新区和陆重科有限公司为葫芦岛绥中支行融资客户，主要生产颚式破碎机、圆锥破碎机、自磨机等。2019年，和陆重科有限公司与该行建立信贷关系，办理了小企业流动资金贷款，今年3月贷款到期。和陆重科有限公司生产的机械设备无法运输，资金无法回流，导致企业短时间现金流紧张。

疫情发生后，葫芦岛分行从实际行动中落实普惠政策，本着特事特办的原则，对存量贷款客户及新准入客户，采取延长贷款还款时间、展期续贷等方式，加大对小微企业信贷支持力度，尽可能减轻企业负担，并成功为和陆重科有限公司办理贷款435万元，保障了企业度过困难期。

"有了市工行提供的435万元贷款，我们就不愁了，我们对未来的发展充满了希望。"该企业负责人说到动情处，竖起了大拇指。

年初以来，葫芦岛分行通过为对建档立卡贫困人口具有扶贫带动和服务作用的企业发放贷款的形式，深入开展金融扶贫。截至2021年5月末，累计为5户企业提供产业扶贫贷款合计1320万元。

近几年来，工商银行葫芦岛分行不断创新服务理念，实施了专业化经营、差异化服务、精细化管理，推出了特色化产品，打造了一条公开透明、规范高效、互惠互利的信贷绿色通道，打通了服务乡村和小微企业的"最后一公里"，以金融力量切实履行好国有商业银行的社会责任。

共赴美好

王瑞

　　2014年，王瑞成为辽宁省财政厅选派到抚顺市新宾满族自治县永陵镇陡岭村工作队队长兼第一书记。驻村期间，一直住在村里农房，工作生活在村民中间，驻村帮扶行程两万公里，写下几十万字的工作日记，考察了50个村庄的扶贫经验。累计协调资金700万元，建成303平方米的村部、2000平方米的文化广场，修建了3公里的村内巷路，安装了84盏太阳能路灯，整治了400延长米河渠，建设了100亩的高标准农田，修建1座方塘，调整传统种植260亩，为200亩食用菌、中草药基地办电、打井。多次邀请省农科院、科协的农业专家到村指导，成立新宾满族自治县青松岭林下种植专业合作社，建立榆黄蘑、猴头菇林下食用菌仿野生栽培基地。为村小学募集社会捐款50万元，翻建了校舍，建设一座无害化排放厕所。

情系陡岭村　打赢攻坚战

——记辽宁省财政厅驻新宾满族自治县陡岭村扶贫工作队队长王瑞

　　根据辽宁省政府精准扶贫总体部署，2014年8月，辽宁省财政厅驻村工作队入驻抚顺市新宾满族自治县陡岭村，王瑞作为扶贫工作队队长，也就成了陡岭村的"第一书记"。

　　陡岭村成立于2012年4月，前身隶属于陡岭林场，属于"场带队"管理模式，有其特殊性。1960年到1983年，由于体制变化，几经离合，因土地和集体资产分配而引发的纠纷，持续上访20多年，严重影响了群众生产生活和基层行政管理工作。全村71户，其中建档立卡贫困户18户、低保户8户、残疾人6人、五保户1人、单亲贫困母亲10人。全村耕地面

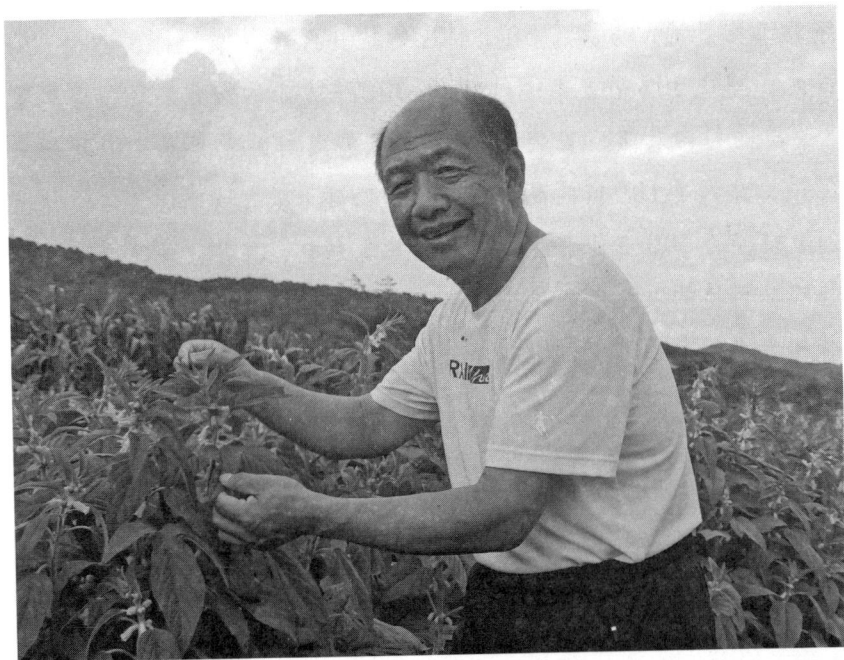

积574亩，由于地少并种植单一，收入微薄，由于"场带队"管理体制原因，村民没有充分享受到"三农"有关政策，危房改造和基础设施建设等严重滞后；村级组织不健全，思想观念陈旧，生产经营能力薄弱。因此陡岭村成为远近闻名的贫困村、上访村。

王瑞带领工作队经过调查走访深知，陡岭村虽小但有其特殊性、复杂性和艰难性，脱贫工作具有迫切性、艰巨性和长期性。必须因地制宜、对症下药、统筹兼顾、因人出招、持之以恒、务求实效。

加强陡岭村"两委"班子建设

陡岭村的穷、散、恶是长期遗留积攒下来的，如何改变陡岭村的面貌，是摆在扶贫工作队面前的难题。王瑞跑省厅、市县，争取扶贫款，寻找各种政策扶持，在一年多的时间里，陡岭村的村部、村内的道路、河套两岸、文化广场等都修建完成；村民家里的旱厕改造工程顺利完工。基础设施的完善还是简单的，更难的是村里的"两委"班子还不健全，还处于一盘散沙状态中，扶贫先扶志，治贫先治愚，王瑞进村的首要任务是完成村"两委"班子建设。为提高村务管理能力水平，按照村级民主选举、决策、管理、监督要求，调动村民积极参与村务管理，妥善处理群众各种矛盾问题，激发主人翁意识，推进依法治村，制定村民公约，使全体村民在日常村务管理和生产生活中有章可循，公正、公开、公平，健全党组织领导的村民自治机制，确保农村社会稳定和谐发展。目前村"两委"班子已经建立健全，已经发展9名党员积极分子，两年来有18人次向党组织递交入党志愿申请书，充实党组织力量。

产业发展是陡岭村脱贫致富的根本

陡岭村基础设施基本完成，王瑞走在陡岭村宽敞的道路上，看着一排排老房子，还是忧心如焚。让陡岭村脱贫致富更需要产业的支撑，现在陡岭村还依靠传统的种植模式，还生活在贫穷中。王瑞跑遍辽宁省各个地区考察农业项目，最终选择了适合陡岭村种植发展的项目，依靠省农科院和

新宾县绿环食用菌合作社、清原县南山城山源药材合作社、陡岭青松岭林下食用菌合作社等成熟农事企业，建立食用菌、药材生产小区。坚持自愿自主原则，引导农民完善合作社和家庭农场机制，完善水、电、路等保障功能，明确补贴标准，调动农民生产积极性，发展生产。目前全村已经有22户在160亩耕地上种植食用菌，有23户在120亩耕地上种植中草药材，提高土地集约化经营水平。

王瑞号召农户以家庭为单位，栽种花草，美化环境，特别是要栽种开花好看、结果好吃、树种名贵的果树，开办农家院，增加农民收入。一是实施热炕头儿工程。根据农村人口结构和城市养老状况，实施城乡养老互动计划，变农村妇女到城市做保姆为在自家做主人式保姆，通过旱厕改造，安装坐便和热水器，烧好热炕头儿，做好可口饭菜，方便老年人饮食起居，与农村老年人交流互助，消除老年人晚年孤独，给子女减轻负担，吸引城市老人来陡岭休闲养老，形成规模后拟建"陡岭乡村养老公园"。二是实施小筐篓儿工程，这是农村一项较古老的传统编制工艺，利用当地荆条丰富的优势，发展筐篓编制产业，也可以此提倡绿色包装，到市场买菜可挎着带有传统工艺色彩的筐篓，可做特色产品的包装物，也可出售，以此增加农民收入，促进乡村旅游业繁荣发展。

陡岭村与陡岭林场同处一地区，林地12万亩，是全省第二大林场。这里山林茂密、溪水潺潺、村庄秀美、物产丰富、交通便利，是宜居、宜业、宜游的好地方。开发乡村旅游业，增加就业，促进农民增收致富。充分利用当地陡岭村场创业职工庞龙开发的青松岭林下休闲农业园，实施集体经济股份制发展，将集体资金、固定资产投入旅游经济中去，以此壮大村集体经济，促进村民就地就业，增加村民收入。依靠省农科院技术和成熟农事企业经验，从陡岭村实际出发，到年底实现人均纯收入达到3500元，用不到两年时间达到人均纯收入4000元，实现脱贫目标。

化解陡岭村百姓心中的怨气

陡岭村是由国营陡岭林场转制的村，历史上号称"三无三最"村，即无森林、无土地、无选举权，最小、最穷、最乱。由于历史遗留问题非常多，因土地、集体资产分配等问题，村民多次进京上访。村民住房十分破旧，大部分属于20世纪七八十年代的建筑，房山墙体断裂，冬天难以保暖，雨季随时都有坍塌的危险。村级道路、自来水、环境卫生、生产条件等基础设施十分落后，可以说近40年来没有多大改善。由于村组织软弱，管理混乱，相当一部分村民对村委会产生对立情绪。如何改变陡岭村的现状，理顺农民心中的怨气，让百姓心中的怨气变成喜气，这是摆在工作队面前的一道难题。

王瑞每家每户地走访、谈心，了解每户的真实情况和诉求。经过详细调查，这些贫困村民诉求各有不同，只能分类施策，以情感人、以理服人，钻进村民肚子里去做好思想工作，努力做到人熟为宝。

"村民刘兆吉是一位老上访户，去年12月我在他家住了15天，帮助他逐一理清上访缘由和处理情况，帮他分析利弊得失，最后他和爱人对我说，我们不是为了要那点钱，就是为了争一口气。"在王瑞的耐心疏导下，他已不再上访，利用自己种植山野菜、做豆腐的手艺开始发展生产。现在，他已经成为山野菜合作社带头人，大事小事都愿意找村委会和工作队商量，他现在成为致富典型，还带动一些贫困户脱贫致富。

村民冯德财也是老上访户，接触工作队的第一天就提出补贴政策是让富的更富穷的更穷，还要求工作队帮助购买一台旋耕机，说要不你们工作队来干啥？王瑞耐心地向他解释说明"三农"和扶贫政策，带领他去成熟的农事企业参观学习，让他慢慢地懂得了政策、理解了工作队的做法，并帮助他解决一些实际困难。现在，他能够积极响应转变种植结构号召，起早贪黑到地清理石头，并带动更多村民发展特种经济作物。工作队对于每家每户有针对性地帮扶，让村民的生活彻底改变，从过去的恩怨中解脱出来，走上一条发家致富的道路，心中的怨气慢慢演变成了喜气、精气、美气。

树立典型引领百姓奔小康

庞龙是陡岭林场下岗职工，经过多年研发，已经拥有自主知识产权的榆黄蘑、猴头菇林下栽培技术，在青松岭发展林下经济和旅游产业。但是规模小、能力弱、影响力不大。王瑞知道这些情况后，来到青松岭，与庞龙同吃同住，彻夜交谈，规划青松岭未来发展，规划陡岭村的美丽乡村建设，王瑞决定帮助庞龙发展，树立庞龙这个典型，以林下经济带动陡岭村的变化。庞龙去年以来共带领10余户贫困户到他的林下经济园从事栽培、管理、服务工作，稳定增加收入；同时庞龙还义务开放冷库，让种植食用菌的贫困户免费存放香菇，下一步还要加工食用菌，形成可持续的一二三产业融合发展的链条经济，确保林下产品销售安全稳定。2014年6月2日，在村民蘑菇大棚失火救灾中，庞龙表现十分英勇，第一时间赶到现场，义务为受灾村民提供塑料布、管材等农资物品，在3小时内把受灾的8个大棚全部覆盖完毕，最大限度地降低了损失，使受灾村民深受感动，庞龙也被新宾县委授予"优秀共产党员"称号。

殚精竭虑谋脱贫 真心实意为人民

王瑞在陡岭村扶贫工作一干就是三年，和其他两个队员马世林、刘锦旭密切配合，决心帮助陡岭村摘掉贫困帽，走上致富路，过上幸福生活。

为了他们心中的目标，他们生活在陡岭村中，把自己真正变成一名村民。三年的扶贫工作，他们深深感受到农村艰苦、农业艰难、农民不易。工作队在农村税费改革期间跟农村干部群众共同探讨"遵守法律、恪守道德、尊重宗教、包容习俗、张扬个性"的基本修养和生活底线；农村综合改革建设美丽乡村期间又和农村干部群众探讨"走上平坦路、喝上干净水、消灭柴火垛、清除垃圾堆、刻不容缓、义不容辞"的理想目标；现在又投入农村精准扶贫战斗中来，再次和农村父老乡亲零距离接触，努力做到"能帮一个农民就帮一个农民，能帮一户农民就帮一户农民"。

2015年3月10日上午，王瑞正和陡岭林场协商村部建设用地，接到老家电话说老父亲去世了，他顿时两眼茫然，脑子一片空白，任凭车子在雪地上打转儿，强忍悲痛，没有告诉周围同志，因为第二天他还要组织县有关部门20多人到丹东考察垃圾无害化处理项目，如果他不去，这个作为大伙房水库二级保护区的环境保护工作就会被延迟，个人服从组织，这是对党员的起码要求。当天晚上王瑞回到屋子里，打开手机里老父亲慈祥的照片，围上一条白毛巾，放到桌子上，对着遗像跪地磕头，算是祭拜了。第二天下午考察活动一结束，他直接从丹东回到老家为老父亲守灵，面对老父亲遗像，跪下替老父亲给自己打两个嘴巴子，低声说对不起。老父亲是能够理解儿子的，老父亲是教师出身，老党员，一直要求做人要走正道，宁肯身受苦不让脸发热。王瑞带队到陡岭扶贫，对爱人说今后家里的事情都交给她了，更多的时间里他要住在陡岭村，爱人支持他，还特地约法三章：一不能发脾气，二不能喝酒，三不能拿村民东西。

在王瑞倾情的带领下，陡岭村一天天地发生了变化，在村民的脸上看到了久违的笑容，在文化广场上看到了村民灿烂的舞姿，在新建的小学校里听到孩子们琅琅读书声。王瑞也一直坚守着扶贫的理念继续前行：坚持包容、引导、典型原则，全力以赴加强村"两委"班子建设、因地制宜发展生产、持之以恒加强教育、量力而行提高保障、坚定不移壮大村集体经济。

韩文涛

　　2018年3月，韩文涛被辽宁省司法厅选派到阜新蒙古族自治县化石戈镇八里村担任第一书记。韩文涛创新了"社会+企业+协会+院校+医疗+贫困户"的"六位一体"帮扶法。调动社会资源，为贫困户开展精准帮扶。培育壮大新型农业经营主体，送村民参加沈阳农大和县农广校的学习，鼓励和帮助村民建立合作社。设立"阜蒙县新时代田园经济专业合作社"和"阜蒙县绿色农业专业合作社"。引导村民充分利用财政奖补，进行多种形式的农业适度规模经营发展，引导村民依法采取转包、出租、互换、转让、入股等方式流转承包地。协调资金96万元，修建两条居民组间道路2.6公里。在村部成立了"新时代党员群众讲习所"，为村办公房添置电热风，添置村里办公设备。

第一书记激活乡村致富一盘"棋"

——记辽宁省司法厅驻阜新蒙古族自治县
化石戈镇八里村第一书记韩文涛

2019年春节假期刚过，韩文涛就告别生病的老母亲，急急忙忙驱车200多公里赶回化石戈镇八里村，因为老虎沟组的村民正等着韩书记回来，研究成立小米合作社的事。

老虎沟坡地多，适合种植谷类，老虎沟的小米远近闻名，但是村民一直是各自为战，没能发展成为规模特色产业。韩文涛了解到这一情况，驻村没多久，就开始挖掘整理八里村小米文化、设计小米包装、策划小米销售。他要在春耕前尽快组织八里村老虎沟村民成立小米合作社，邀请辽宁省农科院旱地农林所专家指导，调整村民种植结构，有计划有目标地种植谷类农作物，为老虎沟村民探索出一条致富新路。

2019年3月10日，韩文涛到八里村任第一书记已经整整一年的时间。刚刚50岁的韩文涛，一年的时间里，白头发多了许多，脸上的皱纹也多了许多，但是炯炯的眼神更加坚定。他张口闭口都是村里那些事，现在的韩文涛在亲戚朋友眼里都已经"走火入魔"了。"大道至简，实干为要。"他始终牢记自己的使命，"加强基层组织建设，加快推进农业农村

现代化，从根本上解决好农业农村农民问题，才能让乡村全面振兴"。

韩文涛扛起重任，为八里村的振兴发展做了三年规划。为了让八里村改变面貌、家庭富裕，他遵循乡村规律、科学规划、注重质量、从容建设，一件事一件事地办好，一年接着一年干，久久为功、驰而不息。一年的时间，他从说话严谨的司法工作者变成了絮絮叨叨的村书记，用韩文涛的话讲，在乡村工作就要跟村民唠透、讲明，他们才能紧跟你的步伐，坚定不移地完成"八里村三年规划"，共同下好乡村致富一盘"棋"，让农村成为安居乐业的家园。

激活贫困人口内生动力　多举措打好精准扶贫攻坚战

八里村位于阜新蒙古族自治县西北部，是由化石戈镇管辖的一个比较大的行政村，距离镇政府所在地12公里，全村547户1701人，建档立卡贫困户75户，残疾人30人。八里村有耕地11000亩，草地15100亩，处在辽宁省最西部，沙漠地带，雨水少、气候干燥，传统农业收入微薄，这样的地理环境是制约八里村致富的主要原因。

韩文涛驻村后，走访了贫困户，了解每一家的实际情况，掌握了每一家致贫的真正原因。他注重引导贫困群众转变思想观念，提高自身发展能力，在享受国家扶持政策的同时，让贫困家庭积极加入乡村振兴的战役中，激发贫困人员自身内在的脱贫动力，实现真脱贫、不返贫。

结合八里村的实际情况，他农闲期间从沈阳荣林外贸公司引进外贸手工艺品加工项目，受到村民的普遍欢迎。乡亲们不分男女老少，不受场地和气候限制，每件一到十几元，只要简单培训都能上手，熟练工每月可增加2000元左右收入，做得慢的也有几百元收入。经常参加该项目的有30余人，其中10户是建档立卡户。前不久，还派7人到沈阳专程学习20天，进一步提高了村民的制作技术。该项目已经在村里建成扶贫车间，让更多的村民参与进来，增加每户的收入。

韩文涛在辽宁省扶贫办的一次扶贫车间推广大会上，了解到辽宁爱心家庭农场无土水生芽苗菜项目，他欣喜若狂，这个项目风险小，种植简单，村民可以在冬季农闲时节，利用热炕头水生芽苗菜增加收入。他与爱心家庭农场的负责人对接，请专家到村里传授技术，手把手教会村民，现在这个项目已经在村里落户，如果发展得好，将引领村民大量生产。

"社会+企业+协会+院校+医疗+贫困户"，这是韩文涛确定的"六位一体"帮扶法。他积极调动自己的社会资源，发动社会力量为村里贫困家庭进行精准帮扶。北京、沈阳两地爱心人士来到八里村为儿童捐赠，慰问贫困户；市县医疗机构为八里村和二色、台吉村妇女组织两癌筛查；省级律师团队帮助村民申请法律援助；镇妇联邀请国学老师开展讲座；省扶贫协会、沈阳慈恩寺来八里村开展迎新春送温暖活动。五条主线帮扶力量会聚在八里村，实施更大力量的支持、更加有效的举措、更加有利的工作，六条线"同频共振"，扎实推进八里村贫困人口脱贫工作。

激活乡村产业发展活力　走质量兴农之路

八里村基础薄弱、位置偏远、物流不畅、气候干旱，这些因素制约着八里村的产业发展。韩文涛深知乡村振兴要靠产业发展，要培育发展能够发挥本地资源优势的产业，宜农则农、宜牧则牧、宜商则商、宜游则游，打响地域品牌，就地解决劳动力安置，增加农民收入。村里有好的产业发展，村民的积极性就能调动起来。这一年，韩文涛进行了培育壮大新型农业经营主体的准备工作，比如，送村民参加沈阳农大和县农广校的学习，

向村民介绍创新经营方式的好处，鼓励和帮助村民建立合作社等。目前，已经登记设立"阜蒙县新时代田园经济专业合作社"和"阜蒙县绿色农业专业合作社"。鼓励村民将农牧业规模经营与延伸农业产业链有机结合起来，立足亦农亦牧的资源优势，通过合作与联合的方式发展规模种养业、农产品加工业和农村服务业，鼓励开展农民以土地经营权入股农民合作社、农业产业化龙头企业试点，让农民分享产业链增值收益。

2019年将推进农业适度规模经营。鼓励引导村民充分利用财政奖补，进行多种形式的农业适度规模经营发展，引导村民依法采取转包、出租、互换、转让、入股等方式流转承包地。鼓励按照村民意愿统一连片整理耕地，尽量减少田埂，扩大耕地面积，提高机械化作业水平。适时建立农业经营性服务组织，积极推广合作式、托管式、订单式等服务形式。

激活农村基础设施提档升级　改善农村人居环境

韩文涛第一次来到八里村的时候，就被村里的道路吓住了，除了一条村村通道路之外，其他村内道路全部是土路，雨天两脚泥，晴天沙尘飞，这样的乡村环境怎么改变，是摆在韩文涛面前的第一个难题。他觉得，第一书记的到来就是解决问题、解决难题的，让不可能变成可能。他首先对全村道路进行规划，然后回到自己的单位，寻求厅领导的支持，再亲自跑到交通厅，协调各方资源，现在已经落实两条居民组间道路（八铁线和八郝线共计2.6公里）的筑路资金96万元。目前，该项目的招投标工作已经完成，2019年开春施工。剩余的6.1公里的村内道路列入2019年的修路计划，到2020年协调政府有关部门，将完成全部居民组间道路建设。基础设施的改善，让村民真正体会到幸福感和获得感。

"全面实施乡村振兴，就要抓重点、补短板、强基础。"韩文涛将习总书记的讲话牢牢记在心里。他往返省市县，多方争取帮助，改善村党支部和村委会办公环境。在县委组织部帮助下，赶在封冻之前为村部屋顶整体做了彩钢瓦，解决了屋顶渗漏问题。他通过有关渠道解决了村部部分房屋被某通信公司长期占用的问题。他组织党员清除村部院落的杂草和杂物，在村部成立了"新时代党员群众讲习所"。讲习所的座椅也是韩书记在学

校"化缘"来的。他为"两委"会办公房添置电热风，落实了添置部分宣传设备的资金。现在的村委会宽敞明亮，村民在村部的广场上也扭起了大秧歌、跳起了广场舞。他通过一件件实事，将村"两委"班子紧紧团结在一起，将村里的党员积极性调动起来。在诸多困难和挑战面前，通过共同的目标、合适的分工和真诚的沟通，把基层班子凝聚起来，加强基层党组织的凝聚力和战斗力。

激活"大粮仓" 走乡村绿色发展之路

乡村振兴战略实施与推进的过程中，不同的地方要根据本地资源与文化积淀的不同，因地制宜，走差异化发展道路，而不是一味求同、盲目模仿、同质竞争。无论从发展思路的创新、发展模式的更新、发展路径的求新，还是发展质量的提升、发展效果的共享上，都要走出一条推动乡村振兴战略落地生根、生根发芽、枝繁叶茂的喜人路径。

韩文涛经过调查研究，八里村老虎沟的小米因地质、气候等因素，质量高、口感好、色泽金黄、营养丰富，并有着悠久的传说。化石戈小米在清朝时受到康熙皇帝的青睐，一道御旨将小米进献到皇宫，成为风靡朝野的送礼佳品。阜新化石戈小米的传说，要从盘古开天辟地时讲起。神农氏下凡巡查神州名山大川，当巡至塞北科尔沁沙地（今阜新境内）的骆驼山下，觉得饥饿，便走进一谷姓农家。农家老人热情地煮好米饭款待，神农氏觉得生硬难咽，得知这里的谷物产量低、质量差、无营养，大人孩子个个面黄肌瘦。神农氏便从怀里拿出一小袋种子送给农户，叮嘱他开春种上。转眼秋天到来，收割下来的谷物金黄耀眼，煮熟后芳香四溢、松软可口。谷姓农家将种子分给众乡亲。从此，这片土地上开始种这种庄稼，当地人为纪念谷姓农家，将这奇异的庄稼称为"谷子"。

"健全特色农产品质量标准体系，强化农产品地理标志和商标保护，创响一批'土字号''乡字号'特色产品品牌。"中央文件精神和美丽的传说激发韩文涛要发展乡村绿色产业的信心，他要把八里村的小米打造成知名品牌，将八里村的"大粮仓"打造成"大食堂"。他让村民实施绿色种植，不上化肥、不打农药、人工播种、人工收割、人工加工，保证质量。他要把八里村的优质小米推向市场，"小米与大米""小米与鲍鱼""小米与养生"等。"小米巧搭配，健康进万家"，让更多的人了解小米、喜欢小米、爱吃小米。在秋季丰收时节，让城里人走进八里村，感受满山金黄耀眼的光芒，感受麦浪翻晴风飐柳的风情。让更多的人喜欢上这个山村，喜欢来八里村住上两天，吃上绿色食品、喝上山泉水，呼吸清新空气，满山的谷子也可以带动乡村民宿旅游。

激活乡村乡风健康文明　传承优秀传统文化

本着"扶贫先扶志"的工作理念，韩文涛坚持文化自信，弘扬中华民族的传统美德，以及中国自远古以来就有的乡贤精神，深入挖掘中华民族优秀传统文化中蕴含的精华。为传播文化和组织学习，他建立了"新时代八里村党员群众讲习所"和"八里微课堂"微信群。"八里微课堂"现在已经有370多人在互相学习交流。在交通不便的偏远乡村，这是第一书记开展工作、联系群众的得力助手，村"两委"会利用微信群通知村里的大事，宣传党的方针政策，开展农业技术培训，进行各类讲座，从而达到拓宽村民视野、提升综合素质、用文明之风滋养美丽乡村的目的。目前，已经上了国学、种养技术、脑血栓的预防、儿童防护和急救、农村电商、家庭农场的管理、合作社的财务管理等10余次课。韩文涛利用群众讲习所和微课堂将中医引进乡村，让村民了解中医知识，掌握健康理念，学会简单运用中医药调理身体，做到预防疾病，健康生活。以中医药为抓手，在乡村传承传统文化，改善乡村村风村貌，逐步形成健康富裕新农村。

激活乡村人才新动能　大力培育新型职业农民

习近平总书记指出，"发展是第一要务，人才是第一资源，创新是第一动力"。要实现乡村振兴，人才是基础。离开了人才智慧的贡献，离开了人才价值的彰显，离开了人才作用的发挥，实现我国农村经济真正高质量发展无疑是一句空话。

要加强内生能力的建设，要鼓励外出务工人员返乡创业，将先进的市场经济意识带回乡村。韩文涛了解到，八里村青壮年多数在外打工，要做到乡村产业振兴，就必须"引才回乡"。他对全村人员进行摸底排查，对有能力的外出务工人员，多方沟通联系，动员他们回村发展。在他的真诚努力下，陆续有村民回村创业。

韩文涛与村"两委"班子多措并举地对各种农业组织进行创新，建立新型合作社、专业技术协会，让回村的人才有用武之地。产业兴旺的实现，无疑需要大量的农业经营管理人才、新型职业农民，通过他们带动乡村振兴，更为八里村带来一股致富春风。这些人才"爱农业、懂技术、善经营"，是构建现代化的农业生产不可或缺的重要力量。

韩文涛具有发现本村人才、培养本村人才、管理本村人才、善用本村人才的慧眼与胸怀。在实践工作中，在推动"三农"问题高效解决的过程中不断分析、辨别、发现有才能、有情怀、有发展、有前途的本村人才，还要有针对性地对他们进行培养，多给予机会，多给予历练，多给予关怀，使本村人才能够不断涌现。同时，善于管理和使用本村人才，让本地人才能够拥有更大的上升空间、更多的展示机会，更好地将"产业兴旺、生态宜居、乡风文明、治理有效、生活富裕"的总要求全面推进。通过人才的贡献、价值的彰显、作用的发挥，实现乡村振兴战略的整体协调与全面提升势在必行。

一分耕耘一分收获，一分真情十分回报。一年的时光转眼过去。韩文涛在八里村这片土地上运筹帷幄，取得了乡亲们的认可与信赖。他在八里村这片土地上树立高质量发展理念，发挥引领和模范带头作用，带动更多贫困户积极脱贫、主动脱贫。他把乡村致富这盘"棋"下活、下好、下强，激活乡村振兴新活力，加快乡村振兴的步伐，推进乡村产业革命向纵深发展。

王奕

　　2018年5月，王奕被辽宁省人民医院选派到黑山县镇安镇营盘村任第一书记。营盘村种植了大面积地瓜和黑花生，她为了打开销路，带着农产品三次参加省、市各级组织的农产品展销活动。2018年9月，沈阳国际展览中心举办了"驻扎乡村·代言农产"首届农民丰收节驻村书记农产品展示会交流活动，她带着展板及地瓜、黑花生自行开车前往参展。协调辽宁省人民医院工会购入营盘村花生11000斤、地瓜干4400袋。利用省人民医院的医疗资源为村里白血病小患者进行多次义诊，并协助小女孩家属到镇民政部门办理了困难救济补助金。为村里300余人进行义诊。

振兴路上白衣天使展风采

——记辽宁省人民医院驻黑山县镇安镇营盘村第一书记王奕

　　王奕是辽宁省人民医院的一名医务工作者，根据省人民医院统一部署，她很荣幸地被选派到营盘村担任"第一书记"。王奕说，从机关到基层，这是一次质的转变。从来没有在农村生活过的她，面对工作环境、工作对象、工作任务的变化，应该怎样尽快适应，尽快进入角色，很好地完成任务，这是她驻村前一直思考的问题。

　　"脱贫攻坚、精准扶贫、乡村振兴，这些词语都是在电视和材料中看到，现在让我真的驻村工作，加入乡村振兴的大潮中，我还真的比较迷茫。"王奕有些羞涩地对记者说。王奕从事医务工作30多年，在临床科室和院办工作都很优秀，为无数患者排忧解难。驻村后她将面对村民，与土地、牲畜、

粮食打交道，与风沙、泥土、骄阳、寒冬为伍，这样巨大的变化对于王奕来说可谓是巨大挑战，但王奕以她惯有的自信笑容，坦然接受任务。

2018年5月9日，王奕怀着激动而忐忑的心情来到了营盘村。

民有所呼，我有所应

5月是鲜花盛开的季节。王奕兴致勃勃地走进营盘村、走进村部，抬眼望去，就被村里的实际情况惊吓到了：村部是四间民房，没有完整的办公座椅，因年久失修已经破旧不堪，天棚已经脱落，四处漏风，门口有一个小地炉，是唯一的取暖设备。村部无广场，村里的道路建设也非常落后，整个村只有15盏路灯，唯一铺设路面的道路也只修缮到一半。

王奕尽快适应环境，告诉自己不能被眼前的村容村貌所吓倒，她抱着既来之则安之、敢为天下先的信念，开始了"第一书记"的工作。经过一段时间的走访，她了解到营盘村位于镇安镇西南部，人口有1810人，村里有四个自然屯：小营盘、周家屯、小张屯、魏家屯。耕地5900亩，主要种植玉米、地瓜和花生等基础农作物。营盘村所处的地理位置干旱缺水。虽然国家已经解决村民的饮水问题，但是没有灌溉井，赶上旱季玉米就颗粒无收，农民仍在靠天吃饭。

如何改变营盘村的现状？这是摆在王奕眼前新的课题。

民有所呼，我有所应。村民最需要解决什么，王奕就努力做什么。村委会和村内道路的修缮是急需解决的问题，她积极咨询政策，向上级申请；营盘村干旱缺水，她请来专家学者来村论证打井方案；村里老弱病残多，她多次与派驻单位进行沟通协调义诊；营盘村没有集体经济，她就对接中国大唐电力与沈阳雷安特新能源电力有限公司联合投资项目"分布式风光互补发电"；营盘村的地瓜和花生口感好、营养价值高，她为了发展乡村特色产业积极带领村民成立合作社，抱团取暖，共同发展。

只有壮大农村集体经济，才是引领农民实现共同富裕的重要途径。面对营盘村的精准扶贫工作，王奕以时不待我，只争朝夕的精神向既定的目标坚定地前行。王奕常说："一分耕耘，一分收获，驻村工作，一直在路上。"

华丽转身成为优秀销售员

"我看到那么多大蒜烂在地里，真是心疼啊。"王奕现在提起以往的事还是一脸惋惜。前几年蒜农都得到了不错的收益，村民都纷纷跟风种植。这就直接导致当年的独头蒜价格大幅跳水，蒜农损失惨重。由于村民不懂营销、不懂市场，因此去年村里蒜农损失惨重。"我也只能看在眼里，急在心上，这使我深刻认识到，农产品即使丰收了，没有销售出路，也是白忙一场。"王奕决定做营盘村的销售员，寻找销售渠道，将村里的农产品销售出去。寻找市场，先签购销订单，降低村民种植风险。

王奕意识到驻村工作也不能故步自封，只有走出去，才能引进来。要学习其他地区先进技术、先进模式，再结合营盘村实际情况，因地制宜发展经济，进一步扩大产业空间，激发乡村发展活力。王奕决定自己开车去考察、学习。从沈阳、鞍山、辽阳、盘锦、葫芦岛到通辽，共考察了10余个项目，了解市场行情，学习先进经验，与其他第一书记交朋友、谋发展。

营盘村种植了大面积的地瓜和黑花生。由于气候原因，地瓜口感好，市场前景非常可观。为了打开销路，王奕带着农产品3次参加省、市各级组织的农产品展销活动。2018年9月，沈阳国际展览中心举办了"驻扎乡村·代言农产"首届农民丰收节驻村书记农产品展示会交流活动，她带着展板及地瓜、黑花生自行开车前往参展。5天的展示，既要参加各种活动，还要销售农产品，所带去的100多公斤地瓜几天内销售一空，并且与两位收购商达成初步收购意向，看到顾客对产品的认可，更增加了王奕销售的信心。

"快来看哪，我们村的王奕书记上电视了，

在电视里帮咱卖地瓜呢。"村民奔走相告。这是王奕做客辽宁广播电视台专访节目"打CALL第一书记"。在展会间隙，王奕接受了辽宁广播电视台乡村广播记者的独家专访，充分利用这次机会，将黑山地瓜等特色农产品进一步扩大宣传。她对产品的包装、定型、质量提出合理化建议，向品牌化、精细化、质量化方向发展。

为探索其他销售渠道，王奕利用微信向身边朋友推介，在朋友圈里宣传推广村里的农产品。她又多次与"京东商城""来猫商城""五洲易购"等网上销售项目组负责人进行沟通，现已将村农产品打入"五洲易购"网上销售平台进行推广销售。同时又积极与沈阳皓新贸易有限公司沟通，该公司超市覆盖全省，她将特色有机杂粮成功对接，待签订合同后，年销量可达上百吨。

鱼水情浓关爱白血病患者

驻村没多久，王奕走访了村里最特殊的、年纪最小的贫困户王悦鹭小朋友。小悦鹭今年7岁，是一个腼腆的小姑娘，带着一个和她年纪不成比例的大口罩，水灵灵的大眼睛，长长的睫毛，但面色苍白没有血色。据小

悦鹭妈妈讲，孩子是去年7月份发病的，诊断为再生障碍性贫血，在沈阳盛京医院已住院7次，医药费已花费10万余元。小悦鹭父母也曾带她去北京、天津就医，得到的答复都是进行骨髓移植，但高达60万—70万元的骨髓移植费用是这个本不富裕的农民家庭所无力承担的，目前也只能选择保守治疗。屋漏偏遇连夜雨。小悦鹭的爷爷为了筹措治疗费用，操劳过度，几天前因脑出血不幸离世，使这个原本贫困的家庭雪上加霜。

北风其凉，雨雪其雱。惠而好我，携手同行。

面对无情病魔的时候，与其悲叹命运的不幸，不如携手奋进。王奕经常来到小悦鹭家，利用省人民医院的医疗资源，对小悦鹭进行多次义诊，并协助小女孩家属到镇民政部门办理了困难救济补助金。王奕密切关注小悦鹭的情况，在"暖冬行动"中，王奕的单位为小女孩捐赠了羽绒服、漫画书、故事书，并鼓励小女孩好好养病，争取早日康复。王奕还通过新媒体平台向社会呼吁争取善款，希望得到社会关注，帮助小悦鹭早日康复。一年的时间，王奕与小悦鹭成为一家人，成为小悦鹭的暖心人。正是这样互助扶持，努力坚持，即使面对无限的困难，也不肯放弃。希望小悦鹭跨越这段漫长的治疗之路。

最深沉的爱是风雨兼程，最浓厚的情是冷暖与共。

党组织是乡村振兴的重要保障

营盘村共有党员64名，其中60岁以上的党员有34位，占党员总数的53.12%。党员年龄偏大，年轻党员在外打工较多，党组织人员配备不齐，组织生活会不尽如人意，很难全面开展，这种格局是农村的普遍现象。

作为脱贫攻坚的一线党员干部，王奕明白，基层党组织是脱贫攻坚的一线决策站和指挥部，直接影响着精准扶贫的实施是否通畅，所以必须加强基层党组织建设，充分发挥基层党组织的战斗堡垒作用和党员的先锋模范作用。理思路抓建设。王奕坚持以抓党建、聚合力、谋发展的工作思路，全面规范村务、党务、财务、服务、学习等规章制度。

首先，建立党员花名册（电子版）及积极分子花名册，便于管理、更新。完善及规范党组织形式，定期召开党支部委员会议，讨论和研究全体党员大会的形式及内容。探讨村集体经济发展方向及招商引资可行性，研究《关于利用一事一议奖补奖金开展农村生活垃圾分类减量治理工作的通知》具体实施方案等。其次，参与组织召开了庆祝中国共产党成立97周年全体营盘村党员大会，在大会中宣读了省委下派第一驻村书记的主要职责，意在让全体党员知晓省委下派第一书记的目的和意义。同时宣传党和国家的扶贫政策，介绍了驻村后的工作及调研情况，取得党员的支持和理解。本次党员大会是历年到会党员最多的一次，对党组织的建设和党员的发展起到了很好的引领作用。最后，王奕组建了镇安镇营盘村党支部微信群，方便外出务工党员参与党组织生活会，及时学习党的方针、政策，真正落实党建工作，并在群里不定时地发布一些与农民切身利益有关的方针、政策及党组织学习情况，也是多了一条与村党员积极沟通、交流的渠道。

"帮钱帮物，不如建个好支部。只有把基层党建抓起来了，把党员队伍的素质提高了，才能凝聚起脱贫攻坚的强大合力。"王奕真诚地对记者说。

"娘家人"很给力

一个人的力量是有限的，需要有强大的后盾。为确保驻村干部安心履职，省人民医院院党委认真落实上级要求，及时为驻村干部安排工作经费、出差补助、伙食交通补助等待遇保障，并对其生活、工作等提供多方面支持。省人民医院更是以三大行动支持第一书记乡村振兴工作。

义诊行动：驻村干部的生活工作情况一直牵动着医院"娘家人"的

心。7月11日，辽宁省人民医院以白希壮院长为首，张丽荣副院长和柳青峰副院长带领医院20多名医学精英对下派的第一书记所驻村镇进行了义诊。王奕参与组织，医院派了救护车，她同时利用自己私家车接送村民前往义诊。据不完全统计，本次义诊活动接访患者300余人，取得了很好的社会效益。通过义诊活动，深入了解了农村健康状态、饮食习惯及理念。随着农村生活水平的提高，糖尿病、心脑血管等慢性病发病率迅速升高，但村民对疾病的知晓率极低，健康意识不强。因此，普及和提高农民的健康知识，指导有效就医，防治慢性病，也是宣教的重点工作之一。

暖冬行动：在寒冬来临之际，院党委组织全院42个党支部及广大职工群众捐赠过冬衣物，帮助派驻黑山的第一书记所在村困难群众过冬。发起"暖冬行动"以来，每天都有以支部为单位的党员、群众捐赠衣物。短短一周时间，400余名党员、群众参加捐赠活动，共捐赠毛衣397件，羽绒服、棉衣406件，裤子132条，棉被褥3套，所有捐赠物品实用性强，均保持五成新以上，为当地村民带去温暖。王奕将所得衣物及书籍全部分发给了所需困难群众，受到营盘村百姓的赞誉。

采购行动：院党委积极扶持当地经济，振兴乡村建设，春节期间在员工福利发放方面优先选择"第一书记"所在地农产品。最终，辽宁省人民医院工会购入王奕所在的营盘村花生11000斤、地瓜干4400袋。同时支持营盘村产品在医院食堂售卖，既搭建了城乡桥梁，又为当地老百姓带去实惠。有了"娘家人"的大力支持，王奕的精准扶贫乡村振兴的决心越来越大了。

结束在营盘村的采访，春雨还在绵绵地下。王奕现在对于雨水是格外地喜欢，她说他们给营盘村带来雨水带来希望。精准扶贫，如春雨滋润着这块干旱的土地；乡村振兴，给农业带了来无限的生机和活力，给农民带来无尽的喜悦和收获，给乡村振兴带来光明的前途和希冀！

爱，没有边际。振兴路上，她又将迈出铿锵新步伐。

刘洪添

2018年3月，刘洪添被辽宁大学派驻朝阳县二十家子镇南三家子村任第一书记。驻村期间，按照"党支部+经济实体+贫困户"模式建立扶贫羊舍，购买100只羊羔进行试养繁殖，年收入的一半分给贫困户，一半用来壮大集体经济，村集体每年可增加收入8万元，带动110人脱贫。联系人学同学出资7万元为村里村民打两眼抗旱机井，彻底解决了周围100多亩枣树的灌溉问题。协调资金20万元兴建了集灌溉和垂钓于一体的塘坝，既使得周边土地成为水浇地，为保障粮食稳产高产打下坚实基础；又涵养风水，助推旅游休闲产业。

初心　在脱贫攻坚路上跳跃

——记辽宁大学驻朝阳县二十家子镇南三家子村第一书记刘洪添

在南三家子村，提起村里的第一书记，乡亲们都会情不自禁地竖起大拇指，为刘洪添点赞。2018年3月，47岁的刘洪添到朝阳县二十家子镇南三家子村任"第一书记"，成为辽宁省委首批选派的驻村扶贫干部。从踏上这片土地的那一刻起，他就把南三家子村当成自己的第二家乡，把乡亲们当成自己的亲人。驻村一年多的时间里，他肩挑重任，承载期盼，扑下身子，扎根农村，用实际行动履行着自己对脱贫攻坚工作和全村百姓的承诺。

不忘初心方得始终，勇当攻坚克难的奋斗者

刘洪添是辽宁大学后勤发展集团的优秀人才。在辽宁大学毕业后，他直接留校工作，先后在商学院、学校党委组织部、人事处、亚澳商学院和后勤发展集团多个部门从事教学、辅导员和行政管理工作。从辽北偏僻山村走出来的刘洪添，对农村有着深厚的感情，他在大学期间一直研究"三农"问题，希望用自己所学到的知识改变农村的贫穷面貌，为精准脱贫和乡村振兴贡献自己的力量。

年初，省委组织部选派机关党员干部驻村扶贫，他知道消息后第一个申请报名。因为他时刻牢记共产党人的初心和使命，"为中国人民谋幸福，为中华民族谋复兴"。这个初心和使命也是激励他走向农村的根本动力。做起而行之的行动者，当攻坚克难的奋斗者，既是义不容辞的政治责任，也是舍我其谁的历史使命。

只有用知重负重、攻坚克难的实际行动，才能诠释对党的忠诚、对人

民的赤诚。驻村以来，刘洪添书记坚持以贫困户需求为导向，始终做到把群众的事当自己的事去办，想方设法解决群众困难，同村干部一起做细做实精准扶贫工作，努力改善村里基础设施。一年多的时间里，他从一名高校机关干部变为基层群众的贴心人，他用自己的真诚和实际行动展现了一名组工干部的"初心"。

"让老百姓过得好一点"，这就是刘洪添的"扶贫初心"。在脱贫攻坚路上，他一如既往，不忘初心，用真心、真情去帮扶每一位贫困群众，助力脱贫攻坚工作，在脱贫攻坚战的大潮中闪耀着炫丽的光芒。

不忘初心勇挑担子，牢记使命践行责任担当

刘洪添上任之后，不辞辛苦地深入各个自然村进行走访，真切融入百姓生活。3月正是备耕之时，有些贫困户无力购买种子、化肥，看见别人在田中忙碌，眼看误了农时，只能心里着急。他见此状况，当即就用微信群号召大家捐款，得到朋友、同事的积极响应，仅一天时间就募集到3万多元，最多的一个人捐了3000元。刘洪添用筹集的资金购买了化肥，分给贫困户，解了燃眉之急，保证了他们的春耕生产正常进行。

他还邀请辽宁大学雷锋文化扶贫队对特困群众进行帮扶，为村里10多户特困户捐赠了村耕用的化肥和10多箱旧衣物，为残疾人孙庆得捐赠

了善款，这些善举的及时介入，让贫困户看到了希望。

老酉杖子组村民吴凤槐身患重病，在朝阳市医院没能确诊。刘洪添亲自联系辽宁省肿瘤医院的同学帮助其诊疗，病人家属感动地说："没有第一书记的帮助，我们山沟里的人根本没机会请省城的名医看病，更难得到及时的诊治。"

刘洪添的努力和关怀，深切获得村民的好感和信赖。人们视他这个党和政府的代表为可亲可敬的贴心人，愿意向他倾吐心声。他能在第一时间了解村民所急、所想、所困，为驻村工作的进一步展开打下良好基础。2018年年底，他在全镇第一书记年终考核中获得第一名的好成绩，受到省委领导的接见，并多次在全市、全县扶贫干部大会上作为典型发言，其先进事迹多次被辽宁电视台辽宁新闻、朝阳电视台朝阳新闻、东北新闻网、朝阳市报和县报等多家媒体报道。

深入调研谋思路，科学谋划推进脱贫工作

南三家子村位于朝阳县二十家子镇西南部的山沟里，全村分8个自然村，共有300多农户1200余人，其中建档立卡的特困户就有40多户，集体经济为零。经过一段时间的走访调研，刘洪添确定因地制宜发展村集体经济是精准脱贫的重要渠道。村级集体经济是农村经济中的重要组成部分，关系到整个农村经济发展的大局，是实现农村脱贫致富、农民共同富裕的有效途径。南三家子村的集体经济建设成为首要攻克的课题，刘洪添与村"两委"班子成员科学谋划，结合村里地少人多的实际情况，将历史遗留下来的大棚充分利用起来，大力发展养殖业。

通过各种渠道，刘洪添积极引导社会力量广泛参与贫困地区脱贫攻坚，帮助贫困群众解决生产生活困难问题。他挖掘自身人脉资源，利用学生、同学、校友、老乡等各种资源和手机微信群，跑项目、筹资金、拉客商，共筹措协调资金60余万元，作为南三家村发展集体经济的启动资金。

打赢脱贫攻坚战，发展产业才是出路。按照"党支部+经济实体+贫

困户"模式建立扶贫羊舍，购买100只羊羔进行试养繁殖，届时年收入的一半分给贫困户，一半用来壮大集体经济，村集体每年可增加收入8万元，可带动110人脱贫。2019年3月，他还在市残联争取到了60只山羊的捐助，购买了40只小尾寒羊。目前存栏量达到100多只，收益所得一部分用来扶贫，一部分用于扩大再生产，为村里脱贫致富开拓了一条新路。从此，该村有了自己的集体经济，为稳定脱贫增加经济实力提供了保障。

南三家子村是朝阳地区大枣的主要种植基地。大枣是村里主导产业，已经有几十年的种植历史，满山遍野都是枣树。据不完全统计，全村有几十万株枣树。但是一些客观问题严重影响枣业的发展，"靠天吃饭"、分散经营、深加工、储存、销售等等问题，难以实现规模化和产业化，使其在激烈的市场竞争中处于劣势。

朝阳地区十年九旱，干旱缺水是影响南三家子村大枣产量的重要因素。村里打井抗旱的计划，由于资金问题，一直未能实现。刘洪添联系大学同学出资7万元为村里的村民打两眼抗旱机井（其中一口井内径达到5米多），彻底解决了周围100多亩枣树的灌溉问题。老党员刘文贺激动地说："村里枣田再也不怕旱了，我家一万多株枣树今年一定有个好收成，这得感谢我们的党，感谢我们的刘洪添书记！"

党建引领助增收，砥砺前行铺好脱贫之路

刘洪添对记者说："清谈误国、实干兴邦，一分部署、九分落实。要把蓝图变成现实，需要我们党组织付出更多努力。"

他时刻牢记习近平总书记说的"越是进行脱贫攻坚战，越是要加强和改善党的领导""要把夯实农村基层党组织同脱贫攻坚有机结合起来"。坚持党的领导是打赢脱贫攻坚战的重要保证。要充分发挥基层党组织的组织优势，凝聚广大基层党员的智慧，并将其思想、行动统一起来，形成脱贫攻坚的战斗堡垒。只有让基层组织活起来、党员动起来，才能发挥基层组织的强大力量。

自打驻村工作以来，他始终把"好事办实、实事办好，推动乡村振兴"作为党员领导班子的工作宗旨，积极发挥党建指导员作用，坚持引领党支部规范化建设。他主动与村"两委"班子成员沟通交流，深入了解该村党建情况。针对党员群众对党的政策理解不深不透、思想认识有偏差的问题，刘洪添突出强化政治学习，加大政策宣传力度；每月5日、20日组织全村党员参加固定学习日活动，严格落实"三会一课"制度，坚持"集体领导，民主集中，会议决定"的原则。通过学习，改变了党组织软弱涣散的面貌，广大党员干部的思想观念明显转变，宗旨意识和服务意识进一步增强。

在他的感召和领导下，党员干部理论素养和工作能力显著提高，村党支部的凝聚力越来越强，工作干劲也越来越足。一支充满凝聚力、团结合作、目光远大的干部队伍建设起来。

坚持以人民为中心，当好精准扶贫的"领头羊"

二十家子镇南三家子村位于朝阳县南部的山沟里，村路狭小而曲折，五段路基多年前就出现了安全隐患，一直不敢通行重型车辆，制约着村里

经济发展和村民的出行，始终是村民的一块不能治愈的心病。刘洪添到村后，了解了村民的疾苦，四处寻求赞助，筹集到20吨水泥和100立石头，并自己掏腰包一万余元，号召村民出义务工。经过全村男女老少100多人近一个月的全力奋战，五段危险路段的路基全部修建完成，不仅解决了村民出行问题，还为后续的路面硬化扫清了障碍，此举解决了村民几十年想解决而没有能力解决的问题，这条路成为一条村党支部引领、群众积极参与的党群同心光明路！

村集体经济的初步形成，主导产业的发展，给了他和领导班子很大的鼓励和信心。刘洪添组织党员干部集思广益、多策并举、因地制宜，把更广阔眼光投放到开展乡村旅游的建设项目上来。

南三家子村坐落在朝阳县清凉山深处，从山口到谷底依次坐落8个自然村。该村历史悠久、民风淳朴，仍保存古香古色的村落特征，这里山水相依、景色秀丽、空气清新。古枣树保护得也非常好，天然山洞具有考古和开发价值。刘洪添特意邀请省旅游专家对村里旅游进行实地考察，开发特色旅游。于锦华教授建议，保护好山体、观音洞等自然资源，以古村落为主题，重点建设花海梯田，开发旅游产品，打造田园综合体，采取"政府引导、市场运作"的方式，创建"党建领航、村社合一、富民强村、振兴南山"模式，带动本村及周边村镇的大枣、小米、高粱酒、干豆腐产业，发展AAAA级景区。

南三家子村的旅游业非常符合时尚都市人们的"乡愁"情怀，大枣采摘、"农家乐"、生态观光等项目，把南三家村建成了休闲农业与乡村旅游示范点。

疾风知劲草，烈火炼真金。刘洪添没有被村里的困难所吓倒，那些困难反而激发了他的创业激情，他主业副业两手抓，将战略思维和实际乡情相结合。为了解决村里最大一块200亩土地的灌溉问题，刘洪添协调资金20万元兴建了集灌溉和垂钓于一体的塘坝，既使得周边土地成为水浇地，为保障粮食稳产高产打下坚实基础；又涵养风水，丰富了旅游休闲事业。

扶贫助困暖人心，"智""志"双扶见成效

任第一书记以来，刘洪添不但全力帮助群众脱贫致富，还关心群众的文化教育和精神生活。由于刘洪添来自高校，对教育的重要意义有着特殊的认识，注重扶贫与扶志、扶智相结合，加强"感恩"教育，让村民思想动起来、内心热起来、手脚勤起来，靠自己的奋斗改变命运，用信念支撑遇到的困难和挫折，整装待发，奋力前行。

他倾尽全力支持村里的教育事业发展，广泛调动校友、同学和老乡，出资2万余元资助特困家庭孩子16人，还为村镇捐赠5台电脑；组织沈阳一家爱心团队对村里小学进行援助，为在校的每名学生购买了运动服、运动鞋、书包、文具和几百本儿童书籍等物资，为学校的10名家庭困难小学生每人捐助现金500元。爱心团队的成员在学生中间嘘寒问暖，与孩子们亲切交流，鼓励大家在社会各界的关爱下要努力学习，克服困难，健康

成长。这场仪式虽然很简单，但场面却温馨感人。这次爱心捐助活动，不仅在物质上给了贫困山村需要关怀帮助的小学生雪中送炭，也给孩子们上了一堂无私奉献、乐于助人的德育课，得到了当地学生家长、老师及全体村民的一致赞美与好评。

2018年，他为村里6名特困学生找到长期帮扶人，得到扶持资金一万元，资助他们直至毕业参加工作为止。他把一位初中生送到沈阳纺织艺术学

校继续学习，并负责毕业后工作的安排。

为提高村民致富能力，他为村里有脱贫志向的村民赠送400多套种植、养殖等方面的致富书籍。知识扶贫，精神引领，为南三家子村民的素质发展，营造了良好的气氛。

他看到村里没有像样的文化广场，于是在该县文体新局争取到5万元扶持资金，建设面积为1000平方米的群众文化广场，这是朝阳县今年第一个竣工的文化广场并，对周边进行绿化，使该文化广场成为群众娱乐、健身、休闲的好去处。

不忘初心勇担当，展望未来描绘美好蓝图

"赶考"永远在路上。经过一年多的历练成长，刘洪添对下一步的工作有了更美好的展望。

南三家子村计划投资50万元扩大扶贫羊舍养殖规模，争取明年存栏数量达到800只，扶持村民发展养羊产业，并给予资金支持，争取3年后成为养殖上万只羊的"羊村"。投资6万元修建的村民文化广场工程正在完善，满足着村民业余美好生活的需求，提升着村民的获得感和幸福指数。对40年前建的塘坝进行清淤，清淤后塘坝水域面积将达到5000平方米，满足村200多亩耕地的灌溉需求，同时还可以进行养鱼，开发垂钓项目，增加集体收入，为未来本村发展旅游业奠定基础。

准备投资16万元建设冷库项目，满足本村秋季大枣的储存需求，建成后既可以增加村民林果业收入水平，又能够增加村集体经济收入。同时，计划通过网络销售3万到5万斤大枣，保证村民的大枣销售价格的平稳。

今年还要加大对学校教育的投入，除继续资助困难学生外，计划开展营养奶工程，使在校的每一名同学每天都能喝上牛奶，提高孩子们的营养状况。

投资5万元完成村里路基的修建，协助县里完成一条组与组之间的道路硬化和7处危房改造任务。另外还计划打通与羊山镇的道路工程，可以方便附近几千农户的出行。

　　其作始也简，其将毕也必巨。蓝图是美好的，工作是靠实干的。在脱贫攻坚路上，刘洪添站在新的历史起点上，归正初心、筑牢初心、释放初心，与南三家子村心连心，同心同德，汇聚成无坚不摧的强大力量。

包金民

　　2018年5月，包金民被辽宁省体育局游泳中心选派到辽阳灯塔市柳条寨镇长沟沿村任第一书记。他发展认养农业，提升品牌效应，仅2019年一年，通过名人认养销售大米5万公斤，增加收入40万元。引进"盛京满绣工作坊"，发展满绣产业，带动村里10名女劳动力在家门口就业。协调资金192万元，修建村路5.5公里；长沟沿村口有一座43年前的一座年久失修的老桥成为险桥，无法通行，他争取60万元资金，修建了一座新桥，确保了交通安全。2018年被评为"辽宁省最佳优秀扶贫志愿者"，2019年被评为"辽阳市优秀共产党员、灯塔市优秀共产党员"。

驻村先"驻心"

——记辽宁省体育局驻灯塔市长沟沿村第一书记包金民

驻村先"驻心"。全力扑下身子，真帮实扶，才能"驻"出党心、"扶"出民意。这是驻村书记包金民工作3年多最深刻的体会。

包金民是辽宁省体育局游泳管理中心的一名军转干部。2018年5月，按照省委组织部的统一安排，他担任灯塔市长沟沿村第一书记。面对新的战场，他充分发挥不畏困难、坚韧不拔、执着勇敢的军人优势，针对长沟沿村党组织"弱"、村域环境"乱"、经济发展"慢"的现状，深挖问题根源。通过抓党建、促发展、惠民生，开创了长沟沿村"党建提升、村域稳定、增收致富"的新局面。今年，包金民被评为辽阳市优秀共产党员。

党员的"领旗手"

党的十九大报告提出实施乡村振兴战略，这为农村发展描绘了宏伟蓝图、指明了实践方向。包金民到长沟沿村后，主动探索"党建+"的乡村振兴模式，用基层党建打通乡村振兴的神经末梢，带领党员引领农民致富。

长沟沿村位于灯塔市柳条寨镇中部，交通便利，地势平坦，耕地2430亩，其中种植水稻2000亩。优越的农业生产条件，没能显示其发展的优势。青壮年劳动力全部外出打工，村集体没有一分钱收入来源。全村33名党员，平均年龄55岁，60岁以上党员占70%。年龄最大的党员85岁，党员队伍严重老化。

包金民了解到，全村没有一家合作社，种植的水稻因本村缺少加工设备，低价出售稻谷，严重影响了村民的收入水准。产业结构单一，除水田之外，400亩旱田有350亩种植的是经济效益较低的玉米。党组织凝聚力战斗力不强，集体经济薄弱，服务功能弱化。

没有规矩，不成方圆。包金民对标省委组织部推进农村基层党组织规范化建设的要求，一方面建章立制，对村党支部从组织、制度、运行、活动、档案、作用等方面做出具体规定，制定了规范的、可操作的一整套规章制度。另一方面，结对帮扶，协调省体育局游泳运动管理训练中心党支部与长沟沿村党支部开展结对帮扶活动。他组织两支部一同来到凤城大梨树村参观学习，重温入党誓词，体会"干"字精神。组织村党员和退伍军人到"九一八"历史博物馆和雷锋纪念馆参观学习，不忘初心，勿忘国耻，万众一心，共创未来。

端午节前，游泳中心党支部出资2000元，到长沟沿村慰问贫困老党员、五保户和贫困户，送去了生活所需的物资。通过加强党组织自身建设，不断增强村党支部战斗力、凝聚力、向心力和号召力，党组织在农民群众中的威信得以提升。

积极搭建服务群众的载体和平台。在村党支部领导之下，成立了新时代农民运动讲习所，利用这一平台加强对广大农民的教育，包括思想教育、文化教育、科技教育、法制教育等。只有把农民组织起来、教育好，

才能真正发挥他们的主体作用，才能真正实现乡村振兴。

在建军91周年之际，他真诚邀请了自卫反击战战斗英雄、一等功臣陈正军来到长沟沿村。陈正军给村里的党员及退伍军人讲述40年前在前线保家卫国、英勇善战、杀敌立功的英雄事迹。与英雄在一起、与时代楷模在一起，更能激发村民参与乡村振兴的激情和勇气。邀请省委党校教师为全村党员上一堂关于新时代党的建设的总要求的党课。特邀省农科院水稻研究所、耕种栽培研究所、机械化研究所等5位农业专家到村考察调研，为村民授课。专家们走到田间地头，了解水稻种植情况，了解当地气候特点，为水稻科学种植提出建议。实地考察结束，专家与村民在讲习所进行互动交流，村民足不出村就可以有针对性地学到专家传授的科学种植知识。

推行"党组织统筹+环境整治评优+特色农家乐"发展模式，充分挖掘长沟沿村便捷的地理位置和优质绿色蔬菜及大米生产地的优势，积极开发特色农家乐资源。党支部选定卫生条件良好、垃圾分类和处理规范达标的农户，作为首批试点的农家乐指定地点，带动整个村其他村民家庭环境的改善和收入的提升。聘请中国烹饪协会首席顾问、中国特一级烹饪大师刘敬贤作为长沟沿村特色农家乐的专业导师，结合特色资源，设计出长沟沿村接地气的主打菜品，发展乡村旅游。

振兴的"领头雁"

包金民干事雷厉风行，而且善于用知识武装头脑。为尽快适应第一书记的工作任务和工作环境，他认真领会中央和省市有关乡村振兴的系列重要指示精神，刻苦研读"三农"相关书籍，寻找适合长沟沿村发展的项目。

"驻村关键要'助村'，这是我们驻村第一书记义不容辞的责任。怎么助村？就是通过全力以赴的工作、攻坚克难的精神，为村里带去资源，为村民带去实惠，为村庄带去希望。这也就意味着，唯有用真心、用真情、用真干带领乡亲们致富，才能赢得老百姓发自内心的认可，齐心协力创造明天更加美好的生活。"包金民动情地说。

长沟沿村以种植水稻为主。经省农科院专家精心指导，本村水稻无污染、无添加，不使用化学肥料，不用农药和生长调节剂，获得绿色无公害认证。

为了激发长沟沿村大米的品牌效应，积极尝试、推广"认养农业"模式，收到了意想不到的效果。他主动联系辽宁籍的体育、文艺界的名人作为首批认养人。著名曲作家铁源，著名词作家胡宏伟，著名军旅歌唱家朱晓红，奥运冠军王楠、李玉伟、丁美媛、王娇，辽宁男篮主教练郭士强等纷纷加入认养行列。通过名人效应，带动整个村的产业发展，并打造自己的品牌。这样不但农民的粮食有销路，而且卖的价钱比往常也高了，老百姓笑在脸上、甜在心里。

包金民驻村一段时间后，发现村里有一部分闲置妇女劳动力。怎么能让她们再有份收入呢？他想到了盛京满绣第四代传承人巴彦殊兰女士。于是，他找到了正在全省发展满绣扶贫车间项目的巴彦殊兰。在包金民的力邀下，巴彦殊兰女士在长沟沿村建立"盛京满绣"基地，充分利用村妇女劳动资源，进行规范化培训指导。一技之长，终身受益。这不仅增加了农民的收入，同时也壮大了村集体经济。

村里的"大暖男"

　　农村改革都40年了，占天时、据地利的长沟沿村为什么就发展不起来呢？长沟沿村以后应该怎么干呢？包金民到长沟沿村的第一天就反复思索这个问题。

　　他就一头扎进村里，深入田间地头，主动找村上的老党员、老干部了解情况，看望老军人、五保户、贫困户和患病村民，个人出资送去慰问品。通过走访座谈，开展调研，用真情换真心，用将近2个月的时间，他将村内各户走了一遍，边了解实情边思考、边谋划。

　　包金民说："我现在是长沟沿村的村民了，这里就是我的家，我要为我的家做点实事。"

　　长沟沿村的村部常年失修，墙皮脱落随处可见，村"两委"班子和村民都不愿意到村部工作议事。包金民调动身边资源，寻找爱心赞助单位，免费对村部进行粉刷修缮，村部面貌焕然一新。他了解到长沟沿村的互联网没有开通，为了让村里进入互联网时代，加快乡村发展，他积极联系中国电信沈阳分公司，研究网络覆盖问题。互联网的开通为长沟沿村插上了

智慧的"翅膀"。通过互联网技术，不仅改写了传统农村靠天吃饭的历史，还连接起田间与餐桌，有效推进"三产"融合，推动乡村跨越式发展。

作为体育人，包金民对村民的强身健体非常重视。他利用村部现有的广场，请专人规划了标准的羽毛球场地和篮球场地，把村部的一座旧房子改造成台球活动室，并为村里协调价值8万元的体育健身器材。村民有了锻炼身体的场地，台球室、篮球场每天都聚集着大量村民。包金民既是教练又是队友，他从一场场比赛中把自己融入村民中，不知不觉中成了村民的"大暖男"。

健康是老百姓的重大需求。包金民利用体育局的自身特有的条件和优势，安排游泳中心队医赵忠南来到村里义诊。赵忠南为村民讲授很多保健修复的常识和做法，到患腿病的村党员代表家中看病，并进行针灸、按摩，效果非常好。同时，邀请北京金水潭医院、北部战区医院和爱尔眼科医院的大夫到村里为村民联合义诊，为村民检查视力、眼底、牙齿，测血压等。通过义诊活动，为村里搭建了通往省城大医院的桥梁。

村民的"贴心人"

美丽整洁的环境让人享受美好，丰富的文化活动让人朝气蓬勃，写有家风家训的墙面让人感受文明……漫步在长沟沿村，所见所闻无不告诉你，乡村振兴之花正处处绽放。

但是村里的晚上却静悄悄、一片漆黑，晚上出行不方便更不安全，特别是村里很多年龄大点的村民更是出行不便。包金民下定决心，这件事一定要去办，这件事一定要解决。安装路灯需要资金。村里没钱，镇里没钱，怎么办？他充分利用自身资源，回到沈阳四处"化缘"，最后得到了浩成开关公司的鼎力支持，全村78个太阳能路灯都亮起来了。路灯亮了，村民的心也亮了。村民晚上的活动也增加了，走亲戚、串串门，路灯下的秧歌舞起来了。"灯亮了，亮的更是村民的心，这事做得对、做得值。"包金民感慨地说。

长沟沿村村口有一座桥，是出进村的必经之地，但是常年失修，隐患很大，路面坑洼不平，一到雨天更是苦不堪言。包金民来到村里就对这座

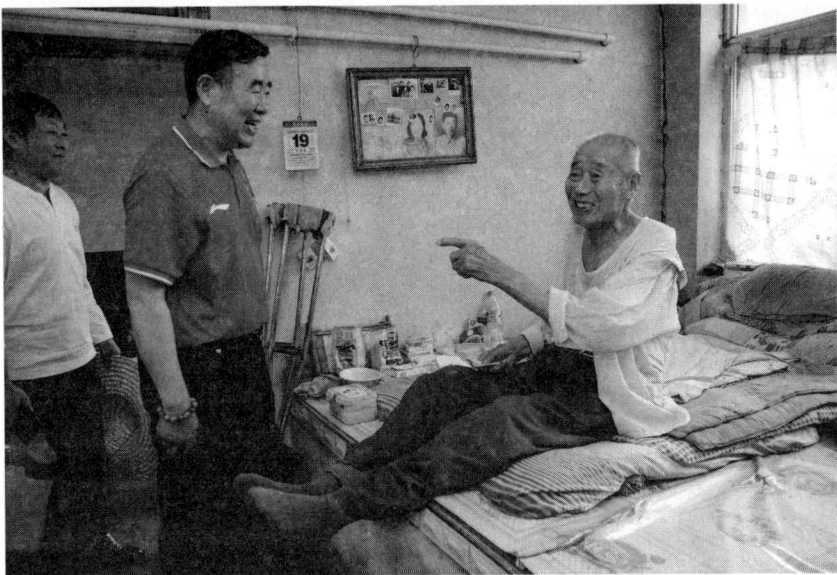

桥和这条路上了心，他暗自下决心，为村里修桥修路，解决村民的后顾之忧。他积极跑交通厅、财政厅，争取了财政立项。经过大半年的努力，专项资金到位，桥修上了，路铺平了，村民出行方便了。桥虽然不大，路虽然不长，但它是党和群众的"连心桥、连心路"。

包金民积极邀请北京联慈健康扶贫基金会秘书长一行来到长沟沿村，并到村里最困难的家庭慰问，到幼儿家庭看望孩子们。幼儿的成长离不开奶粉，村里的孩子吃不起高级奶粉，但此时村里的孩子有福了，因为有了北京联慈健康扶贫基金会的帮扶，中国奶粉扶贫项目为村里0—4岁的孩子免费提供奶粉，让村里的孩子和城市的孩子共享同一片蓝天。

同学的"大朋友"

包金民想让村里的学生走进训练场，近距离接触体育冠军，也许这些小小的活动就能改变孩子一生的命运。六一儿童节来临之际，他组织村里学生开展一日游活动，特邀奥运冠军王楠、郭跃的教练谷镇江给孩子们授课，让孩子们感受乒乓魅力。邀请1988年汉城奥运会柔道冠军李忠云亲自指导学习柔道。活动中，专业教练分别在国球、剑道和柔道上给予专业性指导，让孩子们学习剑道礼法，体会剑道文化。同学们第一次接触到这几项运动，既新鲜又好奇，一招一式有模有样，又对中国的传统文化有了更深一步的了解。同学们高兴地说，这个"六一"终生难忘。

在暑假期间，省体育游泳运动管理中心安排村里12—14周岁的10名学生到省游泳中心大连基地进行一周的学习、训练，开展夏令营活动。孩子们第一次看见游泳池，非常兴奋，专业教练手把手从基础动作教起，让孩子们感受游泳的乐趣。孩子们能够与专业运动员一起训练、生活，掌握游泳技巧，能够在泳池里畅游。在运动队训练期间，不仅开阔了视野，也锻炼了独立生活的能力，收获满满的快乐，这段经历将成为孩子们人生中一份宝贵的记忆。

乡村的"文明使者"

随着社会的变化和发展，农民的需求也发生了很大变化。如何满足群众的娱乐文化生活需求，也是第一书记的主要职责。为丰富长沟沿村的文化生活，提高村民的艺术修养，让村民感受经典，陶冶情操，包金民邀请了辽宁人民艺术剧院高雅艺术来村演出，为村民带来文化盛宴。艺术家奉上歌曲《领航新时代、共筑中国梦》等、诗朗诵《祖国啊我亲爱的祖国》、话剧《郭明义》片段等精彩节目，艺术家精湛的表演体现了时代精神的正能量。

为迎接首届"中国农民丰收节"，包金民组织开展以"丰收中国、幸福长沟沿"为主题的秧歌会演。包金民说服营口鲅鱼圈琴缘水产品有限公司，让公司赞助1万元、海鲜礼盒40份和服装等。12个村的300名选手参赛和表演，高亢的唢呐、激昂的锣鼓、欢快的乐曲、精彩的表演，舞出激情、舞出活力、舞出农民兄弟的精气神。

长沟沿村有着300多年的历史。在包金民的支持下，原村书记彭友怀邀请社会有识之士编写了《长沟沿村村志》。村志存真求实地记录了长沟沿村的发展历程，留下长沟沿村那些感动的历史瞬间。村民们也能借此鉴古知今，再铸辉煌。

乡村的“设计师”

如何改造传统农业模式，让农业真正插上科学的翅膀，是包金民重点思考的课题。通过和相关农业科技公司多次探讨，4月初，某公司免费赠送30吨化肥并和长沟沿村达成长期战略合作，共同打造智慧农业新模式。利用新理念，推动设施农业、观光农业、四维农业建设，对长沟沿村600亩玉米与1900亩水稻实现全覆盖。

引进了秸秆水稻育秧盘项目，解决了秸秆焚烧污染环境、水稻育苗取土难两大难题。稻农育苗由原来的10道程序变为4道，省时省力省钱。秸秆水稻育秧盘一套小型化生产线，可以生产300至500盘秸秆水稻育秧盘。长沟沿村一年共有秸秆1300吨，一套小型化生产线就可以消化，解决了村里秸秆处理难的问题。

没有启动资金，乡村发展就是一句空话。为了筹措资金，包金民多次跑省财政厅和省农委。功夫不负有心人。400多万元的乡村发展专项基金终于有了着落。为此，村里成立专业合作社。他带领村“两委”班子经过考察调研，决定2019年一期建设10个花卉大棚，等姹紫嫣红的花卉收获时节，更为长沟沿村的观光农业增加绚丽多彩的一笔。

包金民告诉记者：“驻村，就要把自己真正变成村里人，把心驻进村里，‘吃透’精神，与中央、省市提出的具体要求融合成‘混合动力’，强劲助推第一书记本职工作，真正成为村里扶贫攻坚和乡村振兴的组织者、引领者、推动者。”

刘晓东

　　2017年，辽宁省民族和宗教事务委员会派驻阜新蒙古族自治县大板村任第一书记兼工作队队长。他协调15万元资金对村部进行改造；协调资金300万元完成11.3公里村屯路建设；协调300万元实施大板镇蒙古族特色小镇改造；协调20余万元为大板村修建了民族文化广场、民族团结健身广场，为丰富群众业余生活搭建了平台；协调38万元修建900平方米水塘1座，铺设管道200余亩，改善了农业生产条件；协调110万元在大板村建设110千瓦光伏发电园，发展壮大村集体经济，村集体年收入超过10万元；协调60万元扶持党员大户流转土地200余亩，成立了"民族一家亲"种植合作社，发展特色产业。

党建引领聚活力　产业助力奔小康

——记辽宁省民族和宗教事务委员会驻阜新蒙古族自治县
大板村第一书记刘晓东

走进大板镇大板村，宽阔的马路、整齐的路灯、新栽的树木、规范的蒙古族特色牌匾，处处洋溢着蒙古族民族气息，大板村正快速地向民族特色乡村旅游小镇发展着。两年来，大板村发生了巨大的变化，这巨变的背后有一双巨大的推手，那就是驻村第一书记刘晓东和他的团队。

刘晓东有两个头衔：一个是辽宁省民族和宗教事务委员会驻大板镇大板村扶贫工作队队长，一个是大板镇大板村第一书记，两个头衔一个任务，就是帮扶大板镇大板村实施精准脱贫，实现乡村振兴。2017年，刘晓东受省民族和宗教事务委员会委派，开展驻村扶贫。2018年初接任扶贫工作队队长，带领两位队员在大板村开展驻村扶贫。两年来，他情系大板，以镇村为家，倾囊相助，投入了感情、放弃了时间、牺牲了家人，全力以赴助力脱贫攻坚，取得了显著成效。他的一言一行，感染和鼓舞着身边人，他的所作所为，深受基层干部群众信任和拥护。

坚持党建引领，不断提升党组织凝聚力向心力战斗力

大板镇大板村位于阜新市阜蒙县南部，紧邻海棠山风景区。大板村交通十分便利，距阜蒙县城18公里，阜新市区30公里，沈阜、沟奈公路在境内交叉，大板村有农户624户1887人，蒙古族人口56%。这样一个地理位置优越，旅游资源丰富的乡村，在驻村工作队进入前是全省贫困村、经济薄弱村、党组织软弱涣散村。村民抽烟、喝酒、打牌，无所事事，对产业发展、乡村振兴漠不关心，自己家的日子能过得去，就得过且过。

刘晓东他们是省民族和宗教事务委员会派来的第二批扶贫工作队了，虽然心里有准备，但是走进大板村还是被眼前的景象所吓到了。刘晓东说："我真是无法理解，这里的村民怎么能安于贫困，不想着发家致富，不思进取呢？"

　　党的十九大报告明确指出，"党的基层组织是确保党的路线方针政策和决策部署贯彻落实的基础"。基层党组织是广大农村地区的核心领导力量，是带领亿万农民群众推进农业农村现代化建设的"主心骨"，是促进农村发展繁荣的"领头羊"，是引领生产力提升的"排头雁"。因此，刘晓东把"要想富，必须建个好支部"摆到突出位置，着力增强基层党组织的战斗力、凝聚力，提升其在推进脱贫攻坚和乡村振兴战略中的领导力。

　　刘晓东决定首先要加强村党支部党建工作，把党建作为根本任务来抓。认真查找、分析、梳理出村干部和村民不想发展、不敢发展、不会发展等三类致贫返贫、影响发展、制约创新的主要问题，从村"两委"班子成员、村党小组长和村组致富带头人抓起，深入细致地做思想工作。带领他们外出考察、强化培训、开阔视野、更新观念，激发他们干事创业的激情，增强甩掉贫穷落后帽子的信心，摒弃喝酒、打牌等不良习惯。加强思想政治工作和党建规划引领，建立党建工作规划，完善并认真落实"三会

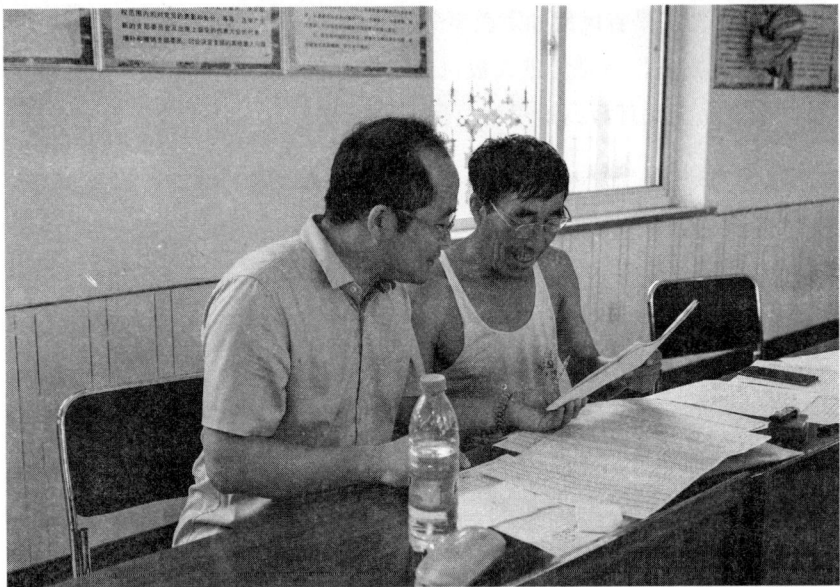

一课""四议一审两公开"、重大事项集体决定、评优评先、值班值宿、党
员志愿服务等制度，规范党组织生活。如今，大板村党支部内外环境焕然
一新，党支部"两委"班子更加坚强有力，党组织政治生活更加规范，党
员过组织生活成为自觉，党支部战斗堡垒作用得到充分发挥。大板村党支
部由过去软弱涣散的"问题"支部，成为全县先进党支部，成为全市党支
部规范化建设的一面旗帜。

大板村的包德柱书记激动地说："没有刘书记就没有我们大板村的今
天，他感染着我们、激励着我们，我们必须改变，跟着刘书记一起干，错
过了刘书记，我们就没有这么好的机会了。"

刘晓东多年从事民族宗教事务工作，深刻理解少数民族地区思想建设
是党的基础性建设，坚定的理想信念是党的思想建设的首要任务，是统一
党员思想的重要举措，是指引党员前行的指路明灯。在当前脱贫攻坚和乡
村振兴中，针对村里少数党员出现的"思想认识跟不上时代步伐"等思想
问题，村党组织存在着"班子不强、队伍不优、年龄老化、水平偏低、观
念陈旧"等突出问题，他深入研究新时代农村基层党建工作的现实需求，
积极探讨思想教育培训方式，进行党性教育和德行教育，固本培元、补钙
加油，坚定理想信念，坚定党性立场，坚持思想建党，不断提升党组织的

凝聚力向心力战斗力。

加强党支部阵地建设，打造坚强的战斗堡垒

大板村村部由于长期失修，墙皮脱落，座椅破旧，破烂不堪，村"两委"班子成员不到村部办公，村部形同虚设。要想富必须要有个好支部。刘晓东他们来了之后，争取到15万元资金对大板村部进行改造，重新建设了党员活动室、图书阅览室、卫生室等，对室外的宣传栏、厕所进行重新修建，重新布局修建了院落，安装了健身器材，开展了绿化美化，把村部打造成为群众办事服务、开展村级管理和党员学习活动的示范基地。

大板村党支部内外环境焕然一新、党支部战斗堡垒更加坚强有力、"两委"班子更加团结有力、党组织政治生活更加规范、党员干部过组织生活成为自觉、党员先锋模范作用有效发挥、党员志愿者定期开展志愿服务活动。我们来到村委会，正赶上7位村民组组长在做土地确权工作，几位老党员在宽敞明亮的会议室工作，脸上洋溢着坚毅幸福的笑容。

刘晓东说："岁数大的几位德高望重的组长原来想辞职不干了，在我们的影响带动下，继续坚守岗位，发挥了很好的示范带动作用，他们都有着30多年的党龄，工作认真，土地确权工作细致复杂，他们已经连续工作好几天了，但是没有一个人叫苦退缩。"

75岁的村民组长王玉春阿姨激动地说："我是一名老党员，入党40多年了，现在还能为党工作，我感到很自豪。"

看到在炎热的天气里，老党员认真仔细核对一组组数字，花镜、放大镜都用上了，虽然都上了年纪，但是精神头不亚于年轻人，刘晓东回到村部就加入他们的战队中，大家认真研究起土地问题。

刘晓东介绍说：村"两委"班子和党员能有这样的改变，主要是我们村级党组织负责人，实行任期目标责任制与承诺制，我们现在要打造一支有思想觉悟、有工作激情、有责任担当、有丰硕业绩的"四有"村"两委"班子。村里党员推行健全完善管理制度和奖惩机制，坚持严管与厚爱并重，既"从严治党"不迁就姑息，又关怀帮扶解后顾之忧，保证党员集中精力干事创业。党员承诺践诺，带头创业，带头致富，发挥"关键少

数"的"头雁效应",切实起到了模范带头作用。在晓东书记的教育引领和扶持帮助下,村里涌现出刘福盛、张领泉、周和平等一批党员致富带头人。两年多来,每年村党支部发展2名党员,培养了一批入党积极分子、党小组副组长和村级后备干部,为大板村发展注入了活力和潜力。

加强民族团结进步,丰富乡村文化生活

夕阳西下,余晖散落在田埂上。刘晓东走在乡村的小路上,远处飘来了悠扬的笛声,这笛声把他带到了辽阔的大草原上,牧民们策马扬鞭,高歌起舞。刘晓东灵机一动,村里大多数人都是蒙古族,能歌善舞,多才多艺,要是能组建歌唱团和舞蹈团,调动挖掘他们的文艺才能,丰富村民文化生活,用文艺团队加强党组织与群众的联系,这样能更好地加强乡村综合治理。

刘晓东说干就干,他组织村民成立了秧歌队、跳舞队,并个人出资为秧歌队、跳舞队购买音响设备及服装,请了专业老师为他们进行指导。每天晚上,村里的文化广场就热闹起来,加入队伍的人越来越多。他们还有计划地送文化下乡,丰富村民文化生活,重大节日还组织各村舞蹈队、秧歌队进行比赛。前不久,他们自发地组织乡镇各村和周边乡镇在大板村红红火火地开展了文艺会演,17支队伍载歌载舞,喜迎新中国成立70周年的到来。

在大板村民族文化广场四周的围墙上,刘晓东请人绘画了"热爱祖国、孝敬父母、关爱他人""民族团结一家亲、同心共筑中国梦""人民有信仰、国家有希望、民族有力量"等标语。他用这种潜移默化的方式向村民传播爱国情怀和传统文化,全面贯彻党的民族政策,深化民族团结进步教育,铸牢中华民族共同体意识,加强各民族交往交流交融,促进各民族像石榴籽一样紧紧抱在一起,共同团结奋斗、共同繁荣发展。

刘晓东说,要发挥文化在乡村振兴中的精神支撑作用,不但要挖掘优秀传统文化,采取大众喜闻乐见的方式进行传播与弘扬,还要制定村规民约,开展乡村治理,重塑乡风民俗,以社会主义核心价值观为引领,加强农村思想道德建设与公共文化建设,培育文明乡风、良好家风、淳朴家

风，改善乡村精神面貌。

大板村的文艺活动多了，纠纷少了，喝酒打牌的没了。村民把更多的心思放在了经济发展上，比一比谁家做得更好，钱赚得更多。在刘晓东的引领下，村"两委"班子加强矛盾纠纷排查调解和安全隐患排查整治，化解土地确权纠纷、干部矛盾纠纷、危房改造纠纷20余起。开展农村环境治理，每年清理垃圾300余吨。协助村"两委"班子落实好计生、社保、低保、五保、就业、医疗等惠民政策，抓好为民服务全程代理工作，方便群众办事。

多方争取资金，加快基础设施建设

要想富，先修路。基层设施落后是制约乡村发展的主要因素。大板村是由原来的大板和大岭两个村合并而成，村民居住分散，坐落在山坡的沟沟坎坎上，有的村民出行道路基本没有，靠车辆碾压形成的车辙进出家门。山上的苹果、梨、杏等农作物运不出去，大批大批地烂在地里，村民看着心疼啊！刘晓东带领驻村工作队成员挨家挨户走访调研，修路是村民亟待解决的问题，他积极协调民委、国土、交通等部门筹措资金300余万元，完成了大板村11.3公里村屯路建设，方便了村民出行和农产品运输。85岁的老党员王淑琴家住在半山坡，那里只有他们一户，现在门前也通上了柏油路，老人激动地说："在我临死前还能走上这样的路，共产党真好哇！"鸿运农家院也位于山脚下，现在柏油路铺到家门口，客人们越来越多地来品尝农家特色饭菜，生意越来越红火。包书记告诉记者："道路通了，农产品和水果都能运出来了，现在物流公司的汽车可以直接开到田间地头了，村民增收了，日子好过了。"

刘晓东解决完道路问题，又研究起乡村整体建设，协调争取300余万元开始实施大板镇蒙古族特色小镇改造，栽植银杏树240棵，灌木丛2000多延长米，榆叶梅220多棵，安装改造路灯262盏，修建海棠山牌楼，增加民族元素，提升了小城镇品位。他争取资金20余万元，为大板村修建了民族文化广场、民族团结健身广场，为丰富群众业余生活搭建了平台。争取投入资金38万元，修建900平方米水塘1座，铺设管道200余亩，改善了农业生产条件，解决了灌溉难的问题。正在筹建自来水厂，解决村民吃水难问题。

充分利用大板镇蒙古族文化悠久、海棠山风景区旅游资源丰富、四通八达交通便捷、山南小气候空气相对湿润的独特优势，刘晓东帮助大板村科学制订了脱贫攻坚和乡村振兴三年发展规划，调整并确定了适合当地的发展思路，打造蒙古族风情小镇，发展乡村旅游、壮大集体经济。

多措并举搭平台，产业扶贫奔小康

习近平总书记在考察脱贫攻坚工作时指出："发展产业是实现脱贫的根本之策。要因地制宜，把培育产业作为推动脱贫攻坚的根本出路。"刘晓东把发展乡村产业作为驻村帮扶工作的重中之重，经过多方论证，结合大板村实际情况，协调争取110万元在大板村建设110千瓦光伏发电园，光伏发电园是村集体经济。经过一年多的运行，村集体收入实现"零"的突破，年收入超过 10 万元，为开展扶贫攻坚、发展公益事业、改善民生注入了活力。每年村 100 户建档立卡贫困户实现光伏发电收益分红，80 周岁老人享受 200 元长寿补贴，考上二本以上学生享受 300 元奖励……

晓东书记结合大板村十年九旱、土地种植单一、土地收益低的实际，加强调研论证，借鉴成功经验，探索发展中药材种植、辣椒种植、地瓜种植、菊苣种植等高效农业的路子，探索加快农村土地流转，从根本上破解农村发展的瓶颈和难题，让农民不仅眼前脱贫，更从长远上实现增产增收。

在乡村发展产业说起来容易，做起来难，村民害怕亏损，不敢尝试。2018 年，他个人扶持大板村党员致富带头人开展辣椒种植试验田，联系中国辣椒产业专家做好技术指导和产品回收，试验田亩净收益 1100 元，为群众做了示范。第一年的成功经验，让村民有了信心。2019 年，刘晓东协调争取资金 60 万元，扶持党员大户流转土地 200 余亩，成立了"民族一家亲"种植合作社，发展辣椒种植、地瓜种植、土豆种植、大葱种植等双茬轮作、间作套种高效农业。招商引入阜新和润生物技术有限公司，开展菊苣种植试验项目 30 余亩，正在推进 150 亩黑木耳种植、200 亩葡萄种植和畜牧养殖等项目。他带领农民转变生产经营方式，从长远上实现增产增收。他与大连市服装厂合作，引进手工缝纫扶贫项目，转移农村妇女剩余劳动力（含建档立卡贫困户），人均可月增收 500 元以上。

在扶持大板村发展的同时，他带领驻村工作队开展定点扶贫大板镇，每年投入 30 万元扶持各力格村发展壮大近千亩红薯产业，每年投入 50 万元扶持三家子村发展畅想生态园和万米生态长廊项目，投入 100 余万元帮助衙门村和山岳村解决村民行路难的问题。两年多来，刘晓东带领驻村工作队、村"两委"班子为大板镇引进项目资金 1500 多万元。

在乡村振兴的实践中，困难会不断出现，很多基层党组织表现出了"能力不足"与"本领恐慌"。如何破解这种难题？晓东书记在两年多的实践中探索出的心得体会就是：要坚持和加强党在基层的领导地位，发挥农民在乡村振兴中的主体地位，充分调动农民的积极性、主动性、创造性，凝聚起乡村振兴的磅礴力量。要有"功成必定有我"的责任担当与"功成不必在我"的精神境界，勇挑重担，无私奉献，不搞形象工程、面子工程。以滴水穿石的韧劲，以钉钉子的精神抓工作落实，苦干实干，为群众办事不推诿不刁难不吃拿。要担当奉献、办事公正、清正廉洁，变党群关系"绕着走"为"迎着上"，形成"有困难找党员，要服务找支部"的农村新气象，厚植乡村振兴群众基础，共建共享推动乡村振兴战略的实施。

胡岩

  2015年11月，胡岩被辽宁省地矿集团矿业公司选派到葫芦岛市南票区沙锅屯乡后富隆山村任工作队队长兼第一书记。成立以"党支部+贫困户"为主体的养殖合作社，建设占地面积11000平方米、牛棚2300平方米、存栏牛350头的生态养牛场，项目带动后富隆山村等5个村建档立卡人口879人。2020年，为覆盖村建档立卡每人分红450元，累计为本村及覆盖2052人次发放红利130万元。2020年年底，村集体账面从6年前的负债32.2万元到账面盈余23.2万元。胡岩个人荣获全省脱贫攻坚先进个人，省定点扶贫先进工作者，葫芦岛市优秀共产党员，葫芦岛市学雷锋、学郭明义标兵，地矿集团劳模等称号。

聚党心　暖民心

——记辽宁地矿集团矿业公司驻南票区沙锅屯乡后富隆山村第一书记胡岩

"如果我死了，你就把我埋在那里。"驻村干部胡岩指着牛圈后面的半山坡神情庄重地对妻子说。当妻子离开时，村干部和村民们陪同胡岩一直把她送到十里外的班吉塔高速路口。临别时，妻子拉着胡岩的手动情地说："这么好的村民，你就带着他们好好干吧！"

有情怀有梦想，哪里都是干事的主战场

2014年1月17日，胡岩在天津做了肾脏、胰腺和十二指肠三项器官的联合移植手术，该手术也是全国首例三个器官同时移植成功的手术。经历过生死考验后的胡岩，开始进一步思考人生存在的价值和生命存在的意义。在他看来，自己的"第二次生命"，完全得益于这个国家和这个时代。作为一名拥有25年党龄的老党员，他要用自己的"第二次生命"，全身心投入工作中去，全心全意为国家和社会贡献自己应有的一分力量。也许正是基于这样的信念，他在大病初愈不到半年，便向组织申请恢复工作。也许正是基于这样的信念，在地勘单位体制改革期间，已过不惑之年的他，断然放弃了政策倾斜后的提前退休，依然坚守和奋斗在自己的工作岗位上。

2015年，胡岩作为地矿集团矿业公司第三批扶贫工作队进驻后富隆山村。2018年，胡岩又被任命为后富隆山村第一书记。从走进后富隆山村的第一天，他就把自己当作村里人。看到村民渴望的目光，一种责任、一种担当油然而生，身体上的疾病无法阻碍他的决心。他要用自己的智慧和能量及有限的时间让这个贫穷的小山村改头换面，在这里打场漂亮的脱

贫攻坚战，这就是他新的主战场。经过两年努力，胡岩在南票区第一书记的考核中成绩优秀，在沙锅屯乡扶贫工作考核中获得满分，后富隆山村党支部被评为南票区扶贫工作先进单位，村党支部还获得了沙锅屯乡标兵党支部荣誉称号。

胡岩说："来后富隆山村前，我从未思考过什么是人生存在的价值，在这里我明白了。当别人遇到困难，第一个想到你，第一时间来找你，那么这就是人生存在的价值！"

一点一滴聚党心，一心一意暖民心

因为胡岩和队友们的到来，后富隆山村发生了翻天覆地的变化。昔日杂草丛生、肮脏凌乱的沟壑被整洁的沟渠所代替。走在村中的水泥路上，乡亲们还会记起那曾经泥泞的小路。一排排海棠树整齐地站列在沟渠的两岸，与健身广场宣传栏里胡书记提出的"三个一、两条线"的宏伟规划遥相呼应，就像将军在指挥着他的士兵一样，守护着后富隆山村的安宁。垃圾收集点布局合理，垃圾箱整齐地摆放在每一个住户的门前。宣传板、篮球架、健身器材错落有致地摆满了健身广场。

每当夜晚来临，广场灯、路灯亮起来了。三五成群的乡亲们就来到了广场上，谈论着今天的美好生活，跳起了欢快的秧歌舞，欢歌笑语飘浮在后富隆山村上空。

胡岩带领队员为村里修建近60平方米的村卫生所，聘请了一名医生，现已正式接诊。

今年7月25日，暴雨袭击后富隆山村。暴雨过后，胡岩亲自到村民家中实地踏勘，了解灾情。因河套淤堵，水流不畅，大水漫过路面，河两边大部分村民家中进水，部分村民家中受灾严重。齐腰深的洪水冲毁了水泥路两边的引路。胡岩召开驻村工作队、村"两委"联席会议、党员大会、村民代表会议并请示乡政府，争取150万元资金用于基础设施建设。开工以来，驻村工作队队员经常深入工地，抓进度、抓质量、抓安全。目前，一期工程已经完工。村民们都说："这是党给后富隆山村建的第一大利民工程。"

　　今年，经驻村工作队和村"两委"走访，确定对3户危房贫困户进行房屋改建。经请示上级政府，协调资金9万元，为3户危房贫困户房屋进行了翻建。目前，已经顺利入住。胡岩还协助有关单位，对102户沉陷区居民实施移迁工作，98户村民已经签订协议。目前，迁移工作正在顺利进行之中。

　　春节走访期间，胡岩听说两名贫困户大学生放假在家，就和村书记一起到家中慰问，鼓励她们好好学习，学成之后归来报效家乡，并为每人送去了200元现金。驻村工作队还协调社会资金1.2万元，捐资助学，为富隆山小学215名学生送去了学习用品，为学校送去了体育用品。

　　走访中，他还发现1名初中生辍学在家。经协调学校，该生已经重新返回学校，学生的奶奶刘玉芬拉着胡书记的手说："谢谢胡书记！我孙女又能上学了。"

　　胡岩有着强大的后方保障。矿业集团矿业公司领导给予大力支持，先后为村里投入扶贫资金160多万元，领导多次来到后富隆山村看望驻村工作队和贫困户。"十一"前夕，矿业公司机关及所属二级单位32名党员干部对富隆山村贫困户进行"一对一"结对走访慰问，并给贫困户送去了米、

面、油。春节前夕，驻村工作队对128户贫困户进行了走访慰问，每户送去200元现金。南票区政协筵凤菊副主席刚刚被调整帮扶后富隆山村，就被胡岩及队友的精神所感动，积极投入到脱贫攻坚战役中来，选择最困难的家庭作为自己的帮扶对象。

"铸魂"与"塑形"并举，让乡村旧貌换新颜

2014年7月，当驻村工作队进入后富隆山村，映入眼帘的是：满目凄凉的村庄，乡间小道高低不平，低矮破败的民房随时要倒塌，村民穿着简朴、无精打采，透露着迷离惶恐的眼神。村里最"豪华"的村部墙面纵横交错着几道通透裂缝，似乎一阵大风就要被吹倒。办公室内几把破旧的桌椅，桌面有铜钱厚的灰尘。这一切告诉我们，这里的主人已经好久没有光临了。

胡岩走访中了解到，这里近千口人，人均不足一亩地，地薄、缺水，十年九旱，玉米丰年亩产700多斤。年人均收入（含救灾款、低保金、扶贫款）不足千元。当时，个别贫困户每天只吃一顿饭，村民早餐能吃上一块豆腐就是富裕家庭。走访中一位大婶告诉胡岩，她已经20多年没买新衣服穿了。年轻人都外出打工，村里50岁以下的青壮劳力少之又少。

如何提振村"两委"的士气、让村里的父老乡亲看到希望，是胡岩及队友亟待解决的问题。

冶金地勘局领导对此非常重视。局长王福亮、副局长李东坡多次到村实地考察，和乡领导一起制订帮扶方案。先后拨付资金110余万元，用于建村部、建文化广场、筑路、修桥、铺涵洞、架设路灯、勘测地下水资源、购置办公桌椅、购置通信器材、购置办公电器、修建党员活动站、新建村民读书屋、新增会议室等必要设施。通过这些工作，村"两委"的士气得到提振，村党员的干劲得到鼓舞，村民对美好生活的希望又重新燃起，村容村貌也焕然一新。

激活党建功能，增加脱贫新动力

农村富不富，关键看支部。决胜脱贫攻坚，基层党员干部队伍是中坚力量和决定因素。自从任第一书记职务以来，胡岩和队员一起协助村"两委"，建立健全了各项规章制度，完善乡规民约。他利用每月7日党员活动日，给党员上党课、讲科普知识等，充分调动党员、村民代表积极性，提振党员士气，鼓足村民干劲。

新村部建成后，建立了党员活动室、村民图书室，配置书架、报刊架，购置新农村建设及农业科技开发等书籍。建立法治宣传栏、橱窗等。通过读书、学习等活动占领党员学习文化活动阵地。

6月29日，驻村工作队和沙锅屯乡后富隆山村党支部，组织全体党员、干部在生态母牛繁育基地开展了"我为党旗添光彩"迎接中国共产党成立97周年主题日活动。82岁的村老党支部书记刘荣贵拉着胡岩的手说："看到你们和村'两委'带领村民们拼命干，我看到了希望，有你们带头我就放心了。"

胡岩以增强党性观念、提高能力素养、发挥先锋模范作用为抓手，不断提升农村党员干部综合素质，为乡村振兴战略培养人才。

"村庄面貌焕然一新，村民安居乐业，生活水平逐渐提升，感谢所有帮助我们摆脱贫困的驻村干部，是他们让我过上了幸福祥和的生活。"老党员说出了广大群众的心声。

精诚团结，发挥基层党组织战斗堡垒作用

胡岩说："我有一个作风优秀的团队。"村支书刘广兴是公认的拼命三郎，为人正直，敢于担当。为了改变家乡贫穷落后面貌，他放弃自己家族产业，一心扑到为家乡父老乡亲致富的道路上，深得村民拥戴。他常说："胡哥，你脑子灵，我身体好，你出点子我来干，咱俩互补。"工作中也是这样，出力、危险的工作他总是冲在前面。村主任王成武入户甄别时带头走在前面。村会计张玉柱大水冲坏了自来水管道时光着身子跳进齐腰深的

水里把管路接通。牛犊生病，他抱回家里一口饲料一口药硬是把牛犊从鬼门关抢了回来。妇女主任李金环，村里成立秧歌队时带头组织，获得乡秧歌比赛第三名。

队员陈志鸿的孩子上高中早上7点到校，晚上11点多钟才能回家，他把接送孩子的任务扔给了妻子。孩子顽皮，他经常和孩子视频谈话到深夜。他承包了驻地所有的后勤工作，衣食住行样样安排得妥妥当当。村内河道治理，"基地"二期工程，他始终蹲守在工地。他经常对胡岩说："你身体不好，这些体力活我干了。"队员王君奎，一直承担着接待贫困户、协调党员活动等工作。2018年"七一"前夕，他被检查出直肠癌。为了参加筹备已久的"七一"党员活动，他隐瞒病情冒着大流血的危险一直坚持到活动结束。在京手术期间，还多次打电话关心村里的扶贫工作。手术刚刚做完5个月，他就毅然返回扶贫工作岗位。面对胡岩和陈志鸿的劝阻，他说："看到你们在拼命工作，我躺不下，坐不住，尽我所能为你们分担点。"

驻村工作队与村"两委"班子精诚合作，充分发挥团队精神，心里装着群众，想群众之所想、急群众之所急，在驻村的短暂两年里，用自己的"辛苦指数"换来群众的"幸福指数"，一件件实实在在的事情让群众看在眼里，记在心里。

谋发展促增收，既"输血"更"造血"

胡岩一直思考如何变"输血"为"造血"，变被动扶贫为主动脱贫。他把自己的想法与局领导汇报后，经王福亮局长的提议，驻村工作队和村"两委"决定，到吉林、内蒙古等养牛大省和周边的养牛大户进行考察、调研。结合村的实际情况，他们一致认为养牛事业前景非常好，风险小，收益高，人工投入少。胡岩立即召开了驻村工作队和村"两委"联席会议，大家对立项非常认可，但是对于如何养殖发生了分歧。一部分干部认为，集体养殖有利于集体经济积累，有利于让贫困户走共同富裕的道路。不会造成扶贫扶出新的贫富差距，更重要的是扶贫资产不会流失。另一部分干部认为，集体养殖容易造成腐败。当前国家政策也没有明确支持，贷款、扶贫款没有相应的政策，一旦出现偏差，在政治、经济方面都会造成不好的影响。可以说，两种意见各有长短，各有道理，谁也说服不了谁。于是，工作队将项目方案及两种养殖经济形式意见汇编成材料向局党委和乡党委做了汇报。局长王福亮同志积极支持养牛项目，并鼓励用集体养牛的形式带领村民致富。乡党委王涛书记也认为，相信驻村工作队和村"两委"的党性觉悟，走集体养殖经济形式符合后富隆山村的实际，可以进行尝试。

有了局党委和乡党委的支持，驻村工作队和村党支部书记分头找支持个体养殖的村干部交换意见，最终统一了思想。然后，再次召开驻村工作队村和村"两委"联席会议，会议一致赞成，扶贫养牛项目以"党支部+贫困户"成立合作社发展集体经济的模式和"党员干部带头、村民参与、贫困户全覆盖"的举措，集党建、脱贫攻坚、乡村振兴于一体。

项目一经确立，资金问题就摆在了的面前。是等，是靠，还是要？驻村工作队和村"两委"认为：等、靠、要都行不通，只有以自力更生为主，寻求外援为辅，才是唯一的可行途径。村支书刘广兴开来自己家的挖沟机，在村集体的山坡上硬是刨出来一个平整场地和陡峭崎岖的土坡路。冶金地勘局在资金万分紧张的情况下拨付了5万元的扶贫款，用于牛圈建设。仅用了短短一个月的时间，一个简易的牛棚建成了。驻村工作队和村"两委"又在党员干部、村民、贫困户中筹集资金25.94万元，购买了26头种牛。

在买牛的时候，为了节省开支，7名党员硬是从几十公里外的邻县把牛赶了回来。8天的风餐露宿，饿了啃口馍，渴了喝口凉白开。冬天的夜晚，7名党员轮班守护着牛群，围着一堆篝火眯上一觉。没有工钱、没有报酬，有的只是共产党员的信念。

由于缺少资金，牛圈没有饲养员休息房，只能在牛圈的一个角用塑料布围成了一个休息间。冬天，母牛生了小崽儿，乡亲们就把自己家的破被褥送来给小牛犊围上避风寒。一头小牛病了，张会计就把小牛犊拉到家，一口药、一口奶，硬是把小牛从死神手里夺了回来。为了节省饲料开支，尽管是大冬天，每天饲养员天刚亮就把牛放到荒野上捡食。

每当有小牛即将降生，驻村工作队队员和村支书都会跑到山上等待着

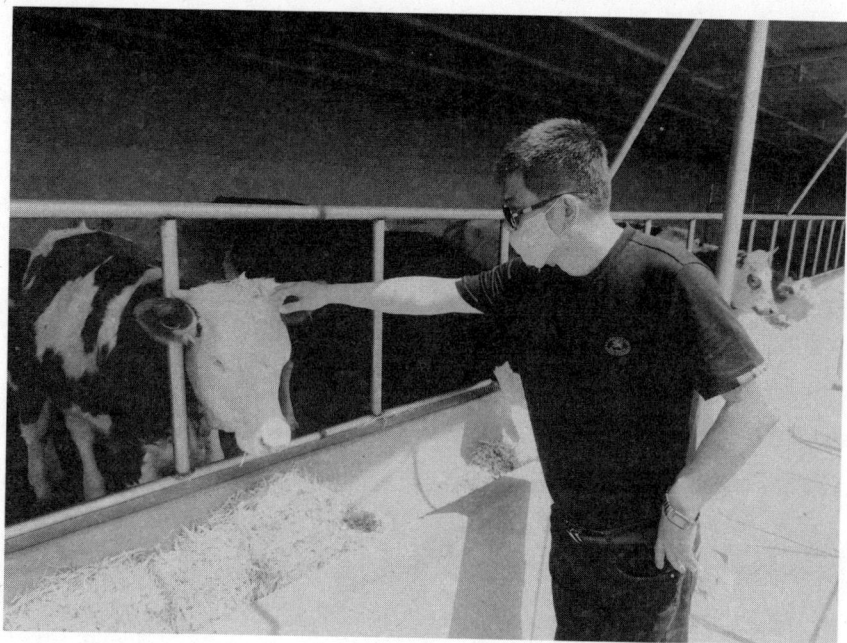

新的生命降临。

　　建牛圈的时候，还有一个神奇的故事。南票区本身就是一个贫水区，牛圈又建在高山上，山的四周曾经打过多眼井都没有水。而村书记刘广兴同志拿了一块石头扔在地上说："就在这地方打。"一钻打下去，水出来了，井打好了。不但水量丰富，经化验水质也非常好，完全达到矿泉水的标准，基地里的牛天天喝着矿泉水长大。胡岩说："这是天佑好人。"

　　2017年的下半年，生态母牛繁育基地初具规模，葫芦岛市扶贫办决定给基地拨款80万元用于购买母牛，矿业公司又注入扶贫资金5万元。扶贫款到位之后，他们购买了40头母牛，修建了饲养员休息室，扩建了两栋牛棚，又新购了一个牛圈用于新购牛的周转。年底，生态母牛繁育基地已初具规模，母牛存栏78头。188名贫困人口每人分红300元。

　　2018年春，生态母牛繁育基地饲料短缺，母牛面临断炊困境。银行因集体经济需要担保而无法进行贷款，区、乡政府财政又面临窘境。地矿集团领导得知情况后，雪中送炭，两次下拨扶贫款30万元。砂锅屯党委召开专题会议决定，设立帮扶基金，用于生态母牛繁育基地的饲料款周转。驻村工作队用这笔款建起了仓库、购置了饲料粉碎机、购买了饲料，牛场的饲料问题基本解决了。目前，牛场估值220万元。今年，村集体经济10年来首次账面盈余6.43万元，132名贫困人口每人分红1020元。分红大会上，老党员李亚林拿出200元钱，拉着驻村工作队员陈志鸿的手，要求交特殊党费。

单葆成

　　2017年9月，单葆成被辽宁省科技厅选派到朝阳市龙城区联合镇北台子村任第一书记、工作队队长。他协调资金100万元开展小流域沟壑治理；协调17万元建立"妇女儿童之家"；协调372.1万元硬化村道路9.6公里、维修桥梁100.3米；协调47万元资金打直径3米深30米大口井两眼；协调资金320万元对北台子村香菇菌棒生产基地进行改扩建，新建香菇菌棒生产线4条，装备新型节能环保菌棒灭菌罐2个，扩建厂房、硬化基地、新建综合办公楼；协调200万元发展香菇产业，每年可为大三家子村增加村集体经济收入10万元。他被评为共青团辽宁省委"辽宁最美驻村第一书记"、朝阳市优秀共产党员，个人荣立三等功1次。

为乡村振兴插上"科技翅膀"

——记辽宁省科技厅驻朝阳市龙城区联合镇北台子村第一书记单葆成

8月12日晚，台风"利奇马"如约光临辽沈大地。夜黑如墨，大雨如注。狂风暴雨中，驻村书记单葆成在黑夜里度过了一晚。灾情就是命令，时间就是生命。作为驻村第一书记，责任意味着奉献、意味着坚守。忍受着暴雨的肆虐，单葆成一夜没合眼，心里惦记着低保户的房屋、村里的河流、没完工的工地……

于是，他深一脚浅一脚地逐个地方查看，这就是单葆成。两年多的驻村工作，他把自己完全融入北台子村，把村民当成自己的亲人、自己的家人。

2017年9月，单葆成任省科技厅扶贫工作队队长，派驻朝阳市龙城区联合镇北台子村任第一书记，龙城区政府党组成员、副区长。两年来，他先后被评为共青团辽宁省委"辽宁最美驻村第一书记"、朝阳市优秀共产党员，个人荣立三等功1次。他带领的扶贫工作队，连续两年被评为朝阳市优秀扶贫工作队。

"联学联建"探索党建创新之路

第一次见到单葆成，他气质优雅、衣着讲究、文质彬彬，很难把他与扶贫干部联系在一起。但是你随他走进村里，来到田间地头、来到贫困户家里，村民拉着他的手不放，一定唠上几句话，给他在院子里拽根黄瓜、摘把大枣，他自然而然地吃了起来，边走边给记者讲起了他的扶贫故事。

单葆成说："农村富不富，关键看支部；支部强不强，关键看'头羊'。我第一次来到北台子村，看到的是破烂的村部、涣散的'两委'班子，更别提基层党组织建设了。"单葆成深知基层党组织是乡村振兴的组织者、引领者。建立健全村级党组织的领导核心，是推进乡村振兴和乡村治理的有力保障。基层党组织软弱涣散，乡村振兴将步履维艰；基层党组织坚强有力，乡村振兴便会蹄疾步稳。围绕加强村党组织建设，单葆成利用几个月时间，提升了党组织的组织力和政治功能，扎实推进了基本队伍、基本阵地、基本制度、基本保障达标升级。

单葆成带领全体党员义务清理村部广场卫生，装修村部，建立"一站式"便民服务站，村民不出村就能办理业务。建立班子成员值班制度，班子成员工作时间必在岗，节假日常在岗。同时，公开"两委"班子成员手机号码，方便百姓解决实际问题。

任第一书记后，单葆成认真落实"四议一审两公开"制度，按期召开北台子村2017年度"双述双评"大会和党员大会。1月29日，在联合镇党委领导的监督下，村班子成员进行了年度述廉述职工作，全体党员和村民代表对班子成员的述职进行民主测评，并就2018年北台子村拟发展产业情况征求全体党员和村民代表意见。组织号召党员干部走村入户开展"比干劲奔小康"宣教活动，激发内生动力，同时，按期转正党员2名，

发展预备党员1名。

北台子村虽然地处朝阳市主城区，但是村"两委"班子成员还是很难走出村里，不了解农业新技术和农产品新市场，闭门造车，乡村怎么振兴？单葆成决定开展党支部"联学联建"活动。村党支部与中国农业科学院果树研究所党支部开展支部共建活动，签订了支部共建协议，旨在通过互相学习和交流提升党性修养，助力开展扶贫攻坚工作。村"两委"班子与共建支部共同赴虹螺岘镇虹南村考察学习桑葚种植，开阔了班子成员和党员代表的视野。

为发展香菇产业，单葆成特意组织龙城区分管扶贫和农业工作副区长、区扶贫开发局局长、联合镇领导及有关村书记赴河北平泉专程调研香菇产业发展情况，坚定各级领导支持发展香菇产业信心，同时也为下一步如何推动香菇扶贫产业发展提供思路。通过参观学习，村"两委"班子和村民的积极性被调动起来了，但是单葆成没有急于引进产业，而是加强党员政治理论学习，邀请朝阳市十九大代表于虎元同志为村全体党员和部分村民代表上党课，近距离聆听来自党中央的精神，学习领会乡村振兴战略的目的、意义和未来发展方向。同时，他亲自定期为党员上党课，统一思想，研究项目，认真评估，控制风险，为乡村产业发展奠定良好的基础。

"互联互动"精准帮扶定点推进

北台子村行政区划面积2.3万亩，其中耕地面积4720亩。村下辖7个村民组310户1089人，其中党员38人。2014年被确认为省级贫困村，主要致贫原因为产业基础薄弱，受气候因素影响农业产出率低。同时，随着年轻人进城务工，留守人口老龄化严重，贫困人口中约60%为因病致贫，给脱贫攻坚带来极大挑战。

为尽快改变北台子村贫困现状，单葆成多方协调来改变村容村貌，积极协调省水利厅争取小流域沟壑治理项目资金100万元。项目完成后，将对北台子村彦家沟、漫子沟两个村民组的沟壑进行全面治理，提升良田利用率，进一步提升村民人居环境。

他协调省妇联争取17万元项目资金建立"妇女儿童之家",项目建设工程已基本结束,待设备进入后可全面完工。"妇女儿童之家"不但为北台子村,同时也为联合镇留守妇女和儿童提供了培训、学习的场所。

他协调资金完成了村部改造工程,解决了村部漏水问题,重新布局了村部的功能区划分,让百姓办事更便捷。协调朝阳县移动公司,争取资金20万元,在彦家沟组增建了移动信号放大基站,解决当地百姓移动电话信号弱的问题。协调道桥资金372.1万元,硬化村道路9.6公里,维修桥梁100.3米。协调47万元资金,打直径3米深30米大口井两眼,并配泵房和灌溉管道。

他协调省委宣传部将2018年省科技厅"三下乡"启动仪式在龙城区联合镇召开。启动仪式上,为联合镇协调捐赠有机肥10吨、花生种子500公斤、谷种200公斤、辽育白牛冻精2000剂、书籍3000多册,总价值8万多元。同时每年10月17日国家扶贫日到来之际,组织省内科研院所到联合镇开展技术服务与宣传活动。

产业兴旺是解决农村一切问题的前提,需要通过发展高新技术产业,提升产业竞争力,连片带动乡村振兴发展。

以朝阳市龙城农产品食品加工园区为主体,单葆成积极协助朝阳市开展省级农业科技园区申报工作。2017年年末,龙城农产品食品加工园区成功晋级省级农业科技园区,这是朝阳市唯一省级农业科技园区。在单葆成的协调下,2018年年末,朝阳省级农业科技园区已成功晋级国家级农业科技园区。

"多措并举"打造香菇产业基地

以前农民都是"靠天吃饭",而现在,这里的农民是"靠科技吃饭"。

单葆成在省科技厅农业处工作多年,深刻明白通过科技推动当地农业发展,振兴乡村经济,提高农户收入,是未来的趋势。为将扶贫工作做到实处,省科技厅帮扶伊始就组织省内农业领域专家进行实地调查,针对气候特点、交通条件、技术依托、市场环境、自然状况等各方面进行摸底,与地方政府共同研究后,最终确定了以发展设施香菇为将来联合镇的农业出发点。

单葆成到任后，结合自身在农业科技领域多年工作经验，围绕香菇种植模式、产业发展规模和发展趋势与地方政府进行了深入研究和探讨。针对如何做大做强香菇产业，并进一步做成联合镇农业的支柱性产业，组织人员分别赴河南西峡、河北平泉等地进行实地学习调研。结合各地的经验和做法，将原有的卧式种植模式转变为立式和架式栽培模式，香菇的产量和优质菇率得到进一步提升，群众和企业发展香菇产业的动力明显提升。

同时，积极争取资金，建立香菇生产、实验、示范基地。为做大香菇产业，2018年年初，协调中央引导地方专项资金320万元，对北台子村香菇菌棒生产基地进行改扩建，新建香菇菌棒生产线4条，装备新型节能环保菌棒灭菌罐2个，扩建厂房1000平方米，硬化基地6000平方米，新建综合办公楼400平方米。

随着改造工程的进一步推进，该基地将被打造成集科研、生产、示范、培训为一体的科技扶贫示范基地，为联合镇以及龙城区香菇产业发展奠定坚实的基础。为做强香菇产业，2018年，协调省财政厅为联合镇大三家子村争取"壮大村集体经济"专项资金200万元发展香菇产业，每年

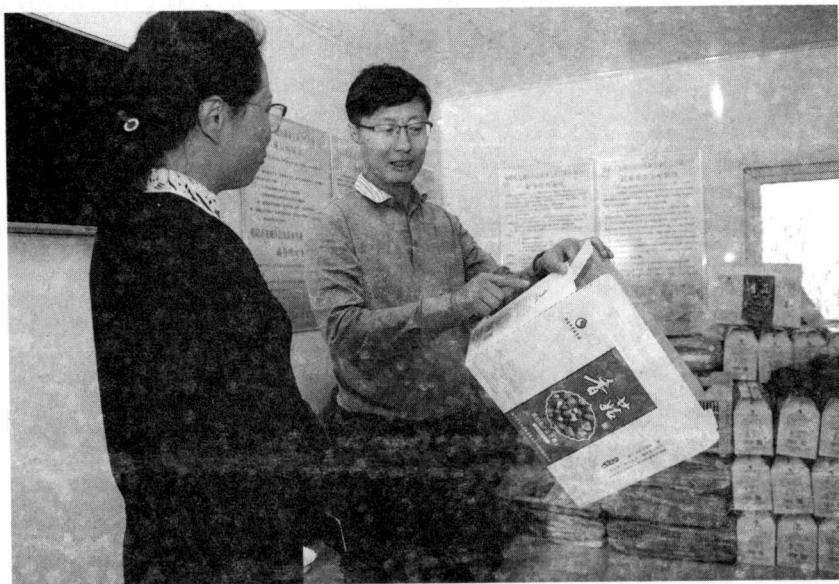

可为大三家子村增加村集体经济收入10万元。2019年年初，配合镇政府争取300万元乡村振兴项目落户联合镇，用于发展香菇产业。

随着香菇产业的发展，当地百姓的生活方式和收入渠道也在发生着转变。一方面百姓从流转的土地上可获得每亩500元收入；另一方面，在基地打工农民每天可获得50—100元的劳动收入，仅北台子村香菇菌棒生产基地每年支出劳务费用就达30多万元。由于香菇基地周年生产加工，即冬季生产菌种、菌棒，夏季栽培香菇、采收蘑菇，改变了当地务工农民"猫冬"的生活方式，让农民冬季劳有所得、劳有所获。

梧桐引来金凤凰。随着近两年香菇产业在联合镇的不断发展，村民和企业种植香菇的热情不断提升。2018年，朝阳农发科技有限公司在联合镇大三家村启动现代化香菇种植基地项目，流转土地570多亩，总建筑面积290亩。拟建立集食用菌种植生产加工、品种实验示范、技术培训、标准化技术推广于一体的农业园区化、园区景区化、农旅一体化的综合体。截至目前，已投资2000多万元，建香菇菌棚100栋，生产香菇菌棒100万棒，安置农民工80多人。6月末，干、鲜香菇销往全国各地500多吨，实现销售收入400多万元。预计到2020年，联合镇12个村将有7个村有香菇产业，种植香菇将超过300万棒，实现历史性突破。

"立足当下"积极发展庭院养殖

加强科技扶贫精准脱贫，必须紧紧抓住创新驱动这个"牛鼻子"。为增加贫困户收入，2018年5月，单葆成协调锦州医科大学畜牧兽医学院免费为北台子村有饲养能力的建档立卡发放"锦医1号"鸡雏1700多只，并配发了鸡雏饲料。同时，组织专家对庭院养殖笨鸡进行技术指导和跟踪服务，为百姓提供技术支撑和保障。因为"锦医1号"鸡雏是锦州医科大学专家从庄河大骨鸡提纯选育的家鸡新品种，产蛋量高，抗病力强，经济价值高，适合庭院养殖。

干家沟组村民董春霞养了20只鸡，通过一年算账，公鸡和母鸡一共收入2000多元。春节前，村民饲养的公鸡均以100元左右的价格销售一空，母鸡的产蛋量较比当地笨鸡品种提升显著。

单葆成为了"锦医1号"笨鸡庭院养殖在北台子村能够长期可持续发展，扩大笨鸡养殖规模，培养村民养鸡热情，让真正想养鸡的村民通过自己的劳动获得收益，在推广模式上进行了新的尝试。先期通知村民"锦医1号"笨鸡以每只2元的价格接受预定（当地笨鸡价格10元钱3只），发放鸡雏数量以预订为准，没有预订没有鸡雏。

经过两个多月的宣传，老百姓主动订购鸡雏数量近2500多只，并对订购鸡雏户进行了公示。在发放鸡雏前一周通知预订养殖户鸡雏钱暂缓收取，秋后另行通知（实际为不收钱）。通过一系列工作，旨在让想致富、能致富的人先富起来，也让百姓深切体会到——扶贫不养懒汉。

"着眼未来"重点发展林果产业

单葆成在驻村期间不断激活科技创新力量，不断丰富"科技+"的内涵，把科技工作者的智慧和力量凝聚到乡村振兴中来。要开启乡村振兴新未来，关键在于实现"科技+农业"，用科技创新引领农业振兴新图景。

他针对当地干旱特点争取林业推广项目，在联合镇推广了桑树新品种，拟在将来综合利用桑叶药用价值、桑葚的商品价值、桑树枝条作为食用菌生长基质的独特优势，推进桑树产业在当地发展，壮大村集体经济。单葆成积极协调资金22.72万元购买桑树种苗1.5万棵、桑树砧木3.74万棵，种植面积近500亩。

朝阳地区具有昼夜温差大的气候特点。单葆成又引入葡萄、杏、桃等新品种建立科技扶贫示范果园，新品种引入面积达30多亩。2018年引入的4个品种6000多棵葡萄目前已初见成效，下一步将围绕当地百姓需求有针对性地开展示范推广。

为提高农民收入，单葆成在有灌溉条件的区域摒弃玉米等低效益作物，推广栽种平欧杂交榛子。在农业专家支持下，2019年在龙城区的联合镇、西大营子镇推广平欧杂交榛子200多亩，其中最大示范基地120多亩。通过间种谷子等农作物，实现了转产不减产的良好开端，进入盛果期后亩产最低收入可达1万元。年初以来，单葆成积极推进科技项目转化、品种改良、品质升级和品牌打造，"科技+农业"有利于提升农产品的竞

争力，在种植技术、设备、品种上都能取得更大的优势，在降低种植成本的同时，提高作物的产量和品质，节省了劳动力，从而使农民获得更大的收益。

"汇聚力量"帮扶群众惠民生

单葆成协调各方力量为北台子村开展助学扶贫。截至目前，已为北台子村贫困学生发放助学资金5万多元。针对漫子沟贫困低保户王金文家的特殊情况，为解决其孙子王成男的读书问题，单葆成通过微信朋友圈的方式，仅用一天时间就募捐1万元。通过王成男学校老师，每月发放助学金500元，帮助其完成大学学业。

同时，协调资金设立了北台村"雏鹰"计划，对北台子村综合排名前5名的小学生、前10名的初中生给予奖励，分别奖励100元、200元学习用品和资料。建立了"北台子村新生入学奖励基金"，对村内考取研究生、本科生、专科生的学生给予一次性500—300元的奖励。

单葆成带领"两委"班子加强节日走访慰问，让百姓感受党的温暖。在春节、国庆节、中秋、重阳节等节日为联合镇敬老院、北台子村建档立卡户、老党员、退休村干部等捐赠生活用品和食品等，折合现金3.5万元。开展了北台子村新时代好儿媳评审活动，对评选出的好儿媳进行奖励，旨在弘扬尊老爱幼的优良传统，构建北台子村祥和幸福的氛围，努力打造文明富裕新农村。

张国通

2018年3月，张国通被辽宁省国家新型原材料基地建设工程中心选派到建昌县汤神庙镇汤神庙村任工作队队长、第一书记。他争取150万元省扶持村级集体经济试点项目资金注入村里肉驴养殖场，每年为村里增加7.5万元的集体经济收入，安排5户贫困户就业，并带动了30户贫困户脱贫。他协助引进百合加工厂，实现50名村民在家门口就业，每个月收入2000元。组织修建2400米村内巷道、100米过水路面、2400米高标准农田作业路、1300米石笼护岸工程，打了4眼水井。

驻村就要把"初心"深入"人心"

——记辽宁省国家新型原材料基地建设工程中心驻建昌县汤神庙镇汤神庙村第一书记张国通

"爸爸是只大蜜蜂，永远忙碌在工作中。为了村里人的幸福，他走进遥远的村屯。每一次流泪的告别，都在诉说再见的期待。每一次短暂的通话，都是我无限的思念。每一次倾心的讲述，都是他内心的坚守。每一张照片的环境，都让眼泪不由得落下。我发自内心地希望，爸爸成为合格支柱，克服一切艰苦条件，撑起山村的一片天。"

这是五年级的女儿写给张国通的一首小诗——《我的爸爸》，每每读起来都让他感动万分，也成为张国通在驻村扶贫工作中坚强的精神动力。

2018年3月，辽宁省国家新型原材料基地建设工程中心选派张国通到汤神庙村担任驻村第一书记。张国通怀着一颗为老百姓谋幸福的初心激动地奔赴汤神庙村，高铁、大巴、蹦蹦、小巴，坐了四种交通工具用了5个

多小时才到达建昌县汤神庙镇。

通过乡镇领导的介绍，张国通了解到汤神庙村为辽宁西部的一个贫困山村，全村常住人口1012户4182人，其中贫困人口216户519人，在当地算是个比较大的村子，贫困户所占比例比较大，这无形中也让他感受到了扶贫工作的巨大压力。

"压力就是动力"，汤神庙村的脱贫现状，更激发了转业军人张国通的斗志。

专心建设"战斗堡垒"

2018年5月，在汤神庙村的村部里，正召开党员大会，除了23名长期在外和因故请假的8名党员，村里其他34名党员全部到齐，甚至身患糖尿病和尿毒症、几乎从不出门的王福生同志竟然也一步一挪、花了近一个小时来到会场。会上，大家发言非常热烈，没有一个人提误工费的事。70多岁的老党员张国生会后拉着张国通的手感慨地说："像这样为老百姓解决问题的党员大会我们愿意参加！"

村支书张井玉说："在张书记来之前，村里召开党员大会，没有人来，非要来开会，需要发误工费或发点东西。"

看到涣散的党支部、失联的党员，张国通作为村第一书记，如何把基层党建做强、做活，把村党支部的组织力、战斗力提上去，把民心聚起来，还需找准路子，牵对"牛鼻子"。

张国通说："村子涣散，其中一个重要原因就是干部做事不讲规矩，惹得群众不满。"张国通对症下药，给村"两委"干部重塑规矩，要求村级重大事项都必须在村党支部的领导下，严格按照"四议（一审）两公开"的程序进行决策和实施。同时，严格落实镇党委《无职党员百分制考评》《村级领导班子千分制考核》等规章制度，健全工作例会制度，规范党务村务管理，提高党务村务活动的透明度。

"我60多岁了，平时就爱喝一口，一天三顿酒，多年的习惯，在张国通书记严厉批评、严格监督下，现在一口酒都不喝了。"张井玉书记讪讪地对记者说，"酒不喝了，身体好了，干劲足了，老伴开心，孩子安心，张国通书记放心。"

"立了规矩,我带头执行。"张国通不仅表了态,而且是这样做的。一步一个脚印,他给汤神庙村配的"药方"开始起效,村"两委"班子工作也逐步走上正轨。经过一年多的努力,村里发生了很多变化:党群大会不参会的人少了,会上建言献策的人多了;村部关门的时候少了,来办事的老百姓多了;哭着喊着当贫困户的人少了,撸起袖子干事的人多了;冷嘲热讽我们的人少了,主动和我们唠家常的人多了。给干部立规矩,为村里建制度,张国通找到了加强帮扶村党建的"钥匙",坚持和创新"三会一课"制度,提升村党建工作水平,增强党员凝聚力,提高党组织精准扶贫的战斗力。

打赢脱贫攻坚战关键要有一批坚强的战斗堡垒。现在的村"两委"班子与第一书记张国通心往一处想,劲往一处使。村主任邹国兴兴高采烈地说:"现在张国通书记说怎么干,我们就怎么干。省新材料工程中心又给我们派来了驻村工作队,两个正处干部、一个副处干部坐镇我们汤神庙村,我们信心满满,对未来充满希望,村里贫困户脱贫摘帽指日可待呀!"

努力当好"领头雁"

"来镀金的""来整事的""带来多少钱?""带来多少项目?"到村伊始,群众对第一书记的偏见和期望,让张国通感到十分为难与尴尬。面对不解、面对困境,张国通通过走村串户、耐心倾听、认真记录、谨慎答复的工作方法,用真心和耐心做好村民工作,用真诚的态度赢得了村民认可。

马家店村民组有一块20年前的集体承包地到期了,但原承包户既不同意提高租金,也不交地,刚一开春就又播种了玉米,还威胁谁敢动他们的地就跟谁拼命。同组的村民反映极大,可事却迟迟得不到解决。张国通决定啃下这块硬骨头,重新竖起党支部在党员和群众中的威信。接下来的一个月时间,他带领村"两委"班子五进马家店,了解村民意愿,做原承包户的思想工作,给村民普及法律知识。最终,原承包户按照村民大会表决的结果交齐了租金,问题得到了圆满解决。

村里为贫困户发放脱贫羊时，村民张海军不够条件，但是他也想领羊，晚上带领家人到村书记家大闹，并动手打伤了村书记的老伴儿。张国通知道后连夜带领村"两委"班子成员赶到现场。张国通拿出军人的胆魄和气质，义气凛然地阻止了打闹，并让闹事的张海军明天一早到村部解决问题。张海军被张国通的气势所震撼，不敢再闹事，转身回家了。"张书记，他可是我们村里的人物，你要小心哪。"有村民善意地提醒张国通。张国通回到镇里已经是半夜了，但是他没有一点困意，脑子里都是张海军家的情景，他连夜查找资料，翻看档案，掌握一手资料，心里越来越明亮了，如何解决问题心里有了方案。

第二天张海军来到村部，"张书记，我来领羊，你快给我吧！"张海军蛮横地叫嚷着。"你先坐下，喝点水，我们唠唠。""没啥唠的，给别人发了，就必须也得给我发。"面对张海军咄咄逼人的气势，张国通并没有急，而是依法依规、耐心细致地给他解释相关政策，从一般贫困户到低保户、从家庭成员劳动能力到经济收入情况、从脱贫难易程度到帮扶项目安排，张国通一项一项娓娓道来，边分析边比较，让张海军彻底明白了村里为什么没有发羊给他。最终说得他心服口服，乖乖地回家了。

"来到汤神庙村，一定要打赢精准扶贫攻坚战。"这是张国通的心声，也是他走入乡村的初心。客观地说，第一书记都是组织上选拔的优秀干部，头上戴着"光环"，进村时有抱负、有心气，干部和群众的期待也很高。但是，基层是个"大熔炉""大考场"，十分考验第一书记的心态和智慧。

张国通说："这个'领头雁'不好当啊。"

张国通使出浑身解数，运用十八般武艺，调动个人资源，旨在改变乡村面貌，当好村里的"领头雁"。担当作为换来累累硕果，一年来，他既送温暖、送项目，又送信心、送本领，把群众的心捂热、劲鼓足。党员的凝聚力增强了，村民的积极性调动起来了，他们正慢慢地通过自身的努力不断改变乡村面貌。

提升贫困户的"幸福指数"

60多岁的马国军站在宽敞的新房里，望着满院黄灿灿的玉米，心里乐开了花。当我们走进他家的大院时，马国军和他老伴儿快步走出迎接我们。

"快进屋，看看我家的大新房，这可要感谢党的好政策，感谢张书记的热心帮助，我们现在可开心了，过上了'两不愁三保障'的好日子，可幸福了。"马国军拉着记者的手激动地介绍着，带着我们参观每一间房屋。

餐房的餐桌上摆着两菜一汤，正是午饭时间，老两口热情邀请大家吃完饭再走，马国军老伴说："我们做梦都没想到，在我们有生之年能住上这么好的房子，现在吃穿都没有问题了。"

张国通介绍他家的情况："他们老两口身体常年有病，没有劳动能力，是村里的建档立卡户。今年，村里协调贫困资金3万元，他们自己又筹集一部分资金，将他家原来的危房进行重建，现在虽然有些外债，但是村里鼓励贫困户养羊、养牛，今年年底就能卖出两三头牛了，很快就能把外债还清的。"

许青荣老人今年80岁，是村里的建档立卡贫困户。2018年夏季，一场洪水倒灌进院，老人的房子受损成为危房。为防止发生意外，张国通和老书记张井玉多次深夜冒大雨到家中转移老人。然后又多次联系县、镇相关部门，将老人的住房列为危房改造对象，帮助老人翻建了新房。又借着村内修路，向上级争取了50米指标，将老人门前坑洼的土路进行了改造，使排水变得顺畅，解决了路上积水往院内倒灌的问题。

今年5月15日，许青荣老人的家属将一面绣有"廉洁好领导，为民办事高；扶贫民满意，社会政策好"的锦旗送到张国通手中。张国通由衷地感到，虽然自己做的只是一件小事，却把党对贫困群众的关怀送到了老百姓的心坎上，只要人民群众满意，再苦再累也值得。

带领贫困群众奔小康

乡村振兴，产业振兴是基础；脱贫攻坚，根本出路还是培育产业。因此，张国通书记驻村帮扶的"第一要务"就是为帮扶村谋发展促增收，带领村民增收致富。为了打赢这一仗，他千方百计找门路，使出浑身解数谋发展。

从"输血"变"造血"是张国通驻村帮扶的最终愿景。

"发展产业，必须有能人，但很多贫困户都是老弱病残，要体力没体力，要经验没经验。"张国通认为，通过产业项目支持，挖掘村里能人潜力，发挥市场的牵动力，是一个可行思路。

2018年，他了解到张艳梅、贺长江夫妇养肉驴非常成功，是村里能人。经过多次协调，鼓励他们跟村里合作办集体经济企业，并扩大养驴规模，带领贫困户一起养驴致富。

2018年8月，张国通以张艳梅夫妇的"建昌县艳梅肉驴繁育农场"为载体，通过建昌县委、县政府组织的竞争答辩，为村里争取到了150万元省扶持村级集体经济试点项目资金，将这笔资金注入张艳梅的肉驴养殖场，为他们扩大再生产提供保障。有了这笔资金的进入，张艳梅在农场又新建了3个高标准大棚，扩大了养殖规模，目前，农场内肉驴数量已达到400多头，2019年他们又增加了100多头牛。

这种扶贫模式每年为村里增加7.5万元的集体经济收入，同时安排5户贫困户就业，并带动了30户贫困户脱贫。张国通要创新扶贫机制，既助推养殖产业发展，又帮助贫困户尽快脱贫。

张艳梅说："我们家养驴养牛已经几十年了，养殖技术精湛，产销一条龙，我也希望汤神庙村的村民和贫困户能养牛，我们可以无偿提供技术服务、销售服务，愿意帮助他们尽快脱贫致富。"

有劳动能力的贫困户，在产业扶贫中受益更多。张国通协助引进了百合加工厂，固定资产投资230万元，以汤神庙村山楂为原料，进行山楂系列产品加工。走进百合加工厂，院子里堆放着刚从村民手里收上来的山楂，红灿灿的山楂，颗颗饱满光滑，一名工人介绍说："我们收购时质量要求很高，不符合标准的一律不收，为保证山楂产品质量和口感，不讲情面。"生产车间里井然有序，有30多人在生产，张国通说，百合加工厂的建设，解决了汤神庙和周边村子50多个村民的家门口就业问题，村民不再舍家撇业跑到外面打工了，每个月还能拿到2000多元工资。这些贫困户靠自己的双手创造幸福，说起话来也硬气，更学到了安身立命的本事，以防止日后返贫。

真情浇灌村民心

"治贫先治愚、扶贫先扶智。"让贫困地区的孩子接受良好教育，是扶贫开发的重要任务，也是阻断贫困代际传递的重要途径，更是功在当代、利在千秋的大事。

张国通动员自己做企业的亲属到汤神庙村开展公益活动。10月28日，沈阳佰川办公用品有限公司为汤神庙中心小学捐款捐物，希望村里的学生能与城市的学生多交流、多学习，开阔视野，展望未来。通过这些活动让孩子们感受到社会各界的关爱，并常怀感恩心，将爱延续下去。

张国通说："通过这些活动让孩子们心里充满希望。"

驻村一年多来，张国通组织修建了2400米村内巷道、100米过水路面、2400米高标准农田作业路、1300米石笼护岸工程、打了4眼水井，村内基础设施得到了很大改善；与建昌县邮政局签署了大客户协议，为汤神庙农特产品外销降低了一半的成本；帮助建昌县白云食品厂登陆了京东"葫芦岛特产"店，拓宽了销售渠道；帮助贫困户马庆江的孩子免费就读了沈阳市国际公关礼仪学校，为贫困户王柏成上大学的女儿进京治疗脊柱侧弯提供了及时帮助。

对村民反映的问题，他从规范程序和制定制度入手，做到事事有回应，小意见马上整改，大问题集体协商，这让村民一下子增进了对第一书记和村干部的理解与信任。一年多的时间，张国通已经深深地走入村民的心中，一件件实实在在的事情让村民看在眼里，记在心里。

张国通书记每天走在田间地头，脑袋里总是想起女儿的那首诗："希望爸爸成为合格支柱，克服一切艰苦条件，撑起山村的一片天。"他必须按女儿说的那样做，给女儿一份合格的答卷，给党一份满意的答卷。

谭静

　　2018年3月，谭静被辽宁社会科学院选派驻抚顺市新宾县响水河子乡任第一副书记，2021年连选连任，任响水河子乡响水河子村第一书记。她几十年一直从事学术研究工作，但是她怀揣一颗热爱"三农"的心，投入"脱贫攻坚"工作中。发挥科研专长，以强烈的担当精神开展工作，"抓党建丝毫不能虚"，她拿出科研的态度认真落实"三会一课"，从"两学一做"入手，把加强党建工作放在首位，守初心党建为先，扶贫扶志又扶智，引"墙画"进乡，宣传党的方针政策，心系农民，情洒乡村，赢得了群众赞誉。

一颗初心　一心为民

——记辽宁社会科学院驻抚顺市新宾满族自治县响水河子乡第一副书记谭静

2020年春节是个特殊的春节，新型冠状病毒肆虐大地，疫情就是命令，防控就是责任。谭静大年初三早早就赶回到新宾县响水河子乡，在新型冠状病毒面前，她义无反顾回到岗位成了最坚定的"逆行者"。

谭静是辽宁社会科学院经济所研究员，作为辽宁省委第二批选派干部，于2018年5月14日随同辽宁社会科学院扶贫工作队一行六人来到响水河子乡。她几十年一直从事学术研究工作，这次服从组织安排驻村帮扶，没有在农村生活过、工作过，如何在乡村开展工作？这对她来说是极大的挑战，但是她怀揣着热爱农业、热爱农村、热爱农民的深厚感情，很快便适应了农村生活，进而投入"脱贫质量回头看"工作中。

发挥科研专长　以强烈的担当精神开展工作

2018年年初，辽宁省委组织部选派机关党员干部驻村扶贫，她得到消息后，第一时间报名并递交了申请书。作为一名拥有20多年党龄的老党员，一名对农村有深厚情节的科研工作者，她把此次驻村工作看作是为党的事业奉献的机会，为人民服务的机会，她想用自己的专业为美丽乡村建设和脱贫攻坚尽一份自己的力量，为实现2020年年末脱贫奔小康发光、发热。

在她所从事的研究领域里，农村金融问题一直是她关注的焦点，她希望通过自己的所学所思，提高农民的思想觉悟，改掉他们日常生活习惯中的陋习，对农民的生产生活方式改变有一定的促进作用。

谭静驻乡之后，即投入紧张的工作中，认真研读省、市、县下发的各类文件，快速调整工作重心，转变职务角色。通过与乡班子成员交谈交心，入户走访，尽快熟悉掌握情况。她随"脱贫质量回头看"领导小组进行入户调查，走访贫困户和低保户，了解民风民情，进行深入细致分析研究。

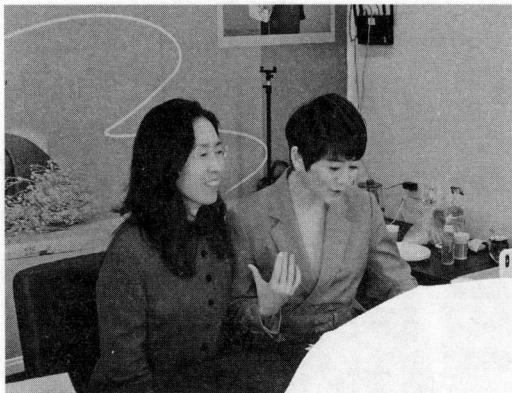

经过几个月的调研，了解到响水河子乡物产资源丰富，富尔江水灌溉的响水河大米自古以来就是皇家贡米；刺嫩芽、大叶芹等山野菜为餐桌美味；人参、贝母等中药材享誉全国。为了让大山里的珍品走出去，她先后撰写了20余篇报道宣传歌颂乡村美人、美景、美食，《响水河子乡八村美景》《响水河子乡臻品美食美味》《榛子丰收引发的思考》等文章发表后阅读量近万，评论点赞无数，向外界推荐大美响水河子乡。

2019年年初，新宾县委组织部对"学习强国"进行指导和督促检查，身为第一副书记，谭静书记觉得必须以身作则，不但坚持自己认真学，同时督促选派干部、村干部及村民一起学，她自己的学习成绩在乡里一直名列前茅。2019年年末，新宾县组织"学习强国"知识竞赛，乡党委把这一光荣的任务交给了她。谭书记不负众望，以优异成绩名列全县第一，并代表新宾县参加抚顺市的比赛。

守初心党建为先　扶贫扶志又扶智

谭静说："抓党建丝毫不能虚。"她拿出科研的态度认真落实"三会一课"，从"两学一做"入手，把加强党建工作放在首位，深入群众，积极调研，切实担负起"抓党建促脱贫攻坚、促乡村振兴"的职责和使命。她采取丰富多样的活动组织班子成员调研学习，带领全村党员利用党日活动，来到抚顺市新宾武警中队，观摩连队党支部的党建工作，参观部队营房环境、荣誉室、图书室、生活区，学习部队官兵良好的工作作风和精神

风貌，学习他们强有力的执行能力和奉献精神。通过参观使全体党员开阔视野、明确标准、凝聚共识、共谋发展，以此为突破点，把党建工作落到实处。

谭静说："村级支部也处于组织的最基层，一头连着党心，一头连着民心，日常工作千头万绪、十分繁杂，权力不多、工作不少，长期在这种工作环境中，没有强有力的执行力，凡事都推三阻四、拖拖拉拉，那么一切都无从谈起，所以要向人民军队学习。"

乡村基层党支部处于村的领导核心地位，这是《党章》明文规定的，也是在长期的革命、建设和改革中形成的。村委会、团支部、妇代会、民兵连等各种组织，承担着政治、经济、社会管理等多方面工作，但在这些组织和各项工作中，村党支部是绝对的领导核心，必须加以建设。谭静在这一点上理解为：村党支部建设要向部队建设学习。进入了新时期，乡村振兴已经成为农村工作的头等大事，这不仅要有好思路、好措施，更要有好的带头人来实现，而村干部就是最接地气的实践者和探索者，没有军队的奉献意识，等靠要是没有出路的。因此，必须向部队学习，要把服务与奉献作为村干部的使命和担当，要主动想事、干事，将部队党支部建设的管理经验带回乡村。

乡村振兴规划先行　请专家为乡村谋篇布局

响水河子乡有岗山、画家村、白石砬子、富尔江等丰富的旅游资源。但是，这些资源没有全部开发出来，有待于整合规划，知道这个情况后，谭静邀请到辽宁省城乡规划设计院书记马廷玉和辽宁省政府研究室主任马洪君及设计员，利用周日休息时间从沈阳来到响水河子乡，实地考察了响水河子乡富尔江两岸和养老院周边及上围子村，对于乡村基础规划提出了建设性意见。

科研经验丰富的谭静说："规划科学是最大的效益，规划失误是最大的浪费，规划折腾是最大的忌讳。"开发旅游资源，建设美丽乡村，需要科学规划、注重质量、稳步推进，让广大农民在乡村振兴中有更多获得感、幸福感、安全感。科学合理编制乡村振兴规划，既是实施乡村振兴战略的基础和关键，又是实施建设的有效工作抓手。

专家团队有针对性地对富尔江两岸和上围子村进行具体规划，小到村口栽什么树，大到乡里发展什么样的产业，专家们进行专业指导，为美丽乡村建设谋篇布局。谭静整合专家意见和建议，为响水河子乡做了2018—2021年的3年经济社会发展规划，为加快推进生态宜居美丽乡村建设提供依据，成为实施乡村振兴战略生态宜居的重要智库。

引"墙画"进乡　宣传党的方针政策

响水河子乡资源丰富、交通便利，乡村经济发展比较好，但是乡村党建与文化建设比较薄弱，谭静决定把驻乡村工作重点放在党建宣传和乡村文化建设上，通过党建宣传和文化建设改变乡村农民的精神面貌，提升乡村文化素养，按照这个思路，谭书记到乡里工作后，即深入各个村开展了实地调研。

响汉村是响水河子乡第一大村，也是乡政府所在地，村部前的文化广场是全乡人流最集中的地方，孩子们在那里打球，妇女们在那儿跳广场舞，响水河子乡纪念改革开放40周年文艺联欢会也是在村部广场举行的，可就是这么重要的人群集散地，竟然没有一丝文化气息，周围被饭店和商店包围着。下围子村2018年刚刚进行完美丽乡村改造，黑漆漆的柏油路、雪白的砖瓦墙、锃光瓦亮的院墙大门，可是同样也看不到一点文化色彩。谭静书记骑着一辆二手自行车走遍了8个行政村，每一个村部、每一条村路、每一处院落渐渐注入心田，美丽乡村文化景象在脑海中也逐步形成。

谭静通过调查了解到，各村都有对乡村文化建设的欲望，想在村部和外墙进行"墙画"绘制，也曾找过专业绘画单位，但都因为费用过高而被搁置了。谭静得知此事后，深感这是很好的宣传平台，通过生动活泼、通俗易懂又贴近农民生活的 "墙画"，既美化乡村环境又宣传了党的方针政策，传播文明新风，普及生产生活常识，正是美丽乡村建设的重要抓手。

谭静经过多方联系，邀请到鲁迅美术学院美术史论系陆国斌教授。陆教授是鲁迅美术学院的硕士研究生导师、优秀共产党员、学雷锋十佳人物、辽宁省五一劳动奖章获得者、全国岗位学雷锋标兵，对美丽乡村建设有着丰富的实践经验，为省内多个乡村进行文化墙建设。

谭静亲自到义县宝林楼风景区，观摩张家堡宝林村陆教授的 "墙画" 风采，清朝十二帝全身像、二十四孝图、清朝第一福字等等，谭静被一幅幅 "墙画" 震撼了，回到沈阳立刻与陆教授沟通，盛邀陆教授来乡里考察。

2018年2月24日，陆教授团队一行利用周日休息时间，驱车220多公里来到响水河子乡，对响汉村、下围子村、响鲜村等进行实地考察，并当即承诺一定把 "墙画" 做好、做精。后期谭静与陆教授多次沟通，为响水河子乡 "墙画" 绘制做出规划。

陆教授先后4次来到乡里，经过近3个月的绘制，对乡里的两个新时代文明实践广场、乡主要街道、下围子村、响汉村、富尔江岸边等进行艺术创作，完成绘画3000余延长米，面积达3500多平方米，并书写对联80多副、福字160余个。内容涉及党的政策、中华民族的传统美德、国学、二十四孝、社会主义核心价值观、普法宣传、乡风民俗等。一幅幅 "墙画" 色彩艳丽、画风唯美，再配以景观节点、花卉绿化等，使乡村面貌焕然一新，栩栩如生的墙体彩绘让响水河子乡村的文化艺术韵味十足。

8月的小山村气温变化无常，有35℃高温的二伏天，有大雨滂沱的夜

晚。谭静一直参与绘画工作，在绘画中崴了脚，因为没有及时治疗，脚踝内部产生了严重积液和水肿，并伴有筋腱炎和滑膜炎，但是她还是陪同陆教授一起

画,并且把老公也拉上加入绘画团队,同吃同住,风吹雨淋。陆教授的腿部也刚刚做完手术,还没有完全恢复好,就带着团队来到响水河子乡,因为他们心里都装着乡亲们,想把最美好的东西呈现给乡亲们。

在下围子村的街道上,人们能看到两位伤员,一位拄着拐杖、一位扶着板凳,在烈日炎炎的夏日,一笔一画认真地工作着。乡亲们看到他们这样忘我地工作,深深地被感动了,机关干部、村书记、村主任、下派干部及干部家属都间歇地参加了绘画工作。来自几个村的大、中、小学生也主动参与到绘画工作中,都想为自己的家乡出一份力。

现在的响水河子乡“墙画”是一道文化风景,是在农村地区宣传党的方针政策、传播文明新风、普及生产生活常识的有效阵地,也是农村精神文明建设的重要窗口,更成为实现美丽乡村建设与“中国梦”的重要载体。

谭静把建设美丽乡村与丰富农村文化生活结合起来,以生动活泼、通俗易懂又贴近农民生活的设计理念,制作了形式多样的彩绘“墙画”。以漫画、标语、格言等形式,在乡村主要街道、文化广场及人口集中的墙面上反映出来,不仅美化了村容村貌,更成为美丽乡村的一处风景,也让乡亲们亲身感受到乡村振兴带来的翻天覆地的巨大变化。

心系农民情洒乡村　做人民满意的好干部

谭静时刻都牢记着把落实乡村振兴战略与深化脱贫攻坚结合起来,关心农民的日常生产生活,入村入户宣传扶贫政策,充分利用一切可利用的资源,努力争取为农民办点实实在在的事情,在老人生病时、子女就学过程中,经常性给予老人和孩子生活关怀和经济帮助,由此,深得帮扶群众的赞扬、村民的认可。

她时时刻刻想着村民,心系村里的贫困户,为帮助贫困户尽快脱贫致富想尽一切办法。为贫困户农民送种子、送化肥,帮他们卖大米、卖药材、卖榛子。

沈阳农业研究院刘元芝博士研究员是育种专家,他带队培育的玉米种子“520”和“529”在业界都非常有名,谭静主动联系到刘博士,给村民争取来适合新宾县东部寒冷山区的"520"玉米种子进行试种，2019年的收成良好。

谭静的学生王世奇是抚顺市望花区金融发展局局长，得知老师下乡工作，主动为乡里送来先进的微生物菌剂肥料进行试用，农民反映效果不错；2018年大米丰收但是销售出现了困难，谭静主动联系沈阳的企业，以每斤高于市场售价5角钱为贫困农民卖了2500余公斤大米；谭静还发动万能的朋友圈，特别是吃货姐妹们，购买贫困户种植的榛子、山蘑，并利用回沈阳的机会，主动免费代运代送。

农民孩子读书选择有一定的局限性，谭静了解到这一问题，回到沈阳积极寻找适合农民孩子专业的学校。沈阳现代制造服务学校是沈阳一所重点职业学校，对农村学生实行学费全免、住宿费减半等优惠政策，其中很多专业，比如城市轨道交通、电子电器应用与维修、数字影像技术等都是就业前景非常好的专业。谭静邀请该学校优秀教师麦英姿来乡里为有意向的孩子进行讲解，先后帮助安排了两位农民的孩子到该校读书，为更好服务农民孩子尽一份力。

在"墙画"绘制过程中，谭静了解到响汉村村民夏小雪的女儿喜爱绘画，她主动与陆教授沟通，推荐夏小雪的女儿到陆老师的绘画培训班进行学习，无偿提供吃、住、教学。谭书记说："看到村里的孩子能学到一项技能，有个好的前途，我比评上职称还要兴奋。"

2021年，谭静为了更好推广响水河子大米，与辽宁卫视、抚顺电视台合作，开展直播带货，参加各地的农产品大集，将响水河子大米销售一空，老百姓亲切地送给她一个称号"大米书记"。

谭静荣获"辽宁五一劳动奖章""辽宁省巾帼标兵"，她的先进事迹被多家媒体进行过采访报道，还光荣地登上了学习强国。4年多的驻村帮扶，既送温暖、送项目，又送信心、送本领，把群众的心焐热、劲鼓足。她通过自身的努力改变乡村面貌，在基层的"大熔炉"中锤炼本领，在农村的"大舞台"上建功立业，赢得群众赞誉，更实现了人生价值。

孙宇

　　2018年6月，孙宇被辽宁省自然资源厅选派驻朝阳市建平县青松岭乡任党委第一副书记。驻村期间，他抓党建、引项目、搞基建，出色完成脱贫攻坚任务，被任命为县委常委兼镇党委书记的第一书记，特殊的身份，让他感受到特殊的责任和担当。他更换岗位，迎接挑战，勇担重任，坚持扶贫先扶志，致富先治心，屡出实招，精准施策，打通"水、路、田"扶贫"最后一公里"。疫情面前，他坚持防控疫情与企业项目建设和企业复工复产两手抓，用自己的行动诠释了一名党员的誓言。

俯下身子干出样子

——记辽宁省自然资源厅驻朝阳市建平县
青松岭乡党委第一副书记孙宇

孙宇身份很特殊，他是辽宁省少数几个任县委常委兼镇党委书记的第一书记，特殊的身份，让他感受到特殊的责任和担当。

2018年3月，孙宇作为辽宁省自然资源厅选派干部来到朝阳市建平县青松岭乡任党委第一副书记。"牡丹花好空入目，枣花虽小结实成。"两年来，孙宇俯下身子开展工作，从实际出发，实事求是，不驰于空想，不骛于虚声，而唯以求真态度下踏实功夫。"咬定青山不放松"，一步一个脚印，一干到底，干出实效，让扶贫项目在乡镇遍地开花。

扶贫先扶志，致富先治心

初到青松岭乡，孙宇在入户走访中发现贫困户"等靠要"思想比较严重，所辖的6个村都没有集体经济，贫困户也把脱贫致富寄希望于他人的给钱给物上。孙宇几天来常常思考一个问题：如何改变群众的"等靠要"思想、提升脱贫的内生动力？

孙宇明白，要打赢脱贫攻坚战，必须发展产业。光靠地里种的玉米、高粱、谷子这"老三样"不可能给乡亲们带来更大的收益，必须因地制宜选准致富项目。

孙宇了解到，青松岭乡的凤凰菌业是本乡唯一一家加工食用菌的企业，可是要到外地进购原材料，而本乡得天独厚的种植条件却无人了解。村民以前也种植过食用菌，但是由于市场原因造成亏损，现在村民对食用菌发展前景没信心。孙宇意识到，扶贫先扶志，要调动村民积极性，树立脱贫致富的决心。

2018年6月，孙宇组织乡村两级干部和有意愿发展食用菌产业的村民一起到河北和内蒙古学习考察，那里的种植户家家有小轿车，户户都富有。用看得见的脱贫实效提高村民的积极性和主动性，用鲜活的致富典型激发村民想脱贫、要致富的信心和决心，改变村民"等靠要"的思想，让村民从"被扶贫"转变成"要脱贫"。

参观归途，大家兴奋不已，都说回去就干。可过了一段时间，孙宇一问，一户也没有真干的。他们有种种顾虑，更多的是不敢。孙宇理解大家，种植食用菌毕竟投入大，何况还有以前种植失败的阴影。孙宇为给大家树立信心，真诚力邀内蒙古宁城的养殖大户刘志到青松岭投资发展，并为本乡种植户提供技术指导，培养致富领头人。

刘志夫妇的到来给青松岭带来了一股创业的春风。孙宇与乡领导班子研究决定，在铁营子村成立食用菌产业园，由刘志夫妇投资种植，青松岭乡免费提供土地、住房、水电等设施，孙宇对乡里干部说："我们一定要全力支持刘志，要让他们在青松岭赚到钱。"

"事可为而患难测也。"冬季风雪，把刘志和部分村民的食用菌种植大棚刮塌，种植户四处找人修复大棚，却找不到年轻力壮的人。孙宇和乡领导马上组织人帮助抢修种植大棚。一天，孙宇接到刘志媳妇的电话，她哭

着说："菌棒正喷水出菌，水井却干了。"原来刘志增建大棚，忽略了水井小的问题，如果一周内不能解决水源问题，这茬菌就废了，那将损失几十万元。孙宇马上打电话向辽宁地矿集团109队求援，队长和孙宇是同事又是好友，说打井没问题，钱也不是问题，公家出不了我个人掏腰包。菌棒不等人哪，说干就干，马上安排。一周内，一眼大井顺利完成，刘志的食用菌终于喷上了水。

第一茬蘑菇取得了大丰收。村民看见刘志收益颇丰，争先恐后挨着刘志建食用菌大棚。孙宇又安排乡里其他村子的人也来参观学习，鼓励他们在自己村子建起食用菌大棚，产业园很快形成规模。目前4个村成立了食用菌产业园，发展50余栋大棚150多万菌棒。各村采取"产业园+承包户+贫困户"的模式，拓宽贫困人口就业渠道，加大产业分红力度，巩固贫困人口脱贫成果，确保贫困人口全部实现"一超过两不愁三保障"。

屡出实招，精准施策久久为功

孙宇的扶贫工作从实际出发，突出群众的需求和期盼，变"输血"为"造血"，精准施策、久久为功。他本着"依托优势、深度挖掘、科学哺育、规避风险"的原则，为青松岭乡打出了多张"特色牌"。

孙宇邀请省地质矿产调查院勘测时发现，青松岭乡55.5%的土地资源富含"锗"元素，这种富锗土壤全国稀有，种植的谷子含锗量最高，为13.4微克/千克，具有极高的营养价值和保健功效。他为打造特色农业品牌，宣传"富锗"谷子价值功效，增加农民致富渠道，组织集中连片种植"富锗"谷子1000亩，采取"公司+农户"模式，为提高贫困户产业收入、走好品牌强农之路奠定了良好基础。

青松岭乡森林覆盖率61%，林内野生菌种类繁多，盛产松菇、红菇、杨菇、草菇、地耳等多种天然野生菌类。孙宇决定以青松岭凤凰山菌业有限公司为依托，在全乡范围内全面发展食用菌产业。一年后，高营子村书记郭玉民满脸笑容地说："在孙书记的帮助下，我才下决心种植蘑菇，成立食用菌产业园，去年，我们村的收益最大，大概赚了20万元，村里有了集体收入，贫困户也拿到了分红。"

　　青松岭乡畜牧业以养鸡、养羊、养牛、养驴、养猪为主，其中以肉鸡养殖产业基础最为深厚，孙宇扶持致富带头人，通过与北票宏发集团进行合作对接，以典型带动、政府扶持为主要手段，建设一处肉鸡养殖基地，着力打造肉鸡养殖扶贫产业园。产业园分两期投资建设，计划养殖20万只种鸡，实现合作共赢，有效带动全乡贫困户517户963人有稳定脱贫项目，同时增加村集体经济收入。

　　孙宇耗费精力最多的是"扶贫车间"项目。孙宇协调资金80万元，利用迟杖子村闲置的集体用房，通过朋友联系上朝阳宝联勇久科技有限公司的老总，进行厂村合作，引进了服装加工项目，建起"扶贫车间"，帮助近30名贫困户和农村闲置劳动力实现家门口就业。

　　孙宇了解到青松岭乡境内旅游资源丰富，在他精心策划下，已申报乡村旅游项目，重点打造集"千亩文冠果""五英五昌"爱国主义教育基地、"辽代古墓群""地质公园""食用菌采摘园"为一体的特色乡村旅游产业新格局。

　　"思想一通事就通，观念变了天地就宽。如今的青松岭乡到处都焕发出新气象。"青松岭乡党委书记魏晓东颇为感慨地说。

"水、路、田"打通扶贫"最后一公里"

青松岭乡地处建平县东部，下辖6个行政村，其中2个是省级贫困村，4个市级贫困村，基础设施建设落后，集体经济薄弱。孙宇任省自然资源厅财务处处长多年，业务精湛、熟悉政策、思路清晰、协调能力强。面对现状，孙宇邀请到省国土资源规划测绘、水利勘探等专业部门，全面调查分析青松岭乡的土地利用和水资源现状，研究制订科学合理可持续的发展规划，经过两个多月的细致调查和研究讨论，初步确立了青松岭乡"工业项目立乡，文化旅游兴乡，农业产业富民"的发展思路。

孙宇常说："作为第一书记，就是要为乡镇办实事、真办事。"修路、勘察、规划、土地整理、水源检测、打井等等大事开始有序记录在他的工作笔记上。他紧抓国家和省市县加大对农村投入的政策机遇，奔走在国土、交通、发改、财政、文体等部门，乡里的大事需要他尽快落实。

丰山村是坐落在青松岭上的省级贫困村，是全乡最穷的村。百年来河床当路，村民出门一身土，回来一身泥。孙宇多方争取资金，将丰山村的三条土路修成水泥路。老书记孙秀纯高兴地说："我们村子走了上百年的土路，现在走上了水泥路，老祖宗都没想到，我们感谢孙书记呀。"

丰山村山坡地多，平地少，土地贫瘠，没有水源。孙宇积极向上级争取土地治理项目。2018年，全村治理坡地3000亩变成水浇地，村民告别了靠天吃饭的历史。但是平整完土地需要重新分地，这容易产生矛盾。孙宇对村干部提出要求，要公平公正公开，村干部要吃亏在前，一级带一级。在孙宇书记的监督下，土地圆满分配完。

2018年，在孙宇的协调和努力下，青松岭乡共修建公路21公里，解决了4个村8个组，近1500人出行问题；修整田间作业路3.6公里、改造老张线道路30公里；对迟杖子村等4个村的村部进行了改扩建，为铁营子村等4个村修建了文化广场。完成农田整治项目12000多亩，为农业增产、农民增收奠定了坚实的基础。

孙宇说："扶贫工作，感情要真，思路要清，措施要硬，作风要实。"在青松岭乡修完路，平整完土地，打出22眼大井，孙宇拒绝了几位村书记的热情邀请，没吃一顿饭，没喝一顿酒，风尘仆仆奔赴下一个战场。

岗位更换，迎接挑战勇担重任

2019年4月，朝阳市委组织部找孙宇谈话，鉴于他驻乡的工作表现，省市领导再次给孙宇肩上加重担，委任他为中共建平县委常委、建平镇党委书记，面对组织的信任，孙勇迎接挑战，担当重任，勇敢地走马上任。

建平镇是一个以农业生产为主的"百年老镇"。下辖14个行政村、1个社区，现有建档立卡贫困户788户1569人。孙宇到建平镇后，发现建平镇与青松岭乡在政治、经济、环境、人文等方面完全不同，但是他始终坚持"深入基层摸实情，结合实际定措施，真情帮扶促和谐，全心全意抓民生"的工作标准，精心谋划，狠抓落实，力争让老镇"旧貌换新颜"。

建平镇作为县城中部乡镇，交通便利，人口众多，环境复杂。对于一

位外来干部，需要更多的胆识和智慧，孙宇决定把项目建设贯穿脱贫攻坚工作始终，着力做好招商引资和飞地经济工作。他紧紧围绕朝阳市"161"重点工程，借助"五个一批"东风，按照"一产优、二产强、三产活"的发展思路，真抓实干，在他的努力下先后完成了招商引资项目5个，已经有4个项目开工建设，飞地经济建设项目6个，有3个项目开工建设，其他项目逐步走招投标程序。在这些项目中有6个上亿项目，5个千万项目，项目的有效实施，将进一步扩大税源，增加建平镇经济总量。

孙宇组织召开了镇内上规模的17家企业负责人座谈会，详细了解企业发展情况，听取企业家的意见和建议，孙宇书记真诚表示镇党委一定支持企业发展，为企业做好服务，保驾护航。这些企业家以前都害怕，躲着政府领导，现在孙宇的工作思路一时让他们难以接受，并表示怀疑。辽宁王老汉生态农业有限公司总经理王国利抱着试试看的心理，向孙宇反映公司面临的发展瓶颈。孙宇针对企业实际情况，马上与沈阳农业大学协商，最终促成了沈阳农业大学与辽宁王老汉生态农业有限公司合作项目。专业院校的技术支持，进一步提升了企业发展空间、扩大产能、拓宽销路，逐步将该企业发展成为一家集小杂粮育、繁、推一体化，产、供、销一条龙的农业产业化精深加工企业，进而带动提高农户的生产收益。

孙宇支持鼓励建村级扶贫产业园。建平村投资120万元新建肉鸡养殖场；新邱村投资50万元新建肉鸡养殖场；下湾子村投资50万元新建肉牛养殖场。各村通过"村集体所有+承包人养殖+贫困户参与分红"的合作模式与贫困户产业项目叠加相结合，确保全镇贫困户脱贫不返贫。

建平村养鸡产业园没有外包出去，村集体经营，村书记纪凤琴大姐快60岁了，长期驻守在鸡场，两万多只鸡有点风吹草动都牵动着她的心，她说："这一年里，我的心与鸡的心都达到了同频共振。"担惊受怕，寝食难安，第一栏鸡、第二栏鸡顺利出栏，去年一年村里纯收入达到5万多元，建平村看到了希望。她激动地对记者说："没有孙书记，成立产业园我想都不敢想啊，我一定要亲力亲为把鸡养好，给村里、给孙书记一张满意的答卷。"

疫情面前，行动是最好的誓言

疾风知劲草，危难见担当。2020年大年初一，孙宇匆匆告别体弱多病的父母，对妻女没有太多的嘱托，在家人关切的目光下自己驾车从沈阳赶回建平镇，其他领导感到惊讶，他回答："朝阳市已经发现一名患者，现在疫情防控形势这么严峻，我在沈阳坐不住，心里着急呀！咱们必须共同努力打赢这场疫情防控阻击战！"

孙宇第一时间根据防控形势和工作需要，成立了建平镇疫情防控指挥部，动态调整包村组干部，明确了"不漏一户、不差一人"的工作目标，紧锣密鼓地组织镇村干部分3次对辖区居民和外来人员开展全覆盖、无盲区防控排查登记工作。孙宇对湖北返乡、经停湖北的23户重点人员家庭亲自进行逐户走访，劝导他们一定要做好自身及家人的隔离，对隔离人员提出的困难，他都给予了一一解决。

他还发挥党员的先锋模范作用，主持起草并下发了800余份《致建平镇全体党员的倡议书》，并将倡议书内容和疫情防控宣传内容分别录制成

音频，启用村级防汛大喇叭16个，向村民借用广场舞音响50个，将防火车、垃圾车、私家车改装为流动宣传车28辆，不间断地在各村组进行循环播放。他还邀请辽台节目主持人楚君为建平镇录制了动员群众广泛参与、寓教于乐的小视频，并通过多个微信群转发给干部群众。

建平镇的一名大车司机独自驱车去往武汉市区进行物流配送，因各交通卡点极力劝其返程，致使该人情绪激动。孙宇带领镇村干部多次协调和做思想工作，才平稳了这位村民的情绪，送他到指定地点进行了隔离。类似的事情屡见不鲜，不严格遵守防控规定的、抢六抢八聚集过生日的、到镇政府所在地上访的……孙宇不知疲倦地奔逐在防控的最基层，张贴公告、普及防疫知识、发放防疫物资、叮嘱乡亲多居家少外出、到情绪不稳的隔离人员家中隔窗做心理疏导。

战"疫"打响以来，口罩、消毒液等防护物资紧张成为常态，为了满足防控一线人员的防控物资需求，孙宇在个人捐款2000元的同时，又多方筹集捐款7.3万元、口罩7000余个。统一协调全镇投入资金11万余元，购置了100件棉大衣、150升消毒液、150升酒精、13000余个口罩、15顶帐篷等防疫物资充实到防控一线。

他坚持防控疫情与企业项目建设和企业复工复产两手抓，深入全镇5个已经复工的企业查看情况，仔细了解企业疫情防控措施和复工复产情况，对企业厂区、食堂消杀、员工个人防护都一一讲清讲透。同时，为确保产业项目落地不受到疫情的影响，孙宇在疫情期间尝试重点项目网上跟进，加强线上办公及沟通，保证项目推进不间断，跟踪服务不间断。

"我们苦点累点没什么，只要全镇的百姓安康无恙，我们付出得再多也是值得的！"孙宇是这样说的，也是这样做的，俯下身子，才能干出样子，他用自己的行动诠释了一名党员的誓言。

李洪尧

　　2018年3月，李洪尧被辽宁省审计厅选派到朝阳市朝阳县羊山镇西山村任第一书记。"敢教日月换新天"，为了让贫困村能彻底改变面貌，驻村期间，李洪尧往返20万余公里，以他的勇气和魄力，奔波在跑项目、争资金、引技术、促合作、求帮扶的路上，发展"精品小米""免费午餐""暖流计划"等项目，让西山村脱贫致富奔小康。2019年，王洪尧荣获"辽宁五一劳动奖章"。

青春在脱贫一线闪耀

——记辽宁省审计厅驻朝阳县羊山镇西山村第一书记李洪尧

曾经，贫困的称号被刻印在西山村。这个一穷二白的贫困村无机动地、无集体经济、无收入来源、无可利用资产，村民靠天吃饭，一年到头没有多少收入，看不到生活的希望。可是，现在走进西山村，挺拔的钢结构标准化厂房、百吨储藏容量的谷仓、三层的党群活动中心、宽敞的文化广场、干净整洁的村容村貌，都会让你恍如隔世。

西山村发生翻天覆地的变化源于一个人的到来，他就是第一书记——李洪尧。

2018年3月，李洪尧积极响应党中央和辽宁省委号召，主动请缨到辽西北贫困地区参加驻村工作，通过严格考核，他成为省委首批选派驻村干部中的一员，任朝阳县羊山镇西山村党支部第一书记。

"80后"积极探索敢闯新路

1981年出生的李洪尧，风华正茂、朝气蓬勃，伴随着脱贫攻坚号角的吹响，带着一股青春的力量涌向乡村。当他第一次走进西山村时，即便有着心理准备，还是为摆在眼前的发展困局而压力倍增。

李洪尧说："看到村民贫困的状况，心里特别难受，我深感驻村责任重大，村里的年轻人太少，留守儿童缺乏关爱，劳动力严重不足，想创业的村民摸不着门路，已开始创业的村民又缺乏知识和技能……我要竭力破解这一个个问题，尽快帮助村民脱贫致富。"

西山村位于朝阳县羊山镇西部，村民有380户1411人，其中建档立卡贫困户就有35户81人，全村耕地面积仅有2662亩，以往农户以种植玉米

为主，但是十年九旱加之水资源匮乏，作物减产甚至绝收也较为常见，如果遇到大事小情、病痛灾难，一家人瞬间就变成贫困户了。

李洪尧开展驻村工作以来，通过反复走访调查，外出参观学习，向多部门求援求助。他与村书记邢广云多次研究，最终决定还是结合西山村的实际情况，挖掘西山村的自身优势，向改革要出路，向土地要收入，向科技要效益。

他尝试带领全村群众开展农村产权制度改革。2018年年底，他牵头成立"朝阳县华兴济民土地股份专业合作社"。实行"党支部+基地+专业合作社+贫困户"模式，积极鼓励西山村村民和贫困户直接参与到经营中来。一方面，以资金或土地入股，享受分红；另一方面，他们还能在日常劳作中获得工资性收入，真正实现在家门口就业，保障长效脱贫。

合作社的成立实践了资源变资产、资金变股金、农民变股民的发展思路。在李洪尧的努力下，西山村与辽宁省农业科学院等单位建立了帮扶合作关系，引入高科技种植技术，合作社集中精力开发生态富硒小米产业项目。

扶贫路上小米香

朝阳县地处辽西丘陵地区，具有"七山一水二分田"的地理特征，环

境有利于小米生长。朝阳小米一直是朝阳的骄傲，据史料记载，公元
1783年，清乾隆皇帝到朝阳凤凰山祭祖。途中偶尔尝到朝阳小米，赞其
口感如肉，香味如茶，便口谕此地小米成为清廷贡米。朝阳小米以独特的
土壤、光照、积温、昼夜温差、水质条件为基础，精耕细作，获准国家农
产品地理标志保护产品登记。

李洪尧说："过去我们是捧着金饭碗去要饭，得天独厚的地理位置和
自然条件没有很好地利用发挥出来。"

"敢教日月换新天"，为了让贫困村能彻底改变面貌，两年以来，李洪
尧往返9万余公里，以他的勇气和魄力，奔波在跑项目、争资金、引技
术、促合作、求帮扶的路上，誓让西山村脱贫致富奔小康。

要实现稳定脱贫，发展产业是关键。朝阳县华兴济民土地股份专业合
作社的成立为西山村找到了一条致富之路。小小的"一粒米"，凭借优良
的品质和完整的产业链、先进的加工技术，插上现代化的翅膀，从西山村
飞向了全国市场，在为消费者提供放心食材的同时，更成为当地百姓脱贫
致富的好产业。

2019年，合作社精心培育的生态富硒小米经过权威检测机构检验，
每千克硒含量达到170微克，多项营养元素含量指标远超过行业平均水
平，109项农残指数检测全部为零，达到了CNAS国际互认的出口标准，
在朝阳（北京）农产品展销会上荣获"金奖"，也成功将扶贫产品打入北
京市场。辽宁省人民政府农产品现代流通体系领导小组授予西山村股份合
作社"示范企业"和"示范基地"两项荣誉称号。

李洪尧通过长期协调和衔接，使合作社与辽宁农产品交易集团、辽宁思迈电子商务有限公司、北京食迅网、盘锦鑫诚集团等企业建立了稳定的帮扶合作关系，为乡村产业发展保驾护

航，完整构建了一、二、三产业融合发展的链条，为促进贫困乡村长效振兴发展奠定了坚实的基础。

李洪尧不仅将工作着力点放在乡村振兴战略的落实上，还把视野放到促进朝阳县全域振兴发展的格局上来。为了帮助群众拓宽农副产品销售渠道、推进优质投资项目落地，李洪尧9次赴京与北京新发地集团、中商惠民网、新发地生鲜网、食迅网等辐射带动作用强的涉农产品销售龙头企业建立联系，促成朝阳县签订了投资额1.5亿元的百万头生猪深加工项目合作协议，还协调北京新发地集团在脱贫攻坚领域进行战略性合作洽谈与帮扶。

在李洪尧的努力和推动下，西山村争取到全县首例信用村授信资格，保障有产业发展需求的信用户可享受10万元贷款免抵押、免担保、低利息、快捷放款等有力政策扶持，2019年，获批授信额度提升到20万元，破解了群众发展产业融资难、融资贵的难题。

"一粒米"幸福一方人

2019年年底，西山村成功实现了脱贫摘帽，这是一个值得纪念的日子，全村人腰杆硬了、精神头足了、大秋歌扭起来更带劲了。

谁曾想，"一粒米"竟成为帮助西山村村民脱贫致富的"金凤凰"。

生态富硒小米具有颗粒均匀、香甜可口、营养丰富、食用方便、用途较广的特点，对于治疗肝脏病、心脏病、神经官能症、贫血等有一定辅助作用。可做成美味可口的稠粥、小米发糕、煎饼、小米锅巴、小米面饼等20余种不同风味的食品。

合作社总经理王国友说："为了保证小米质量和色泽，谷子收进来后，通过充分晾晒、脱壳后，就成了金黄色的米。再通过抛光、色选、分级后，才是装袋的小米，小米的整个加工过程，要经过至少六道工序。"

李洪尧带领大家参观加工厂，如数家珍介绍了小米的营养价值及发展理念。李洪尧激动地说："产业要发展，品质最为关键，因此建立了种植、田间管理、加工、包装、销售完整的产品质量闭关控制体系，所有生产环节都是由合作社的产业工人在统一指导下完成的。"

"村民富在产业链，人心也聚在产业链上。" 2020年1月7日是农历小年，西山村异常热闹，村民聚集在村部等待分红。村民高永亮领到合作社的分红，把钱拿在手里高兴地数了好几遍，脸上洋溢着喜悦的笑容。

李洪尧实行村企合作发展模式，符合国家农村改革和现代农业发展的思路和方向，更重要的是实现了村集体经济的稳定增收，每年能按比例获得稳定收入，实现了村集体经济从"空白"到"实有"的转变。

实行"专业合作社+贫困户"的产业发展模式，通过资金入股机制，实现了资金变股金、农民变股东，解决了贫困户产业发展缺资金、缺技术、缺市场、产业分散不成规模的问题，村民既可以通过股金分红，又可以按劳获酬，贫困户收入不断增加，收入更加稳定。

合作社在今后将会为贫困户提供更多就业岗位，全面增加贫困户务工、分红、增值等收入，帮助贫困户脱贫致富。进一步促进脱贫攻坚工作、加快乡村振兴步伐、激发贫困户树立脱贫致富的信心和决心。

李洪尧和村"两委"主动提供土地协调、政策指引、融资渠道、技术培训等服务。贫困户更加勇于战胜贫困，主动发展产业，摆脱"等靠要"的思想，积极投入到自主就业与发展产业上，从本质上脱贫。

誓把他乡作故乡

年轻的第一书记能否被当地百姓认可，是对驻村干部的直接考验，李洪尧书记对此有着深刻的体会。

在机关科室、大院高楼的工作方法与农村扶贫完全不一样。他按照事先设计好的逐户走访也不是都行得通，李洪尧再一次扑下身子，走进田间，以心交心，摸清底数，详细了解村民所需所求，他用真诚与努力赢得了村民的信任，成了村里人、百姓家里人。

村书记邢广云大姐说起李洪尧，几度哽咽："我就从来没见过这样的第一书记，他真把这里当成家了，比我们自己还认真投入，他经常吃不上饭，方便面成了他的主要食物，让我们感动啊，有他在我们更有信心了、更有干劲了。"

按组织上的规定，第一书记每月可以回家两次，但是李洪尧两个月才回家一次。为村里招商引资，他路过家门也没时间回家。儿子抱怨，现在很难见到爸爸，都快不认识了。家人看着李洪尧日益增长的白发，逐渐消瘦的身体，除了心疼还是心疼，只能默默地全力支持，料理好家里的大事小情，为他解决一切后顾之忧。

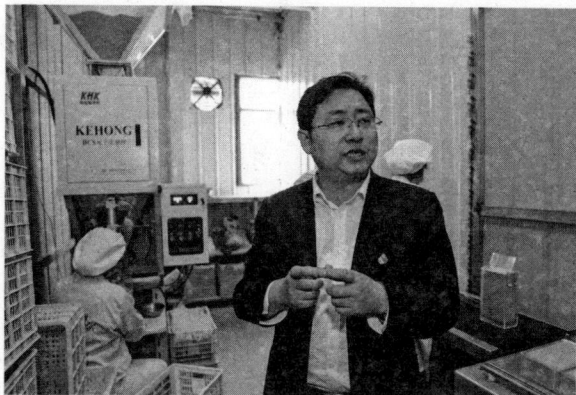

李洪尧是第一书记，也是一位父亲，他在开展产业扶贫、带动贫困户持续增收稳定脱贫的同时，更把目光聚焦到贫困村孩子们的教育环境上来。村里小学校条件简陋，孩子们的午餐无法解决，有的孩子从家带饭，到了中午也是冰凉冰凉的，孩子们只能从早晨饿到下午放学。李洪尧看到孩子们天真渴望的眼神，心中满是苦涩。

他想办法，找出路。通过9个月的奔走努力，争取到中国社会福利基金会"免费午餐计划"项目的支持，资助村小学数十万元，让村小学成为全县首个真正意义上实施免费午餐的学校，也改写了该校没有午餐的历史。

他还争取到国内知名教育机构希沃集团的支持，为村小学三个年级捐赠和安装了全新的多媒体教学设施，让贫困乡村的孩子们能够用得上跟大城市孩子一样的教学设备；他还求助北京精诚教育集团的帮扶，为全校215名学生捐赠了260套崭新的校服；争取到中国社会福利基金会"暖流计划"支持，为村小学捐赠了大量的体育器材和教学器具。

李洪尧在走访中获悉西山村一名6岁女童罹患神经母细胞瘤，在历经了17次化疗的痛苦后，依然在与病魔做顽强的斗争，但长期的治疗已经掏空了这个家庭的全部积蓄，他多次带头捐款数千元，求助《今晚关注》等新闻媒体呼吁社会对这位患儿共同开展帮扶，《朝阳日报》《燕都晨报》、朝阳市电视台持续对这次爱心传递活动跟踪报道，随着正能量的传播，社会各界爱心人士纷纷解囊相助为孩子凑够了9万元的"救命钱"，也让朝阳这座古城充满了爱心的温度。

实现旧貌换新颜

"晴天一身土,雨天一身泥。"多年来,西山村的泥土路让村民苦不堪言,春节黄沙漫天,夏季污水横流,秋季收割困难。村里多年都没能修成的这条道路,成为村里"老大难"问题,这样的道路阻碍着西山村的发展。

李洪尧看在眼里急在心上,他决定带头捐款募集资金完成路基改造,再依托乡村一事一议项目支持来完成。说干就干,他多次跑省、市、县、镇的主管单位,在他坚持不懈的努力下,成功推动和保障1.9公里主路和4.4公里巷路硬化工程顺利完工,沉积已久的问题得到解决。

他争取社会帮扶资金,在全村铺设了无线广播网络,解决大事小情靠村干部挨家挨户通知的工作效率问题;他积极推进乡村环境综合治理工作,清运了沉积多年的垃圾,修建了花坛,粉刷了文化墙,使全村的生活环境得到明显改善。

2019年,李洪尧做了一件惊天动地的大事。他用时7个月,争取各级主管部门的支持,为西山村办理2800余平方米的建设用地指标。在资金没有到位的情况下,自己个人做担保,为村里新建了建筑面积362平方米的三层党群活动服务中心和1040平方米的文化广场,使西山村的便民服务水平得到了进一步的换档升级。

李洪尧在大学里学的是农电专业,也在电业系统工作过,他熟悉电力政策和工作程序,这次充分发挥自己的优势,为新村部搭建新的电网,为未来的发展奠定基础。

"在村里待了一辈子,做梦都没想到我们也能有自己的楼房了。"老百姓激动地说。

"功成不必在我,建功必须有我。"李洪尧放弃大城市优越的生活条件和已经习惯了的工作状态,来到偏远山村,没把驻村当成提拔"镀金",而当成是"淬火""炼钢",始终保持着年轻人永不懈怠的干劲。

4月29日,李洪尧荣获"辽宁五一劳动奖章",荣誉的获得也是前进的动力。他在日志里面写道:"听党话,感党恩,跟党走,劳动最光荣!继续砥砺前进,奋力拼搏,加油!"

臧建清

2018年，臧建清被辽宁省商务厅选派到宽甸满族自治县八河川镇八河川村任第一书记；2021年，他连选连任，又到凤城市蓝旗镇正白旗村任第一书记。他让八河川村彻底变了样，路通了、灯亮了、大棚盖起来了，他把实事办到群众的心坎上，甘当八河川村笨猪"代言人"，大力发展香菇产业，党旗在八河川村高高飘扬，在脱贫攻坚战役中，臧建清切实担负起党和人民赋予的责任与使命。

岁月见证初心　奋斗践行使命

——记辽宁省商务厅驻宽甸满族自治县

八河川镇八河川村第一书记臧建清

八河川村平均海拔700米以上，素有"宽北小高原"之称。这个林幽谷蕴、溪水清幽的小山村，由于海拔高，交通不便，自然屯布局分散，土地贫瘠、水资源匮乏，基础设施和公共服务设施难以延伸等原因，村民呈现出"吃水难、行路难、上学难、看病难、居住难、发展难"的贫困现状。

2018年3月，辽宁省商务厅臧建清处长积极响应国家和省委的号召走进了八河川村任第一书记。臧建清驻村三年，这个小山村彻底变了样，路通了、灯亮了、大棚盖起来了。"沧海横流方显英雄本色"，在3年多的脱贫攻坚战役中，臧建清切实担负起党和人民赋予的责任与使命。

夫妻齐上阵甘当群众"贴心人"

臧建清申请驻村工作时，家里人都不同意，"50多岁的人了，在厅里工作安稳，跑到农村扶贫，你会干吗？干不好怎么办？"妻子那几天经常跟他发火，坚决不同意他驻村。

臧建清有办法。他拉着妻子在家一起看《马向阳下乡记》电视剧，还特别带着她参加了省委组织部的动员大会，这让妻子深深感受到了国家对打赢脱贫攻坚战的决心，举全国之力奋发有为决战决胜全面建成小康社会的信心，妻子逐步理解了臧建清驻村工作的意义与责任，终于表态支持丈夫的选择。

臧建清在八河川村刚安顿下来，70多岁的老母亲也知道了，不放心

儿子，从老家坐了4个多小时的火车，再坐出租车走15公里山路来看他。老母亲拉着他的手担心地说："儿子，你是不是犯错误了？受处分了？"臧建清看着担忧的母亲，心里真不是滋味，他耐心向母亲解释了驻村工作情况。

送别母亲，臧建清马上投入走访调研工作中，八河川村有11个村民组，布局分散，各组距离很远。商务厅给第一书记配备一台电动车，臧书记每天骑着电动车奔跑在各屯组之间。几天下来，他脸黑了、背驼了、头发乱了，衣服也不如当初来时那么利整了，以前的偶像大哥真成了农民大叔。

工作一段时间后，妻子不放心，来到村里看望臧建清，看到他一天从早忙到晚，有时睡凉炕、吃冷饭，有时还吃不上饭，心疼地掉了眼泪。为了让臧书记安心工作，妻子回家简单安排一下，带着行李与臧建清一起驻村。"我们夫妻一起来驻村扶贫了"，性格开朗的妻子对记者说。

在厅里的支持下，臧建清与另一位驻村书记合租了一套房子。妻子的到来为这个家增加了无数的温暖，全力保障他们的后勤。臧建清说："弟兄们把我'家'叫作'炊事班'，我爱人就是'炊事班长'。"他们家已成为全镇几名下派干部经常聊天聚会的场所，臧建清爱人经常露一手，做几道拿手菜犒劳犒劳同事们。

为支持臧建清的工作，臧建清爱人踏踏实实地住了下来。她说："安居才能乐业，人在哪儿，家就在哪儿；心在哪儿，情就在哪儿。"她现在的心在八河川村，甘当特殊的不领津贴的"下派干部""炊事班长"。能歌善舞的她很快与村民打成一片，教会了村民跳广场舞，成了村里的文艺骨干，她还把自己的同学拉到村里开展各类文艺活动，为村里带来活力。

当臧建清的双脚踏在这片土地上，心就踏实了。每天在村头巷尾，大家见面就像邻居一样打着招呼，年长的叫他一声老臧，年轻的叫他一声臧书记，有什么家长里短的、有什么问题都愿意跟他唠唠。他知道，他们夫妻俩已经彻底成为村民了，成了村民的贴心人。

党旗在八河川村高高飘扬

早晨6点，我们在臧建清家的小院里准时举行升旗仪式，雄壮的国歌响亮在这个小山村。

八河川村每家每户的大门口都竖有一面五星红旗，党在人民群众的心里有着至高无上的地位。臧建清刚驻村的时候，看到这样的情景着实感动了一阵子。

驻村工作千头万绪，从哪里着手？八河川村一共有706户，总人口2349人，党员有95人。基层党组织建设是突破口，臧建清把做好村级党建工作作为首要任务。他深入调研，找到村党支部软弱涣散、战斗力不强的原因，并向镇党委提出强化支部的建议。

村"两委"班子强了，才能做到把纪律挺在前面、把任务分配到人、把责任压紧压实。臧建清深知：在引领村集体增收、村民致富的过程中，只有紧紧依靠基层党组织，从乡村实情出发，不搞花拳绣腿，才能找到发展的办法。

村"两委"班子一共6人，平时大家工作中难免有点小误会但又不好意思说透，时间长了，多多少少心里有点小疙瘩。为加强"两委"班子团结，臧建清觉得很有必要召开一次民主生活会，班子成员开诚布公地进行一次批评与自我批评，就村"两委"存在的问题进行梳理。他把想法与

"两委"成员进行了沟通，没想到大伙都有些抵触，有的觉得当着大伙的面不好意思批评别人；有的觉得如果别人再指出自己的缺点时，以后还怎么面对大伙呀；还有的人担心如果批评得过火了不好收场。

臧建清没想到会有这么大的阻力，"两委"班子思想不统一怎么开展工作？他耐心地找每个人谈话，首先掏心窝子把自己想法和自己的缺点以及对其他同志的评价做了中肯的分析，"两委"成员也纷纷把自己在工作中的不理解和怨气说了出来。

在臧建清不懈的努力下，一周后村"两委"的民主生活会终于召开了。臧建清首先做了自我批评和对其他同志的批评，每名同志也都心悦诚服。在他的带动下，其他人发言的时候既严肃谨慎，生怕自我批评不够，又有理有据，对别人的批评都结合事例说出心中的不理解，起初是面红耳赤的小争吵，接着涉事的同志主动还原事情发生的前因后果以及当时的想法，双方你来我往几个来回，设身处地地站在对方的角度想问题。脸色好看了，心里踏实了，这样大伙心里放开了，在热烈活泼的气氛下，最后把很长时间以来心中结的小疙瘩解开了，心情舒畅了，干劲也上来了。

一个岗位就是一份责任，一名党员就是一面旗帜。庚子岁末，新型冠状病毒肺炎疫情暴发突然，生命重于泰山，疫情就是命令，防控就是责任。八河川村党支部在这场没有硝烟的疫情防控战斗中勇于担当、敢于作为，一名名共产党员挺身而出，一个个战斗堡垒巍然矗立，把对党的忠诚、对人民的热爱、对初心使命的坚守都体现在疫情防控的战场上，用忠于人民、无私奉献擦亮共产党员的底色。

把实事办到群众的心坎上

在臧建清办公室墙上挂着"功成不必在我"这幅字。臧书记说："上级派我们驻村，就是帮助一线群众解决困难和问题的。"对群众反映的困难和矛盾，他牵挂于心，竭尽全力将实事办好。村里的、组里的、地里的、院里的，都要尽心尽力地去管去做；面儿上的、背地里的、嘴里的、心里的工作，都要付出真心去努力。

八河川村四组的陈德劲老人87岁了，拄着拐杖在新修的柏油路上走了一圈都不觉得累，满脸都洋溢着幸福的笑容："我做梦都没想到哇，还能走上柏油路，还能到我儿子家串串门，我有福了，这都要感谢臧书记。"

原来四组有8户村民的房屋坐落在山脚下，没有通往外面的路，需要蹚水过河或沿着崎岖的小路绕行进出。村民肖玉成说："过去不但农产品卖不出去，要是遇到有病有灾的，干瞪眼没办法，去年就有一位老人突发疾病，因为救护车进不来，几位村民合力抬出，但是因为抢救不及时而离开人世。"

臧建清多次来到四组，决定沿北股河坝体为村民新修条柏油路，不让悲剧再发生。臧建清多次回到商务厅，协调省里有关部门，申请"一事一议"项目，为修路申请专项资金。

经过大半年的奔走，项目落成资金到位，但是又有一个难题摆在了臧建清面前，铺整路基的钱没有。臧建清开始四处"化缘"，多次找到丹东市交建集团，集团伸出援助之手将路基修建完成。一条3公里多的道路在村民殷切的注视下修建完成。

"我们感谢臧书记、感谢商务厅，我们不想让臧书记走哇。"四组的村民激动地说。四组组长要代表村民给臧建清送面锦旗，也被臧建清拒绝了。

73岁的老党员张桂珍搬进了新房，开心得在新屋里不停地走动着。老人一个人生活，房屋年久失修，雨天漏雨，还非常危险。臧建清为她申请危房改造资金3万元，他亲自组织施工，为老人盖上了新房。

走进张桂珍的新房，雪白的墙上赫然贴着臧建清的手机号码，张桂珍老人说："我天天看电视，学习习近平总书记讲话，臧书记就是中央派下来的好书记呀！现在有困难就给臧书记打电话，他真为老百姓办实事。"

张桂珍激动地拉着我们来到她家的大门口看新修的水井，"这都是臧书记给修建的。"臧建清介绍说："前些年，3个村民组没有自来水，只能自家打井或到水泡子舀水吃，食用水和土地灌溉都成问题。"

臧建清为解决村民吃水问题，不会开车的他学会了开车，又跟妻子商量买了新车，在这偏远的山区，跑项目跑资金，没有车那是寸步难行啊。

新车很快就跑了十几公里路程，在车轮不停的转动下，他争取到了移民资金53.8万元，打井并铺设了8公里水管，让百余户村民彻底告别无自来水的历史。

甘当八河川村笨猪"代言人"

养猪是八河川村农户的一项主要收入来源，特别是对于缺少劳动能力的贫困户，更是家庭的主要经济支柱。谁承想2018年非洲猪瘟，让这里的笨猪也躺着"中枪"。不但当地群众减少了猪肉的消费，而且本地生猪禁止外运。

临近年关，很多贫困户都急着卖猪，好置办年货。一时间，卖猪问题成了"老大难"。经过一番调查，臧建清决定做八河川笨猪的"代言人"。他联系沈阳、丹东等地的亲戚朋友，向他们推荐八河川的笨猪。说好听点是推荐，实际上是带有"强卖"的意味，反正为了能卖猪，臧建清是豁出了面子，动用一切关系也要把贫困户的猪都卖完。

这个朋友订一头，那个老板订两头。臧建清根据村里笨猪数量给朋友分配"任务"，实施"制订计划、挂图作战"。在下达"任务"时，臧建清首先说明是贫困户家的猪，每斤价格必须比市场价高一元钱，权当朋友们

也为扶贫事业做贡献了。

"订单"完成了，可是从八河川到丹东各地100多公里的路上已设置了层层检查点，这猪怎么能运出去？臧建清找到镇动检所，动检所的同志为支持他的运猪计划，提议把所有要运出去的笨猪在当地宰杀并检疫合格后再外运，但是这样大大加重了臧建清的工作量。

这两个月，臧建清几乎每天都是凌晨三四点钟就起来到贫困户家抓猪，猪叫声一时间搞得村子里"鸡犬不宁"。村民们一听到猪叫就说："准是臧书记又去谁家抓猪了。"还有的开玩笑说："原来有周扒皮半夜鸡叫，现在有臧书记半夜猪叫。"

抓猪、杀猪、煺毛、劈半、灌血肠、检疫、装车，这一套工序下来，就是好几个小时，为了赶在中午前让"客户"吃到最纯正新鲜的笨猪肉，臧建清一刻也不敢耽误，亲自押车往丹东送肉，就这样两个月的时间，臧建清成了名副其实的"猪贩子"。

光有"外销"还不够，必须扩大"内需"。他邀请外地的亲戚朋友到八河川来吃杀猪菜，来这吃肉消费临走时还能再买肉带回家，有时是朋友消费，有时是他个人买单，自己买肉送给他们。

这两个月他是车费搭了不少、请人吃猪肉花了不少，但全村贫困户家中的五六十头笨猪全部按计划卖了出去。而且有的"客户"因为臧建清的义务卖猪而受感动，当即还签下了下一年的"订单"，臧建清深受鼓舞，要把这个赔钱赚吆喝的"猪贩子"好好做下去。

香菇产业焕发新动能

乡村要发展关键看产业。八河川村地势高，昼夜温差大，最适合种植香菇，村里也有种植香菇的基础，以前村民都是单打独斗，没能成为产业规模，发展缓慢。臧建清与村"两委"班子研究决定，因地制宜，因时制宜，结合村的实际情况，创新发展香菇产业，采取"合作社+企业+农户"的模式，壮大村集体经济。

2018年年末，臧建清历尽波折，为村里争取到了100万元的壮大村集体经济项目资金，用于建设新型菇种植示范小区，想以此为带动，唤起群众进行老产业转型和特色产业提质升级的积极性。

建设种植示范小区的第一件事就是要租地，听说村里要上项目租地，涉及十多户村民，这下可热闹了，这是八河川开天辟地的大事。村民中有支持的、有观望的、有借机哄抬地租想宰一把的，还有给多少钱也不租的，那叫一个热闹。

因为村民都知道，只要有一户不同意，这块大地就租不成，这时候都想"拿把拿把"彰显个人的重要性，甚至还有人单独找到臧建清，

半带威胁地说离了他，这块地肯定租不成。臧建清和村"两委"成员那些天是吃不好睡不稳，动用了一切能用上的关系一户一户做工作。最终还是做通了每一户的工作，租下了这块大地，租期10年。

现在这块地上建起的新型香菇种植小区采用的是全国业内最先进的香菇种植设施和技术。臧建清协调省商务厅与辽宁峪程菌业有限公司共同成立"农商互联扶贫项目"，辽宁峪程菌业有限公司再与八河川村合作社签订香菇合作协议，峪程菌业公司全部收购八河川村香菇，并提供菌棒，香菇的技术、品牌、销售、储存、深加工都由企业统一管理，保证农户零风险种植。香菇种植示范小区还为贫困户提供不出村就能赚钱的就业机会。

村民王福栋去年承包了3个大棚，一个棚一茬香菇收入大概10万元，王福栋黝黑的脸上洋溢着笑容："这种产业发展模式好，我们风险小，经营灵活，虽然很辛苦，但是累并快乐着。"

八河川村村集体也有了收入，村里的日子也好过了，村里的绿化、卫生、乡村文化逐步在改善，村"两委"干劲更足了，计划着疫情过后，还将大力发展香菇产业，让小香菇变成八河川村的大产业。

臧建清看着八河川村已经踏上了奔赴小康的道路上，他充满信心又走向了另一个乡村。

李超

　　2018年5月，李超被大连交通大学选派到铁岭市昌图县毛家店镇侯家村任第一书记。他参与到轰轰烈烈的脱贫攻坚战役中来，驻村一待就是3年多。驻村以来，他严格遵守上级组织对选派干部的管理规定，扎根在脱贫攻坚第一线，急农民之所急、想农民之所想，艰苦奋斗、脚踏实地、真抓实干，切切实实地履行一名党员干部的责任与担当。

不忘初心勇担当　心系村民献真情

——记大连交通大学派驻铁岭市昌图县毛家店镇
侯家村第一书记李超

金秋十月，硕果累累。李超参加完"10·17全国扶贫日暨2020年农产品丰收节"后急急忙忙就赶回村里，这次他把村里的特色农产品推销给全国消费者，让大家知道侯家村，了解侯家村，欢迎来侯家村旅游观光。昌图县侯家村地处辽宁省最北部，与吉林省四平市接壤，李超家在大连市，两地间隔500多公里，也是辽宁省内南北最远的距离。

2018年5月，李超受组织委派到铁岭市昌图县的毛家店镇侯家村任第一书记，参与到轰轰烈烈的脱贫攻坚战役中来，驻村一待就是3年多。任职以来，他严格遵守上级组织对选派干部的管理规定，扎根在脱贫攻坚第一线，急农民之所急、想农民之所想，艰苦奋斗、脚踏实地、真抓实干，切切实实地履行一名党员干部的责任与担当。

倾全力完成"软弱涣散"村整改工作

现在的侯家村，宽敞平坦的水泥路，干净整洁的农家小院，昔日的"软弱涣散村"正演绎着美丽乡村的蝶变。

毛家店镇侯家村位于昌图县东部，距离县城37公里，有耕地6565亩，人均耕地3.2亩。侯家村下辖11个村民小组，总人口639户2043人，常住人口1353人，外出流动人口690人。这里曾经是一个软弱涣散的"落后村"，基层组织治理水平不高，集体经济薄弱、基础设施差。

李超在大连交通大学工作中是一个不善言辞、埋头苦干、细心严谨的财务工作人员，但组织把他派到农村工作，他知道加强党建、脱贫攻坚、振兴乡村经济是一条与以前工作性质完全不同的工作。虽然农村苦，基层累，但是更能锻炼人、考验人。农村这片土地，不仅是他施展才华的舞台，更是他历练人生的学校，他做好了一切准备。

李超驻村后，看到侯家村的落后情况，更加感觉到自己肩上的责任重大。

侯家村雨季降水量偏多，村内部分地段积水严重，村民家院内和道路被淹，给村民生活带来极大困扰，村民多次上访反映问题，侯家村也因此被列为"软弱涣散"村。针对这一问题，李超寻找突破口解决问题。他与村委会成员组织机器进行疏导，购买排水管、开挖排水沟渠。同时联系公路管理部门，对公路两侧排水沟进行疏通，解决村内积水问题，消除影响群众生活的不良因素，推动为民服务工作情况，加强村"两委"集体意识、责任意识，使村干部真正成为百姓的贴心人，较好地完成了软弱涣散村整改工作。

针对村内党员年纪偏大、受教育程度低，年轻党员大部分外出务工，常年不在村内，无法及时参加党员教育活动的现状，李超以"三会一课"为载体，以主题党日、党员微信群为抓手，带领全村党员学习党的十九大精神和习近平总书记系列重要讲话，坚持"两学一做"学习教育常态化，

切实把理论学习落到实处、植入心底，使全村党员理论学习水平有了很大提升。

侯家村党支部在"不忘初心、牢记使命"主题教育期间，共同梳理检视问题，解决群众实际困难，拉近了与群众的关系，进一步提高党员服务群众的能力。3年多的时间里，他跑项目争资金，走访村民，因户施策；他推进落实大口井水利设施建设、道路硬化等扶贫措施，为老百姓夯实了脱贫致富的基础。

忘我投入完成"脱贫攻坚"任务

李超不计个人得失，积极响应号召，克服家庭困难，驻村期间，全心投入、加强调研、摸清实情，编制完成侯家村《三年发展规划》，会同有关单位对贫困户因户施策制定帮扶措施，为开展扶贫工作打下坚实基础。

村内有建档立卡贫困户27户47人。他挨家挨户走访，实地了解每个贫困户致贫原因，为后续的工作做足了准备。驻村3年来，他深入走访贫困户，随时掌握享受政策和不享受政策贫困户情况，与村"两委"成员入户走访建档立卡贫困户，了解贫困户生活中遇到的实际困难，并积极帮助解决。

他平均每周都要到贫困户家中坐一坐、聊一聊，认真倾听他们的想法和遇到的实际困难，帮助他们申请低保、办理残疾人证明、申请房屋维修，为贫困学生申请社会救助，等等。

2019年，正逢决战决胜脱贫攻坚的重要时期，李超到侯家村担任第一书记后，始终以党建和脱贫攻坚为工作抓手，健全村"两委"班子和各项制度，并引导村民成立农民专业合作社，同时，安装太阳能路灯，铺修道路，栽植了绿化苗木，美化和亮化了村里的人居环境。为贫困户带货帮助解决实际问题。

"做事要实，做人更要实"是他开展驻村扶贫工作一直秉持的理念。在这个理念的激励下，他来到田间地头，和村民深入交流；为贫困户送衣带药；经常自己开车带着贫困户进城办事；利用专业知识积极参与村委各种财务问题研究。在与群众打交道过程中，他更了解群众生产生活情况，也提升了自己的基层工作能力和水平，更重要的是擦亮了胸前的党徽，让

群众更加相信党和政府。

　　为响应县里"一帮一"帮扶计划,李超不仅经常到所帮扶的贫困户高大娘家走访,每逢年节还将米、面、油等生活用品送到贫困户家中,并鼓励贫困户发展庭院经济,养殖家禽,帮助其联系销售,增加贫困户家庭收入。同时还对贫困大学生在学习和思想上给予指导和帮助,鼓励并引导其努力完成学业,找到称心的工作,早日改善家庭生活条件,回报父母多年的辛苦与付出。为体弱多病、失去劳动能力的贫困户办理最低生活保障,确保其能够有稳定的经济来源。积极组织申请维修资金15万元,共计为15户低保户、贫困户、残疾人家庭维修房屋,极大地改善了困难群众的住房条件。

　　经过3年的帮扶,村内所有贫困户已全部实现"两不愁、三保障",全部解决饮水安全等问题,全部实现脱贫。细心指导"三上墙"内容,宣传各项帮扶政策。在贫困户动态信息调整节点和"大普查大排查大督查"阶段,侯家村实现数据精准掌握、动态精准调整,切实提高了精准扶贫的质量,完成了脱贫攻坚任务。

想方设法壮大村集体经济

　　李超作为一名从校门毕业就又走进校门的干部,虽然是在财务处工作，但是工作性质也就是预算制，一进一出的财务预算与报销，没有在基层锻炼过，没有过切身抓经济工作的经历，因为响应省委号召被安排到最基层的农村抓党建、抓产业、抓集体经济发展，这对于他来说有着相当难度。

但是，李超不畏困难，从最基础的农业基础知识学起，发动身边的好朋友、亲属找关系挖资源。为了发展村集体经济，李超组织村里党员干部去参观其他乡镇的果蔬种植合作社和养殖合作社，开阔村民的眼界，增加村民的知识，为增收致富、发展村级经济找到更多的出路和办法。

李超为了增加村民的收入，每年都要组织村民参加企业招聘会，并在微信群中发布用工信息，为村民提供就业信息。依据土地确权政策，侯家村召开村"两委"会议、村民代表会议，针对非本村人口占用土地较为突出的情况，研究制定收费办法，收取土地承包费，提高了村集体收入，确保村集体能够有条件为村民办更多的好事、实事。

李超也在多方面发展村集体经济上进行各种尝试，根据当地气候、水利、喜好，不断研究适合本土的种植业和养殖业，期许未来能给农民带来更多惊喜，不断增加农民收入。

亲力亲为改善人居环境

为改善人居环境，李超积极发挥好村级与政府之间的桥梁和纽带作用，无数次奔走在各部门之间，在各级党委政府的支持下，整合各类项目资金修路建桥。

担任第一书记以来，为了改善村民出行条件，方便村民秋收，李超与村"两委"共同积极协调项目资金，共修建水泥路5条、田间作业路2条，新建桥1座，将原来坑洼泥泞的土路变成平坦干净的水泥路，极大地改善了村民通行条件。

2019年，完成200户村民自来水入户改造，使村民告别了自家水井，用上了清澈干净的自来水，改善了村民饮水质量，受到村民的热烈欢迎和真诚认可。

在2018年全镇范围内开展的农村环境卫生整治工作中，李超带头到卫生清理工作的第一线，拿起铁锹与村民们一起在炎炎烈日下劳动，一起清理垃圾、除草、搬石块、栽花、浇水。村委会雇用钩机、铲车和卡车对村内部分道路和河道两侧垃圾进行清理，新挖树坑为明春植树造林做好准备工作，并动员村民自发清理门前杂物。

近年来，侯家村累计投入30余万元，用于开展环境卫生整治整村推进工作。李超带领村民，累计清理路边和林带内垃圾近百吨，清理多年堆积的、群众反映强烈的垃圾堆6处，将道路两侧柴草堆、生活垃圾、牲畜粪便、杂草清理干净，村屯环境治理初步完成。为实现环境卫生整治常态化，侯家村修建垃圾池20余个，还实现请专人清理生活垃圾，保持村内环境卫生整洁常态化。

侯家村加强村内基础设施建设，修建、硬化村内道路，安装照明路灯75盏，清理村内五堆垃圾，沿路栽种风景树2500余棵，完成村内主要干道两侧绿化。

以村为家不忘使命与担当

李超扎根农村，切实履行职责，把加强村级党组织建设作为首要任务，着力抓班子、带队伍、建制度、育骨干，引导党员干部加强学习，强化党员干部为民的意识，树立了党员干部的良好形象。加强村"两委"班子建设，圆满完成换届任务，并积极发展培养年轻人入党，给村里注入了新鲜血液。

为了能掌握村内更多基本情况，李超吃住在村，开启了"5+2""白+黑"的工作模式。他经常到村民家中、田间地头详细了解侯家村产业发展现状、基础设施建设、农户致贫原因和需要解决的问题，为精准扶贫想办法、找路子，倾听群众的意见和建议，对村民提出的问题耐心解答，赢得村民的认可。

他以户为单位，了解贫困户当前急需解决的困难和问题，充分发挥财务出身的优势为农民算好经济账，对症下药，精准施策。对因病、因学、因灾致贫的重点贫困户，开展一对一、点对点的结对帮扶。截至2020年10月，村内贫困人口全部脱贫，且基本实现年收入不低于5000元的脱贫目标，脱贫攻坚取得显著成效。

2020年伊始，我国遭遇新冠肺炎疫情，为全面落实省市县委关于疫情防控的工作部署，李超正月初六从家里出发，在乡村第一线工作了70余天没有回家。与村"两委"成员和党员干部一同组织宣传疫情防控知识，做好返乡人员登记与上报工作。建立防疫检查卡点，登记过往行人和车辆，在疫情防控过程中起到了模范带头作用。

农民利益无小事。村民之间的矛盾往往由你占我家一块地头，我堆一堆垃圾等一点点小事引起，如果不能及时得到化解，日积月累，就会形成更大的积怨，不利于邻里和睦和村内各项工作的开展。每当有村民来村委会寻求帮助调节的时候，李超都能够耐心倾听村民讲解详细情况，与村委会人员一同入户，并到田间地头进行实地查看，保持公正公开合理地调解好村民的矛盾纠纷，保持小矛盾不出村，大矛盾不出乡，打造和谐美丽新乡村。

真心为民，民必理解；诚心为民，民必拥护。李超的真情服务、真诚付出，赢得了村民的信任和拥护。

"让校党委放心，让老百姓满意"是他在扶贫攻坚道路上孜孜不懈的追求。他坚信，在以习近平同志为核心的党中央正确领导下，打赢脱贫攻坚战和乡村振兴的伟大目标一定能够实现。今后，他必将继续一如既往地在自己的工作岗位上为全面建成小康社会贡献自己的一分力量。

刘铁峰

　　2017年11月，刘铁峰被辽宁省文化和旅游厅选派到建昌县贺杖子乡火石山村任驻村工作队队长、第一书记。军人出身的刘铁峰义无反顾地加入脱贫攻坚战役中，驻村扶贫的五年，他发展小米产业，统　地块、统　品种、统一耕种、统一标准、统一品牌和统一销售，形成了种、产、销的新型农业发展模式；他开发荒山，发展"榛子经济"，为乡村振兴奠定了坚实基础。刘铁峰被辽宁省评为脱贫攻坚先进个人，被省文旅厅评为优秀公务员，被省扶贫协会评为优秀扶贫志愿者，被建昌县授予脱贫攻坚特殊贡献奖。

"铁人书记"誓把荒山变金山

——记辽宁省文化和旅游厅驻建昌县贺杖子乡火石山村
驻村工作队队长、第一书记刘铁峰

"我要立足大青山，发扬'干'字精神，誓把荒山变金山，把火石山村变得红红火火，让乡亲们走上富裕路。"被村民称为"铁人书记"的驻火石山村工作队队长、第一书记刘铁峰指着大青山对记者说。

大青山脚下，有一个美丽的村落，叫火石山村，属于喀斯特地形，石质山区，地少干旱。但火石山村得天独厚的地理环境，却孕育了一片野生榛子林，这种漫山遍野、集中连片的分布态势，在东北乃至全国都是首屈一指。

2017年11月，刘铁峰被选派到建昌县贺杖子乡火石山村任驻村工作队队长、第一书记。驻村伊始，他不是走东家就是串西家，再不就是满山跑。原来，他通过调研，对大青山上的野生榛子林上了心，一幅"绿水青山就是金山银山"的美好蓝图在他心中徐徐展开……

开发荒山 发展"榛子经济"

俗话说得好，靠山吃山，这是许多地方发展的经验，也是区域发展的最有效捷径。但这山如何一直吃下去，吃出希望，吃出效益，吃出富裕路呢？这是刘铁峰一直思考的问题。

为了这片野生榛子林，为了火石山村，2021年8月，刘铁峰决定连选连任。5年间，他行走在田间地头上，行走在崇山峻岭间，倾其所有，全力以赴，以愚公移山的精神，带领村民开发荒山，整理榛子林，为火石山村寻找一条新的致富之路。

大青山上的野生榛子林大概有800多亩，几十年的生长期，果实坚硬饱满。刘铁峰深知这是一个宝藏，他连夜咨询农科院的专家，热情邀请专家到火石山村调研考察。专家对野生榛子的质量给予高度评价和认可，也给了刘铁峰极大的信心和勇气。

近年来，榛子产业市场空间大，孕育着巨大发展潜力，他决定发展野生榛子产业。

但是这片榛子林，由于具体地块指定归属人不明，长期争议不断，致使榛子山被闲置20多年，成了荒山。刘铁峰和村"两委"班子积极协调争议，耐心讲解政策，为村民展望未来。经过努力，村民同意以村集体股份制模式参与榛子山的开发。

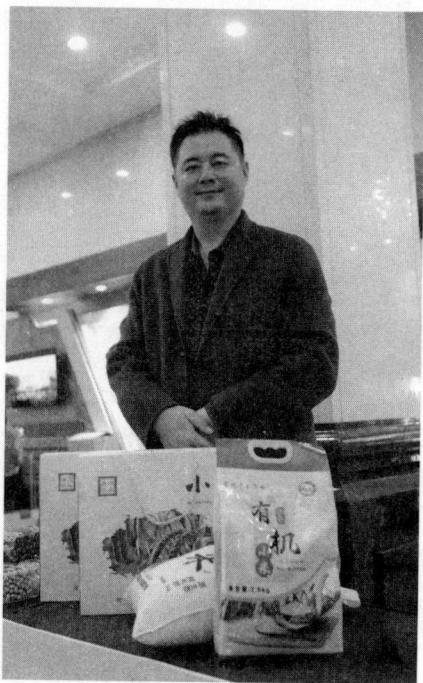

榛了山上没有路，人上不去，榛子下不来。怎么办？一个重大决定在他心里萌生——修路！

驻村第二年，刘铁峰就开始研究修路问题。他研究政策，调动资源，协调林业部门、农业部门、水利部门等，又寻找社会资金，共筹集了210万元资金。

2020年春暖花开时节，开始修路。为了节省资金，他自己找工程队，租借抓沟机、铲车等机械设备。他带领村"两委"班子和村里党员义务出工，加班加点，抢在雨季前完工。

烈日下，他与村民一起挥洒汗水，皮肤在烈日下一层层脱落。暴雨中，他与工人一起抢修道路，身体在暴雨中一阵阵战栗。经过3个多月的奋战，他们开辟了一条10公里的作业路，在山上的榛子林旁建设了300多平方米的厂房和1000多平方米的晾晒场。

路通了，厂房建了，水电又是一个大难题。刘铁峰多方协调，多次找到电力部门，成功为榛子山的厂房连接电网、电线。为了让有限的资金发挥最大效益，他找战友帮忙在山上打了一眼水井，为发展养殖业做准备。

"山上的空气好，负离子含量高，林下植被丰富，我们准备在这里养1000只羊。"他充满希望地说。

几年的坚守，火石山村终于得到了丰厚的回报。据预算，野生榛子产业每年净利润至少15万元，直接带动当地村民劳动就业致富增收，如对榛子进行精加工，统一包装，统一商标，进行线上、线下销售，还会创造更大收益。

今年，经过村民代表大会决议，决定对榛子林采取党支部+业主经营+村集体的经营模式。刘铁峰说："这种模式更有利于榛子产业的健康有序发展，企业、村民、村集体都能受益。"

深挖产业　打开金钥匙

火石山村地处建昌县西南部，距离县城45公里，山多地少，地势高不储水，年年干旱，传统农作物产量低，老百姓靠天吃饭，加上交通闭塞、信息不通、资源匮乏，成了典型的贫困村。

"我的目标很简单，就是带乡亲们一起致富。"刘铁峰书记说。

2017年，刘铁峰驻村后发现，村里积压的40吨有机小米滞销。"如果这些小米卖不出去，村里百姓要损失80万元，刘书记，这事就看你的了！"村干部无奈地把所有的希望都寄托在了这位省城来的第一书记身上了。

火石山村种植的有机小米，村民采用人工拔草，在整个备耕和种植过程中不打农药、不施化肥，保证土地、水源无污染，100%保留小米的营养成分。比绿色无公害农产品认证标准更高，认证时间更长，价格也是普通小米的两倍以上。

但是，这么好的小米没有商标，没有准确定位，没有销售渠道。加上地理位置偏远、宣传不到位、销售渠道单一等不利因素，使几十吨的有机小米成了村民的烫手山芋，村民只能"望米生叹"，一筹莫展。

办法总比困难多。刘铁峰不断往返于沈阳和村里，注册商标、办理

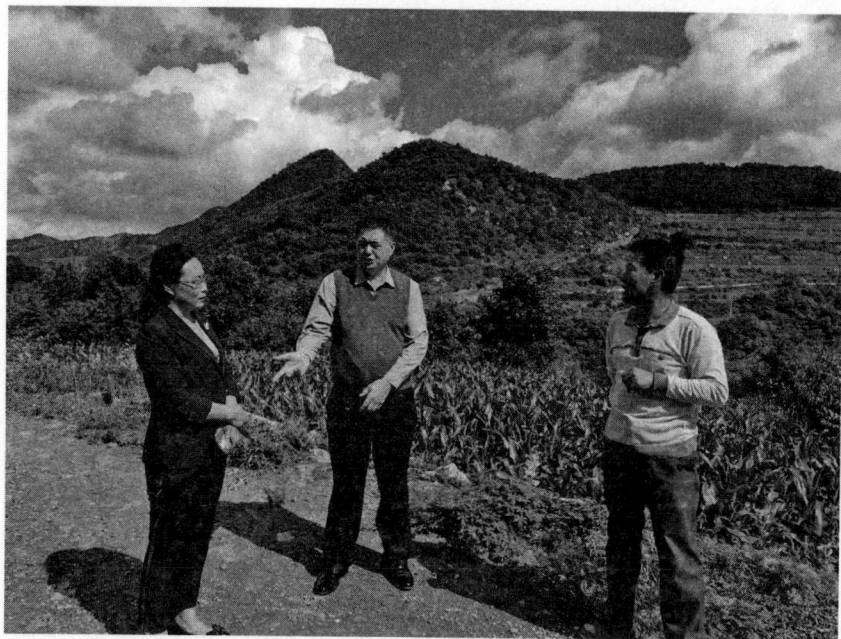

有机小米证书、网络销售许可证。经过不懈的努力，一切准备就绪。他利用线上、线下齐发力。现在的"贺杖子火石山有机小米"已经家喻户晓，在他的努力下，积压的40吨小米被销售一空。

为了让种植产业取得长足发展，让有机小米成为火石山支柱产业，刘铁峰又协调30万元资金建起了火石山小米加工厂。如今的火石山村统一地块、统一品种、统一耕种、统一标准、统一品牌和统一销售，形成了种、产、销的新型农业发展模式，树立了品牌效应，形成了产业化经营。目前，村集体合作社有机杂粮基地的300亩有机小米、80亩酒高粱、60亩爆玉米、30亩有机葵花油、20亩油大豆等优质农产品均采用网销模式，为乡村振兴奠定了坚实基础。

2019年6月，刘铁峰通过多方调研引进黑猪品种，这一品种抗病性高，养殖成本低，可以降低村民的投入和风险，助力火石山村养殖产业发展。为了更好地推广火石山村的黑猪养殖和销售，刘铁峰精准衔接小农户和大市场，巧用微信群，打开了全国黑猪销售渠道，仅去年一年，火石山村黑猪饲养收益达30余万元，带来了可观的经济收益。

刘铁峰又与沈阳"恒大店"对接，签订购买协议，打通了火石山村黑猪肉在省会城市沈阳的定向销售通道。目前，火石山村的200多头黑猪全部都有了定向买主。他又向省文化和旅游厅争取了8万元作为养羊项目资金，并与养殖户许连防签订了承包合同上交集体经济10400元，让村集体和农民都有了稳定收入。

刘铁峰发现村里很多妇女有手工缝衣的技能，但都赋闲在家。怎么把"手艺活"变成致富"金钥匙"呢？刘铁峰经过多方考察，终于将"盛京满绣"扶贫车间引进火石山村，吸纳了全村130名妇女，人均月收入达1500元。村主任刘胜利说："扶贫车间为留守妇女找到了一条在家门口就能赚钱的路子，妇女在家里的地位都不一样了，精神面貌也不一样了，实现了守着娃、绣着花、养活自己又养家的愿望。"

精准帮扶 看到新希望

刘铁峰自费印制430张便民联系卡发放到每个村民家，粘贴到墙上，让有困难的群众随时能找到村干部，以此联络群众感情，密切党群关系。"有困难找铁峰书记"，成为村民的口头禅。

村里75户贫困户深深地装在了刘铁峰的心里，他始终置身于群众之中，密切联系贫苦户，真正了解他们的所思、所想、所急、所忧，察实情、讲实话、谋实策，做群众的"贴心人"和"代言人"。

陈福才家里5口人，他本人患糖尿病综合征，眼睛视力只有0.3，家里3个孩子，又没有经济来源，由于生活的压力大，爱人与他离了婚。对于这样一个贫困家庭该如何来帮？刘铁峰有些犯难，那夜他失眠了。为了让一家人看到希望，第二天刘铁峰自己出资5000元为他家购买5只羊，并帮助陈福才办了大病特别门诊报销。在刘铁峰的大力帮助下，陈福才一家人有了战胜困难的信心。

今年，刘铁峰为陈福才家申请到危房改造款3万元，又协调社会爱心人士捐款6万元，帮助陈福才家盖起了74平方米的房子。还协调爱尔眼科给他免费做了眼睛手术，陈福才的视力有了明显改善，还能担起了饲养羊的重担。为了解决3个孩子上学的后顾之忧，刘铁峰联系爱心人士对3个孩子进行学习资助。去年陈福才的大女儿考上沈阳中山高中，一家人正朝着美好的生活努力。

　　陈福才逢人便说："如果没有刘书记，我们这个家早就散架子了，我们是遇到了贵人，这大恩大德我这辈子都不能忘记。"

　　李志奎家四口人，小女儿患有慢性白癜风病，儿子在去年又患上了急性肾炎。刘铁峰了解情况后，第一时间帮助两个孩子联系医生，并亲自陪着孩子们去医院治疗。"尽最大努力，这两个孩子都是我的乡下亲戚。咱农村过日子过的就是人，如果两个孩子有什么三长两短，两个大人也活不成了！"刘铁峰在医院医生的介绍下，希望得到最好的治疗，享受最大的优惠。就这样，在刘铁峰无数次跑医院后，李志奎家的两个孩子得到了及时治疗。当医生得知两个病人并非是刘铁峰亲属，而是他帮扶的贫困户时，这个善意的谎言让医生为刘铁峰竖起大拇指来。今年，刘铁峰又协调爱心企业给李志奎家资助5万多元盖起了新房。

　　"我女儿和儿子的命都是刘书记给的，没有刘书记的鼎力帮助，他们早都不在了！我们一家人这辈子做牛做马也报答不了人家的大恩大德呀！"53岁的村民李志奎激动地说。

　　陈凤兰曾经以居家务农为主，家庭主要依靠男主人进城务工的工资维持生计。后来男主人因患下肢静脉曲张，病情严重，不能再干重活，便回了乡。然而祸不单行，一年前，陈凤兰患上扁桃体癌，夫妻双双身患重症，让这个家庭完全失去了经济来源，成了深度贫困户。陈凤兰便在刘铁峰的帮扶下饲养繁殖黑母猪11头。陈凤兰向记者讲述养猪的过程时，几次落泪，她说："没有刘书记的帮助，我们的日子都没办法过了，医院就医、家里养殖，全都是刘书记帮忙啊。"

今年，陈凤兰家里已经有80多头母猪了。目前，陈凤兰家已出售了30多头黑猪，收入达十几万元，不但还清了外债，家人治病的费用也不用愁了，生活有了希望，干劲越来越足了。

刘铁峰说得最多的一句话是："贫困户不容易，能多帮一点是一点，我们是一个村的人，他们的事就是我自己的事。"

优化环境　建设文明村

27年的军旅生涯，让刘铁峰有着永不服输的坚忍和雷厉风行的性格，转业到省文化和旅游厅工作后，他更熟悉掌握国家的各项政策，他把这些资源优势结合火石山村实际无限放大，助力乡村发展，走出了一条乡村振兴新路径。

多年来，火石山村基础设施薄弱，道路长期破损，坑坑洼洼，路旁杂草丛生，村里没有路灯，天黑村民都不敢出门。刘铁峰向省厅寻求帮助，在厅党委的大力支持下，协调省交通厅及相关部门，争取到90余万元专项资金，将凸凹不平的12.8公里村级公路翻建为平整坚固的柏油路，并对村内2000多米道路进行了硬化。

修路期间，刘铁峰每天都守在工地上，哪里不符合标准，哪里偷工减料，都逃不过他的眼睛。修路要占用到村民的田间地头的土地，他及时跟村民协调沟，晓之以理动之以情，确保道路保质保量如期完工。

路修通了，他却病倒了。虽然身体状况越来越差，脸上的皱纹越来越深，头发越来越白，但他却以军人的毅力向党和火石山村百姓交上一份满意的答卷。

"移动电话得移动着打。"村民们的一句戏说让刘铁峰心里很不是滋味。刘铁峰发现村里手机信号极弱，有的老人为了联系外地务工的子女甚至要爬上山头找信号。

通信不畅、信息闭塞，还何谈脱贫？刘铁峰第一时间找战友、找朋友，积极协调辽宁省移动公司，仅用两天时间就给火石山村竖起了造价15万元的信号塔站。现如今，火石山村手机信号全村覆盖，村民们告别了山上山下找信号的历史。

新村部、文化广场、妇女儿童活动场所、智慧候车厅等，在刘铁峰的努力下陆续建成。他还邀请到沈阳鲁迅美术学院的陆国斌教授义务为村部和村内画起"墙画"，将党的知识、传统文化、村规民约等内容画在墙上，让村民置身其中，提高认识。

刘铁峰邀请沈阳市工商联等企业扶贫爱心人士给困难家庭学生赠送学习桌椅50套，为村里安装大型电子显示屏，为村委会更换价值6.5万元的办公用具等。他邀请省城的专家学者和企业家来村里上党课，企业家连续3年无偿给43名党员和21名退伍老兵定做服装，送去社会爱心人士的关心与温暖。

火石山村的环境美了，村民富了，参加"党日活动""党的生日""建军节""丰收节"的党员和群众越来越多了。每天晚上，文化广场上的大秧歌与广场舞热情似火地扭起来，大家脸上都洋溢着幸福的笑容。

驻村5年来，刘铁峰协调项目资金和物资折合人民币800余万元。基础设施完善让村民幸福指数节节攀升，户户摘帽整村脱贫让群众脸上笑开了花，昔日的贫困村发生了翻天覆地的变化。

防控疫情　勇当排头兵

疫情期间，刘铁峰在村里过了两个春节，一碗面、一顿饺子，成为他的春节场景。他说："村民疫情防控意识比较差，为了安全，我必须与村'两委'在一起，筑牢防疫堡垒。"

刘铁峰动员全村党群力量，开展群防群控。他组织了一支由党员、退伍军人和大学生志愿者组成的23人防控工作队，在村主路口开展24小时值守。他还主动当起了村民的"后勤部长"，每天冒着严寒数次往返乡里为村民代取快递、购买药品。他还向同事、好友征集500个口罩、5箱84消毒液原液等总价值4000多元的物资发放给村民。考虑到当地夜间温度低至零下二十几摄氏度，他就协调爱心人士购买了12套冲锋衣发给大家。

为了做好全面排查，他将村民320户1064人的资料做成表格，依次录入电脑上报。他撰写《告村民一封信》《致党员一封信》，并将其录制成疫情防控音频资料，每天通过村广播播放给村民。他自费500元在私家车上安装扩音器，循环播放疫情防控相关要求，当起了义务巡逻广播队员，看到外来人口就及时劝返。

　　疫情期间，刘铁峰利用网络销售的好时机销售8.6万元小米。为不耽误村集体经济发展，他还每天往返5公里到防疫指挥部，为外出务工的村民协调开具健康证明，保证了外出复工人员顺利返程，真正做到了一手抓防疫一手抓复工，"两不误"。

　　几年来，他糖尿病愈加严重，但是他从未因为病情而耽误工作。不仅如此，父亲脑血栓、岳母直肠癌他都没有亲自去照顾，女儿高考也无法陪伴。"亏欠家人的我有机会补偿，但是驻村工作容不得半点马虎，组织派我来了，我就要肩负起这份责任和使命。"他舍小家为大家，被百姓誉为"铁人书记"。

　　驻村期间，刘铁峰被辽宁省评为脱贫攻坚先进个人，被省文旅厅评为优秀公务员，被省扶贫协会评为优秀扶贫志愿者，被建昌县授予脱贫攻坚特殊贡献奖。刘铁峰用使命践行初心，用担当演绎了一名党员对党的忠诚，用行动打通了精准扶贫的"最后一公里"，谱写脱贫致富、乡村振兴的美丽华章。

王靖文

2017年4月，王靖文被辽宁省公安厅警务督察总队选派到葫芦岛市南票区黄土坎乡上松树沟村任第一书记、工作队队长。2021年，他连选连任。驻村期间，打造上松版"环村路产业集群"，改变一面出村的交通格局，变为三面出村，建设恒丰泳装加工厂、养牛扶贫基地、振兴松岭粉条加工厂、蒜蓉深加工厂（在建）等4个多元化扶贫产业项目，村集体收入由"0"逐年递增到现在的近10万元。王靖文荣立个人二等功1次、嘉奖2次，连续3年被评为优秀公务员，被评为省定点扶贫先进工作者、省公安厅机关"三牛"精神践行者特别奖、第五届辽宁省未成年人思想道德建设先进工作者、辽宁好人·最美扶贫人、2021年全国脱贫攻坚先进个人、全国乡村振兴青年先锋。

决胜脱贫攻坚　推进乡村振兴

——记辽宁省公安厅驻葫芦岛市南票区黄土坎乡上松树沟村第一书记兼工作队队长王靖文

"公安厅干部来扶贫，就是不一样！"提起辽宁省公安厅驻村第一书记王靖文，上松树沟村的村民都竖起了大拇指。上松树沟村地处葫芦岛市南票区黄土坎乡东北部地区，全村人口1760人，建档立卡户86户216人，党员53人，耕地面积3500亩，70%以上为山坡地，干旱缺水，土地贫瘠，该村是省级贫困村之一。

2017年4月，王靖文来到上松树沟村驻村。2019年5月，担任驻村第一书记兼驻村工作队队长。5年多时间，在上松树沟村的田间地头以及贫困户家中，经常能看到王靖文和他的队友们忙碌的身影。

截至2020年12月底，上松树沟村86户建档立卡贫困户216人已全部脱贫，"两不愁三保障"实现全覆盖。村里的特色产业形成从粉条加工拓展到蒜蓉、干果和生态养牛为一体的产业集群，通村公路形成由一面出村变三面出村的交通格局，上松树沟村实现了几代人致富的梦想。

责任在肩　助力拔穷根

王靖文是省公安厅选派驻村干部队伍里年龄最小的。1987年出生的他，在父母眼里还是个孩子，村民对他这个"半大孩子"也没抱多大希望。王靖文心里却较上了劲，他不忘"人民在我心中"的铮铮誓言，势必要用公安工作的精神在脱贫攻坚战役中打一个漂亮的大胜仗。

说干就干，王靖文与队友们开始入户走访，深入了解贫困户的实际情况和思想状态后，决定先解决困扰上松树沟村多年的水和路的问题。

要想富先修路。王靖文深知这个道理，他发挥公安系统的优势，多次往返于省公安厅和交通部门，在本部门领导的大力支持下，经过不懈的努力，终于协调交通部门为上松树沟村修建了3条累计56.6公里长的乡村路。其中一条1.6公里的环村路被老百姓命名为"警民路"，这条环村路的建成也打牢了上松树沟村持续发展的牢固根基。

村里道路建成了，村"两委"班子和村民对王靖文刮目相看了，"这个小书记真能办大事呀。"王靖文对自己也充满了信心，对乡村振兴也充满了斗志，他不断往返于乡村与省城，协调各部门，陆续为上松树沟村建桥5座，河道清淤3534米，安装太阳能路灯20盏，建设绿化带3公里。又建起以社会主义核心价值观为主题的文化宣传墙，增设村级卫生室、健身室、图书角等。

上松树沟村坡地多，十年九旱，村民靠天吃饭，每年几乎都没有收成。打井是村民盼望已久的心愿，王靖文急村民之所急，想村民之所想，他委托当地区委常委、政法委书记古剑波帮忙，多方联系，功夫不负有心人，找到了爱心企业家捐款20万元，打了15眼抗旱深井，彻底解决了困扰村里多年的抗旱饮水和灌溉问题，并建设饮水安全工程。

王靖文得知村里有2名品学兼优的学生即将因贫辍学，他立即联系到

慈善助学机构，3年的学费、生活费全额保障；得知五保户残疾人冬季没钱取暖，他自掏腰包买煤，并用塑料布把漏风的窗户罩上保温；得知贫困老人家中失火无家可归，他积极协调有关部门，在最短时间内为老人重建新房；得知贫困户养的猪病了，他四处托人请来兽医免费上门治疗。

一件事一件事地落。王靖文以上松树沟村为家，把村民当亲人，以实干不断改变村容村貌，以行动诠释一名公安干警的使命与担当，逐步得到村"两委"班子和村民的认可。

随着时间的推移，打井、建路、修桥等一系列基础设施的建设让全村人对扶贫工作有了新的认识，感念"共产党好"成为一种共识。王靖文决定在新中国成立70周年的前一天，组织了上松树沟村举行集体升旗仪式。驻村工作队员换上制式警服担任升旗手，让全村人感受到"国家"二字的分量。

这是建村以来第一次集体升旗仪式。正值金秋农忙时节，但村里人却没有急着下地干活儿，而是主动集中到广场上。村民们手持小国旗，凝神注视国旗冉冉升起，高唱国歌。歌声中，被火烧了房屋的刘老汉赶到了，他一边举着国旗，一边高呼"共产党万岁！"那一刻，所有人都热了眼眶，"此生不悔入华夏，来世还做中国人"的自豪感油然而生……

筑梦计划　扶贫又扶智

"筑梦计划"的实施源于一支笔。王靖文初到上松树沟村时，一次工作需要用大量的签字笔，他走遍全村小卖店都没有买到一支笔。王靖文就想：没有笔说明没有市场需求，笔是学习工作的必需品，这个村里没人学习吗？老年人不学习可以理解，那孩子们呢，也不用学习吗？这背后映射出的现象值得深思。

王靖文开始关注教育扶贫。他永远不能忘记第一次去黄土坎乡小学的情景：走进校园，黄沙漫天，苍茫寂寥，斑驳的墙面，陈旧的门窗，学校居然没有像样的操场，时间仿佛倒退了许多年。顾艳秋校长介绍说："学校没有食堂，许多学生带不起午饭，常常饿上一整天，下午就胃痛。"顾艳秋校长还讲了一件悲惨的事件，前不久一个孩子横穿马路，被疾驰而过

的车撞飞，9岁的小生命就这样离开了。

王靖文将这里的消息通过省公安厅机关结对帮扶群发布出去，寻求各部门的帮助和支持。省公安厅经侦总队知道后，第一时间联系了南京某集团公益基金会向黄土坎乡小学捐赠30万元，用于翻修校园；省交通安全管理局领导带队到黄土坎乡中心小学，开展校园安全教育，同时捐赠127个3M反光款小书包。

黄土坎乡小学的基本设施在公安厅各部门的帮扶下得到了基本改善。王靖文又开始考虑学生的教育问题，他了解到学校想发展特色教学，开办美术班，需要一笔资金，他协调了大连爱心人士马先生为美术班捐款5000元。王靖文及队友开始发动亲属、朋友、同学、爱心人士，让越来越多的爱心人士关注黄土坎地区的教育扶贫工作。他们顺势将教育扶贫做成一个体系，采取"以黄土坎乡小学为载体，驻村工作队主导，社会爱心人士参与"的模式，长期开展教育扶贫活动。

"筑梦计划"应运而生！筑少年学之梦，筑中国未来之梦。

2020年9月18日，"筑梦计划"启动仪式与黄土坎乡中心小学开学典礼一同举行。仪式上，给孩子们颁发了奖学金和奖状。王靖文说："我们打造了葫芦岛地区首个社会帮扶的教育扶贫体系，这样的帮扶要一直延续下去，给孩子们更好的读书坏境、更多的希望。"

开展"筑梦计划"以来：他们协调中国福利基金会免费午餐项目，目前投入18.95万元，彻底解决学生没有午餐的问题；协调沈阳社会爱心企业捐赠学习用品价值6000元；疫情期间，协调沈阳社会爱心人士捐赠口罩10000个，捐赠价值500元的手机一部，给贫困学生疫情期间网上学习使用。

王靖文创建性开展小课桌"一元捐"活动，筹集社会多方公益捐款12058元，购买20套桌椅和台灯，为黄土坎乡小学20名品学兼优的学生分别布置了家庭学习角。在他的沟通下，沈阳爱心企业家捐赠2万元，设立奖学金。他还协调开展秋令营"一元捐"活动，筹集社会多方公益捐款10769.73元。

王靖文年轻，思路活跃。在他一系列教育扶贫的操作下，现在的黄土坎乡中心小学焕发出新气象，这里有宽敞平坦的操场、整洁明亮的教学楼，读书声声声入耳。站在操场上，王靖文会心地笑了，这才是他心中校园的样子。

携手大户　打好决胜战

上松树沟村地处山坡，不适合种植农作物，有的村民有脱贫意愿，却没有致富方向。王靖文就带领工作队逐户摸底，帮助他们想办法谋出路，帮助他们规划产业项目。

2017年10月，驻村工作队组织了村"两委"成员、党员和村民代表到阜新市彰武县北甸子村学习，参观了"权超养牛合作社"之后，与养牛大户李万全进行深入交谈，详细了解养牛的条件和技术，让王靖文有了新的想法，并与李万全结下了不解之缘。这次考查王靖文为上松树沟村找到一个新的发展方向，种植既然因为缺水发展缓慢，那就干脆转向发展养殖。

王靖文回来后紧锣密鼓地开始研究养牛项目，调研、论证、选址、资金、模式，忙乎了几个月，他将养牛项目的建议上报到黄土坎乡党委。为保证项目的严谨和可行性，乡党委书记李占义多次往返彰武和南票两地，几经考察研究，上报南票区委后，南票区委书记郭毅拍板定调："干。"

养牛扶贫产业基地分两期完成。在省公安厅的大力支持下，协调省扶贫资金，第一期投入1000万元，第二期投入746万元。由于上松树沟村从来没有从事大规模养殖业的经验，也没有养牛专业人才，为规避养殖风险，王靖文邀请养牛大户李万全到上松树沟村进行整体经营管理。李万全带来了专业的养牛技术人才和完善的销售渠道，在养牛场上班的村民跟着李万全学到了很多养殖知识。2020年年底，基地现有牛1000头左右，每年出三茬牛，产业项目收入用于全乡百姓的分红。

养牛项目的成功，为上松树沟村带来活力与希望。把村上有劳动能力的贫困户安排在养牛场上班，增加一份收入。一位常年在外打工的村民说："我现在不用到外面打工了，在家门口上班，既能照顾家里，又能赚到钱，并且还比外面赚得多，这都感谢扶贫工作队帮村里落实的项目哇！"

王靖文说："我们结合上松树沟村的实际情况，因地制宜，充分发挥致富带头人的引领作用，打破村上贫困户原有的'等、靠、要'思想，积极调动他们的积极性，让他们动起来、活起来，扶贫才能有实效。"预计到2020年年底，村集体收入将达10万元，贫困户每人分红达1186元。

消费扶贫　开拓致富路

"松岭牌"纯红薯粉条已经在辽沈大地家喻户晓，被辽宁电视台、辽宁电台和《辽宁日报》等多家省级媒体和平台多次报道，成为辽宁省扶贫办认定的扶贫产品，这又是王靖文精心策划的亮点。

上松树沟村坡地多，有一种农作物喜欢这样的环境，那就是地瓜。上松树沟村的土壤和地下水中含多种矿物质及微量元素，良好的生态环境为地瓜生长创造了得天独厚的条件，便有了这匠心独运、传承百年的上松树沟地瓜粉条。

王靖文说："为了让粉条成为村里的支柱产业，我们决定建设粉条厂，但是建厂可谓是一波三折。"王靖文与村"两委"班子选好场址后，开始筹集资金。扶贫工作队通过当地公安分局的一位朋友介绍，寻求当地大户支持，先垫资80万元建厂。场地有了、建厂资金有了，但是没有周转资金怎么办？还要找资金，前任队长俞野听说了葫芦岛市副市长、公安局长孙亭与葫芦岛市农商银行董事长马玉怀相熟悉，就到葫芦岛市局请求帮助。经过孙亭副市长的协调，葫芦岛市农商银行贷款100万元给松岭粉条加工厂，这样由致富带头人引领、村集体占股的粉条厂就张罗起来了。

目前"松岭牌"红薯粉条精选优质纯天然地瓜，采用传统工艺与现代化生产技术结合，精心制作而成，无明矾、无食用胶、无色素等添加剂，品质上乘，是地道的绿色食品。粉条色泽晶莹透亮，柔韧有弹性，耐煮不化，不仅口感柔滑、筋道、香味浓，而且营养价值高，保留了红薯抗癌、抗脂氧化、预防动脉粥样硬化等保健功效，有利于人体的酸碱平衡，是家庭四季烹饪必备良品。

"松岭牌"粉条秉承"除了爱什么也不添加"的理念，成为辽宁省公安厅消费扶贫重点产品。2020年7月7日，省公安厅党委召开班子会议，专题审议了定点驻村扶贫工作进展情况，重点听取了上松版"环村路产业集群"建设成果，对消费扶贫工作做出明确要求。省公安厅党委副书记、常务副厅长潘春吉高度重视消费扶贫工作，10月9日，他带队到振兴松岭粉条加工厂调研消费扶贫工作，特别询问了全省公安机关采购粉条的有关情况。

有了省公安厅的大力支持，王靖文信心百倍，他与振兴松岭粉条厂的负责人跑遍了14个地市公安局及行业公安局，拿出了警务督察工作精神，一天至少跑三个地市，带着省里推动消费扶贫的文件和粉条样品去推销。各地市公安局及行业公安局的主要领导非常给力，按预订的销量进行了采购。辽河油田公安局党委书记、局长宫卫东还帮忙联系了辽河油田工会，更扩大了销售渠道。

公安民警目标群体大，受众广，每名民警每人采购2斤粉条，振兴松岭粉条厂一年的产能就消化掉了。王靖文半年的时间就卖了3.8万斤，相当于平均每天卖200斤，还有订单正在生产中。这个数字的背后是省公安厅党委的强力支持，是全省公安机关共同的支持。

粉条是销售出去了，但是如何将全省公安机关消费扶贫与上松树沟村农产品销售进行有效衔接？王靖文又开始琢磨起来了。企业想要长久健康发展，还是要走市场化，光依靠全省公安机关的采购不利于企业市场需求。

王靖文开始研究利用互联网拓宽销售渠道，创新经营模式。他协调辽宁广播电台乡村频道创新性地举办了南票区首次网络直播销售农产品活动，将乡村广播频道的主持人请到了南票，现场进行直播带货，不仅是松岭粉条，还将南票区特色农产品一并进行推广，包括虹螺岘的干豆腐、小南沟桑葚和南票地瓜。通过协调，南票区委宣传部与抖音平台"辽宁日报"开展了《北国助农》第二季"益"起庆丰收直播活动，收到了良好的社会效果，重点对松岭粉条加工生产做了详细介绍。

统筹谋划　夯实产业发展

王靖文驻村以来常常思考一个问题：如何根据本村的贫困情况"因村施策"？如何从顶层设计的角度解决村集体增收、贫困户致富、剩余劳动力就业、致富带头人引领的问题，能不能构建一个扶贫大格局模式？

产业发展是乡村振兴的根本，产业扶贫的大格局在王靖文脑子里逐渐清晰。现在，沿环村路建设了恒丰泳装加工厂、养牛扶贫基地、振兴松岭粉条加工厂、蒜蓉深加工厂等5个多元化扶贫产业项目，形成了扶贫产业带。王靖文把扶贫产业带定位为"环村路产业集群"。

王靖文以"环村路产业集群"对外招商引资，向主管部门申请政策与专项资金，让"环村路产业集群"成为全乡乃至全区的重点项目。"环村路产业集群"里的企业覆盖了村集体、贫困户、剩余劳动力、致富带头人等多个层次，逐渐形成了村民全员参与、社会整体联动、内涵外延并重的扶贫大格局模式。

5年多的时间里，王靖文带领工作队成员充分发挥了公安精神，啃硬骨头、打硬仗，越是艰难越向前，使上松树沟村一年一个新台阶，从脱贫攻坚向乡村振兴完美跨越。王靖文荣立个人二等功1次、嘉奖2次，连续3年被评为优秀公务员，被评为省定点扶贫先进工作者、省公安厅机关"三牛"精神践行者特别奖、第五届辽宁省未成年人思想道德建设先进工作者、辽宁好人·最美扶贫人、全国脱贫攻坚先进个人、全国乡村振兴青

年先锋。

　　新的一年，王靖文和队友们继续秉持"把老百姓的小事当成自己的大事"的理念，对百姓所托之事要事事有回音、件件有着落，在做好党建工作，结对帮扶，基础设施建设，产业扶贫、消费扶贫和教育扶贫工作的同时，守住不返贫的底线，建立长效机制，打造"不走的驻村工作队"。全力推动"一村一品"向纵深发展，吸引更多的年轻人返乡，扎根上松树沟村，筑梦还要圆梦，助力实现农业强、农村美、农民富的新格局。

李勇

　　2018年3月，李勇被东北财经大学工商管理学院选派到锦州市义县大定堡满族乡南石桥子村任第一书记。驻村3年，南石桥子村发生了翻天覆地的变化，道路平坦、院墙粉刷、路灯明亮、广场新修、村部翻新重建。李勇在乡里租下两个大棚，与村书记韩业亮个人出资开始试种百香果，百香果试种成功，果实香甜、个头硕大、品质优良，中国北方第一个百香果项目在大定堡满族乡成功落地。

激发活力走上致富路

—— 记东北财经大学驻锦州市义县大定堡满族乡

南石桥子村第一书记李勇

"你就是省里派来的驻村第一书记吧！我们在电视上都看到了。"这是南石桥子村的乡亲们看到李勇热情地打招呼时的一幕。

2018年3月，东北财经大学工商管理学院信息服务中心主任李勇被选派来到南石桥子村驻村扶贫，两年多过去了，南石桥子村发生了翻天覆地的变化，道路平坦、院墙粉刷、路灯明亮、广场新修，连村部都翻新重建了，现在村民把李勇当成了家里人。他们说："我们村的李勇书记，我们不让他走了。"

乡村党建做基石　提升发展内生力

大定堡满族乡南石桥子村真的很小，只有3个自然屯，172户470人，党员15人，还有4名党员常年在外打工，在村的党员年龄多数偏大还多病。李勇了解到实际情况后，第一时间为村党建工作做出规划，以建强农村基层党组织和打造过硬党员干部队伍为重点。

为建强农村基层党组织，李勇组织全体党员认真学习贯彻党的十九大精神，在"两学一做"学习教育常态化、制度化中开展"不忘初心、牢记使命"主题教育，不断坚定"四个自信"，牢固树立"四个意识"，切实提高广大农村党员干部的政治能力。

李勇协调自己的单位、东北财经大学工商管理学院党支部与石桥村党支部建立了共联共建关系。学院张闯院长、党总支王玮书记带领数位教授、研究生和本科生到南石桥子村进行调研，并给村党支部捐赠了书籍及

大量办公用品。每年派本科生或研究生到村里支教、调研，节假日学院组织师生为村里的低保户送上各类物品和慰问金。有学院的大力支持，村里的党建工作得到很大改善。

李勇始终把提升农村干部能力素质作为提升基层组织力的一项基础性工程，努力培养讲政治、素质高、爱农民的农村干部队伍。把加强农村带头人队伍建设作为乡村振兴的关键之举，发展党员、培养后备干部，全面推行精准培训。

蔡振香是村里的建档立卡贫困户，在李勇的百香果大棚打工两年多，逐步掌握了种植技术，并且学会了管理和销售，她对李勇说："我特别感谢你们给我们全家带来的帮助，是你们改变了我的生活。我现在有了技术和经验，就想跟村里人分享，如果我是党员的话，村民就更相信我了。我想像你们一样，真正为村里做点实事，让老百姓富起来。我想加入共产党，我相信共产党是一心为老百姓的。"在李勇的培养下，现在，蔡振香已经成为一名预备党员了。

"菜园子工程"开启村民致富之路

南石桥子村全村面积10253亩，其中耕地面积1753亩，其余基本为山地，自然条件较差，干旱缺水，耕地少，山坡地居多，土层薄且贫瘠。农作物以玉米为主，村民收入微薄，种植玉米和打工是村民的主要收入来源。李勇在乍暖还寒的3月来到南石桥子村，他驻村后就开始琢磨，春季要种什么能够尽快改变乡村面貌？

"办法总比困难多。"驻村后，李勇发现村里有很多菜地闲置，而城市里很多人则向往拥有自己的菜园子，于是李勇便策划起了"南石桥共享小菜园认领"项目。他从村民手里流转了5亩地尝试种植绿色蔬菜，成立南石桥子村蔬菜合作社，制定合作社章程和运营认领协议，做网站、微信公众号进行推广，带领村"两委"干部跑市场、拿订单，根据认领人的要求确定全年种植和配送计划。就这样，一个不需要投资、不需要启动资金、锁定市场、提前一年实现销售收入的农业项目就运营起来了。

蔬菜成熟后，李勇带领村民摘菜，快递公司当天就会到村里将包装好

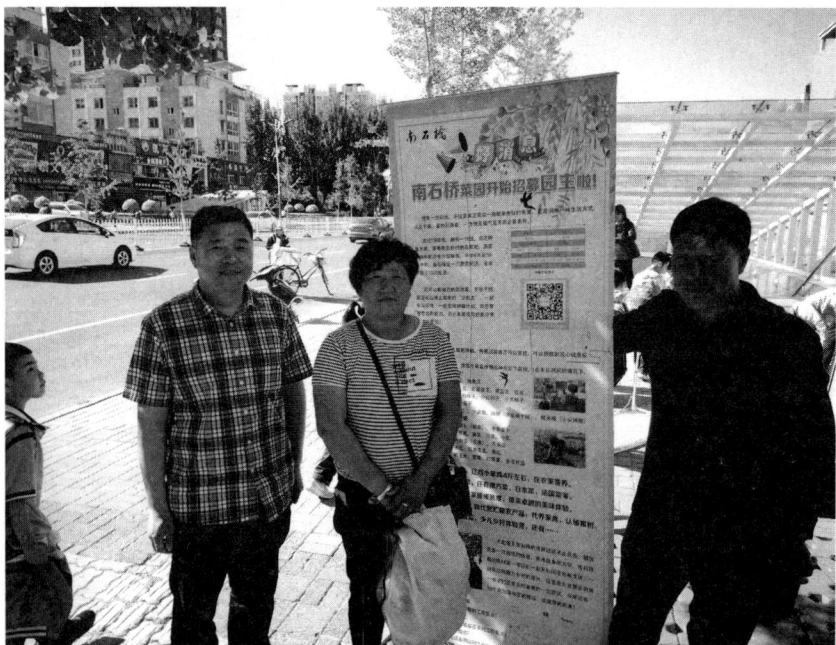

的蔬菜配送给认领人。看着一箱箱、一车车的蔬菜被拉走，村民们感到大开眼界，菜还没种就卖出去了，坐在家门口就把菜卖到城里了！一个崭新的致富之路展现在村民眼前。

"百香果"为村里带来了第一桶金

南石桥子村村集体收入为零，人口流失和老龄化严重，人口逐年递减。有建档立卡人口67户115人。虽然经过4年多的精准扶贫，现在全村全部脱贫销号，但是让村民过上富裕的日子，还需要产业支撑。

村里没有特色产业，农业种植结构单一，想要增加收入十分困难。寻找致富项目，成了摆在李勇面前的第一道难题。搞农业，错过一春就是错过一年。为此，李勇第一时间在大连各地区进行了实地调研和市场考察，发现南方的百香果种植项目见效快、收益高。但百香果在北方地区没有种植经验，是个不小的挑战。

李勇在乡里租下两个大棚，与韩业亮书记个人出资开始试种百香果，收益对村集体发放，失败损失"两委"书记个人承担。2018年5月中旬进

行种植，7月份开花了，8月份室外的温度最高达到36℃。因为温度过高，花没有坐住，果子、叶几乎掉光了，到8月末的时候，整个大棚里就四个果子。李勇看着心疼上火，这一炮要是没打响，不仅影响自己的士气，对当地的脱贫致富事业也是一个重大打击。全乡人说啥的都有，乡镇领导鼓励他不要放弃。他顶着压力，向科研院所请教技术，向其他南果北种的大棚借鉴经验。最终，百香果试种成功，果实香甜、个头硕大、品质优良，中国北方第一个百香果项目在大定堡满族乡成功落地。

果实成熟后，为了打开销路，李勇奔赴北京、沈阳、大连等多个城市，参加展会，跑实体店，通过电台、电商平台、视频直播等多种形式宣传推广，当年，村里百香果的销售收入就达10万余元。这对于提高村民收益、帮助贫困户脱贫，起到了良好的示范带动作用。2019年年底，李勇以百香果种植项目为载体，帮助南石桥子村成功申请到了110万元的资金扶持，百香果的种植规模正逐步扩大。

汤志军

　　2018年1月，汤志军被国家电网东北分部派驻朝阳市建平县张家营子镇青山村任工作队队长。国网东北分部陆续投资117万元，共建成三期总装机208千瓦的光伏电站，年直接经济效益可达12万元。工作队立足光伏项目"自发自用、余电上网"的思路，设立了公益岗位、光伏基金，反哺贫困户自主脱贫，形成"光伏＋农机井灌溉""光伏＋杂粮加工厂""光伏＋蘑菇烘干"配套产业，布局"产用"融合的绿色能源产业链。国网东北分部投资40万元为青山村建设粮食加工厂和果蔬蘑菇烘干厂，每年加工粮食达300多吨，烘干蘑菇10多吨。村集体经济固定资产达到230万元，年利润达30万元。

使命在肩　久久为功出实效

——记国家电网东北分部驻朝阳市建平县张家营子镇
青山村扶贫工作队队长汤志军

2021年3月4日，是汤志军与第五批扶贫工作队队长交接的日子。作为3年任期已满的第四批扶贫工作队队长，汤志军再次走进青山村村部，心情格外复杂，百感交集。他仔细地一项一项地交接、一件一件地安排，把每一家贫困户的情况反反复复介绍给新队长。铮铮铁汉在青山村扶贫3年，已把他乡变故乡，男儿有泪不轻弹，他心中满满不舍。

汤志军清楚地记得，2018年1月4日他带领两名队员作为国家电网东北分部第四批扶贫工作队第一次走进了建平县张家营子镇青山村的情景，村里还有52户建档立卡贫困户，村集体收入为零。如何摆脱贫困，带领青山村走上小康之路？汤志军自感肩上的责任，时间紧任务重，他誓用国企担当的精神打赢这场脱贫攻坚阻击战。

国企担当勇立潮头

2021年2月25日，习近平总书记在全国脱贫攻坚总结表彰大会上发表重要讲话，庄严宣布，经过全党全国各族人民共同努力，在迎来中国共产党成立100周年的重要时刻，我国脱贫攻坚战取得全面胜利。汤志军听到总书记的庄严宣布激动地说："感谢党给我这次机会，让我参加到这场脱贫攻坚战役中，总书记的讲话让扶贫人非常高兴，非常振奋。"

国家电网东北分部在这场战役中经历的磨难与考验，凝结的实践与认识，充分展现了国企精神、国企力量、国企担当。国网东北分部历任领导都把扶贫工作作为重点工作来抓，选派最优秀干部任扶贫工作队队长。东北分部主任、党委书记张福轩多次深入青山村检查指导脱贫工作，并针对驻村工作队提出要求：要加强扶贫项目建设，把产业发展与贫困户增收紧密结合起来，确保贫困户真正脱贫致富，并防止返贫；要提升扶贫质量，谋划青山村长远发展，提高扶贫工作效力和效益；要群策群力补齐扶贫短板，打牢脱贫基础，坚决打赢脱贫攻坚战。

汤志军在单位是优秀年轻干部，做过市场经营、后勤管理、党建群团工作，有丰富的基层经验。被选为第四批扶贫工作队队长后，他深入学习中央精神，认真落实国网东北分部的扶贫工作，统筹布局全年扶贫计划。

扶贫工作需要专业的管理能力、坚定的执行能力。汤志军组织检修公司工程、财务、计划等相关专业人员赴建平县，与县扶贫办、张家营子镇政府商讨征求下一年度的扶贫计划，形成工作方案并上报分部党委，经分部党委批准同意后，把重要工作指示转化为任务清单和扶贫项目实施分解表，有效推进青山村扶贫工作有序开展。

国网东北分部每年要根据扶贫项目投入扶贫资金。有着丰富工作经验的汤志军更加重视扶贫资金的使用与监管，他要求聘请专业财会人员进行财务管理。检修公司纪委书记兼工会主席杜家傲多次带领纪检监察相关人员组成的检查组赴青山村进行扶贫领域专项监督检查工作，对扶贫资金使用情况进行详细核对，确保资金真正用在扶贫项目上，让贫困户真正

收益。

"国网是国有企业，半军事化管理，人员、项目、资金等工作一点都不能马虎。扶贫工作也要采用企业管理模式、市场运作方式来完成扶贫任务，这样才能让扶贫项目健康有序发展。"汤志军说。

为巩固脱贫攻坚成果，驻村工作队与村党支部和村致富带头人共同研究可持续产业规划，建立健全规章制度，严格履行在青山村村民代表大会上讨论通过的《青山村集体经济利润分配方案》和《青山村集体资产经营目标考核管理办法》，加强对青山村集体经济利润的管理，提升发展基金使用效率，确保集体经济收益能够用在青山村村民身上。

破除等靠智志双提

摆脱贫困首先在于摆脱意识和思路的"贫困"。脱贫致富终究要靠贫困群众自己的辛勤劳动来实现。汤志军在走访中发现，青山村贫困的主要原因还是村民的思想问题，村里的青壮年都到城里务工，留在村里的老弱病残没有致富意识，普遍存在小富即安思想，如果遇到特大疾病，那就变成了深度贫困户。想要调动村民致富的积极性，汤志军还是下了一番苦功。

针对贫困户的实际情况，汤志军与村、镇负责人组成调研组，多地考察调研，确定养驴是最适合贫困户的实际情况，因为家驴的市场前景好，不易生病，好饲养，见效快。

4月23日，驻村工作队在青山村举办"国网东北分部 2020 年扶贫驴捐赠仪式"，将怀有幼崽儿的"扶贫驴"送到建档立卡贫困户手中。青山村委与贫困户签订了"扶贫驴"项目合作协议，贫困户只需要饲养"扶贫驴"，产下的驴崽儿所得收益归贫困户。汤志军还找来专业人员进行养殖技术指导，并在养殖户的庭院墙上张贴"养驴制度""注意事项"等。工作队定期入户检查，发现问题解决问题，确保家驴健康成长，保证驴皮毛好，饲养环境干净，到了年底开展评比。这套激励措施的目的是鼓励贫困户靠自己的双手脱贫致富。

为消除村贫困户养驴的后顾之忧，汤志军积极联系保险公司，为"扶贫驴"办理保险，这在辽宁省还是破天荒的一件事，能够更好地保障养驴贫困户的利益。其间贫困户徐林家扶贫驴因病死亡，保险生效，获赔1万元，这使养殖户吃下了一颗定心丸。

5月20日，汤志军带领工作队又将2100只刚孵化的鸡雏送到养鸡大户饲养基地。经过20天脱瘟养殖，驻村工作队将鸡雏分发到建档立卡贫困户手中，队员跟踪做好养殖指导，帮助贫困村民以绿色生态养殖带动规模养殖。

金秋十月，汤志军组织了"扶贫驴""扶贫鸡"饲养情况综合评比，采取现场投票与日常评价相结合的方式，对13户"扶贫驴"、52户"扶贫鸡"现场投票，评出一、二、三等奖，奖励农民喜欢的农机具和农产品。通过比赛促进互帮互学，提高饲养技术技能，激发村民勤劳致富的热情。

贫困户王久华因身患重病，老伴身体也不好，两个女儿也远嫁他乡，对生活充满绝望与恐慌。汤志军多次与王久华聊天，发现王久华在养殖、种植上都是一把好手，他要把王久华变成致富能手，使其增强信心，摆脱贫困。汤队长亲自将"扶贫驴"和"扶贫鸡"送到他家，更送给了他希望。经过一年的努力，现在一头"扶贫驴"演变成3头驴。"扶贫鸡"年前也升始产蛋了，鸡蛋还卖了100多元。王久华激动地说："感谢汤队长，是他们让我看到了生活的希望，今年我还要种植青山杏，汤队长给我带来了树苗，有了这些树苗，我的病也好多了，比养个小子都强。"

随着"扶贫驴""扶贫鸡"在青山村顺利安家落户，小小的青山村慢慢地发生着蝶变。村民饭后聚会谈论的话题从"家长里短"变成了"鸡鸭驴牛"。通过比赛促进互帮互学，提高饲养水平，切实激发村民们自主脱贫学技能的热情，树立了致富信心。

在驻村工作队各项帮扶举措的有效带动下，青山村年人均收入达到11800元，实现了"户户有产业，家家有收入，人人有事干"。村集体经济固定资产达到230万元，年利润可达30万元，在脱贫进程中逐步实现了"要我脱贫"到"我要脱贫"的转变，"思想脱贫"成为源头活水，帮助困难群众实现从"等靠要"到"比致富"的转变，真正远离贫穷的困扰。

靶心不偏把脉症结

脱贫攻坚贵在精准、重在精准，成败之举在于精准，精准施策一以贯之在脱贫的各项要求中，最大限度保证扶贫之力落地见效。青山村地处辽西，光照资源丰富，汤志军充分发挥电力行业专业优势，深入研究建设光伏新能源综合循环应用小型示范工程。通过多方市场调研和可行性分析论证，项目得到国网东北分部党委大力支持。

3年来，国网东北分部陆续投资117万元，共建成三期总装机208千瓦的光伏电站，年直接经济效益可达12万元。光伏电站维护量小、收益稳定，成为青山村脱贫主导产业。扶贫工作队立足光伏项目"自发自用、余电上网"的思路，设立了公益岗位、光伏基金，反哺贫困户自主脱贫，形成"光伏+农机井灌溉""光伏+杂粮加工厂""光伏+蘑菇烘干"配套产业，布局"产用"融合的绿色能源产业链，为振兴乡村集体经济提供强势支撑。

国网东北分部投资40万元为青山村建设粮食加工厂和果蔬蘑菇烘干厂，每年加工粮食达300多吨，烘干蘑菇10多吨。利用光伏发电作为电能

输出，减少村民用电成本。工作队的陈铁南和王朕算了一笔账，粮食加工厂和烘干厂，自己发电自己用，每天就可节约电费720元。

青山村主要农作物就是稻谷，但是地理位置偏远，信息不通畅，年年稻谷滞销。驻村工作队发挥自身优势，积极开展消费扶贫活动，帮助贫困户打通销售渠道。汤志军积极协调联系丹东地区粮食供应商，满载着15吨谷米的货车从青山村开拔，发往丹东天丰粮仓杂粮经销点，本次收购在市场价的基础上每公斤增加了0.2元，解决了困扰村民多时的难题。

驻村工作队为青山村的小米设计商标，重新包装，创立品牌。国网东北分部的职工福利就是以青山村的小米为主，不仅打开销路，还提升品牌效应。他们通过微信公众号等网络平台，为青山村农产品进行宣传，在驻村工作队多种渠道的推广下，青山村许多滞销的农产品都打开了销路，有效增加了村民收入。

张家营子镇党委书记王雪说："汤志军工作队给青山村带来了希望，更给张家营子镇带来了福音，全镇都受益，国网的到来真正体现了'水电人扶贫情'。"

党建引领帮贫扶困

脱贫攻坚是一项涉及方方面面的伟大工程，不仅需要充分调动全社会力量和资源，还需要强大的执行力。而保证这一切顺利推进的，正是中国共产党的坚强领导和中国特色社会主义制度的强大支撑。一面面党旗在脱贫一线高高飘扬，党建优势转化为脱贫攻坚的合力。

到青山村的第一天，汤志军就组织召开村党员大会，为村里谋划切实可行的扶贫项目，并为青山村做了5个项目规划，他要求充分发挥党员引领作用，将扶贫项目认真落实，稳扎稳打，保证项目高质量落实。青山村的52户贫困户深深地装进了他的心里、记在了他的脑子里，他协调东北分部的各个党支部结对帮扶。每一个节假日他都要入户走访，送上国网人的关爱。汤志军邀请公司的博士生来到学校，这些北大、清华的毕业生与学生交流座谈，为乡村学生打开理想大门。

东北分部工会为青山村的农家书屋制作崭新的不锈钢书架并捐赠了

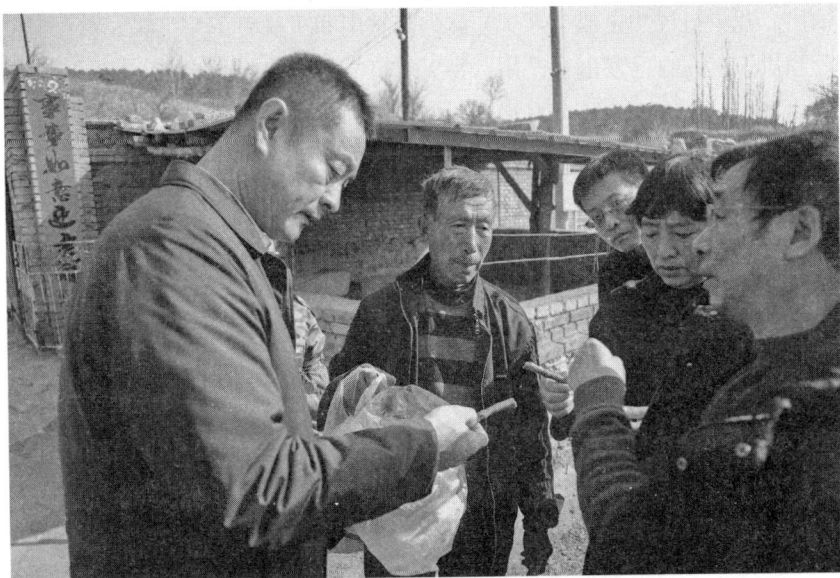

4000余册图书。在书屋里，汤志军多次召开党支部会议，组织村民学习，为村民打开了一扇扇天窗，村民学习牲畜饲养与果树栽培等技术，了解到电商经济及新媒体。工作队在这里的一系列活动，让村民开阔视野，激发斗志，看到希望。

村民陈玉福，在上房修烟囱时失足从房梁坠落，被确诊为左侧股骨头无菌坏死伴塌陷骨折、左侧胫腓骨近端粉碎性骨折。检修公司党委高度重视，发出为青山村陈玉福捐款的倡议书，公司各级领导干部、职工积极响应公司号召，纷纷慷慨解囊。汤志军带领扶贫工作队来到建平县医院，将凝聚着检修公司干部职工载满爱意的5000元捐款及时地送到陈玉福手中。东北分部党委在了解情况后，也立刻向分部全体干部职工发起捐款活动，募集爱心捐款7000余元，并委托汤志军将捐款送至陈玉福手中。

村民陈凤荣，今年67岁，丈夫去世早，上有92岁的婆婆，下有智障儿子和儿媳妇，小儿子还在读大学，家庭的重担都落在她柔弱的肩上。汤志军针对她的年龄和身体状况，送给她40只"扶贫鸡"，还安排她到公益岗上班。汤志军了解到她家吃水困难，又为她家打了一眼120米的深水井。当清澈的井水喷涌而出的时候，陈凤荣激动得流下眼泪，她执意让施工人员在井座上刻上"吃水不忘挖井人"来表达对国网工作队的感激之情。

　　脚上沾满了多少泥土，心中就装满了多少真情。在青山村的脱贫攻坚这场战役中，是汤志军这样的共产党员在支撑着，"一切为了贫困群众对美好生活的期待"，这句话成为他们的责任和目标。他以超常规的付出，诠释共产党人的初心使命，汤志军用三大本驻村日记记录下扶贫人的点点滴滴，他把爱和希望播撒在青山村。

提档升级乡村巨变

　　青山村的脱贫摘帽不是终点，而是新生活、新奋斗的起点。脱贫攻坚任务完成后，工作队的工作重心将从攻坚绝对贫困转向解决相对贫困，扶贫工作方式由集中作战调整为常态推进。

　　2021年年初，汤志军为青山村做了5个致富产业规划，即建立杂粮加工基地、养牛产业园、养驴产业园，种植青山杏，发展土鸡庭院经济，让脱贫攻坚与乡村振兴两大战略有效衔接，既要全力巩固脱贫成果，确保脱贫不返贫，又要探索在乡村振兴框架下解决相对贫困问题。

　　汤志军说："国网人历经10年的坚守，久久为功，青山村的道路、房屋、产业、就业、饮水、医疗、教育……都留下了国网人的足迹；因为坚守，再难的障碍也能跨越，再硬的骨头也能拿下，让一条条脱贫致富新路不断伸向远方。我相信未来的青山村一定会越来越好，青山村正以四大发展模式开启乡村振兴的序幕。"

　　青山村处在新时期、站在新起点上，致力打造绿色宜居乡村"有机模式"：依托青山村环境优势，立足丰富的生态资源，深入挖掘生态脱贫新模式，将生态保护与扶贫工作有机结合，坚持生态优先，绿色发展，尝试在村里种植杏树等果树。通过对林业资源的高效整合，对林业优势的合理开发利用，实现生态脱贫，让绿水青山成为村民致富的靠山。推行新型股份合作社"管理模式"，引导贫困户及村民以入股的方式参与乡村产业合作社，实现产业化发展。合作社带头人要具有丰富的养殖和种植经验，受群众监督，做到政务公开、党务公开、财务公开。依托互联网创建"品牌优势"，深度挖掘青山村绿色农业产业链，有效利用杂粮加工厂、蘑菇烘干房等设备设施，将青山村农产品全面推入市场，建立"电商扶贫平台"，加快申请线上品牌资质。加快电商队伍建设、平台建设、品牌建设，推广"品味青山"系列乡村扶贫品牌。挖掘地方特色"文化优势"，青山村的村民能歌善舞，有着深厚的文化底蕴。每年举办"农民文化艺术节"，村民身着盛装，热情洋溢，载歌载舞，在欢快的鼓乐声中展现青山村脱贫攻坚新成果、产业发展新成就、美丽乡村新面貌。

郎惠雯

郎惠雯是辽宁广播电视集团派驻营口大石桥市建一镇官屯村的第一书记。驻村期间，协调党建经费10万元，对破旧村部进行彻底升级改造，党支部的凝聚力、战斗力明显增强。协调资金755万元，建食用菌暖棚36栋，建设500平方米加工车间以及300平方米冷库，生产滑子菇300吨，累计收益200万元，帮助20户建档立卡贫困户以及31户村民获得雇工收益56余万元，实现村集体经济盈余29万元，全村86户建档立卡贫困户全部实现稳定脱贫。她被评为优秀驻村干部，辽宁广播电视集团记功奖励一次，荣获全省脱贫攻坚先进个人、大石桥市建一镇"礼德标兵"荣誉称号。

驻村女书记的"美丽乡村梦"

——记辽宁广播电视集团驻大石桥市建一镇官屯村第一书记郎惠雯

清晨五点半,郎惠雯提着水桶就开始在她的大棚里忙乎起来了。她承包的大棚今年收益不错,市场销售供不应求,她还积极带动村民种植食用菌,已成为官屯村重要产业项目。对从来没有在农村生活过的32岁的郎惠雯来说,这座大棚就是一个从陌生恐惧到熟悉农业的教练场,她记不清在这座大棚里流下了多少汗水和泪水。三年的驻村工作,官屯村也成为她永远无法割舍的第二故乡。

为初心,走进脱贫攻坚的第一线

郎惠雯是一名记者,也是一名共产党员。2018年,辽宁广播电视集团按照辽宁省委印发《关于打赢脱贫攻坚战三年行动的实施意见》,决定选派优秀干部充实到基层脱贫攻坚工作岗位。年轻的郎惠雯感到,作为一名共产党员,应该承担责任,勇于担当,积极投身脱贫攻坚的伟大壮举当中。经过做通家属、亲人的思想工作,她主动请缨,要为脱贫攻坚贡献出自己的一分力量。经组织批准,她担任营口大石桥市建一镇官屯村第一书记。

2018年5月7日,在18个月大女儿的哭声中,郎惠雯只身驾车到235公里之外的小山村报道,来到了脱贫攻坚的第一线,践行她的另一个身份——驻村第一书记。

郎惠雯带着火热的工作热情,也带着亲人朋友同事们的担心,以及对女儿深深的牵挂,从条件优越的大城市来到了贫困落后的小山村。面对复杂陌生的农村工作,她能坚持多久呢?

"郎书记刚来的时候,我们都不相信她能坚持下来,更别说扶贫了,她就像我们的孩子那么大，就是个'孩子蛋'，能干什么呢?"村民许凤英回忆说。

很多村民都断定这个生活在城市里的姑娘，坚持不到一周就会哭着跑回去。但出乎意料的是，这个表面柔弱的姑娘，要起劲来，那骨子里的坚忍会发出惊人的能量。3年里，她似乎不知疲倦，一直保持着满格的待机状态，投入工作实践中，用实际行动交出了一份合格的"扶贫答卷"。

"我很幸运能加入脱贫攻坚的这场战役中，用我的真情走好这条长征路，为官屯村摆脱贫困奉献自己的力量。"郎惠雯说。

初到官屯村，郎惠雯发现村里没有什么人。50岁的人在村里就是年轻人了，真是名副其实的"空壳村"。为了快速了解当地情况，郎惠雯不是在走访贫困户就是在去走访贫困户的路上。这个拥有520户的自然村，建档立卡贫困户多达86户155人，分散在官屯村的各个角落，沟沟坎坎。郎惠雯无数次走进这些家庭，充分领略到了这个小山村的静谧幽深和贫瘠落后。

村集体经济为零，土地贫瘠，村里大部分是山坡地，交通不便。村民收入以种植玉米为主，少量种植水稻，个别养殖蘑菇、养殖牲畜和外出务工，官屯村是一个人口相对集中、自然生态良好的农业村。

驻村初期，郎惠雯因身体原因进行了一场大手术，躺在病床上的她心急如焚，整天思忖着村里的工作，老龄化严重的党员队伍怎样带？年久失修的村部如何修缮？思想僵化的村"两委"怎么引领？零基础的村集体经济靠什么发展？郎惠雯没有选择留在病床上静养，身体稍稍恢复勉强可以自主行走的她，缠着医用腹带回到工作岗位上，心里只有一个念头，顶住压力提起劲头加油干，尽快开展工作。

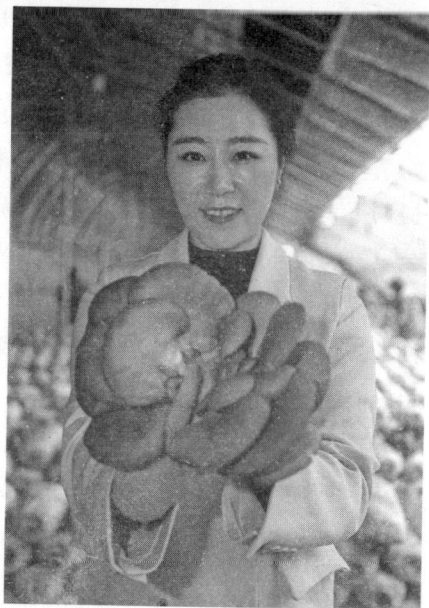

为扶贫，努力提升支部核心战斗力

农村要发展，农民要致富，关键靠支部。郎惠雯深知，要带领乡亲们致富、维护农村稳定，基层党组织要发挥战斗堡垒作用。

官屯村村部经过20多年的风雨洗礼，窗扇漏风，房瓦漏雨，设施老旧，已不能满足正常办公的需要，党建工作基本没有，更别提组织党员学习了，"两会一课"也无法开展。

郎惠雯说："村部可是一村的门面哪，是党员的家，是村民的靠山，一定要有一个好的环境，给党员和群众以信心！"当她了解到村里没有经费翻修时，便决定不给村里增加负担，凭借一双勤快的腿和一个坚定的信念，经过多次努力、多方协调为村里筹得10万元党建经费，对村支部进行彻底升级改造，软件硬件焕然一新，充分发挥出村党支部的战斗堡垒作用。

"小身材，大能量！"这是村"两委"班子对她最好的褒奖。

郎惠雯深知党建工作中学习交流的重要性。为丰富党建生活，她邀请营口移动维护中心党支部，与官屯村党支部共同开展"党建和创"活动，两个党支部的同志们坐到一起，围绕着城乡党建的话题畅所欲言，着实收获了不少心得。活动结束，移动维护中心党支部还与官屯村党支部签订了帮扶合同，对村里贫困户进行爱心资助，已有10位贫困党员和20户建档立卡贫困户受益，金额达5000元。

郎惠雯仍未懈怠，着手研究改善村容、村貌，打造美丽乡村，在她的协调下，官屯村新增路灯51盏，架设100米过水桥1座，铺设硬化村路5公里，聘请环卫团队清理村里环境卫生，村容村貌焕然一新，村民幸福感不断提升。借助建一镇第一书记的集体力量，积极推广"第一书记大讲堂"活动，并负责讲授"家庭卫生习惯养成"专题，已在7个村开展了宣传教育，村民们踊跃参与，收效甚好。

通过党建引领，提升支部核心战斗力，发展特色产业，壮大村级集体经济，探索乡村治理新机制，郎惠雯全身心投入驻村工作中。到2020年年底，全村86户贫困户全部实现稳定脱贫，村集体经济由空白实现盈余24万元，集体经济稳步推进，村民收入节节攀升。

为振兴，加快推进乡村产业发展

建一镇地处营口市东部山区，地理区位相对闭塞，长久以来农民都是靠耕种玉米维持生计，可是稀缺的耕地只能勉强维持温饱，"如何带领村民奔小康？"这个问题成了郎惠雯心中的一个结。

从事记者工作的郎惠雯，发挥自己的优势，广泛搜索信息，寻找可落地的项目。她认真解读中央、省市的扶贫政策，到外地考察调研，在反复比对了几个高附加值农业项目后，她把目标锁定在了暖棚培育食用菌上。

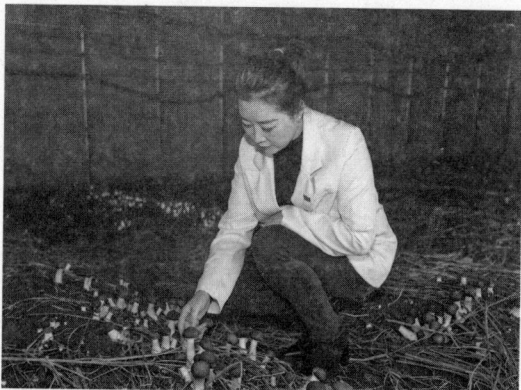

2018年，郎惠雯与村"两委"多方奔走协调，将大连度者农业科技有限公司的滑子菇项目请到官屯村安家落户，投资450万元，建高标准暖棚20栋。这个项目的落地也是一波三折，2019年年底，项目从种植绿色有机蔬菜转型培育食用菌，菌棒投资方对官屯村的不了解、对项目的不信任，种种因素让郎惠文书记不断地跑到企业做工作。最后，郎惠雯用自己的工资卡压在企业做担保，项目最终落地。但是让老百姓认可并且受益并不是简单的事，为了引领和示范，2020年3月郎惠雯自掏腰包，投资1.5万元，认领一栋100平方米的暖棚，寄养了3万多棒菌棒。

郎惠雯和村民同吃同住同劳动，在生产、安全、技术、销售等各环节进行把关，身体力行参与平整场地、采摘滑子菇、搬运装卸、运输销售，不分昼夜和休息日，带领村民共同劳动。在她的影响下，不少党员干部和有劳动能力的贫困人员都能积极参与到劳动中去。在生产繁忙季节，不仅解决了劳动力紧张局面，而且增强贫困人员内生动力，改变了以往等靠要的思想，把输血功能转化为造血功能。

当季项目产出滑子菇300吨，累计收益200万元，村里20户建档立卡贫困户以及31户村民获取雇工收益56万余元。眼见老百姓得了实惠，2020年，她乘胜追击，大刀阔斧发展村集体经济，开启了二期工程，率先引入"村经济联合社+农民合作社"股份制运营模式，协调政府投入资金315万元，搭建园区配套设施500平方米加工车间以及300平方米冷库，均已落成并投入使用，并增建了16栋食用菌暖棚。

2020年年底，村集体经济收入达到29万余元。这个项目已作为先进的成功案例，复制推广到建一镇多个村集体经济组织的项目方案中。

市扶贫办主任张振富说："我们开始真是小看郎惠雯书记了，都认为她小小女子能做什么，现在可是让我们刮目相看哪，扶贫资金落在这个项目上，我们非常放心，可以有效地将扶贫资金变资产、资产变收益。"

为村民，扶贫帮困真情暖人心

初为母亲的郎惠雯，对孩子的关注胜过其他人。驻村期间，她走访了全镇6所学校，也让她第一次真实地看到贫困学生和残疾儿童的生活状态，她的心中无比酸痛，这些学生深深地牵动着她的心。

她要为这些孩子做点什么。郎惠雯回到辽台，跟领导汇报了孩子们的情况，并说明自己的想法。台领导非常支持，决定开展教育扶贫项目。辽宁广播电视台青少频道"我要大声说"栏目组走进建一镇，让社会各界爱心人士关注帮助这些孩子，现场筹资16万元，为建一镇红旗岭小学粉刷教学楼，并向56名学生捐赠开学大礼包。两年来为孩子们捐赠助学金、学习生活用品共计2.8万余元，为两户贫困学龄儿童装修独立的学习空间，累计向贫困户捐款捐物共计5200元。

郎惠雯借助辽宁广播电视台都市频道《新北方》栏目的社会影响力，为建一镇320位建档立卡贫困户募集到保暖衬衣。她还积极争取社会各界爱心人士支持，与沈阳"平凡之路"爱心团队建立长期帮扶关系，对官屯村3名家境贫困孩子进行助学活动。

"郎书记真心为我们想事！"这是官屯村村民对她发自内心的评价。

作为一个4岁孩子的妈妈，郎惠雯除了要保证做好第一书记的工作外，也要兼顾家庭的责任。每逢周末，她都要返回235公里外的家中，陪伴照顾女儿。驻村两年多的时光里，郎惠雯汽车仪表盘的里程数增加了5万多公里。她说这两年多来行驶过的扶贫之路，对她而言，就是一段心中的长征。这条路上，她拿出了极大的勇气和信心，克服工作中、家庭中的困难。在村里，大家叫她"我们家的第一书记"；在家里，女儿说她是"最有劲的妈妈"。

官屯村很多村民提起郎惠雯，都会说："她跟我自己孩子差不多大，我们看她就像自己孩子。"第一次听到这些话的时候，这个年轻的第一书记哭得像个孩子，因为在她心里，官屯村就是她第二个家，这里的父老乡亲就是她的亲人，让官屯村美起来、富起来，就是她的"美丽乡村梦"。如今，心之所向，得之所愿。

为明天，助推乡村经济提档升级

大石桥市建一镇素有"寒富苹果之乡"的美称，寒富苹果甘甜可口，营养丰富，但是销售渠道有限，果农的苹果常常出现滞销的情况，给果农带来极大损失。2019年秋季，本是丰收的季节，老百姓却乐不起来，今年的苹果丰产不丰收，市场价格低迷。郎惠雯了解到这一情况后，与建一镇第一副书记任飞逸、辽台另一位驻村第一书记孙涛，充分发挥自身资源优势，积极协调台里各部门，参与策划"建一镇首届'丰收节'"庆祝活动，为建一镇的寒富苹果寻找新的销路。

2019年"建一镇首届'丰收节'"庆祝活动由辽沈媒体志愿服务联盟主办。辽沈媒体志愿服务联盟是由辽宁广播电视集团团委发起，是省内首个以青年媒体从业人员为主体的专业化志愿服务团队，集结辽沈地区多家新闻媒体和宣传文化医疗体育等单位，发挥媒体优势，开展公益活动。营口市、大石桥市的相关领导及社会各界人士参加此次活动，活动现场完成采购合同20余单，累计销售寒富苹果1500万斤，增加果农收入30万元，为山沟子里的建一土特产打开了外部市场大门。大石桥市自己的第一个"苹果节"，稳步推进了大石桥市水果产业健康发展，将继续发挥寒富苹果产业优势，助推大石桥市扶贫攻坚向纵深发展。

2020年，搭乘国家"消费扶贫"的政策东风，郎惠雯与大连辽渔集

团签订滑子蘑采购协议，将价值57000元的滑子蘑干品悉数装箱，送上发往大连的货车，解决了官屯村地处偏僻，农副产品滞销的问题。

2021年，郎惠雯与村书记刘英群研究壮大村集体经济，再次成功引进辽宁竣诚牧业有限公司，建设标准化畜牧养殖场，流转土地200亩，饲养肉牛500头，为村民提供新的就业岗位，增加村民收入，更为村集体收入扩资增融。

官屯村的贫困户全部脱贫摘帽，乡村经济有序发展，村集体收入逐年增加，官屯村正大踏步走在小康之路上，郎惠雯的3年驻村工作也即将结束了，但是她与官屯村却再也分不开了。她正在谋划着成立乡镇融媒体中心，搭建乡镇与外界交流的信息平台、学习平台。虽然她回辽台工作了，但是她还可以将建一镇的特色产品通过融媒体中心销往全国乃至全世界。

"能放眼全镇农业发展，整合社会助农资源，能动脑、肯吃苦。"这是建一镇政府领导班子对她工作的肯定。

郎惠雯自驻村以来，一心扑在扶贫工作上。在她的带领下，这个昔日贫穷落后的村庄如今旧貌换新颜，村里环境干净整洁，宽敞、平坦的水泥路直通家家户户。一排排食用菌暖棚有序建成，村民收入增加了，脸上洋溢着灿烂的笑容……一幅美好的乡村图景正徐徐展开。

2019年度，郎惠雯被评为优秀驻村干部；2020年度，郎惠雯获大石桥建一镇"礼德标兵"荣誉称号，辽宁广播电视集团记功奖励一次。"只有实实在在为百姓办实事，他们才会信任和支持我，我才能真正对得起'第一书记'这个称号。"郎惠雯简单朴实的话，道出了驻村工作人员的初心与使命。

肖玉生

　　2017年6月，肖玉生被辽宁省人大常委会办公厅选派到丹东市宽甸满族自治县步达远镇高岭地村任第一书记、工作队队长。高岭地村是省人大常委会定点帮扶的贫困村，他为高岭地村共投入和协调项目资金3859.5万元，用于基础设施建设、特色产业发展。肖玉生了解到宽甸满族自治县的蓝莓产业发展得很好，前景可观，成功搭建了高岭地村与宽甸党旗红电商产业扶贫联盟的合作平台，在村里建起7座蓝莓大棚，让贫困户参与劳动，每天可以领到工资，年终还能拿到产业分红。他引领的蓝莓产业模式，在保持稳定"输血"致富的同时，不断提升自我"造血"能力。

小山村里通了致富路

——记辽宁省人大常委会派驻宽甸满族自治县步达远镇
高岭地村第一书记肖玉生

"高岭地真奇妙，大车小车走河套，高跟鞋全崴掉，新娘出嫁下不了轿。"这句顺口溜就是高岭地村真实的写照，肖玉生就在这个村任第一书记。

2017年6月，43岁的肖玉生被省人大常委会办公厅选派到宽甸满族自治县步达远镇高岭地村任第一书记兼驻村工作队队长。城市里长大的肖玉生，对农村生活还是一知半解，他充满着激情和壮志奔赴新的战场，自己开车行走了5个多小时还没到。经过九曲十八弯，终于，这个贫困偏远的小山村呈现在他眼前。高岭地村的贫穷面貌还是让他有些措手不及，这就是他将为之奋斗的小山村吗？

交通困难，一难变万难，
是制约乡村脱贫致富的主要瓶颈

高岭地村是宽甸满族自治县最偏僻、最落后的贫困村。全村共有420户1370人，建档立卡贫困户117户267人。村民主要以种植玉米为生，人均年收入不足3000元。尤其是位于该村最西端的第八村民组，只有一条弯多坡陡的土路通往外部，地理位置偏远、基础设施薄弱、交通出行受阻，高岭地村发展的步伐受到了阻碍。

肖玉生看在眼里，急在心上，他与村"两委"班子商量决定："要想富，先修路。"

他知道修路很困难，但是想起临行前母亲对他的嘱托："我们一家人都是国家公务员，公务员就是为人民服务的，农民不容易，你一定要耐心、细致、踏踏实实，为村民真正做点事。"肖玉生暗下决心："我一定要为高岭地村修成这条路，啃下这块'硬骨头'"。

为了摸清底数，肖玉生每天早出晚归，与村干部一起爬坡上坎，逐户走访，经过一番实地调查，他预算出了修路大概所需的费用。但钱从哪儿来？这件亟须解决的事让他犯了难。在辽宁省人大常委会办公厅主持召开的为选派干部解决实际困难的座谈会上，肖玉生用一段顺口溜道出了村民对修路的渴望。

省人大常委会党组、省人大常委会机关党组对此高度重视，协调省直相关部门，争取资金385万元，解决了高岭地村6组到8组路基改造和路面铺设所需要的资金。

2018年9月，道路修建工程正式启动。为了修建一条高质量的富民路，肖玉生白天蹲守在施工现场，监督施工质量，晚上针对出现的新问题，研究分析解决方法。当发生修路占地、苗木补偿等情况需要与村民协商时，他总是第一时间到达现场，动之以情、晓之以理，妥善处理。

"渐渐地我发现，老百姓看事跟我之前坐机关还是不一样，即便自己的事，关系到切身利益，但真正实行起来还真不能简单化。"肖玉生说。

修这条路，遇见的第一个障碍却是前任的村书记。他和另外一家合包的自留山正挡着道路。肖玉生找他谈，可他根本就不接电话、不露面。那天肖玉生约他喝酒，家人说他外出不在家，肖玉生就到他家等他，从中午等到晚上。他很晚才回来，怎么也没想到肖玉生还在等他。于是两人边喝边聊了起来，肖玉生无意中说起了眼下"打黑"的形势，他立马警觉起来："这么说你是想把老哥我定黑啦？"说着他就抄起一把铁锹，"你信不信，你要不是上面派来的，我现在就把你劈出去！"

"我血液直冲脑门，忽地站起来，心想你要真来这一手，我就奉陪到底，要不，酒就白喝了，他看我真急了，急忙松开了铁锹。"肖玉生说到这儿笑了。

修路过程中有一小桥需要改建。但邻近一家为泄洪，在桥下已经自己出资安置了泄洪管道，拆除时有所破损，那家就提出赔偿。肖玉生说："我们政府花这么大的气力修路，不就是为了服务群众吗？现在你的根本问题都解决了，怎么还能索求赔偿呢？"几句掏心窝子的话让他有些不好意思，他说："别人都有赔偿，亲友也都唆使我，我就这么提了。肖书记，我们知道你是真正给我们办事的，别说了，我支持你！"

道路修到最后一段，也就是靠近渡口那一段，邻近一家户主说轧道机把他的房屋的山墙都震裂了，希望政府能够赔偿。这条路修下来，只要碰到村民个人利益了，就跟政府提出赔偿，肖玉生就一家一家做工作，那真是"逢山开路遇水架桥"，想尽一切办法，以确保道路顺利完工。

肖玉生说："村民之所以这样，就是因为穷怕了、穷久了。我们不仅是修路，更是修心，修正了老百姓的心，修建了老百姓战胜贫困的决心。"

交通畅通，一通变百通，
省人大常委会决心打赢脱贫攻坚这场战役

高岭地村是省人大常委会定点帮扶的贫困村，也是贫困程度最深的村。省人大常委会党组副书记、副主任孙轶同志和省人大常委会党组成

员、秘书长、机关党组书记于言良同志围绕高岭地村扶贫工作多次召开座谈会，并多次赴高岭地村实地考察，听取肖玉生的扶贫工作汇报。了解到交通问题是制约高岭地村发展的最主要问题，要想让高岭地村脱贫致富，必须先修路、修桥，打通高岭地村与外界联系，一通变百通。

2020年4月，省人大常委会召开扶贫工作协调会，省交通厅、省水利厅、省财政厅、省农业农村厅、省民委、省住建厅、省林草局主要负责同志到会，共同协调研究解决高岭地村浑江大桥项目、林地保护等级、公益林调整、青山保护分区、配备森林草原防灭火运兵车等6项难点问题。进一步强调要提高政治站位，切实把宽甸满族自治县脱贫攻坚与兴边富民战略、乡村振兴战略等紧密结合，把完成"十三五"规划与做好"十四五"规划紧密结合，做到统筹谋划、分步实施；加强沟通协调，上下左右联动，用好用足政策，立足实际发挥优势，整合资源、集中力量、加强监管，高质量推进重点项目落地，确保如期打赢脱贫攻坚战。

协调会后，省人大常委会迅速着手协调有关单位推进浑江大桥项目建设，辽宁省规划设计院立即启动对步达远镇高岭地村浑江大桥工程项目建议书与可行性研究报告的编制工作，并进行初步现场勘察，初步设计、施工图设计的评审以及国土预审、环境影响评价、稳评、防洪影响评价等相关前期工作正有序展开。大桥建设项目建成通车后，将有效缓解浑江两岸交通难题，促进县域经济发展。

定点帮扶以来，省人大常委会为高岭地村共投入和协调项目资金3859.5万元。其中本单位投入资金77.5万元。走访贫困户发放慰问金2万元；拨付村党支部党建经费3.3万元；改造村部供暖设施4万元；修建村广场2万元；捐赠抗疫赈灾经费0.2万元；捐赠图书7400册折合人民币23.3万元；筹集资金23万元帮扶救助白血病女孩王颖芳；筹集资金12万元为贫困户建房；筹集资金2万元用于结对帮扶发展产业；其他办公用品等物资捐赠折算5.7万元。协调基础设施建设资金、产业扶持资金3782万元。发展大榛子352亩、刺嫩芽80亩；建30千瓦光伏发电项目；修建村路5.4公里，修建桥涵11座；硬化路面近7000米；修筑河坝480米；改造村电力设施，变压器增容到200千瓦；建成了1300平方米的村文化广场；建7个蓝莓大棚发展蓝莓种植。

打通一条路，幸福一村人，
提升偏远山区贫困村民的内生动力

高岭地村有老弱病残导致贫困的，更主要的致贫原因是交通闭塞、思想僵化，没有脱贫致富的渠道和欲望。肖玉生无数次走访贫困户，了解他们的困难和需求，耐心地讲解国家的扶贫政策，增强贫困人口战胜贫困的信心和决心。

117户贫困户成了肖玉生最牵挂的家庭，每家情况他都熟记脑里、装在心上，他用实际行动帮助村民解决生活难题，拉近驻村干部与村民之间的距离，增强村民脱贫致富的信心，成为村民的贴心人。

"我不用建房，不给国家添麻烦。"

"你家的房子属于危房，不重建住着太危险了。"肖玉生耐心地做工作。

2018年，当肖玉生最后一次走访贫困户，核实危房改造情况时，贫困户修某突然反悔，拒绝重新建房。为了弄清原因，肖玉生多次走访修某的邻居、亲戚、朋友，了解到修某其实是想建一个大一点的房子，但国家补贴的建房钱根本不够，自己的儿子又不肯拿钱，便想借此机会多要点扶贫款。

"'等靠要'思想是脱贫路上的大敌，绝对要不得。"肖玉生的态度极为坚定。他多次电话联系在外地工作的修某的儿子，说明危房改造相关政策，并希望其能够劝说父亲同意改造房屋。与此同时，肖玉生找来村书记，前往修某家。"建房是有统一标准的，国家扶贫补贴的钱也是有数的，一分钱都不能乱用。你要靠自己的劳动来脱贫致富，绝不能伸手要。"肖玉生明确地表示，绝不允许任何人违规使用扶贫资金。

经过多次劝说，修某终于同意改造房屋，他的儿子也愿意拿出钱来给父亲建房用。从此，村里再也没有出现贫困户借着危房改造或以修路占地为由多要补贴的事情。

贫困户于某因伤致残，意志消沉，失去生活的信心。得知此事后，肖玉生带着慰问品和慰问金来到于某家，详细了解他的病情和生活情况，鼓励他要树立信心，勇于面对困难。

贫困户焦某身患多种疾病，不能从事重体力劳动，生活十分困难，眼看两个孩子都没办法上学了。肖玉生立即协调相关部门，争取到6000元助学金，解了焦某家的燃眉之急。

贫困户吴某因脑血栓导致半身不遂，缺乏脱贫斗志。肖玉生主动与他交朋友、谈心。在肖玉生的帮助下，吴某开始种植大榛子，年增加收入3000余元，使他重新树立了致富信心。

打通一条路，吸引一产业，
引进项目增加收入带领全村脱贫致富

路通了、桥架了，发展乡村产业带领农民脱贫致富成为肖玉生的重要工作。

肖玉生多次深入农户、田间地头，与村组党员干部、农民群众、致富能手座谈交流，征求他们对高岭地村集体经济发展的建议和意见。

但是寻找到适合高岭地村发展的产业真是不容易。肖玉生先后赴沈阳、抚顺、丹东等市，参加省市县多个产业项目论证会，对种植、养殖、生产加工、食品企业等多个项目进行深度调研。他开始研究光伏项目、中草药项目、山里红项目、养牛项目、养鱼项目等，有的项目也落地了，但是由于种种原因，都没有成功。

这可把肖玉生急坏了，吃不下、睡不着，满嘴起大泡，人也瘦了一大圈。肖玉生自己开车不断往返于省里、市里、县里，为村里寻找适合的项目。

肖玉生了解到宽甸满族自治县的蓝莓产业发展得很好，前景可观，他就找到县扶贫办曾繁强主任多次协商，成功搭建了高岭地村与宽甸党旗红电商产业扶贫联盟的合作平台。县扶贫办为高岭地村投入产业扶贫资金120万元，在高岭地村5组建设规模化蓝莓暖棚3栋，并签订了保底收益合同。

通过发展蓝莓暖棚种植，贫困户参与劳动，每天可以领到工资，年终还能拿到产业分红。肖玉生引领的蓝莓产业模式，在保持稳定"输血"致富的同时，不断提升自我"造血"能力。蓝莓项目的落地，增加了村民发展产业的信心，村里有几户村民也准备建棚种植蓝莓，现在村里已经有7座蓝莓大棚。

路通了，物流公司也能进村了，村里的农产品也能通过网络平台销售出去了，村民看到了希望。

2019年全村年人均收入超过5000元，2020年通过蓝莓种植村集体收入超过10万元，村集体收入的增加为村内因病返贫等特殊情况的村民提供了兜底资金保障。

打通一条路，激活一片景，
为高岭地村插上了乡村振兴的翅膀

在航拍地图上看高岭地村，就像一只沉默已久的金龟静静地镶嵌的浑江边，8组就是金龟的脖子和头。

"8组位于最西端，像一个独立王国，原来只有一条崎岖狭小的土路通向外面，浑江对岸就是桓仁县，但是一直没有桥，高岭地村就成了死胡

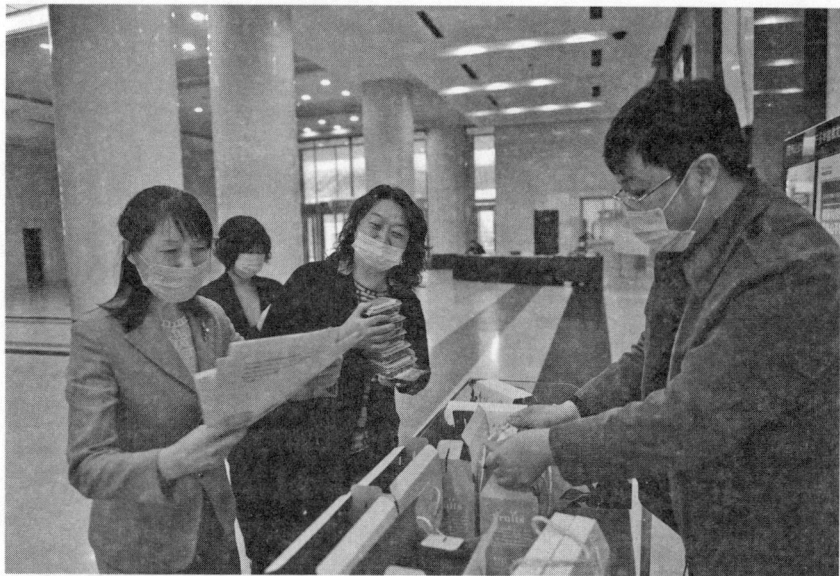

同。"肖玉生说。

现在高岭地村的8个村民组都通上了宽敞的柏油公路，新修建的环江公路将各村民组连接起来，路旁绿树成荫，江风袭来，一下子就让这个小山村灵动起来。

"锁"在深山里的高岭地村，修了一条致富路，打开了幸福的大门。

肖玉生指着对岸说："那边就是赫赫有名的大牛沟村，仅一江之隔，可旅游项目的开发已经很有规模了。"他又指了指江对岸那座高入云端的大山，说："那就是有名的大顶子山，海拔将近1000米，站在山顶看云海，是宽甸一大奇观呢。"

"其实站在大顶子山看我们8组这个地方也是相当美的。大牛沟村也曾跟我谈过把这里当作一个景点开发，高岭地村发展旅游也是大有潜力的。"

"现在修了路、架了桥，就不愁发展了，只要8组这个神龟的头动起来了，整个高岭地村就活了。如果旅游产业做好了，就等于为高岭地经济插上一对腾飞的翅膀。"肖玉生说。

古村换新颜。山村热闹起来，不少外出打工的村民回来了。路修好后，乡村旅游发展起来了，村民办起农家乐，鸡、猪是自家养的，蔬菜是自家种的。通过发展乡村生态体验游、果园采摘游等项目，高岭地村村民享受到了更多生态发展的红利。

一条乡村路，是连接产业与发展的纽带，将助推该区域实现全域乡村振兴；一条乡村路，水天相接、路景相融，将勾勒出一幅美丽的乡村画卷。

肖玉生今年即将结束驻村工作，他还要为高岭地村的未来发展做好准备。

2021年是村"两委"换届之年。针对班子年龄结构老化问题，他主动向镇党委汇报，并于2020年下半年先后调整村"两委"成员3人，重点培养9名具有一定组织协调能力、敢于担当、在党员和群众中有较高威信的致富能手、退役军人、回乡大中专毕业生充实到村后备干部队伍中来。

通过人员调整，高岭地村党支部和村委战斗力得到极大提升，在群众中的感召力和凝聚力逐步增强，为巩固脱贫攻坚成果与乡村振兴有效衔接打下了坚实的基础。

陈阳

2021年9月，陈阳被辽宁省政协选派到阜新市彰武县丰田村担任第一书记。驻村以来，他与村"两委"、村民、建档立卡户一次次交流谈心，倾听群众苦乐冷暖；一回回辛勤奔波，真心真情为乡梓；一个个为民举措，亲力亲为惠村民。陈阳用信念与激情践行了初心与使命，用奋斗与奉献奏响了丰田村发展的最强音——争取各类帮扶项目2个，争取各类资金18万元，大力发展"飞地经济""庭院经济"，开发光伏发电项目……

美丽乡村绽芳华

——记辽宁省政协驻阜新市彰武县丰田乡丰田村第一书记陈阳

丰田村坐落于柳河岸边，风景独好，民风淳朴，但地理位置偏远，基础设施薄弱，自然资源匮乏，客观条件一定程度上制约了群众脱贫致富的步伐，是远近闻名的贫穷落后村。

"吃水靠天、交通靠走""晴天一身土、雨天两脚泥"曾一度是这个村的真实写照。

2021年9月，陈阳被派到阜新市彰武县丰田村担任第一书记。10个多月来，一次次交流谈心，倾听群众苦乐冷暖；一回回辛勤奔波，真心真情为乡梓；一个个为民举措，亲力亲为惠村民。

陈阳用信念与激情践行了初心与使命，用奋斗与奉献奏响了丰田村发展的最强音——争取各类帮扶项目2个，争取各类资金18万元，大力发展"飞地经济""庭院经济"，开发光伏发电项目……

一幅和谐美丽的乡村画卷正徐徐展开……

突出真心诚意　融入村民心中

从繁华都市到穷乡僻壤，从优越的省城到简陋的居所，从温馨的家庭到陌生的村庄……陈阳如何迅速适应角色的转变呢？

作为第一书记的陈阳，虽然从小生活在城市，但他对农村一直有一种割舍不掉的浓厚感情，他是带着感情来到丰田村的。

丰田村风景独好，虽位置偏远而贫困，但民风淳朴，村民质朴、善良。为了尽快与村民打成一片，到丰田村后，他甘愿把自己当作群众的一员、把群众的事当作自己的事，天天跑到田间地头、走村串户，足迹踏遍了村里的每一处角落。

通过到村民家中"炕头夜话"、召开村民代表座谈会、在田间地头与村民共同劳动、走访慰问建档立卡贫困户、捐资助学、到医院和学校走访等方式，聆听群众的心声，了解当地人口、土地、资源、农作物结构、农民和村集体经济等基本情况，并详细记在自己的记录本中。

"把群众的冷热时刻挂在心头，为他们解决生活中的难题，让他们日子一天比一天好、生活一天比一天体面，就是我驻村工作最大的心愿。"这是陈阳说的一句最朴实的话语。

对老百姓的抱怨，再难听的话也去听；对老百姓反映的事，不管大小都认真对待，和老百姓交流时，做到感情真、话语实，真正做到解民忧、顺民气，和村民们越走越近，越走越亲。

走访调研过程中，他感悟到农村工作的繁杂和压力，也体会到了驻村工作的艰苦，更深刻感受到作为第一书记肩上担负的重任，也认识到践行初心使命的艰辛。

"陈书记驻在俺们身边，驻到了俺们心间哪！"丰田村村民张大爷憨笑着拉着陈阳的手说。

曾经在省政协机关工作的陈阳，面对现在的工作环境、工作对象、工

作内容，他必须尽快转变角色，重新思考与谋划当前的工作，尽快适应并努力改变村庄的贫困面貌。于是，一个个点子，一个个计划在他脑子里不停地闪现……

突出支部建设　筑牢战斗堡垒

"给钱给物，不如帮助建个好支部。"陈阳到村里不久，就领悟到作为第一书记应该尽到的职责。

围绕乡村党建中存在的问题和党员干部在思想状况和工作水平方面的不足，他注重加强村党支部建设，坚持把班子建设摆上重要位置，把党的政治建设放在首位，健全完善规章制度，大力培养后备干部，为村级班子建设注入了新鲜"血液"，增强了村班子的凝聚力、号召力和战斗力。结合村情抓好"三会一课"，自觉践行党的宗旨和群众路线，充分发挥每一名党员的关键作用，时刻了解群众的想法和困难，为村民排忧解难，确保党的路线方针政策和决策部署在村里落地生根。

年初疫情期间，陈阳与村党支部书记一起，带领"两委"班子成员靠前指挥、走在防控一线，村党支部战斗堡垒作用越发坚强有力。在得知乡村均缺少防护服等防疫物资时，作为第一书记的陈阳主动联系省政协和爱心人士，筹措资金为丰田乡丰田村购买防护服30套、口罩2000个、消毒液100升。

支部建设的一个重点，就是发掘和培养年轻力量，做好新党员的推荐、发展和培养工作。通过借助机关建设的平台，两名刚刚转正的入党积极分子在支部的培养下，很快成为各项工作的骨干，成为村民中的"关键少数"。

去年底，省政协机关在锦州举办了为期3天的党员培训活动。机关党委通知他的时候，他就想到让丰田村也选派一名支部成员参加，这样既可以让这名基层党员拓宽视野、增长才干，又可以借此机会面对面地与省政协相关领导汇报村里所面临的问题和困难，争取更多帮助。经过与机关党委领导沟通协调后，丰田村委派副书记参训。回村后，她还为村"两委"班子成员专门传达了培训精神。

  6月下旬，陈阳组织丰田村"两委"班子成员，邀请丰田乡领导班子成员及部分党员代表，到沈阳参观了"九·一八"历史博物馆和省政协文史馆"党旗飘扬——党旗国旗军旗诞生珍贵史料展"，共同参加庆祝建党101周年活动。

突出经济发展　推进乡村振兴

  乡村振兴的关键，是发展壮大村集体经济。初到丰田村，陈阳用最短的时间掌握了第一手资料，计划通过村集体经济带动共同富裕。

  按照习近平总书记提出的"'致广大而尽精微'是成事之道"的原则，他立足当地实际，通过大力发展"飞地经济"，增加财政税收。2021年年底，丰田乡的税收仅有40多万元。他通过与省政协委员磋商，为双方牵线搭桥，促成省政协港澳台侨（外事）委员会特邀列席人士黄廷枢将阜新瑞丰石油天然气有限公司落户丰田，现已纳税30万元。

  立足农村庭院，陈阳大力提倡发展"庭院经济"，通过"手工作坊"等多种形式增加农民收入。丰田村人均土地4.5亩，农作物单一，主要种

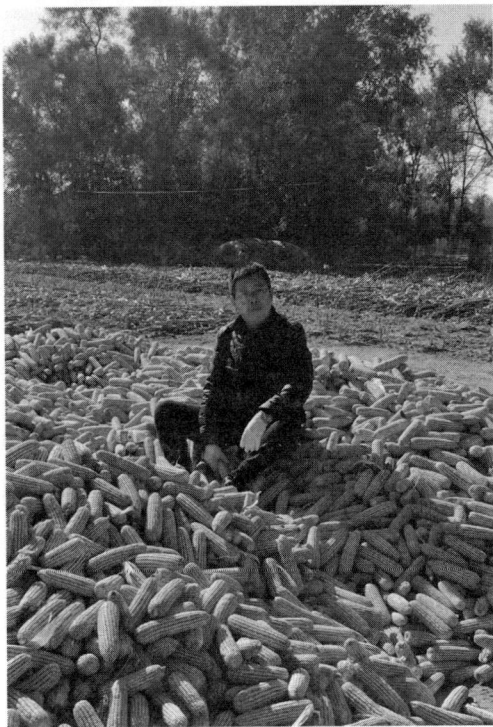

植玉米。为增加农民收入，他先后两次组织人员到铁岭县、阜新市调研现代化农业、有机蔬菜、红藜麦等种植项目，并召开了乡人大代表、村"两委"班子成员和屯长参加的"发展壮大村集体经济项目介绍会暨庭院经济讨论会"，鼓励采取庭院小规模试验种植，增加农民土地收入。

6月初，在彰武县政府的支持下，依托丰田村用地，确定了光伏发电项目，每年能够为丰田村增加固定收入12万元。

6月下旬，陈阳主动与彰武县东六家子镇工艺品加工制作工厂联系，以家庭手工作坊的形式，以屯为单位组织实施，让村民守家带地，增加农民收入，拓宽了农民致富路径。

丰田村经济底子差，历史性欠款多，经济基础薄弱。鉴于这种情况，陈阳利用省政协界别广泛的特点和个人人脉资源，协调捐赠款项10万余元，缓解了村里资金紧张的问题。

再穷不能穷教育。经济发展、乡村振兴更离不开教育。一年来，陈阳始终把扶弱帮困、捐资助学作为一项常态化工作，先后为丰田村捐赠了价值6万余元的学习书籍和办公用品，走访慰问了10余户贫困户，给几百个孩子发放了学习用品，资助困难家庭学生18人，并对彰武县职业学校25名贫困学生初步达成捐助意向。目前，共协调资金和各类物资折合人民币28万元。

突出文明建设 巩固文明成果

美丽乡村建设，是乡村振兴的重要组成部分。美化村容村貌、抓好村屯建设，则是美丽乡村建设的重要组成部分之一。

在村部的西侧，有一处空地，摆放了两个铁皮垃圾箱。由于时间长久，已经严重破损，村民就把垃圾随意扔在垃圾箱旁边，久而久之就形成了一个垃圾场。每到春夏时节，气味难闻，过路行人都远远避之。

这个垃圾场也成了陈阳初到丰田村的一块心病。要收拾这个地方，院墙是一户村民家的，长年不在村里居住。他想方设法找到了这户人家的联系方式并征得本人同意。

陈阳想把这块地平整后修一个三面的垃圾池，这样不但费用低，而且好施工。但是如果垃圾池放在明面，清理不及时依然会造成环境污染。于是，他前往阜新市，找到了阜新市城建局的负责同志，研究探讨此事。最后，决定将原来的垃圾场改造成小型村级休闲广场，这样不仅解决了垃圾污染问题，也为村民提供娱乐和健身场所。

施工费用由阜新市城建局承担一部分，剩余缺口部分，他找到了省政协委员帮助解决。两周的时间，空地垃圾清埋干净，地面铺上红砖，墙面经过粉刷，花池也修建完毕。

最后，陈阳从鲁迅美术学院请来全国学雷锋标兵——陆国斌教授为墙壁进行了绘画创作。现在这个小广场每天晚上都有大量村民在跳广场舞、扭秧歌、散步、乘凉，成为丰田村的一处景观，昔日破旧的丰田村如今变成了俏模样。

乡村振兴，美育助力。送教下乡，也是不可或缺的一项工作。今年初，省政协教科卫体委员会领导与沈阳音乐学院部分音乐教师到彰武县考察中小学美育教育工作，并就今年开展送教下乡活动进行沟通交流。其间初步探讨了培训县域内学校文艺骨干教师和助力宣传彰武县治沙精神等事宜。

6月底，省政协教科卫体委员会、沈阳音乐学院、彰武县领导在省政协召开了"音乐教育"帮扶专题协商会，计划今年年底以彰武县"治沙精神"为背景，创作一台大型文艺组歌，用艺术表达形式把彰武治沙精神代代相传。

使命在肩，重托如山。驻村工作开展以来，陈阳把一片真情洒向丰田这片热土，把脚印留在每个田间地头，用心用情助力乡村振兴，在乡村振兴的时代答卷上书写了驻村第一书记浓墨重彩的一笔。

"世上有朵美丽的花，那是青春吐芳华……"一曲《绒花》宛如天籁，曲调悠扬，飘荡在丰田村休闲广场的上空。

曲建智

2018年5月，曲建智被辽宁中医药大学附属医院派驻开原市城东镇开原站村任第一书记。4年多的驻村工作，他秉承党建引领建强基层组织，决胜脱贫攻坚，为民办事服务，取得了显著成绩，开创了"村美民富产业兴"的发展新格局。曲建智真心实意为村民服务，帮助村民解决难题，受到了领导和群众的充分肯定。他的驻村工作事迹先后在《辽宁日报》《铁岭日报》《党支部书记》、铁岭市电视台、开原市电视台等多家媒体平台报道。

"党建+" 开创乡村振兴新格局

——记辽宁中医药大学附属医院驻开原市城东镇
开原站村第一书记曲建智

初春时节，春寒料峭。位于辽宁北端的古城——开原市，寒风凛冽，气温还在零下10多度。驻村第一书记曲建智凌晨接到市疫情防控指挥部的通知，省内疫情多点频发。疫情就是命令，防疫就是战斗，清晨5点，天空刚泛白，冷空气还环绕着大地，曲建智与村两委赶到村口设卡。连夜设计方案、准备物资、部署现场，这场战役已经持续了一个多月，他一直坚守在第一线。

疫情无情人有情。曲建智于2018年5月驻村以来，就把开原站村当成了自己的家，把村民当成了自己的亲人。他一直坚守在疫情防控一线，任劳任怨；始终把村民的事放在心上，无怨无悔；坚持帮助村民脱贫致富，勤勤恳恳。他秉承党建引领建强基层组织，决胜脱贫攻坚，为民办事服务，取得了显著成绩，开创了"村美民富产业兴"的发展新格局。

党建+青春　让青春之花在乡村绽放

年轻有为的曲建智是中共辽宁中医药大学附属医院机关党支部书记，成绩斐然，前途似锦，在国家发起打赢脱贫攻坚战时，他向组织积极踊跃报名，加入这场战役中，用自己的青春诠释一名共产党员的责任与使命。

作为选派干部，曲建智到铁岭开原市城东镇开原站村担任村第一书记。初来乍到，第一书记的重任让他如履薄冰，但是没过多久，淳朴的村风、热情的村民让他感受到了家一样的温暖，也让他在这个村子扎下了根。

群众利益无小事，一枝一叶总关情。驻村的第一件事就是走访摸底，他对所有村民家逐个走访，在房檐下、在炕头上直接听取村民的意见和建议，很多村民热情地拿出黄瓜、玉米和柿子等农家果蔬让他品尝。"村民是多么的可亲、可爱，由于各种原因，有的家庭还处在贫困线以下，但我相信通过国家的帮扶、通过我们的努力，一定能带领他们脱贫致富的。"曲建智动情地说。

开原站村有622户2342人口，建档立卡户17户，低保户115户，五保户4人。一个小乡村，贫困人口比例还是比较高的，他挨家挨户多次走访建档立卡户和低保户家庭，登门拜访老党员和前任村干部，听村民说真话、讲实话，记下村里的急事、难事。

为了做好精准扶贫工作，他给全村贫困家庭建立一本科学管理台账，生病的、残疾的、高龄的、读书的，等等，渐渐地都在他的笔记本上记录下来，这些人也慢慢地住进了他的心里。

村民王大姐笑着对记者说："我们都知道曲书记的手机号码，家里的

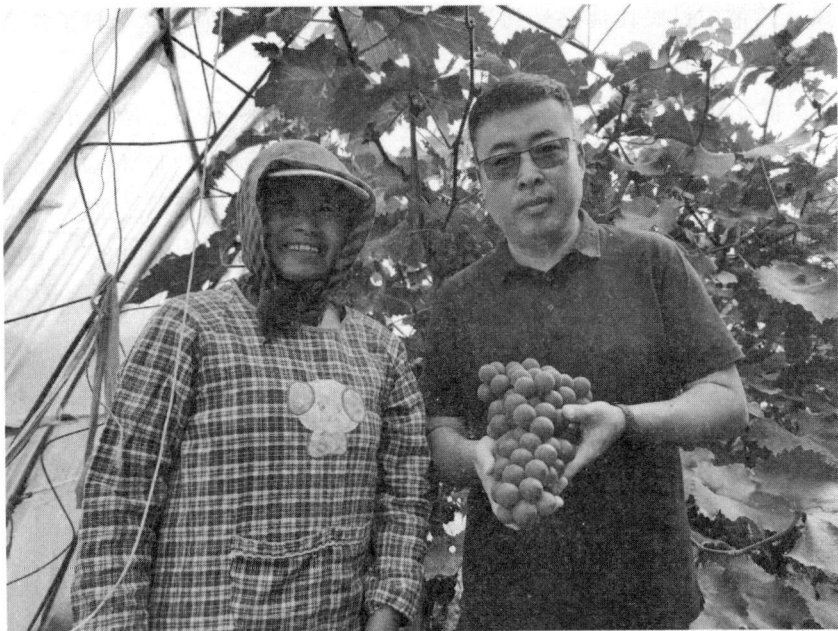

电视机、手机不会用，门坏了、玻璃碎了就打电话找曲书记，他马上就到家里帮我们解决，一点架子也没有。"

如何增加贫困户的收入？目前开原站村的绿色大米、土鸡蛋、葡萄、南果梨、地瓜及红玉大公鸡都是具有高品质的农家绿色食品，但是没有规模化生产，也没有固定的销售渠道，好东西卖不出去。曲建智决定从村里的实际情况、现有优势入手，在消费服务升级上谋思路。

2019年，曲建智组织成立了"开原站村合作社"，整合村里的农副产品，在提升产品品质的同时，从产品包装，品牌树立及商标设计上下功夫。他利用自己的医疗体系资源，找到沈阳市多家医疗系统单位和多家金融系统单位，逐步建立了"村企联动"消费帮扶平台，村里的绿色产品得到了消费者的认可，逐渐打开了市场销售渠道。

曲建智为避免村民有损失，采取订单式生产，年初与村民及贫困户签订农副产品的预购预售订单合同，让大家把心放在肚子里，把精力放在提升产品质量上，有了优质产品就不怕销售不出去，这样可以确保17户贫困户和乡亲们的每年收入得到充分的保证。

4年多的驻村工作，曲建智真心实意为村民服务，帮助村民解决难题，受到了领导和群众的充分肯定。他的驻村工作事迹先后在《辽宁日报》《铁岭日报》《党支部书记》、铁岭市电视台、开原市电视台等多家媒体平台报道。

党建+队伍　把乡村的战斗堡垒组建起来

曲建智的笔记本上写着这样一句话："农民富不富，关键在支部，一个支部就是一个堡垒，一个党员就是一面旗帜。"曲建智深深懂得这个道理，他以村"两委"换届为契机，配合镇党委选优配强基层组织领导班子，将党性原则强、工作责任心好的同志培养成党组织带头人。顺利完成村党支部书记一肩挑工作，配齐村委委员5人，35岁以下2人，同时发展了2名预备党员，更新储备村级后备年轻干部5人，为巩固基层党组织建设增强年轻力量，为推进乡村振兴奠定强劲的组织基础。

党心连着民心。他带领村两委班子，深入开展"不忘初心、牢记使命"学习教育活动，坚决贯彻执行"三会一课"制度。宣传党的政策和农村意识形态建设办法，逐步解决村里党员干部思想认识不到位、农村意识形态领域变异等突出问题，支委会上组织村"两委"学习民主决策制度和相关制度法规。在党课、党员大会中融入习近平总书记关于乡村振兴的重要讲话精神和典型案例，确保每一次会议都有"内容"，党员同志都有"思考"，逐步打消农民党员厌恶"开闲会"的情绪。

为增加党员的服务意识，让支部凝聚力进一步增强，曲建智通过认真开展"三会一课"、主题党日等党内组织生活，切实提升农村党员思想素养。结合党史学习教育，制定为群众办实事清单，结合每月党日活动实际，为村里百姓做实事，每月至少2件，将服务理念贯穿到平时工作中，协调解决群众之间的矛盾纠纷，做到了小事不出村，矛盾不上交；协调推进乡村水冲厕所试点工作，150户厕所经过多次整改验收，现已正常使用。

曲建智始终把脱贫攻坚第一任务和基层党建第一责任稳稳地扛在肩上、牢牢地抓在手里。在工作实践中自觉把脱贫攻坚任务纳入支部会议、组织生活会、民主评议党员和干部年终述职考核中，不断强化党员政治意识、榜样意识、致富意识。在支部全体党员的共同努力下，摸索建立起"党支部建在产业链上、党员聚在产业链上、贫困户富在产业链上"的党建促脱贫新模式。

党建+治理　助乡村成为安居乐业的美好家园

做好乡村基层党建工作，对治理好乡村有着至关重要的作用。正所谓"求木之长者，必固其根本"，一个坚强的乡村基层党组织，既是乡村发展的"火车头"，也是乡村治理的"稳压器"，还是村民生活的"主心骨"。

曲建智把党建工作与乡村治理紧密结合，将开原站村细化成9个网格，将网格员和党员中心户两个身份融合在一起，配备网格长1人，网格员9人，每个网格员不仅要走访自己网格中的重点人群，还为每个网格建立微信群，通过"线上+线下"方式建立了守望相助的网格化治理体系。不论是疫情防控、环境整治，还是村庄治理、纠纷调解，处处都有党员的身影，充分发挥党员先锋模范作用，切实解决群众的操心事、揪心事、烦

心事。

曲建智充分利用铁岭市综合治理服务平台，将村里的党建、综治、民政、疫情防控等信息及时上传下达，畅通网格服务群众渠道，促进在环境治理、打击邪教、信访稳定等方面发挥作用。他将涉及民生服务的民政、医保、劳动保障、司法等政策进行分类梳理，编印成便民服务单，发放到村民手中。特别是针对"老弱病残孕"等弱势群体，网格员提供"上门服务"，代办各类民生事项，为村民提供贴心服务，让村民有更多的幸福感和获得感，有效地提升了基层组织的服务能力和水平。

在乡村振兴战略实施的背景下，他在美丽乡村建设上想办法，找出路，多次和镇党委领导进行沟通交流，统一思想，决定治理村屯环境，打造"秀美城东"，建设安居乐业的美丽家园。

曲建智多次拜访省内知名视觉识别系统设计大师，为开原市城东镇及开原站村设计了标识，"秀美城东 向阳花开"乡镇标语应运而生。

他在多次积极努力下，为开原站村争取项目资金60余万元，为村修建休闲广场一处，修路2.7公里，建路灯30盏。在开原市财政局帮助下，为开原站村种了300棵海棠树。他争取到财政局壮大村集体经济项目50万元，为开原站村建一座375平方米的冷库，建成后对外出租，为村集体增加收入。现在的开原站村绿树成荫、鲜花伴路、风景如画。休闲广场上，干净整洁，灯光明亮，乡亲们的大秧歌开心地舞起来了。

近年来，开原站村坚持"党建+治理"有机融合，持续创新乡村治理实践，让乡村既充满活力、风景秀美又幸福和谐，走好走稳乡村善治之路，凝聚发展合力，为乡村振兴奠定坚实基础。

党建+产业 探索脱贫与振兴衔接的"产业密码"

2018年，曲建智决定开展产业扶贫工作。他经过充分调研了解到，在东北每年入冬买秋菜时，都流行的一句话"铁岭的大葱开原的蒜"，虽然开原的大蒜在省内小有名气，但是由于产量低，价格没有山东大蒜有优势，所以很难成规模。

曲建智就对如何提高开原大蒜的价值和价格进行深入思考，他找到辽宁大学生命科学学院和辽宁中医药大学附属医院的专家请教学习，在专家的大力支持和技术支撑下，通过调研论证，招商引资，成立了开原大蒜深加工产品——黑蒜饮品研发基地，并注册了"同膳元"商标。

经过120天的低温发酵，白白的大蒜变成了黑蒜，口感柔软，偏甜酸无刺激。为了让蒜粒保持很多的水分，全部制作过程中保持着潮湿的状态，它的外观近似果脯。这是因为经过长时间的发酵和熟成使大蒜中所含的蛋白质被分解为氨基酸，碳水化合物被分解为果糖，并完整保留大蒜所含的蒜氨酸。

黑蒜中含有的大蒜素具有广谱抗菌效果，它对几十种流行病毒及多种致病微生物都有杀灭作用。通过这样深加工的黑蒜，药用价值和营养价值都有了大幅度的提升，因口感软糯香甜，老少皆宜，产品已经批量生产上市销售。

2019年，曲建智为增加村民收入，解决剩余劳动力问题，通过招商引资引进一家省级人力资源企业在城东镇落户。辽宁汉之韵人力资源开原分公司通过一年半的发展壮大，在2020年公司成立了开原首家海纳人才市场及蓝领之家，为解决农村劳动力再就业问题起到很大的帮扶作用，同时对贫困户家庭中具备用工条件的孩子采取优先录取的原则，先后向世界五百强企业南京泉峰集团、铁岭中德电缆集团、青岛海尔输送劳务人员700余人次。2020年年初，由于新冠肺炎疫情的影响，村民外出务工成了难题。开原汉之韵人力资源公司为农民工包机到南京去就业。为党中央提出的"六稳""六保"工作奉献一分力量，及时有效解决了复工复产工作。

2020年，冬季招商百日攻坚行动刚刚开始，经过曲建智的协调引进，沈阳万昌置业有限公司成功落户开原市。该公司盘活了开原家和美商城闲置的107个商铺，正式启动集娱乐、培训、健身、餐饮于一体的综合体项目建设。该项目投资1亿元，为镇政府增加税收260万元。

这几年网络直播火热，曲建智通过第一书记的线上直播带货及参加农博会等多渠道推广及销售，村里的特色产品充分地得到了消费者的认可，年销售额达30余万元。他引领村民肖尚宇与妻子搭上互联网创业的快车，也开启了农村土特产直播带货，在村两委的帮助下，于2021年10月办起了黏火勺加工厂，每天可生产黏火勺1000多斤，带动周边村民20余人就业增收，在车间里直播黏火勺整个制作流程，吸引几千名粉丝，短短3个小时就售出黏火勺500多斤。

党建+健康　以健康文明之"魂"引乡村振兴之"路"

曲建智驻村后深入了解本村基本情况及百姓心愿诉求，大多数村民反映看病难、看病贵问题，因病致贫、因病返贫也是脱贫攻坚的难题。

为解决村民看病难问题，提高防病治病的意识，在曲建智的精心协调下，在辽宁中医药大学附属医院的大力支持下，医院选派10余名专家走进了城东镇，为百姓开展了健康讲座、义诊等活动。

"听说沈阳的专家今天给咱义诊，俺心脏不好，特意起了个大早，来找专家给看看。"9月27日一大早，城东镇卫生院里就整整齐齐排放好了20余张座椅，搭建起了大型义诊咨询台，周玉范和城东镇各村百余名老人早早就排好了队。

义诊现场，经验丰富的医务工作者，为村民量血压、测血糖、做心电图，来自骨科、心血管科、呼吸科、内分泌科等科室的专家细致解答村民的各类疑问，并针对不同症状和个体差异提出了合理的诊疗建议和治疗方案。

此次义诊活动共服务了百余人次，百姓对医务人员的服务态度和专业精神非常赞赏。"这个活动真好，俺这身体不好，平时去沈阳看病也不方便，这回专家上门来义诊了，俺这心里暖暖的！"开原站村54岁的村民刘艳云道出了许多村民的心声。

义诊结束后，为了进一步提高广大群众自我保健意识和健康水平，辽宁中医的专家名医又为一线工作者开展了健康讲座，并走进学校为学生讲授了如何防控新型冠状病毒等医疗知识。曲建智表示："今后，我会继续协调派驻单位将义诊活动持续下去，希望通过义诊为广大村民提供各类医疗服务，提高他们的健康意识。"

4年间，曲建智分别开展了"卫生健康服务助力精准扶贫活动""同心圆梦中医药文化进校园活动""'至上'党支部共建义诊活动"，这三场大型精准帮扶活动,城东镇的百姓受益、学生励志、政府欢迎。据不完全统计,辽宁省中医院开展的送医送药到乡村活动,到访义诊省级专家35名,医护志愿者55名,为城东镇百姓提供医疗服务1500余人次,为乡村振兴提供医疗健康保障。

陈浩南

　　2018年3月、2021年8月，陈浩南被沈阳航空航天大学先后选派到葫芦岛市建昌县老大杖子乡杏花村、辽阳市灯塔市铧子镇后屯村任第一书记。从帮扶贫困村到派驻红色试点村，针对两个村的不同特点，坚持抓党建促脱贫攻坚、促乡村振兴，让两个村都发生了翻天覆地的变化，在平凡的工作岗位上，做出了不平凡的工作事迹。2019年被辽宁团省委评为"我的青春在他乡"辽宁最美第一书记，2021年被党中央、国务院授予"全国脱贫攻坚先进个人"荣誉称号。

不负青春不负党　乡村振兴路上的"追梦人"

——记沈阳航空航天大学驻辽阳灯塔市铧子镇
后屯村第一书记陈浩南

　　25岁的退伍军人陈浩南，刚刚参加工作不久，就积极响应组织号召，毅然决然地投身于乡村振兴的大浪潮中。正所谓"初生牛犊不怕虎"。5年的驻村工作，他以满腔的干劲、只争朝夕的冲劲、勇立潮头的闯劲、滴水穿石的韧劲，迎难而上，开拓奋进，久久为功，用臂膀扛起如山的责任，展现新时代青年激昂的风采。

　　2018年3月，退伍后到沈阳航空航天大学党政办公室任机要员的陈浩南，被选派到葫芦岛市建昌县老大杖子乡杏花村任第一书记。2021年8月，陈浩南连选连任，又被选派到辽阳灯塔市铧子镇后屯村任第一书记。从脱贫攻坚到乡村振兴，他让两个村都发生了翻天覆地的变化。2019年被辽宁团省委评为"我的青春在他乡"辽宁最美第一书记，2021年被党中央、国务院授予"全国脱贫攻坚先进个人"荣誉称号。

以满腔热情的干劲激活基层党组织动力

　　陈浩南新婚还不到一年就主动请缨到脱贫攻坚一线，而且还主动要求去最偏远的地方——老大杖子乡杏花村，这体现了共产党员的初心使命，诠释了"退伍不褪色、退役不褪志"的军人品质，也展示了退役军人特别能吃苦、特别能战斗的特有风采。

　　驻村伊始，他时刻牢记"带班子、抓党建、谋思路、解民忧"的职责使命，牢固树立"指导不领导""站位不越位""帮忙不添乱"的工作思想，主动做好对上的"信息员""联络员"、对下的"服务员""勤务员"，迅速进入工作状态，积极主动融入村"两委"班子和党员群众，与群众面对面交流、心与心沟通，把握群众的思想脉搏，与群众打成一片。

针对贫困村党建工作较为薄弱的实际，陈浩南全力推动支部规范化建设，深入推进"不忘初心、牢记使命"主题教育工作，紧紧围绕抓"两委"班子建设开展各项工作，高标准落实"三会一课"和"两学一做"常态化制度。全面推行"四议一审两公开"会议决议制度，组织落实村规民约，制定为民服务全程代理工作制度。健全党支部"三向培养"机制，先后培养党员发展对象7人、入党积极分子5人、预备党员2人、储备村级人才7人，党支部的组织力、凝聚力和战斗力不断增强。

陈浩南驻村后，组织召开党支部委员会、党员大会、村民代表大会、党政联席会，先后邀请了沈阳市航空航天大学的专家学者和各行业的先锋模范等10余人赴村开展专题党课辅导，并多次带领党员干部参与扶贫帮困、参观革命旧址，组织考察经济项目等一系列支部活动。他还带领村干部开展走出去、看一看、学一学的系列调研活动，赴锦州市松山区巧鸟街道，河北禾生源公司，葫芦岛市、凌源市等地的乡村调研学习，不断开拓了新思想、新路子，有针对性地提升了村干部队伍的思想观念。

2021年，陈浩南又被组织部门选派到后屯村任第一书记。对已经有3年驻村工作经验的他来说，始终把抓好党建作为第一要务，坚持以党支部标准化、规范化建设为抓手，激发村干部、党员坚决巩固脱贫攻坚战成果、全面推进乡村振兴的内生动力。积极推进红色美丽村庄试点工作，全面推行"党群一张网、服务叫得响"，抓党建引领农村基层社会治理创新，建设了红色党员之家的党建智慧空间、红色步道、党建文化长廊，创新实行"732"模式工作法，带头推进"4+N"阵地建设，带领后屯村成功创建辽阳市党建规范化示范点，并先后协调经费9万余元，全面理顺了党支部规范化建设的进程和目标，形成党的一切工作到支部的鲜明导向。

以只争朝夕的冲劲破解农村基础设施难题

杏花村是全乡行政面积最大、居住最为分散的合并村，属两省三市的交界处，基础设施差，经济及社会事业发展落后，特别是面临着严重的道路出行困难，导致脱贫内生动力不足。出行难、吃水难、通信难、防火难"四难"是村民反映最强烈的问题。

"驻村工作不能是蜻蜓点水，要实实在在解决阻碍村民发展致富的实际问题。"年轻的陈浩南坚定地说。

"那几条烂泥路，坑坑洼洼，每到下雨和结冰更是寸步难行。几十年来，只能踩着河套出行。没有路，玉米卖不上价格，没有桥，学生们望河兴叹，乡亲们苦不堪言！"村民拉着陈浩南的手愁容满面地说。

为解决困扰全村的道路问题，陈浩南先后多次连夜开车往返沈阳和葫芦岛，跑遍了省、市、县的各级交通部门。好多材料和规划图都要上报。他一刻也不敢耽误，经常是饿了就在服务区吃泡面、在街边吃盒饭，困了就在车里眯一觉。经过不懈的努力，他协调资金413万元，解决了杏花村14.5公里的水泥路以及两座桥涵修建指标，还协调省交通厅解决老大杖子乡5处道路指标10.2公里，资金300余万元。

他协调移动公司在杏花村建设2座4G信号基站塔，投入资金60万元；协调市县水利部门的专项资金4万元为岔沟打了一口饮水井；协调价值20万元的SY-1200型护林防火无人机1台，以减轻全乡护林防火压力。

沈阳航空航天大学对陈浩南的驻村工作给予大力支持，在老大杖子乡建立了航空科普教育基地，连续两年线上、线下组织学生30余人开展支教活动，协调派出单位拨付活动资金11500元用于食宿路费。捐赠手工航模共计900架，参与小初高学生120余人开讲课程450余节，还为学生准备了价值1500元的文具奖品及衣物，把最新的国际资讯、丰富的百科知识、多彩的拓展互动融入课堂，开阔了学生们的视野，激发了孩子们对未来的渴望。

陈浩南还协调爱心团队为杏花村小学捐赠图书及文体物资1万元；为贫困家庭学生协调助学金累计2万元；协调沈阳航空航天大学为村部捐赠办公电脑3台、惠普打印机1台、复印纸10箱、硒鼓10盒等办公用品；为老大杖子乡建立党建工作室捐赠电脑2台、惠普多功能打印机1台。他的努力付出，有效提高了群众的满意度和认可度，为群众办实事解难题，打通联系服务群众"最后一公里"。

陈浩南在杏花村只有短短的3年，但他牢记驻村工作的职责使命，坚持用有限的时间推动自己无限地去做一些群众所期盼的事，涵养一颗"公心"，以乡村利益为重，为杏花村奉献青春力量。

以勇立潮头的闯劲推动乡村产业快速前行

产业振兴是乡村振兴的根本。陈浩南结合老大杖子乡总体发展和杏花村实际工作需要展开了扎扎实实基础调研工作，多次到田间地头与村民沟通交流，多方面听取意见建议。通过各项会议以及村两委班子共同研究，制订了以农民增收为核心，以发展新形势集体经济为重点，以特色种植养殖业为主导，以村民对美好幸福生活为向往的（2018—2020）3年发展规划。

有了规划就要有行动。2019年，陈浩南配合村"两委"成立了"杏花农业服务社"，为发展乡村集体经济做准备。

为了发展中药材种植项目，陈浩南先后自费到山西鑫铭源生物公司、本溪草河口种植中药材示范村、沈阳药材公司、河北和生源药材公司实地考察丹参种植项目并与企业签订合作协议。

在各级领导的大力支持下，2019年迈出了推进中药材产业发展的第一步，采取党支部引领、土地流转的方式，流转土地112亩，协调扶贫资金30万元。在调整农业结构种植中药材丹参过程中，先后遭遇了除草剂药害、季节性干旱、台风"利奇马"灾后虫害等种种困难而造成大面积减产的现象。为竭力挽回损失，解决经验不足等问题，陈浩南又自费协调沈阳通航研究院无人机喷洒农药解除药害，协调省农业科学科院隋国民院长派专家组董海教授一行实地进行技术指导。经过多方努力，该项目得以顺利发展。该项目先后带动杏花村劳动力50余人，每户均增收1500元以上，经济效益和社会效益效果显著。

2020年，发展小尾寒羊养殖项目时没有资金，陈浩南自己无偿拿出1万元，并号召先锋党员带头入股，共协调资金10余万元，采用"党支部引领+先锋党员示范+贫困户"的股份制分红形式，在杏花村废旧学校旧址建立了杏花养殖繁育羊基地。

项目建设地点属村集体建设用地，该项目区占地面积约4亩，现已修建出羊舍8间，料房2间，场院围栏112平方米，深井一眼，值班室一处，办公住宿及厨房一处。2020年4月底购买寒羊45只，目前已增加到85只繁育羊，2021年又申请资金70万元采购繁育羊200只，年底已达到存栏450只，村集体经济收入达到5万元。

2021年，陈浩南经历几个月的协调和沟通，沈阳航空航天大学党政办公室帮助杏花村统一制作小米包装袋，并对接沈阳航空航天大学校友会及学校工会，回收杏花村优质小米，与沈阳航空航天大学签订11.3万元的销售合同，为杏花村直接带来集体经济收入3万元。

在脱贫攻坚有效衔接乡村振兴战略的关键时期，为达到巩固脱贫成果、坚决不返贫的目标，他经过几个月的努力，终于促成了辽西国药集团与杏花村建立帮扶措施，为杏花村124户贫困户捐赠米、面、油、常用药品等生活物资5万元，扶贫资金5万元整，全部用于巩固杏花村脱贫成果。他又邀请企业家协会在杏花村建立定点帮扶并向贫困户捐赠扶贫物资2.3万元，为下一步帮助杏花村实现乡村振兴战略奠定基础。

2021年7月，即将离任的他仍然放心不下杏花村的工作。他继续协调辽西国药集团为杏花村签订企业长久帮扶计划，捐助资金5万元，保障建档立卡户防止返贫生活物资5万元。

在杏花村工作期间，陈浩南协调邮储银行，将杏花村申请为信用村，村民们享受无担保、低利息的优惠贷款政策。

看到杏花村的发展道路越蹚越宽，新班子干事创业底气十足，他才奔向了新的驻村岗位。

以滴水穿石的韧劲打造乡村红色文化旅游

"驻村工作对我们这些年轻党员来说，是一次综合能力的提升，更是一次难得的历练，我一定要干出成绩来，绝不辜负乡亲们的期望。"这是陈浩南对乡亲们说的一句话。

后屯村位于铧子镇西北部，是著名抗日英雄李兆麟将军的故乡，属辽宁省红色旅游基地。陈浩南到后屯村后，走遍了村子的家家户户，调研掌握情况后，第一时间协调财政局、交通局、文化和旅游局、宣传部、发改委等部门，努力解决乡村旅游车辆与农业生产运输车辆抢行、旅游配套设施不健全等问题。先后协调上级资金170多万元，新修高标准田间作业道1.5公里，修建停车场500平方米、公共厕所2栋，以红色乡村旅游带动其他产业发展。

他积极协调辽宁广电集团、抖音新媒体等开展助农活动，将辽阳的特色农产品带进辽视春晚，累计线上宣传推广30万人次，为建立乡村直播平台奠定了基础。他带领后屯村创建辽峰葡萄种植基地、隆丰笨榨豆油作

坊车间、生猪养殖等经济项目，村集体经济增收19.2万元以上。

陈浩南推动沈阳航空航天大学与后屯村实行乡村振兴责任捆绑，与派出单位共同开展了推动红色村组织振兴建设为主题的联建活动，签订战略合作协议。特别是聘请建党百年全国先进基层党委书记翟文豹同志作为后屯村红色村组织振兴建设的特聘专家并实地调研指导乡村振兴战略。

后屯村新修建了李兆麟将军故居、灯塔抗日史馆、兆麟公园、李兆麟将军纪念塑像，全面系统地编制了《2022—2035年乡村振兴战略 后屯村红色美丽村庄总体规划》，积极完成了招商引资鸿瑞石墨企业项目，扩大集体经济收入，进一步夯实了富民强村建设进程。

后屯村将紧紧围绕红色党组织建设、红色教育阵地建设、乡村振兴产业发展、乡村治理体系建设、美丽村庄建设等五大核心部分，全力打造集果蔬采摘、红色旅游、教育培训、家庭度假、通用航空旅游、新能源项目及康养结合于一体的复合型精品文化旅游特色村落。

青春孕育无限希望。在奋斗成长的道路上，陈浩南无论是面对晴日还是风雨，都能找准自己的人生坐标，坚守成长的"价值密码"，在人生的赛道上书写无愧于新时代的青春篇章。

以舍身忘我的勇劲打赢乡村疫情防控阻击战

面对艰难困苦不低头、矛盾斗争不退缩，遇到硬骨头敢于"啃一啃"、礁石敢于"碰一碰"，遇到湍流敢于"蹚一蹚"，这是新时代青年最典型的品质。

2022年3月，面对辽宁多地出现奥密克戎病毒输入疫情的特殊情况，辽阳灯塔市发出了排查密接的预警信息。本可以正常周末休息回家的陈浩南，选择了留下来。村书记劝他说："周末了回去吧，小陈，现在也没什么事，不用这么紧张，有事了我们给你打电话你再回来呗。"

陈浩南开着玩笑说道："再待几天，疫情真要波及回来就不赶趟了，我再陪陪大家，这周先不回去了。"可谁也没想到就这样一句玩笑话，让他一晃就在村子里工作了两个多月。

"迅速封控各村屯主要道路，设置防疫卡点，开展全员核酸检测任务。"突然之间，辽阳灯塔市按下了暂停键，这是陈浩南连续3次参加特殊时期的疫情防控工作了，有了前两次的防控经验，他十分沉着冷静地召集"两委"班子，快速进行布置，迅速将各项任务划分土次，定岗定责。

"静态管理封村设，短时间内培训工作人员防疫知识，发起群防群治任务清单，组建党员先锋队、病毒消杀队、青年志愿者突击队，科学化安排全员核酸检测现场。"一套组合拳在陈浩南的指挥下有序落实。

陈浩南说："驻守一线，做好百姓带头人，是我们的使命，也是我们荣誉。这次抗击

疫情，形势严峻，党员当先，如果有什么事，我年轻，我先冲!"

全村的每一项防疫工作他都精准部署，有条不紊地组织开展各项工作，村子里的人不论是党员干部还是群众，都对这个小伙子竖起了大拇指。在防疫每一处都有着小陈书记的身影。"感觉小陈书记在村里工作，大家伙都很有安全感，他还主动捐款3000元，在他的带头下现在村里的捐助都过万了呢!"村会计张勇自豪地竖起大拇指。

"我是党员又是驻村第一书记，有什么困难和问题大家来找我。"面对疫情复杂形势，陈浩南给大家伙留下印象最深的就是这句话。"我们家喂猪饲料没有了""糖尿病犯了快没药了""吃的东西也快没有了"，村民袁某不幸被钉子将脚扎穿，大量失血、情况危急，陈浩南与村书记火速赶到现场并联系镇派出所协调急救，第一时间把村民转运至医院输血救护。

虽然每天都奔波忙碌得连饭都顾不上吃一口，但他心里却是幸福的，因为他清楚"封控好一个村，可以温暖一座城"。

青春迷人的魅力，不仅在于能够在人生赛道上挥洒汗水、追逐梦想，更多的是用默默的奉献、平凡的事迹书写人间大爱。

心系乡村

张波

　　2018年，张波被沈阳市市场监督管理局选派到新民市后营子村任第一书记。驻村工作3年多，张波通过多方努力，争取到省、市帮扶资金物资合计资金236万元，为后营子村解决了一系列困难和问题，后营子村的村民把张波书记亲切地称作"及时雨"，贫困低保家庭的"及时雨"，农村春耕生产的"及时雨"，推进军民共建的"及时雨"。

甘当村里的"及时雨"

——记沈阳市市场监督管理局驻新民市后营子村第一书记张波

后营子村的村民把张波书记称作"及时雨"。记者问他:"张书记,您是跟'及时雨'宋江一样在村里仗义疏财,扶危济困吧?"快50岁的张波却满脸羞涩不好意思地说:"都是村民乱喊的,我只是做了自己应该做的事。"

张波2018年3月由沈阳市市场监督管理局派驻到新民市新柳街道后营子村担任第一书记。3年多的驻村帮扶工作,及时为后营子村解决了一系列困难和问题。现在,后营子村成了张波的第二故乡,他深深地爱上了这片土地,一腔深情播撒在这里。

村书记王建勋说:"我们真心希望张书记能够在我们村多待几年哪。"

战"疫"一线上的"及时雨"

"第一书记、第一使命,关键时刻、我就该上!"自疫情暴发以来,张波因外出需居家隔离14天,隔离解除后,他立即返回村部。如何做好农村疫情防控工作?张波与村党支部书记王建勋、村主任叶荣昌研究决定:"严防死守,设卡防控,不漏一户一人。"后营子村共有451户1605人,要切实做好本村疫情防控工作,在做好摸排统计的同时,还要做到户户上门、人人见面,将疫情防控的知识宣传到位,让群众入脑入心。疫情防控期间,田间地头、院坝街沿到处都能看到张波的身影。

张波在疫情防控一线发挥主心骨作用,深入一线靠前指挥,既当"指挥员"又当"战斗员"。在入户排查时,不慎脚崴了,他深知此次疫情防控工作的严峻性,轻伤不下火线,还像往常一样,和村干部吃、住在村部,一起开展防疫各项工作。

　　“我不走，村民才放心。”这是第一书记张波最近常挂在嘴边的一句话。他说："现在是疫情防控的紧急时刻，村里百姓需要我，我是一名共产党员，在困难面前不能退缩。"

　　随着疫情日趋严峻，村里的防护口罩等医疗物资极为短缺。张波多方联系，为村里捐赠口罩200个、医用手套500个、消毒泡腾片5瓶、84消毒液3箱等防疫用品。这些物资的及时驰援，极大程度上缓解了村疫情防控阻击战一线的物资短缺问题。

　　张波说："新型冠状病毒疫情牵动全国人民的心，作为第一书记，就得急群众之所急、想群众之所想，希望这些物资能尽快发放到各个岗位的一线工作人员手中及所需群众手中，以解燃眉之急。"

美丽乡村建设的“及时雨”

　　张波第一次来到后营子村，映入眼帘的是破损严重的沙石路，春风一吹，黄沙满天飞，夏季连雨天，出门满脚泥，乡村环境苦不堪言。

　　在城市里长大的张波从来没有看到过这样的农村情景，他深深地皱起眉头，这就是他要帮扶的村庄吗？但是组织上信任他，选派他到乡村担当精准扶贫乡村振兴的重任，这让他感受到肩上的责任与担当。他用了一个月的时间将民情村貌摸排了一遍，把村民的意见和建议逐条登记，并即时召开座谈会、党员大会、群众代表大会，对梳理出的问题进行协商解决，把村民呼声最高的热点、难点问题当作首要解决的问题，他决心要实实在在为村民办实事。

村主任叶荣昌介绍说："村中道路年久失修，造成村民多年来出行不便，成为制约村民致富的'瓶颈'，我们村两委申请报批十多年了，一直没能得到解决。"

后营子村距离新民市区只有3公里，距离沈阳市区也只有1个多小时的车程，为什么乡村经济发展不起来？

一路通，百业兴。张波理清思路，要带领村民走上致富路，把路修好是第一步。

张波了解到要想修成道路，那是困难重重，村里十年没完成的计划，他能办成吗？张波不服输的犟劲上来了，他多次跑省交通厅、省财政厅、市交通部门等机构，找朋友、请专家，认真研究政策、准备申报材料，锲而不舍申请修路专项资金。

经过几个月的奔跑，他最终为村里争取了7.8公里水泥路维修专项资金。王建勋书记说："我们知道这事太难办了，原来对张波书记没抱多大希望，没想到这事他真办成了，要来了171.6万维修资金，可解决我们村里的大问题了。"

道路施工期间，张波和村两委班子成员轮流驻守在工地上，精打细算，保质保量，协调村民，确保工程顺利完工。村民更是积极配合，占用了哪一家的田间地头，需要哪一家扒掉围墙，村民二话不说，不要赔偿，全力保障施工。

看到挖掘机、压路机、推土机等大型机械把原本泥泞的路变成了柏油路，村民们纷纷走出家门，掩饰不住脸上的笑容，既惊讶又高兴。一直说要修的泥泞路，在"第一书记"的支持下顺利完成。解决了村民的一块心病，同时也保证村民出行安全，改善了村容村貌，伴随着一条条新村路的延伸，也带动了乡村经济的发展。

现在走进后营子村，一条宽敞平整的水泥路通到家家户户，路两边干净整洁，新装的路灯照亮了村民的心。路通了、灯亮了，村民的心敞亮了。谈起村里的变化，村民们对张波赞不绝口，说他就是村里的"及时雨"。

贫困低保家庭的"及时雨"

70多岁的吴巧莲老人现在是村里的"红人",因为张波书记常常到她家,她跟张波成为好朋友了。

张波帮助她申请了危房补助款,亲自带领工人把年久失修快要倒塌的房屋修缮好,吴巧莲老人再也不用提心吊胆地生活了,每天晚上可以睡个安稳觉。

记者到她家时,她开心得像个孩子,拉着张波的手不放,"大侄子,感谢你呀,让记者多给我们在新屋前多拍几张照片留作纪念。"

后营子村现有低保贫困户19户,张波通过调查走访这些贫困户,掌握了第一手材料,因病、因残或年老没有劳动能力是贫困的主要原因。

张波利用自己的工作资源优势,积极调动沈阳市工商局个体私营企业协会的能量,组织沈阳德氏企业集团有限公司等8家民营企业在新柳街道后营子会议室与村里全体党员共聚一堂,共谋发展,开展扶贫帮困和项目对接活动,企业家和爱心人士现场为困难党员捐赠价值万余元的慰问品。

沈阳市工商局企业信用监督管理处全力支持张波的扶贫工作。党支部书记冯新带领全处7名党员干部到后营子村组织开展"五个一"帮扶活动,捐赠了学习书籍,走访困难群众,并送去了慰问品。冯新书记等一行走访慰问了刘桂武、王亚志等2户结对帮扶贫困农户,给他们送来了大米、面粉、食用油和牛奶等生活用品,了解他们的生产生活情况,鼓励他们树立信心,增强内生动力,因地制宜发展产业,早日实现脱贫致富。

张波了解村里帮扶对象的基本情况、经济来源和帮扶需求,对贫困村民致贫的原因进行了准确的分析,并针对本村实际困难提出了脱贫的具体措施和建议。他积极协调中国航油集团辽宁公司一行20余名党员、团员来到新柳街道后营子村,开展"抓党建 促振兴"帮扶对接活动,并带来了价值2万余元的书籍、文体用品和慰问品。并与贫困低保户结成帮扶对子,确保贫困户生活得到保障。

张波通过朋友结识了辽宁省福建商会党委书记、中港石化集团有限公司总经理林瑞添。这几年,辽宁省福建商会为精准扶贫做了大量工作,林瑞添总经理得知张波是驻村第一书记时，便决定到新柳街道后营子村开展送温暖、献爱心扶贫帮困活动。春节前，辽宁省福建商会林瑞添总经理一行5人为全村低保困难户赠送了米、面、油等价值6000元的慰问品，在这寒冷的冬日用实际行动为贫困村民送去了温暖和关爱。

张波积极调动社会力量，认真贯彻落实习近平总书记关于精准扶贫、乡村振兴的总体要求，充分发挥民营企业的社会责任，发挥福建商会的桥梁纽带作用，开展产业扶贫、消费扶贫，不遗余力帮助后营子村找到合适的脱贫致富项目，并促进项目尽快落地。

农村春耕生产的"及时雨"

春耕在即，张波立即走入田间地头，深入村民中间开展调查，通过走访得知部分困难村民春耕所需化肥还有很大缺口，春季播种之前化肥还不能到位，误了农时就会影响一年的收成，就会让这些困难家庭更雪上加霜。望着他们焦虑的表情，他这心里也跟着着急呀！张波心里想：一定要想方设法解决他们的困难！说干就干，立即着手联系。

张波通过朋友得知一个信息，一些化肥厂家为了推广市场，每年都要投入少量的化肥让农户免费试用，这可真是好消息。

他开始广泛动员朋友、同学、同事和亲属一起帮联系，人多力量大，真是功夫不负有心人，终于联系到3家有捐赠意向的化肥厂家。他又对这3个厂家的品牌、质量和信用情况进行了考察和筛选，最终确定了辽宁盛

源肥业科技有限公司。这家企业作为中科院沈阳生态研究所的研发基地，产品质量和企业信用俱佳。公司负责人听张波介绍情况后，表示可以扶贫帮困、奉献爱心，也要尽企业的社

会责任，决定为困难村民无偿捐赠化肥6吨，价值近20000元。

4月19日，化肥运到村里，交到困难村民手中，中科院沈阳生态研究所的专家现场对化肥使用方法进行详细讲解，并表示会跟踪服务。

村民刘贵武一边搬运化肥一边开心地说："张书记，真是及时雨呀，这下不会耽误我们种地了，城里来的干部真给力！"

望着村民们忙碌着往自家小车上搬运化肥的身影，每人脸上都荡漾着喜悦的笑容，张波长长地舒了一口气，终于赶在春耕前让这些困难村民领到了足够的化肥。

推进军民共建的"及时雨"

一个偶然的机会，张波在朋友处获悉，辽宁省军区认真贯彻落实党中央、中央军委关于精准扶贫的战略部署，发扬人民军队的光荣传统，坚决打赢精准扶贫攻坚战，拟与乡村基层党支部组织开展共建活动。

这个消息让张波兴奋不已。于是，他多次来到辽宁省军区，向有关领导介绍后营子村的实际情况，力邀军区领导到村考察，在他的努力下，最终辽宁省军区沈阳第八干休所与后营子村组成共建单位。

辽宁省军区沈阳第八干休所陈水平所长和黄茜政委多次来到后营子村。为村里投资6万元安装了35个太阳能路灯，并向村党支部赠送办公用品和投影设备，用于党员学习教育和村民文化娱乐活动。

为了充分发挥部队优势，创新党建工作，沈阳第八干休所黄茜政委邀请3位离休老首长来到后营子村担任党建工作辅导员，把人民解放军的优良传统和丰富的党建工作经验传授给村党组织，村党组织以抓好基层党建工作为引领，落实"三会一课"和"两学一做"制度，深入开展"不忘初心、牢记使命"主题教育活动，增强村党支部的凝聚力和战斗力。通过党组织共建活动，后营子村的党建和精准扶贫工作开创新的局面。

为了让困难党员群众和退伍老兵感受到部队的温暖，部队领导多次走访慰问了张庆阁、陈亚德、张礼、汤玉兰、邓凤茹等贫困农户，给他们送上了大米、面粉、食用油等生活用品，了解他们的生产生活情况，鼓励他们树立信心，增强内生动力，因地制宜发展产业，早日实现脱贫致富。

为了关心关爱留守儿童，让这些孩子能健康成长，沈阳第八干休所向后营子村15名留守儿童赠送学习文具用品，黄茜政委详细询问了他们的学习和生活情况，鼓励孩子们努力学习，将来以优异的成绩奉献社会和报效国家。孩子们拿着新书包文具，红红的小脸荡漾着幸福的笑容。

为了增加村民健康意识，方便村民就医看病，辽宁省军区沈阳第八干休所邀请北部战区陆军总医院的医生为村民进行了体检，为村民开办健康讲座，一对一传授健康知识，解答村民疾病问题，搭建了院村健康直通车。军民共建充分体现人民解放军在脱贫攻坚战中的无私奉献和优良作风，让全体村民感受到党和政府的温暖和军民鱼水之情。

八一建军节这天，张波代表后营子村将"军民携手促振兴，扶贫帮困见真情"锦旗送到辽宁省军区沈阳第八干休所，郑重而激动地交到陈水平所长、黄茜政委手上，以感谢干休所对后营子村的帮助。

沈阳第八干休所与后营子村开展党组织共建活动三年多的时间里，在后营子村助贫、助医和助学方面给予大力支持，后营子村是军民共建最大的受益者。

张波经常说："真诚待人，踏实做事，在驻村工作期间尽最大努力为村里多办实事，让更多的村民受益，让贫困村民尽快脱贫致富，让驻村工作更有价值和意义。"

3年来，张波通过多方努力，争取到省、市帮扶资金物资合计资金236万元，其中帮扶资金226万元，帮扶物资价值10万元。为做好扶贫开发与乡村振兴工作，张波经常穿行于农田村户，与农户沟通交流，与村"两委"班子建立相互间的信任。他以党建为抓手，产业为动力，人才为基础，坚定向"产业兴旺、生态宜居、乡风文明、治理有效、生活富裕"的目标坚实迈进，并为后营子村制订了3年发展规划。

郭东峰

2018年3月，郭东峰被沈阳市农业发展研究中心选派到沈阳市法库县四家子蒙古族乡红砂地村任第一书记。驻村期间大力发展"村集体羊村民代养"和"红砂地农业服务中心"两个集体项目，争取到"法库县2018年乡村振兴项目"资金，开启了农业农村高质量发展的新动能，增加村集体收入和农民收入。2019年，郭东峰被法库县委县政府授予"十佳第一书记"光荣称号。他曾有誓言："为了祖国第一个100年，奉献3年。"

尽心尽力念好"扶贫经"

——记沈阳市现代农业研发中心驻法库县四家子蒙古族乡红砂地村第一书记郭东峰

8月，烈日似火，火辣辣的太阳毫不留情地烤晒着大地，仿佛一个巨大的笼子让人透不过气来。郭东峰正带着小组成员顶着烈日挨家挨户对贫困户进行普查，听说记者来到村里，急急忙忙赶到村部，脸庞黝黑、风尘仆仆的汉子就出现在眼前。

3年多的驻村生活已经让他从白净书生彻底变成了村里人。通过与郭东峰几个小时的交谈，记者被郭东峰3年多的驻村经历所感动。是他的到来让原先落后的红砂地村发生了翻天覆地的变化，村民的幸福感、获得感有了显著提升。

"致富羊"开启红砂地村致富大门

2018年3月，沈阳市农业发展研究中心选派郭东峰处长到红砂地村任第一书记。当时的郭东峰也是快50岁的人，从小又都是在城市里长大，对农村情况了解甚少。

作为第一书记，如何开展工作？如何3年之内打赢脱贫攻坚战？郭东峰紧锁眉头苦苦思索，他开始主动挨家挨户到村民家中走访，坐在炕头上和百姓唠家常，深入了解每家的实际情况。

四家子蒙古族乡红砂地村地处偏僻，一直以来以种植玉米为主，加之村里老龄化严重，收入途径单一，发展的脚步始终踌躇不前。如何让村民走上脱贫致富的道路成为郭东峰工作的重中之重。为此，他到朝阳、锦州等地深入调研种植、养殖业的发展方向，到各科研院所探讨咨询发展模式，并与村委会反复推敲，最终大家一致认为发展养羊是现阶段脱贫和壮大村集体经济最快、最好的办法，尤其是小尾寒羊，繁殖率高，得病率小，抗风险能力强，最终他选择了这个项目，村委会采用委托方式将村集体繁殖羊交给农户养殖，村委会承担市场风险、技术培训等。

2019年，红砂地村通过法库县人武部9.98万元帮扶资金，帮助9户农户代养村集体羊，每户发放小尾寒羊12只（11只母羊，1只公羊），每只60—80斤。农户负责提供符合标准的养殖场地、所需饲料、防疫疫苗、种羊繁殖等一切食料、费用、管理，并负责养殖风险。一年后村委会收回发放羊原斤数乘以130%的价值，剩余母羊和多生产的小羊归农户所有。今年年初第一批养殖户合同期满，最多的农户通过代养殖村集体羊一年净挣2万元，村集体一年也收入33000元。

为了选项目，抓好羊，郭东峰把自己的汽车进行油改气，降低成本，多次开车到外地了解市场。在寻羊期间因为连续工作21小时，累得在路边就睡着了。村书记程占军说："我从来没见过这样的第一书记，郭书记这样拼命工作，我们自己有什么理由不努力？"

今年"五一"，郭东峰又开着车，踏上了寻羊之路。他再一次带着村干部、村民组团，两天驱车1000多公里到朝阳市建平县，一个一个村屯

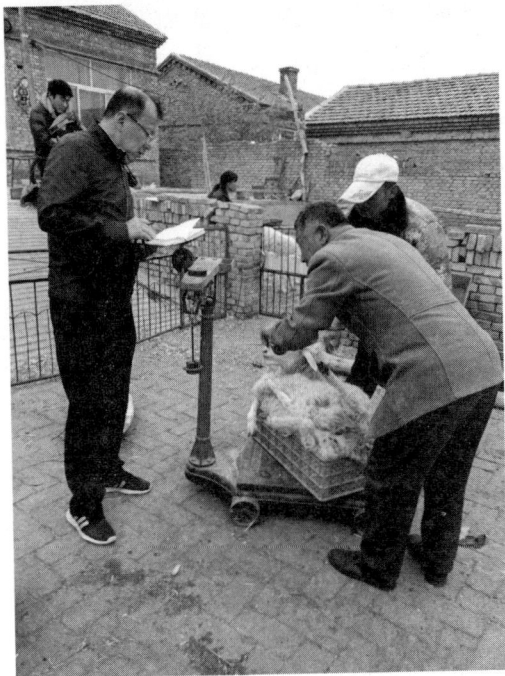

进，一只一只精心挑，只为了保证羊羔质量，找出真正的"致富羊"。

红砂地村在去年发展9户"村集体羊村民代养"模式取得成功的前提下，今年又发展13户村民代养羊。近日，红砂地村召开村民代表大会研究今年的代养羊计划，去年代养羊户尝到了甜头，今年报名的人非常多，看到村民如此积极参与，郭东峰脸上洋溢出了灿烂的笑容。

2020年是脱贫攻坚的关键一年，贫困户能不能顺利脱贫是考验第一书记和村"两委"班子的重要指标。通过多次征求建档立卡户意见，村两委班子反复研究、想办法，最终村集体决定利用村民代养羊盈利资金为村里6户建档立卡户，分别发放价值约5000元的两只大母羊。羊在建档立卡户家代养一年，一年后，两只母羊和下的小羊羔都无偿归建档立卡户所有。

目前有几户的母羊已经生产小羊羔了，村集体帮助他们找到了一条自力更生的道路，实现了帮扶从输血到造血的转变。

"农业服务中心"让村集体经济走向快车道

要发展村集体养殖业，不仅需要有养殖场，还要有养殖中转站、机械存放库等。红砂地村没有集体土地，更没有钱，郭东峰为了能让项目顺利落地，自己掏钱垫付了55000元购买了一块地，他要带头做第一个"吃螃蟹的人"。他自己找专业人员为养殖场设计图纸，做预算，跑各部门审批，通过政府招投标，项目落地。经过几个月的基建施工，养殖场顺利建成，这大大提高了村集体的社会效益和经济效益，拉动了经济模式升级。

郭东峰全心全意为红砂地村谋发展，为了发展村集体经济，他通过两个月的努力，一个一个部门跑，一件一件事落，把不可能变成可能。2019年7月30日，"红砂地农业服务中心"挂牌成立，主要经营种植、养殖、农机、网店、第三方服务等业务，为今后带领全村百姓致富打下基础。

红砂地村有了"村集体羊村民代养"和"红砂地农业服务中心"两个集体项目，郭东峰又争取到了"法库县2018年乡村振兴项目"资金，此项目以实现农业农村高质量发展为主线，以增加农民收入为核心。"法库县2018年乡村振兴项目"包括投资116万元养殖场项目，其中拖拉机头、机械玉米饲草方捆打包机、多功能四轮农用旋转搂草机、铲车等设备投了52万元。

春耕时节，通过争取乡村产业项目购买的秸秆打包机、拖拉机、搂草机、旋耕机、播种机已投入生产。郭东峰和村书记每天都组织人力运输、联系用户、为工人买盒饭、买机器配件，和大家吃在地里、干在地里，天黑才能回到冬无取暖、夏无空调，又不能洗澡的宿舍，脱去满是灰尘的衣服，还要仔细地把每天的明细账记清楚。

郭东峰说："能想到的困难都不是困难，最大的困难是你不知道往哪个方向走，该怎么走。"

为了搭上电商经济的快车，让村集体可以乘风发展，2020年6月，郭东峰带领村干部与沈阳市供销合作社多次协商，成立了法库县红砂地村供销合作社有限公司。市供销合作社、红砂地农业服务中心、村里企

业联合成立电商直播平台，供销社提供10万元直播设备，村集体负责管理，企业负责平台运营，为乡村农产品搭建销售平台。

"第一书记"既当指挥员又当战斗员

2020年大年初一的晚上，郭东峰和家人一样看着《新闻联播》，看到国家召开疫情防控工作会议，要求把疫情防控工作作为当前最重要的工作来抓，党员干部要靠前指挥。作为第一书记的郭东峰立刻意识到事情的严重性，马上联系村书记程占军了解情况，分析研究村防疫工作思路，并编写了《致红砂地村全体村民一封公开信》在村微信平台上发布。

初三早上，郭东峰回到村里与村党员干部并肩战斗，宣传疫情防控，发放公开信，禁止村民聚会，快速组建党员突击队、设置入村检查卡，成立消毒组、宣传组，逐户排查外来人口。为了保护村民和工作人员安全，郭东峰要求登记时各组尽量不进屋接触人群，零下15摄氏度在门外完成登记，虽然手冻木了，笔冻不出水了，但是红砂地所有村干部没有一句怨言，充分展现了红砂地村党员干部的凝聚力。

郭书记的汽车又派上了用场，大喇叭安装在车顶上，每天开着车各个屯不停地宣传。他每天在一线，既当指挥员又当战斗员，既要布置每天工作，又要开车宣传几小时；既要深夜检查工作，又要上岗执勤；既要安抚党员干部的情绪，又要调解群众意见；既要填报表格整理文件，又要传达市里疫情防控精神。

为了让每名群众都平安地度过疫情，郭东峰事无巨细，每天工作直到深夜，甚至在疫情期间连续工作23天。在党员捐款活动中，郭东峰要求必须通知到每名党员，他和村干部顶着大雪通知每名在村党员。通过疫情的考验，党员干部增加了凝聚力，更加强了基层党支部的战斗力。

"牛鼻子"是打赢脱贫攻坚战的关键

郭东峰常常研读《习近平的七年知青岁月》这本书，两年多的时间里，他自己的思想也发生了很大变化，作为一名党员、一名驻村干部，为谁服务？为谁工作？他更能体会到坚持以人民为中心，发挥个人和派出单位优势，为民解难事、办实事、谋福祉，赢得村民的好口碑，让党在农村的执政基础进一步得到巩固的深刻含义。

打赢脱贫攻坚战，必须抓住乡村基层党组织这个"牛鼻子"。

郭东峰刚驻村时，村干部对开展党建工作畏难情绪很重，脑子里只一个"难"字。他贴近实际，结合十九大，将惠农政策、养殖种植知识灵活多样地融合成"三会一课"。上党课内容贴近实际，语言接地气，把村里的成绩传达给党员，把村党支部发展方向传递给党员，给党员以信心和力量。

"基层党组织和党员干部既要当好乡村产业项目的组织者、推动者，又要当好群众利益的维护者。"郭东峰的党课生动活泼接地气，非常受大家的关注和喜爱，因为党员干部都想听听村里又有啥新变化，党又有啥好政策。程占军书记感慨地说："以前召开党员大会，参会者寥寥无几，现在的会议室座无虚席，都喜欢听郭书记的党课。"

2018年"二先一优"活动中，红砂地村被评为县优秀党支部，这是红砂地村第一次被评为优秀党支部。2019年，郭东峰被法库县委县政府授予"十佳第一书记"光荣称号。2020年,红砂地村在全乡率先开展村"两委"班子一肩挑工作,郭东峰担任村选举委员会主任,主持选举全过程,选举工作全程依据"四议一审两公开"规范操作,选举结果无任何异议,顺利完成选举工作。

郭东峰加大宣传党的好政策的力度,把农民增收致富作为工作重点。陆续修缮了红砂地村村部、升级了党员活动中心、更换了党建宣传栏、扩建了村文化广场、绘画了村广场文化墙,农户家家通上了自来水。

在开展学习强国软件下载和学习工作初期,郭东峰和村干部走访了全村52名党员家,宣传学习"学习强国"及组织相关要求。并克服了学习强国推进要求时间紧,农村党员居住分散,有白天上班的,有出外打工的,老党员不会用智能手机等问题。他开车和村"两委"一起跑,手把手地教如何使用并帮助下载学习软件,在学习强国平台上学习什么,怎么学习。

"整合资源"努力提升村民生活质量

"人民对美好生活的向往,就是我们奋斗的目标。"郭东峰牢记习总书记的这句嘱托。红砂地村的村民也期盼有更好的教育、更满意的收入、更可靠的社会保障、更高水平的医疗卫生服务、更舒适更优美的环境,期盼孩子们能成长得更好、工作得更好、生活得更好。

郭东峰与沈阳市沈北中心医院机关党支部沟通协调,积极促进医院机关党支部和红砂地党支部联合开展"关怀农村发展,关心村民健康生活"公益活动。沈北中心医院机关党支部组织各科室专家医生多次到红砂地村和后满洲屯村开展义诊活动,为两个村的几百名村民进行会诊治疗,为村民解决了实实在在的难题,得到了村民的广泛好评和认可。

他通过社会爱心人士联系上沈阳市华领体检中心,分两批次组织村民到沈阳市华领体检中心免费进行体验,通过一系列医疗卫生活动,大大提高了村民的健康意识。

郭东峰通过派出单位扶贫工作措施,为农民争取到3元1斤的惠民玉米种子2600斤,为农民省下2万多元,为给农户节省车费,他自己开车,挨家挨户送到农户手上，农户脸上笑开了花；他还争取到法库县人武部帮扶，为村里五保户免费发放玉米种子、化肥，为困难家庭学生发放现金、书包，为建档立卡户发放慰问金；他为养殖户多次邀请沈阳市农业大学专家讲养殖课，深受大家欢迎；为了把农村的好产品推销到市场上，在沈阳市举办的第一书记大集、年货大集、沈阳农博会等大型农产品展销活动现场，都能看到郭东峰的身影。

"1000多天"都要为村里尽心尽力服务

郭东峰每天都很忙，因为他曾对村民承诺"365天乘以3年，每一天都会为村里尽心尽力工作。"

郭东峰每天都在实现理想，因为他曾有誓言"为了祖国第一个100年，奉献3年"。忙碌和理想，正是这位第一书记的真实写照。

驻村不久，村主任就和郭东峰说："退耕还林工作不好做，一人去怕工作宣传不到位，你能不能和我一起到各家走一走？"郭东峰二话没说就与村主任一道，骑着摩托车上山下村，一天就跑了12户。当天的风力达到8级，红砂地村黄土连天，一天下来他们被吹得浑身是土，像个泥猴，他们看着对方的样子都会心地笑了。

　　农家书屋建设的任务落在妇女主任的肩上，要想工作完成好，难度比较大。妇女主任找到郭东峰和他商量说："郭书记，你工作经验多，能不能帮我一起把图书室办起来？"郭东峰说："我们看有什么要求，做好计划一起干吧。"这一干就是10多天，第一批1500册书籍顺利采购回来，他们认真进行图书登记造册，建立借阅制度，布置图书室环境，配备消防器材等。现在到村部看书、借书的村民逐渐多了起来，书屋成了乡亲学习交流的好地方。

　　有一天，村里老党员藏大爷的老伴儿病了，病情较严重，由于实际困难，几天过去了仍未就医，情急之下，藏大爷找到了郭东峰："郭书记，有没有法子把我老伴儿带去沈阳检查一下，拖下去担心病情加重了。"郭东峰二话没说，立即与医院联系预约，并亲自陪同他们到医院做了各项检查，老人的病得到了及时治疗，藏大爷感动地说："我今后保证支持你工作。"

　　在乡村环境治理期间，他拿着铁锹与村干部、村保洁员一起奋斗在河沟里、垃圾堆、牛粪堆、荒草里。村民反映拉秋路破损严重，郭东峰想方设法筹集资金为村里购买了铲车，为村里10多条拉秋路进行维修，使农民的粮食顺利运回到家里。

　　脚下沾有多少泥土，心中就沉淀多少真情。郭东峰心中装着百姓，以实干践行初心，用担当承载使命，以过硬的政治素质和顽强的工作作风，勇挑重担、攻坚克难，干在实处、走在前列，用心、用情、用力筑起联系群众的"连心桥"，修建通向群众的"致富路"。

鞠野

　　2018年5月，鞠野被锦州市教师进修学校选派到凌海市温滴楼镇梯子沟村任第一书记。驻村期间，带领"两委"班子成员使得梯子沟村不断变化，变得越来越美，变得越来越和谐，变得越来越富裕。工作中以党建引领啃下脱贫攻坚硬骨头，精准施策脱贫路上一个都不落，"小网格"凝聚乡村治理大力量，"和合文化"让沉睡的乡村活起来，"绿水青山"铺就一条致富路。作为梯子沟村脱贫攻坚工作的执行者、参与者、见证者，鞠野与村"两委"班子一起，带领全体党员，打赢了一场漂亮的脱贫攻坚阻击战。

用文化滋养乡村　用真情赢得民心

——记锦州市教师进修学校驻凌海市温滴楼镇梯子沟村第一书记鞠野

鞠野丢下11个月还没断奶的女儿就投入伟大的脱贫攻坚战役中。2018年5月，鞠野接受组织安排，被派驻到凌海市温滴楼镇梯子沟村任第一书记，作为锦州市教师进修学校的一名老师去扶贫，有一定难度，特别是一名女教师，更是难上加难。

时光如梭，女儿从吃奶到能清晰地背诵儿歌，鞠野缺失了陪伴女儿成长的时光，愧疚是真的！鞠野开车往返于家与村之间，夜晚走在漆黑的锦朝路上，穿梭在一辆一辆加长刺眼的大货车中，害怕是真的！三年多过去了，梯子沟村从旧时的贫穷村到如今麻地小菜全省闻名的富裕村，幸福更是真的！

党建引领　啃下脱贫攻坚硬骨头

梯子沟村是合并村，现有365户1171人，土地面积3676亩，党员45人，低保户58户99人，五保户9户9人，贫困户44户79人。鞠野刚到村里了解到这些情况，深知扶贫任务是繁重的，真是"一个头两个大"。

多年从事教育工作的鞠野没有被困难吓倒，"完成脱贫攻坚任务，打赢脱贫攻坚战，在乡村有所作为，为乡村振兴贡献自己的力量"，这是鞠野踏上这片土地的那一刻起就坚定的信念。

鞠野深刻领会中央、省、市的扶贫精神，迅速进入"角色"，熟悉基层党组织建设工作，履职尽责，扑下身子从实践中摸索、从群众中倾听。她静下心，向身边的同志、党员和群众学习、交流、沟通，她走入村民家里，深入田间地头，足迹遍布梯子沟村的每一个角落，迅速与村民打成一片，很快就成为广大村民的贴心人、知心人。

鞠野对村里每一个建档立卡户进行走访，掌握他们的真实情况。在深入调查的基础上针对本村工作实际，进行认真梳理、归纳总结，形成稳步发展的扶贫工作思路并取得村"两委"的支持。她先整理档案，逐户分析，按致贫原因和实际需要进行分归，确定工作方向，快速开展工作。

她与村"两委"明确思路，统一认识，确定了梯子沟村脱贫攻坚工作的工作方法：调研—分析—帮扶—核实—总结—反思—解决—归档—推广。围绕这个工作思路，村"两委"开展扶贫结对工程，重新确定每户帮扶责任人，让那些有着新思想、头脑活、致富经验丰富的党员发挥先锋作用，与贫困户结对帮扶，带动脱贫。

她坚持从实际出发，勤总结，多反思，找不足，集思广益，寻求解决办法，梯子沟村渐渐地出现了和谐团结、学习奋进的党员带头脱贫的新风尚，为后期工作打下坚实基础。

驻村期间，鞠野和村"两委"班子累计入户1000余次，在扶贫工作中，按照工作思路，加大核查，入户宣传，通过档案动态管理、政策解读、技能培训、提供扶贫岗位、壮大村集体经济等各种举措，顺利完成本

村脱贫攻坚任务。截至2019年年底，44户建档立卡户79人已经全部脱贫。

精准施策　脱贫路上一个都不落

鞠野说："我们要坚持扶贫和扶志、扶智相结合，培育贫困群众依靠自力更生实现脱贫致富的意识，培养贫困群众发展生产和务工经商技能，组织、引导、支持贫困群众用自己的辛勤劳动实现脱贫致富。"

在摸清底数的基础上，鞠野带领工作小组成员逐情分析"因情施助""对症下药"，有针对性地开展扶贫工作，保障脱贫成效。有造血功能的贫困户共计18户28人，其中打工10户15人，村里提供招工信息，推荐就业；大棚种植4户8人，村里提供种植技术培训和销售平台；岗位技能培训3户3人，村里提供就业岗位；养殖户1户2人，村里提供扶贫资金和养殖技术；无造血功能的51人，全部依托产业扶贫收益、社会保障兜底。

将贫困户纳入低保的同时，她引导协调力美特液压科技、锦州渤海液压科技、锦力发食品厂和村入股的翠岩山农家乐为贫困户提供就业岗位，建立扶贫基金，人均年收益可达500—1000元，实现了对建档立卡户的帮扶全覆盖。

鞠野与村"两委"还采取一事一议的办法，沟通解决了刘玉忠、吴绍林、邸垚的医疗问题，完成D级住房改造31户，C级维修1户，村自行协调资金解决刘斌、李春雷两户住房维修，确保了本村全部贫困户的住房安全问题。

王学礼和方志茹夫妇俩都60多岁了，是典型的"一横一竖"低保贫困户，王学礼身体有病卧床多年，老伴儿身体也不好，都没有劳动能力，无法种地。如何改变贫困现状？他们能干什么？鞠野为他们量身定制了脱贫方案。最后决定由村里提供2只带崽儿的大羊让他们代养，收益归他们家。她经常来到王学礼家，关注他们的生活，支持他们把羊养好，还协调将王学礼的老伴儿纳入低保，现在王学礼家已经有11只羊了，已经顺利脱贫了。

　　刘海泉59岁，因残致贫，有点钱就喝酒，抱怨社会，抱怨自己的不如意。这两年，鞠野时刻关注他的思想动态，及时做刘海泉思想工作。2017年为他家进行了危房翻建，并把他纳入低保，村里还为他提供扶贫岗位，让他担任村保洁员，这份工作让他找到了自身的社会价值，村民的认可帮助他重拾生活信心。现在的刘海泉每年都有近万元的收入，鞠野耐心给他解读每项政策，让他了解每一项帮扶，使他感受到党的关怀，他把这种感动回馈给社会。在疫情防控期间，刘海泉不畏困难，在麻地卡点起早贪黑守村值岗，认真细致负责工作，得到了全体村民的认可与点赞。

　　鞠野看到每一家贫困低保户生活都有了保障，在日记里写道："古稀老人，危危土房，无儿无女，温情不凉。感谢国家好政策，两不愁三保障，老有所依，老有所养。"

"小网格"凝聚乡村治理大力量

　　鞠野将人事档案管理的经验运用到扶贫档案管理中，用这种办法建立扶贫档案，虽业务量大，但精准无漏，可以弥补工作不足，容易发现扶贫工作过程中出现的短板和问题，创新工作思路，解决实际问题，有效地推动落实扶贫工作。她还将这种档案管理方式结合6个自然屯的分布，又建立了4个网格，每户按网格号定制门牌号，形成了科学有效的网格化管理体制。

"上标归类、下标页码，数据一页清算。"从细节上提高工作效率，节省工作时间。鞠野在整理扶贫档案时发现，一户档案总共16类材料归类，排序装订成档，还需要一式三份。于是她借鉴人事档案管理经验，在每类左上角标注类码，按时间排序，数字标注；每页右下角标注页码，这样方便整理，使工作轨迹清晰归类。

在归档装订的同时，还容易发现不足，及时创新地解决工作过程中出现的新问题，使扶贫工作扎实严谨。例如：扶贫档案在6、7、8、13、15类核算数据时，只要其中一个数据有变动，就会造成所有类数字全都变动，几乎半本档案全要重新做起，所以，她创新工作方法，每户单独自制一页核算数据草表，按年排序。每一年开始核算收入时，她带表入户，把本户所有收入明细标注清晰后核算，反复确认核实，不漏项、不虚算，精确到小数点后一位，精准确定后，她再开始填报当年档案，确保每户档案

填表归档一次完成。

档案随时调整，动态管理。在工作总结归档过程中，发现问题，适时反思，及时解决，寻求政策，探讨方法，入户答疑解决。贫困户有人员增减变动及时更新档案。如这两年贫困户涉及垃圾场、219省道等占地情况，她在各类涉及土地档案中，随时变化，动态更新，及时掌握贫困户状况，随时入户工作，确保工作扎实有序、妥善落实。

疫情期间，逆风而行。疫情期间，鞠野始终坚持在防疫第一线，宣传防疫知识，监管外来人口和外出村民。她和村书记关营携手现役军人刘刘自费购买防护消毒用品，走入贫困户家庭，为他们送去抗击疫情的决心，送来党的温暖温情。根据网格化管理，及时了解疫情期间44户贫困户的生活和需求。

在疫情期间，鞠野到患有胸腺瘤的刘玉忠家走访，了解到疫情期间他到医院看病，门诊核酸检测和胸片不报销。她协调村委给刘玉忠老伴儿裴姐安排了疫情防控防火岗位，之后又安排了花草种植养护岗，公益岗位年收入可达9000元，让裴姐在家门口稳定就业，方便照顾老伴儿，更缓解家里的医疗支出压力。

她利用新的社交媒体，建立贫困户网格工作管理群，在管理群中及时发布时事新闻、先进经验、扶贫信息、招工信息等。在全村无死角的网格化管理中，把握贫困户思想动态和问题并及时疏导，使乡村治理工作产生实效。

"和合文化"让沉睡的乡村活起来

鞠野的单位领导非常支持她的扶贫工作，在经费紧张的情况下为村投入了3.5万元，为村部建设了信息化工程，安装了电脑和投影屏幕等设备，同时为村干部开展了计算机业务技能培训，补足了村干部电脑知识不足的短板。

"翠岩山奇丽俊美，鹰嘴山驴友胜地，地下泉眼长流水，麻地大棚齐林立。"鞠野记录下村里的美景。修村部，种花草，画墙画，建文化广场，绿化村路，这些工作在鞠野书记特有的女性细腻中不断完善。现在走进梯子沟村就像走进了花的海洋，瞬间就能体会到小乡村的安静祥和。

"村民的腰包鼓起来，村里的环境也一天天变好，村民的精气神也要找回来。"鞠野结合中央提出的"四个自信"，在梯子沟村重点落实文化自信，推出"和合文化"。把梯子沟村的民风和中国传统文化相结合，打造梯子沟村独特的和合文化。通过和合文化引领，树立正确的价值观，倡导和谐、合力、包容、互助，引导村民要知对错、明事理。

和：中正为和，上下和睦。合：齐心合力，同心同德。

鞠野有才华，文学功底深厚，她根据和合文化，为村里每一条街道重新命名，让村民在家门口就能感受到和合文化。梯子沟村有2条主路：人和路和融合路。6个自然屯：麻地屯的道路名称叫仁勤街、仁俭街、仁敏街、仁慧街；上、下梯子沟两个屯道路名称叫仁义街、仁礼街、仁智街等；安台屯的道路名称叫仁安街；东边和西边两个屯道路名称为戎平街、戎安街、戎兴街。

鞠野邀请专业人士在各个路口安装上崭新的路牌，并在公路沿线的村民院墙上绘制了代表和合文化的彩绘画，在进村最醒目的地方，也是村部的大门口前，制作了"和合"石碑。两年来，在和合文化的引领下，村民之间的矛盾减少了，孝顺老人的多了；打牌搓麻的少了，文艺活动多了。村民坐在树底下乘凉，脸上露出喜悦，一幅美丽祥和的景象呈现在眼前。

"绿水青山"铺就一条致富路

梯子沟村有很深的文化底蕴，历史上因出过一名九门提督而得名为提督沟村，后改为梯子沟村。老边西沟烽火台是明成化七年（1471年）修建，是当时边疆塞外重要的瞭望烽火台，被战火硝烟侵染过，现在是国家级历史文物古迹。梯子沟村距离辽沈战役前线指挥所只有4分钟的车程，战争期间，村内的每条道路都有革命者的印记。翠岩山是老锦州十二景之一，有千年古槐树两棵，600年以上的枫树有4棵。站在翠岩山上俯瞰梯子沟村，一排排大棚整齐分布，民房错落有致坐落在山下，宛如一颗璀璨明珠镶嵌在翠岩山下。

　　鞠野无数次登上翠岩山，徘徊在烽火台旁，如何将梯子沟村的发展引向纵深，是她思考的主要问题。

　　"绿水青山就是金山银山。"鞠野经过两年对梯子沟村6个自然屯的深入调研，因村制宜，寻根溯源，科学考证，针对梯子沟村的地理风貌、历史文化、风土人情、农业生产等特点，查资料、请专家、做论证，设计了梯子沟村的科学发展构想，绘制发展蓝图。

　　鞠野将起草的《梯子沟村旅游开发规划报告书》作为村未来发展基础：将打造梯子沟村为历史文化与新时代农村发展相融合的特色乡村。对梯子沟村做整体旅游开发将起到推动本村经济发展，带动农民增加经济收入，助推脱贫攻坚的作用。梯子沟村旅游开发计划分四期工程逐一开发，将打造历史文化古迹、麻地大棚新农村景观、和合文化基地、8个地标性建筑述说村发展历史、中小学爱国教育基地。将打造有历史、有人文、有民俗、有青山绿水、有四季花香的美丽乡村。

　　仁者爱山，智者爱水，绿有生机，水有灵气。安台屯是灵秀之地，地下有一个泉眼，有充盈的水资源可以利用，南山上的一口老井和槐树林，将山坡上的泉水可引流到安台屯与下梯子的交叉口处，水流两侧有自然生长的多年槐树，可以打造水满盈池自然景观。

　　槐树、杏树林、红砖小路、曲折石头墙、土制火炕、联排木屋，把安台屯打造成有树、有花、有水、有人家的旅游度假村。水、路、花、树、大棚与梯山航海的文化广场连在一起，乡村文化墙贯穿了上梯子沟和下梯子沟，"疏影横斜水清浅，暗香浮动月黄昏"的纯自然美景在不远的未来将呈现在大家眼前。

3年来，梯子沟村不断地变化着，变得越来越美，变得越来越和谐，变得越来越富裕。鞠野见证了村民的淳朴与勤劳，亲历了村民的艰辛与不易。作为梯子沟村脱贫攻坚工作的执行者、参与者、见证者，她与村"两委"班子一起，带领全体党员，打赢了一场漂亮的脱贫攻坚阻击战。

庄玉声

　　2018年4月，庄玉声被沈阳市发展改革委员会派驻法库县三面船镇三面船村任第一书记。他申请美丽乡村建设项目经费300万元，修建村内道路、文化广场，改建了村会议室。与村书记共同出资6000元帮助贫困户韩忠忱养牛。组织20余位爱心人士走进贫困家庭，送去生活物品。举办首届"法库三面船村水稻插秧节"，推出"三面船辽河大米""农家蛋""河鸭蛋"特色产品。创办三面船村共享农家院，尝试接待城市家庭乡村一日游。认养"一块地"种菜采摘，游览辽河两岸风光，参观老房子，吃农家菜，听三面船历史。

绘好蓝图　建设宜居宜业美丽乡村

——记沈阳市发展和改革委员会派驻法库县三面船村第一书记庄玉声

三面船村道路变得笔直整洁，白墙黛瓦错落有致，新建成的舞台传来齐得隆咚呛的大秧歌鼓点声……走进三面船村，别样的乡土风情令人耳目一新，吸引不少游人前来打卡。

问及成功经验，当地村民说：多亏来了庄书记，他让乡土特色与现代气息交织相融，不仅农民的生活条件大为改善，不少人还吃上了"网红饭""旅游饭"。

村民嘴里说的庄书记是2018年4月沈阳市发展改革委员会派驻法库县三面船镇三面船村的第一书记庄玉声。3年来，庄玉声让三面船村发生了翻天覆地的变化。他结合乡村农业发展实际因地制宜掘"黄金"，以"创新+"的理念稳步发展集体经济，增加农民收益，让乡村农业强起来、农村美起来、农民富起来，实现了城乡共同繁荣。

党建领航添活力，扶贫帮困聚民心

加强农村基层党组织建设，不是为了加强而加强，而是为了提升为农民服务能力，带领村民增收致富。庄玉声始终以夯实农村基层组织建设为工作的落脚点，在短时间内让三面船村摘掉"软弱涣散"的帽子。

抓学习，聚思想。党建工作要从党员抓起，党员有身份意识，有带头作用，党组织才有凝聚力和战斗力。庄玉声从规范党的"三会一课"入手，抓好学习统一思想。为让党员在学习中提高思想认识，他组织村班子成员学习十九大精神，学习各级政府"正风肃纪"的相关要求，学习发展壮大集体经济的相关理论知识。他与村两委班子一起多次召开清理"三资""土地确权"工作会，召开"打黑除恶"斗争部署工作会，积极研究解决村里最热点难点的问题，建立村两委成员24小时值班制度。

抓活动，增活力。庄玉声说："党员受教育，党组织增

活力，这是组织党员活动的目的所在。"他在党员微信群中，用最快捷的方式组织党员开展学习交流活动，组织党员、干部学习毛丰美的"干"字精神；他组织村"两委"班子成员、廉政监督员参观省反腐倡廉展览馆，进行警示教育，增强领导班子的廉洁意识，提高反腐能力。

抓硬件，促提高。庄玉声协调市发改委，在单位的大力支持下，申请美丽乡村建设项目经费300万元，修建村内道路，建设文化广场，改建了村会议室，并精心设计了的党建宣传板，三面船村的党建阵地焕然一新。"美丽乡村"项目全面竣工，使三面船村从原来的"晴天一身土、雨天一身泥，泥路全是坑、天黑摸着走"，到现在的户户通水泥路、家家"厕所进屋"，夜晚路灯闪亮，广场上歌舞升平。

抓扶贫，暖人心。庄玉声和村书记与贫困户韩忠忱结为帮扶对子。他多次到韩忠忱家里走访研究，帮助寻找方法，制定了通过养牛来脱贫的措施。他们共同出资6000元，为韩忠忱购买牛犊，同时让村里的养殖大户定期指导他养殖技术，现在韩忠忱依靠自己劳动精准脱贫。"八一"前夕，庄玉声组织村班子全体成员走访慰问退伍士兵、现役军人家属、贫困高龄老党员，把党的关怀传递给大家。他利用自己的社会资源多方动员社会力量做公益活动，先后有20余位爱心人士走进贫困家庭，为无劳动能力的贫困户送去衣服、米面、豆油、月饼等。还有2位爱心人士以家庭为单位，到村看望留守、贫困儿童，送学习用品和孩子喜欢的食品，人人献出一点爱，世界就会充满爱。

如今的三面船村呈现出欣欣向荣的景象，领导班子出现了明显的变化：开会从不想来、不愿来、来不全发展到如今愿意来、积极来、来得全；从前大家都不记、不会记、记不好，到现在主动记、记得全、记得好。大家心往一处想，劲往一处使，全体党员群众共同努力，三面船村"软弱涣散村"正式摘帽了。

深度挖掘资源，寻找壮大集体经济的突破口

怎样带领村民走上致富之路，是庄玉声一直在思考的问题。他驻村后走访调研，向村"两委"班子、种粮大户及老党员了解实际情况。当时有村民问庄玉声，"你给咱三面船村子带来了什么，拿来多少钱？"庄玉声笑着摇摇头。事后他了解到：村集体土地少，村里还有300多万元负债。村农业以种植玉米水稻为主，水稻成熟后村民就把未收割的稻子直接卖给稻米加工厂，自己也不收割，省心又省事，年头最好的时候收入也就6000多元钱。

了解到这些情况后，庄玉声认识到，三面船村集体经济是有壮大发展机会的。要改变现状，就要从改变领导和村民的思想观念入手，要转变懒惰思想。找到突破口，就找到了发展集体经济的方法，那就是挖掘自身优势资源，树立品牌意识。

通过多次召开班子会、党员大会、村民大会等，研究、探讨如何壮大集体经济、推动三面船村快速发展，最后大家形成思想共识，那就是成立合作社，走自主发展之路。于是由"两委"班子成员、老党员、村民代表组成的法库县老

三面船玉米水稻种植专业合作社应运而生了。

庄玉声担任了不拿工资的社长。为了办好合作社，他自费到沈阳农业大学葡萄种植研究所学习种植技术，到盘锦学习稻田养殖河蟹、泥鳅，学习如何打造精品稻米。他还参加法库农村电商培训，学习管理知识和经营技巧。学习后，他积极向班子成员宣传这些知识、理念，让大家转变思想，就这样他逼着自己从一个经商的门外汉努力成为拥有商业知识、经营思维、管理理念的践行者，以"自身造血"服务村民。

2018年9月5日，由法库县市场监管局核发了法库县老三面船村玉米水稻种植专业合作社营业执照。合作社章程以服务三面船村全体村民、谋求全体村民的共同利益为宗旨。成员入社自愿，退社自由，地位平等，民主管理，实行自主经营，自负盈亏，利益共享，风险共担，盈余全部赠予三面船村集体，壮大村集体经济。

勇于大胆实践，做实施乡村项目的践行者

为了避免合作社产业发展的风险，庄玉声自费先行建设鱼稻混养基地，他与三面船玉米水稻种植合作社全体成员约定，他自费搞鱼稻混养实验项目，实验失败了，费用他自己负责。实验成功后，所赚的钱归合作社所有。接着，他租了村民3亩水稻田做鱼稻混养基地，雇人挖了鱼沟，购买了水稻种子，育了苗。手工插秧，手工除草，施有机农家肥，安装诱虫器，喷洒用辣椒、花椒、大蒜混合的防虫药，买了鲫鱼、草鱼等鱼苗放养在水稻田里，结果是水稻长势喜人，鱼稻和谐共生。村民都说这种有机水稻模式好，稻穗颗粒饱满，价格高收成好，纷纷表示明年也要试着种。下"笨"功夫种出来的稻米品质好、口感好，试验成功的鱼稻混养基地真正起到了引领示范作用。

挖掘三面船村水好稻香的优势。庄玉声请农科院专家指导鱼、蟹、稻混养，以科研优势提升稻米质量，推出有机稻米辽星21、天隆619稻花香等系列米种。与村内种粮大户、养殖户强强联合，建立三面船村供销共同体，创建"进取—三面船"农产品品牌。品牌下先后推出有机稻米、蟹田米、农家蛋、河鸭蛋、无公害蔬菜等多种产品。

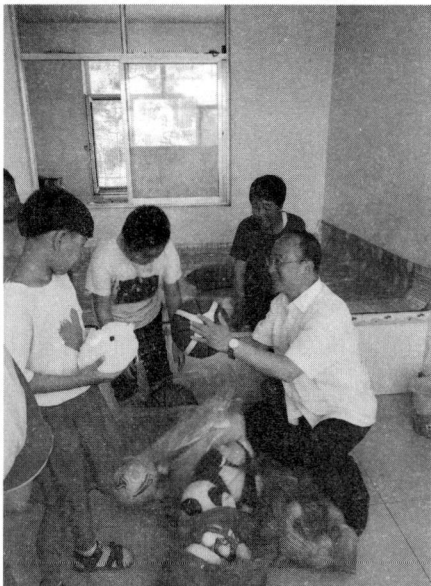

庄玉声邀请灵思云途营销顾问股份有限公司、乐道油品股份公司领导到村实地调研，提出发展建设方案，寻找合作发展的契机。他邀请资深设计专家为老三面船玉米水稻专业合作社设计商标，并到沈阳市政务审批中心进行商标注册登记。他与法库县依牛堡镇伊万稻谷加工厂签订了委托加工稻米协议，并请设计专家为合作社设计大米外包装，为集体节省资金1万余元。庄玉声推进与沈阳市供销合作社合作成立三面船村供销合作社，在市社资金、技术、人员等的支持下发展三面船村多个种类农产品。

为扩大影响力，庄玉声多次参加沈阳市食品博览会调研学习，参加金梧桐智慧法库论坛，借助"智慧法库"的互联网，做实"一村一品一店"电商平台。他带领村干部主动上门收笨鸡、鸭蛋、生态蔬菜、生态稻米，打造绿色健康品牌。经过两个多月的准备，9月28日正式起售。通过卖鸡蛋、鸭蛋、绿色蔬菜，村集体已积累资金1000余元，也让村民真真切切地感受到了坐在炕头就挣钱当老板的甜头。10月20日随着玉米、水稻秋收的开始，在一个月内合作社从农民手中收5万斤稻子，三面船玉米水稻合作社首创品牌——三面船辽河大米以传统工艺、老品种、老味道等特点隆重上市了。短短的两周时间，他们就卖出3.4万斤大米，为村集体壮大资金过万元，彻底改变多年来村集体零收入局面。

推广文化品牌，美丽乡村入画来

讲好三面船村的故事，推广"三面船"品牌。三面船不仅要做成农产品品牌，还要做成文化品牌。庄玉声挖掘三面船村的历史，借助报纸、电视、新闻媒体去充分宣传三面船村的故事，让三面船村电视上有影、电波里有声、报纸上有名。3年来，中央、省、市、县各种报道100余次，重点扩大了宣传面。《沈阳日报》、沈阳电视台报道党建建设、辽宁电视台报道插秧、秋收、三面船河鸭蛋、辽河老故事，沈阳市文联的采风三面船村农民载歌载舞的图片在沈阳艺术馆、沈阳博物馆、沈阳市政府一楼过廊进行了展出，沈阳艺术团"惠民义演"、辽宁宋世辉农村文艺爱心总队到村"助农"慰问，辽宁电视台为拍摄乡村剧来三面船村选景。

他邀请沈阳自由视线导演梁导、北京东北乡村剧制片人金导到村调研三面船故事，商洽拟建以"三面船老渡口""东北乡村文化大集"等为基础的集东北影视文化、文旅、民宿等为一体的基地项目。

2019年5月17日，三面船村玉米水稻种植合作社在法库县三面船镇领导们的大力支持下，成功举办了"首届法库三面船村水稻插秧节"，同时推出的特色产品"三面船辽河大米""农家蛋""河鸭蛋"以其精致的包装和品质受到大家的欢迎。辽宁电视台新闻联播、辽宁电视台经济频道《庄稼院》栏目、辽宁电视台公共频道《第一时间》栏目、辽宁电视台卫视频道《黑土地》栏目、沈阳电视台、《辽沈晚报》《沈阳晚报》等媒体做了相关报道。9月10日，辽宁电视台公共频道报道三面船村稻田秋收实况。11日报道了三面船村辽河老故事。

在省委组织部、市委组织部、市农业农村局、县委、县镇府、县委组织部的组织下，庄玉声还参加了各种展会、论坛、对接会、交流活动，积极宣传三面船特色农产品，现在"进取—三面船"辽河黑土地大米已经成为响当当的区域品牌。

致力创新发展，打造沈阳城市后花园

结合三面船村紧临沈阳的优势，庄玉声开始尝试引入休闲旅游元素。创办三面船村共享农家院，尝试接待城市家庭乡村一日游。认养"一块地"种菜采摘，游览辽河两岸风光，参观老房子，吃农家菜，听三面船历史。2019年，三面船村周末休闲农家采摘游6户农家共收入2万余元，带动了周围农民积极参与。2020年"十一"期间，三面船村接待了游客200

余人，并被沈阳市农业农村局批准为"沈阳市美丽休闲乡村"，沈阳都市人的后花园构想已初步形成。

在网络飞速发展的时代，拓展销售的渠道，让网络引领产品的销售。庄玉声书记借助省市举办的"玖伍红色乡村大集""十二线城市大集""辽宁省第十一届国际农业博览会""沈阳市第十九届国际农业博览会""丰饶辽乡——第一书记大集"等诸多展会，一边推广三面船村的农产品品牌，一边建立起电话、微信群、淘宝店、拼多多店等多种销售渠道，让村里的农产品家喻户晓供不应求，2019年实现销售3万余元。2020年建立"村农耕文化展室""村农产品电商直播室"，培育农民播手，仅"十一"期间就销售农家蛋150箱、地瓜200箱，河鸭蛋售罄，小包装玉米杂粮突破1万单。三面船村农产品走进了辽宁友谊宾馆，沈阳市委、市政府"爱心驿站"。

"现在是新媒体时代，我们也要紧跟网红经济的步伐，大力发展农村电商，推动农特产品出村进城，实现产业振兴和富民增收，这是巩固拓展脱贫攻坚成果、接续推进乡村振兴的重要内容。"庄玉声说。

三面船村的"鸭蛋秀姐"已经是网红了，粉丝达到十几万。"鸭蛋秀姐"本名叫薛英秀，今年59岁，是三面船村的一名老共产党员、村妇女主任。今年疫情刚有好转，薛英秀找到庄玉声说，受疫情影响村里的农产品销售不好，看到网络直播卖货这种形式不错想试着做做，庄玉声也正愁这事呢，两个人的想法不谋而合，说干就干，很快直播间布置成了。薛英秀从没动过电脑，没玩过火山、快手的人，开始学习打字、拍视频、编辑、上传，从此村里河鸭成群的小河边、千亩稻田旁、农产品直播室里处处都有她的身影。

庄玉声还组织村里几位大姐都和她一起学，现在已经成为一个"大姐直播团"。直播推出了"鸭蛋秀姐""鸡蛋秀姐"为主的"二秀"网红，受到粉丝的喜爱，"电商村"初步成形。

庄玉声书记最后告诉记者："3年驻村工作即将结束，我要为三面船村打造农产品电商产业链形态，将三面船村的农产品生产与电商消费大市场有效连接，形成生产、加工、流通与消费的循环链，逐步提升农产品电商价值链，不仅能够使广大农民获得经济上的收益，也为进一步推动农村特色产业发展、优化传统农产品供给结构提供了持续有效的动能。"

于辉

　　于辉是辽宁农业职业技术学院教授、辽宁省科技特派员、辽宁省义县果树科技特派团专家、义县前杨镇副镇长。2019年,作为辽宁省第三批选派干部，她把全部精力投入山区生态建设和科技富民事业中。她进行果树技术指导遍及全县16个乡镇50个村，指导果业合作社12个，开展果树管理技术培训200余次。于辉的爱人王宏、儿子王颖达一家三口都奋斗在农村广阔的土地上。2020年，于辉全家被评为"全国最美家庭""辽宁省最美家庭"，她个人被评为"锦州市优秀科技工作者"。

把论文写在辽西大地上的女教授

——记辽宁农业职业技术学院派驻锦州义县
前杨镇副镇长于辉

金秋十月，硕果飘香。红彤彤的苹果缀满枝头，村民穿梭在果树之间忙着采摘，欢歌与笑语声飘荡在果园上空，这是锦州市义县刘龙台镇大白庙子村果园里的一幅丰收的画面。

"于老师，义县果农的好日子，是你给带来的呀……"村民口中的"于老师"，就是辽宁省科技特派员、辽宁省义县果树科技特派团专家、辽宁农业职业技术学院教授、义县前杨镇副镇长于辉。

"我愿把知识和能力全部贡献出来"

2019年，作为辽宁省第三批选派干部的于辉，被选派到辽宁省锦州市义县前杨镇政府任副镇长。她把全部精力投入山区生态建设和科技富民事业中，全年在乡镇工作220天以上。果树技术指导遍及全县16个乡镇50个村，指导果业合作社12个，开展果树管理技术培训200余次，不仅将果树生产的好技术和经验宣传推广出去，更让60多万亩荒山披绿，实现了从脱贫攻坚向乡村振兴的有效衔接。

作为一名科技工作者，她文能提笔写论文，武能挥锯修果树，真正做到了将理论融入实践、在实践中完善理论，实实在在把论文写在大地上。

"我是经历过三次生死的人，所以我一定要把全部知识和能力都奉献出来，为乡亲们多做些事情。"于辉爽朗而坦然地说道。

原来，于辉5年前生了一场大病，手术后又经历了两次交通事故，每一次生命都危在旦夕，这可把丈夫和儿子都吓坏了，让她安心在家休息。

但是她心里装着乡亲们，装着她精心培育的果树，身上的钢板没有拆除就又来到了义县的果园。

疫情期间，于辉就充分利用网络传播平台，线上线下相结合，指导果农抗疫复产。她有一个大的朋友圈，圈里有几百个果农，因受疫情影响，人员不能聚集，大规模的线下培训不能进行。于是，于辉就利用视频直播很好地解决了这一难题。

果农兴奋地说："疫情防控当下，也没耽误教我们果树修剪，我们坐家里就可以学到技术，于老师的视频课真管用。"

报恩寺村村民巩凤龙决心对自家果树进行改造，他从正月初六一直盼到开春。受疫情影响，专家来不了果园，他便戴着口罩自己修剪。但由于每株果树生长状况不同，修剪方法又存在差异，专家不到现场操作，问题解决难度很大。他有些着急，不停地给于辉打电话，询问怎么进行修剪。于辉就与巩凤龙视频连线，线上指导剪枝与管理。

通过直播，于辉让义县果农在家接受培训、掌握果树技术。直播培训20多次，参加收看2000人次。截至目前，已经录制抖音、快手和视频号短视频400余个。"这样高接不劈""少短多缓""义县寒富枝组竞争枝命运""这树咋样啊""大改小谁毁了这树"和"腐烂病咋得的"等各类短视频点击率十多万次。

"我愿把知识和能力全部贡献出来。"于辉说,"通过快手和抖音,让果树修剪知识更快捷地走进农户,让果树结果率更高,让果农收获更多。"

"我要把村民培养成技术骨干"

扶贫先扶智。义县作为省级贫困县,贫困人口多,乡村产业单一。如何破除等靠,智志双提,发动内生力量,这是于辉到乡村工作以来一直思考的现实问题。

要把自己的科技知识传授给村民,让村民成为技术骨干,在脱贫进程中逐步实现"要我脱贫"到"我要脱贫"的转变,"思想源头"成为源头活水,帮助困难群众真正远离贫困的困扰。

义县张家堡镇宝林村主要生产小苹果香蕉果,但果树修剪技术比较落后,产量很低。村书记周立群多次向于辉请教,针对香蕉果结果少、满树直立条子的情况,于辉利用手机微信群视频和现场修剪示范,给出以疏为主,单轴延伸的修剪建议。

周立群书记成了于辉的追随者,他带领果农学习苹果管理新技术,10余位农民从门外汉变成了果树土专家,宝林村的果园也成为义县苹果高标准示范园。

义县博哲苹果生产专业合作社在张家堡镇报恩寺村进行3天的苹果高光效整形修剪技术培训。于辉来到果园现场进行指导,她通过手机微信群现场直播,解答线上果农咨询,培训人员达30人。她指出果树修剪中容易犯的错误,剪锯口不平、侧枝过长、个别大枝间距不合理等,解决了苹果大树改型普遍存在的树形乱、主次不分和枝组过长过粗等问题,并帮助合作社改造大树310余株。

于辉在前杨镇西沟村义县嘉赫果树专业合作社,休眠期进行苹果树整形修剪技术培训,推广苹果树高光效整形修剪,培训技术人员20余人次。通过技术培训,果农掌握了苹果高光效整形修剪技术,同时解决该园枝量偏多、主次不分和枝组过长过粗等技术问题。

在义县七里河镇红满坡家庭农场,8年生的寒富苹果结果少、收入低。以园主自己修剪的苹果树做对照，进行大树改型修剪示范，于辉与特派员专家一起13次前往该园。园主体会深刻，不舍得去大枝，树冠大，果园郁闭，光照不好，结果少。改形后果园作业方便，省时省力，产量翻了一番，果实着色变好，第一次生产出了出口果，2020年收入达20万元。

2020年，义县的寒富苹果荣获首届"锦州苹果"展评会银奖。

"技术改进了，产量就增加了，收入也提高了，果农也富起来了。"望着漫山遍野的果树，锦州市乡村振兴局的领导说。

"科技改变贫困户的生活面貌"

为响应习近平总书记关于"精准扶贫"的重要论述和要求，于辉积极投身于脱贫攻坚工作中，她始终与人民群众保持着密切联系，用女性特有的细腻和奉献精神解决着老百姓的各种困难。

2019年，前杨镇偏坡子村为壮大集体经济，提高村集体收入，村"两委"班子决定规划建设20亩早金酥梨标准示范园。于辉作为辽宁省义县果树科技特派团专家，联系村两委班子到头道河镇拉拉屯村早金酥梨示

范园参观学习，从栽植密度、品种配置、定植、栽后管理和修剪等方面进行全程跟踪指导。经过于辉的指导，义县地藏寺乡关振先、高台子镇李春杨、张家堡镇韩平等建档立卡贫困户通过发展果树也走上了富裕路。

"这个大枝明显多出来的，咋不剪？"

"这个枝到秋天就是50多斤果呢！哪舍得！"老巩可是老果农了，在果树种植技术上也算是土专家，怎会不懂修剪？但对自己家的果树剪枝时，明知道是该去掉的枝，就是不舍得下手。

"你不能光看眼前，只想着今年多结果，这果的质量才是长远效益呀！"于辉耐心地解释。

春天剪枝的重要性，果农们都清楚，但对于修剪自己家的树，大家伙都不舍得剪大枝。为了对付他们的"小气劲儿"，于辉想出个好办法，先给大家讲解科学修剪的技巧，然后让果农们互相剪。你剪我家的树，我剪你家的树，这回就都按标准修剪了。

春天，于辉马不停蹄地奔波在义县的大小山沟，指导培训果农剪枝。"从去年12月份就开始了，春节休了几天，一直忙到现在还有没跑到的地方呢！"于辉说，要到清明时节才能全部剪完。

建档立卡贫困户关振先，年过六十，孤身一人，还有点语言障碍。家里有个 10 亩左右的苹果园，但几乎荒废。于辉与他商量，想帮他发展早金酥梨，他觉得心里没底，勉强同意拿出 5 亩地来试试。为了支持鼓励他，于辉联系镇里帮他修梯田，提供了 800 株早金酥树苗，手把手教他栽培和管理。让他喜出望外的是，早金酥梨见到了效益，他信心大增，主动伐掉另一半苹果树改种梨。

特别有意思的是，关振先经常跟着于辉学修剪，自己也成了修剪能手，光是帮其他果农有偿修剪，一年也能有三四千元的收入呢！

"没有梨了，不用来了。" 2021 年 8 月下旬，在去关振先家必经之路的路边栅栏上有这样一块牌子。通过县长带货及短视频宣传，吸引游客进行采摘，不到半个月销售一空，他的梨越卖价越高，从最开始 1 元/斤卖到了 1.5 元/斤，今年收入 3 万多元。老关整天笑容满面，日子有了盼头，腰包也鼓了起来。

"帮困解难才能换来群众的真心"

又到了早金酥梨成熟的季节。在义县高台子镇桑土营子村，李春杨和妻子史雪莹侍弄的果园满园飘香，独属于早金酥梨的清新、甜美在村庄弥漫开来，为秋天增加了一丝美意。

看着满园的累累果实，两口子心里别提多高兴了。3 年前，这个家庭还没有能够支撑生活的主要经济来源，李春杨也因故失去了宝贵的左腿。在这个时期，于辉带着辽宁省义县果树科技特派团专家们来到李春杨家，送梨苗、送技术、送信心，短短 3 年时间，这片土地硕果丰盈。李春杨激动地说："以前看果园都是 5 年结果，哪有这 3 年就能结果的，还结得这么好！"

科技为李春杨的生活注入了不竭的发展动力。李春杨和史雪莹的不服输劲儿，更是果园长久发展的支撑。因为有专业的技术团队做后盾，这里的果园和别的梨园大不相同。梨树呈圆柱形，3 年就能见效益，在栽梨树的同时，可以在行间种花生，形成"果粮间作"模式，一年出两份收入。

今年，早金酥梨开园啦！李春杨家的梨口味好、营养高，深受消费者的青睐。"同样的梨拿出来，咱这梨咬一口和别人家的梨咬一口，味道不一样、感觉不一样!"李春杨对自家的梨非常有信心,就像对未来的美好生活一样永远充满豪情!

　　在张家堡镇义县博哲苹果生产专业合作社,于辉针对寒富苹果结果大树树体郁闭导致优质果率低问题,指导大树改形技术;在张家堡镇宝林湧航果蔬家庭农场,她指导"香蕉果"苹果幼树整形和"寒富"苹果结果大树修剪;在大榆树堡镇恒祥果树专业合作社,她考察了寒富苹果不同砧穗组合的生长情况,寒富嫁接到"平邑甜茶"和"青砧一号"后表现出苗木整齐度高、生长势强的特点,适合山地栽培;在义县永丰花盖梨专业合作社,针对南果梨树结果大树树体郁闭、李子幼树整形不规范等导致产量低、品质差问题,开展梨树结果大树改型、李子幼树整形及病虫害防治技术指导工作,并为合作社发放南红梨接穗500条……

　　刘龙台镇义县新兴果树种植专业合作社、头道河镇义县云升果树家庭农场、头道河镇义县泰源果树种植专业合作社、七里河镇义县七里河镇红满坡家庭农场、地藏寺乡烧锅村和城关街道关屯村"早金酥梨"示范基地,到处都有于辉和团队专家们的足迹。

"夫妻同上阵辽西并肩战贫困"

　　于辉的爱人王宏是辽宁省农科院果树所研究员。2007年,省农科院与义县开展科技共建,王宏出任义县科技副县长,重点从事苹果栽培技术研究与推广。于辉的儿子王颖达是沈阳农业大学园艺学院果树学硕士,也是一名驻村扶贫工作队队员,一家三口都奋斗在农村广阔的土地上。2020年,于辉全家被评为"全国最美家庭""辽宁省最美家庭",她个人被评为"锦州市优秀科技工作者"。

　　王宏在义县挂职副县长15年来,随身带把果树剪,千剪万剪不怕难。全县300多个大大小小的果园他走了个遍,除了开会办事,他每天的装束就是劳保服、胶鞋加上一顶草帽,每年光是走山路就有两三千公里。剪来剪去,老百姓给他送了个"神剪"的名号。他先后获得"全国先进工作者""全国脱贫攻坚奖贡献奖""辽宁省扶贫状元""辽宁省五一劳动奖章""辽宁省优秀共产党员"等荣誉称号。

在爱人王宏的感召下，于辉紧跟丈夫的步伐，用科技的力量推动果业发展。夫妻二人在义县培养了一大批技术能手，他们的新技术、新产品得到广泛应用，也让贫困的果农真正实现了脱贫致富。

推广果树修剪技术成功后，他们又研究怎么让果品提档升级，种植出精品果来，为锦州果品打造品牌效益。他们开始在义县东部山区推广苹果套袋、大苗假植、病虫害防治等技术。

在报恩寺村，他们为十几户果农免费发放了3万个苹果套袋，可当初大家都没当回事，嫌套袋又费工又费力，有的甚至随手扔进灶坑烧了。当时只有一户人家出于好奇，给90来个苹果套了袋。让大家没想到的是，套袋后的苹果个头大，表皮光滑卖相好，每斤多卖1~2元钱。

看着堆在一边的套袋，大家非常后悔当初没听专家的。于辉趁热打铁，组织部分果农到辽南参观学习，看见套袋的寒富苹果个个都在1斤以上，他们不吱声了。第二年，果农都试着套袋。在苹果成熟前的9月中旬，于辉和巩凤龙老书记商量，套袋苹果万一卖得不顺利，他们个人就都收过来，免得果农的积极性受打击。

国庆节后，于辉怀着不安的心情给老书记打电话，问套袋苹果卖得如何。他说，已经被经销商一抢而光了。这一年，全村20万套袋苹果多卖了15万元。如今，报恩寺村每年套袋超过5000万个，增收1500万元到2000万元。报恩寺村的成功经验复制到了全县，仅此一项技术，全县苹果每年多卖上亿元。光是经销套袋的企业，全县就出现了好几家。看似简单的一项技术，却给贫困山乡带来巨大变化，这就是科技的力量。

义县的苹果在颜色、大小、口感、品质上达到了优质果标准，在全国取得一定的知名度，销售渠道不断扩大，出口订单逐渐增加。果农闫广凡说："我家70%的苹果都出口了，颜色合格质量好，今年卖个好价格。"

今年，义县果树面积从当初的8万亩，增加到36万亩，建成44个果树专业合作社、22个大型果树农场，成为辽宁省寒富苹果生产基地示范县、全国早金酥梨生产示范县。名优果品在全国评比中屡获大奖，"红翠寒"牌苹果远销东南亚，常年供应香港市场。

"果农都掌握了果树修剪技术，确保能生产出更多的优质苹果，义县的父老乡亲富起来了，我们的事业才算成功。"于辉说，"取得的成绩都属于过

美好

去，未来仍需踏踏实实干下去，脚上沾了多少泥土，心中就装了多少真情，一切都是为了群众对美好生活的期待。"

科技扶贫才是改变贫困面貌的最有效的途径。科技不仅富了百姓，更绿了荒山，因为绿水青山也是金山银山，这是于辉和王宏一生追求的真实写照。

闻福安

　　2018年3月，闻福安被沈阳市农业综合行政执法队选派到法库县四家子蒙古族乡后满洲屯村担任第一书记。他引领专业合作社村集体种植朝天椒210亩，带动村民种植朝天椒200余亩，人均年收入增加0.2万元。2021年，闻福安转到红砂地村任第一书记，实施"党支部领办合作社"项目，成立了"领头羊羊"党支部领办合作社，并发动党员入社，村"两委"成员积极响应号召，每人筹集4000元入股，筹集资金2万余元，为合作社发展奠定一定基础。

做扎根乡村的"一粒种子"

——记沈阳市农业综合行政执法队驻法库县四家子蒙古族乡
红砂地村第一书记闻福安

"我愿做扎根乡村的'一粒种子',实实在在地为百姓做点事。"红砂地村驻村第一书记闻福安面含羞色但目光坚定地对笔者说。

2021年8月,沈阳市选派的第一批驻村第一书记已经陆续返回各自单位,而闻福安却选择了留下来,继续驻村工作。他从原来的后满洲屯村转战到了红砂地村,用自己的实际行动来诠释一名共产党员的责任与坚守、初心与使命,巩固拓展脱贫攻坚成果同乡村振兴有效衔接。

初遇险阻,坚持扎根乡村不动摇

2018年3月,35岁的闻福安由市农业综合行政执法队选派到法库县四家子蒙古族乡后满洲屯村任驻村第一书记。来到村里后,闻福安经过调研了解到四家子蒙古族乡是法库县唯一的少数民族乡,后满洲屯人口有402户1400人,党员有40人,贫困户有4户,村集体还有欠债115万元,集体耕地6515亩,主要为旱田。

村有牛、羊、猪的散养户,但全村没有规模化养殖场和蔬菜水果大棚等高附加值农业项目,也没有村办企业及投资企业,经济比较落后,基础党组织工作基本没有开展,后满洲屯村被县组织部定为软弱涣散村级党组织。

尽管在来村之前他想过很多农村的贫困场景,但后满洲屯村的现状却让闻福安始料未及,完全超乎他的想象,这对于闻福安来说是一个巨大挑战与考验。但更大的考验还在后面,枪杀案件都是在电视和小说里看到过，距离我们的生活还很遥远，但是闻福安刚到村里开展工作，后满洲屯村就给他上演了一场恐怖案件——

清明节后的第一个工作日，初春时节，乍暖还寒。闻福安从沈阳的家里早早起床就开车往村里赶，路上跟村支书联系好，要在村里见面研究乡村产业发展的事情。他风尘仆仆赶到村部，推开村支书办公室门，看到村支书坐在椅子上垂着头，地上一摊血迹。他当时第一反应，是胃出血。他立即上去抢救，按人中，但是按了一会儿也没什么反应。他马上跟乡党委书记电话汇报了现场情况并通知120急救，等医生到现场经过检查后才知道，村支书已经因后脑中枪死亡。当天村里一共有3人被枪杀，都是同一个凶手，凶手随后也自杀了。

这件事情发生后，对于在城市里长大的闻福安来说，打击很大，很长时间都缓不过神来。组织上对他个人表示了慰问，并征求他意见，是否还能继续坚持驻村工作。他当时想法特别简单，不能因为遇到些危险就退缩，应该继续留在村里干下去，不能辜负组织和乡亲们的期望。闻福安对组织上说："组织派我驻村扶贫，我一定要完成使命，努力干好工作，让后满洲屯村旧貌换新颜。"

坚守初心，着力提升乡村治理水平

闻福安驻村第三天，村里就发生了恶性枪击案件，此次恶性案件令他和村干部深刻意识到，只有建立有效的乡村治理体系，才能为乡村振兴提供良好的社会秩序，让村民自我约束、自我教育、自我管理，自觉成为公序良俗的维护者和倡导者。

乡村治理水平关系到乡村振兴战略的贯彻落实，关系到村民的幸福感和获得感，关系到村民的身体健康和生命安全。乡村治理需要社会的全域参与，凝聚共同愿景。建立"人人有责、人人尽责、人人享有"的乡村治理共同体，形成村级监管零死角、无盲区，以共同体的思维和合力推进有效治理。

沈阳农业大学研究生毕业的闻福安对乡村治理有着深刻理解。他说："后满洲屯村隶属于蒙古族乡，民风彪悍，乡村治理要从曾经易生变形、易受忽视的'末梢'转变为提升人民幸福感的关键'前哨'，完善乡村治理体系是村里工作的重中之重。"

闻福安找到民政部门，学习研究法律法规，并到其他乡村走访调研。在他不懈的努力下，在民政部门指导下，村里制定了符合本村的《后满洲屯村村规民约》。并将村规民约张贴在村部及村里显著位置上，他带领村"两委"班子走家串户，不漏一户地宣传讲解村规民约。他利用微信公众号、微信群，每一次党课、每一次会议、每一次活动宣传村规民约，让村规民约入脑入心。

闻福安制定的村规民约就是倡导村民自治，让村民做得了主、说得上话、使得上劲、管得到位，推动说事议事落到实处，村民的事村民议、村民的事村民管、村民的事村民办，走出了一条集思广益、民主决策的新路子，大大提升了村民的幸福感、安全感和满意度。

村民纷纷称道："说事议事把我们当作了主人，以往是我们有事找干部，现在是干部主动找我们，我们反映的问题都及时解决了！"村民共同参与的民主议事新模式，畅通了群众参与乡村治理的渠道，群众的主体作用得到充分发挥。

为了提升群众办事满意度，法库县推行了为民服务全程代理工作制度，让群众办事"只进一扇门，只找一个人"。作为一个人口1400多人的行政村，村民对公共服务质量的要求日益提高，闻福安与村"两委"为不断提升村干部业务能力及服务水平，制定了首问责任制、限时办结制等制度。

走进村部办公室，"只为办好想办法，不为不办找理由"一行大字醒目地张贴在墙上，村干部工作的积极性提高了，责任感加强了，三年来，全村累计协调各类村民纠纷140余件。

乡村治理，群众是主体。闻福安重视发挥广大群众和社团组织在乡村治理中的主体作用，协调各方资金6万余元购买慰问物资，慰问家庭困难学生24名。特别是2020年年初，时值春节将近，新冠肺炎疫情迅速蔓延，一时间各地疫情防控压力巨大。为了配合县疫情防控应急指挥部疫情防控要求，大年初一闻福安就紧急回到后满洲屯村参与此次疫情防控工作。

闻福安在了解到各村抗疫人员防护物资紧缺这一情况后，立即协调市农业综合行政执法队，及时为村一线抗疫人员调配了N95口罩200个，防护服100套，消毒水40瓶，一次性口罩1000个，护目镜30个，背负式消毒机2台，手套、鞋套各100副。疫情防控取得阶段胜利后，乡党委号召村民复工复产。在做好人员防护的条件下，他带领村干部组织人员从集体经济项目带头复工复产，起到良好的示范作用。

满怀热情，积极投身决战脱贫攻坚

脱贫攻坚是党中央着眼实现第一个百年奋斗目标做出的重大战略部署。驻村伊始，闻福安深知党中央对2020年决胜脱贫攻坚的坚定决心，积极投身到本村的脱贫攻坚战中。

村里有4户建档立卡户，闻福安多次走访，与他们促膝长谈，了解他们的需求和困难。在走访中，他发现村里胡柏山老人一直居住在有安全隐患的土坯房中，尤其是刮风下雨的天气，他非常担心老人的安危，胡柏山老人深深地牵动着闻福安的心。他决定解决老人居住安全问题，通过多方

争取资金，将老人子女的闲置房屋接入自来水，更换门窗，安装暖气，维修墙面、地面后将老人迁入安全住房，看到老人住进了新家，他脸上才露出欣慰的笑容。

患有心脑血管疾病的德桂兰老人住院费迟迟交不上，德桂兰老人一筹莫展，病情时好时坏，得不到及时治疗，身体状况急转直下。闻福安在了解这一情况后，他借助"水滴筹"等筹款平台，筹集善款 5000 余元，帮助其渡过难关。

闫广慧因意外造成伤残，失去了劳动能力，自己带着 10 岁儿子一起生活。闻福安按照市慈善总会"留守儿童项目"资助对象标准要求，第一时间对照排查出本村符合条件的留守儿童，考虑到闫广慧身体残疾出行不便，他第一时间帮助他到银行等部门办理了相关手续，成功为其申请项目救助资金。他还为他们父子俩办理低保，解决了他们的基本生活保障问题。

2019 年夏天，气象部门预报法库地区将有一场大暴雨。他跟村书记挨家挨户紧急转移危房群众。其中一户家里只有两位老人，一位老人半身不遂行动不便，没办法自己转移。当时情况危急，眼看着就要下雨了，他顾不上有腰脱的毛病，直接过去把老人背了起来，用车送到其子女家。

"要想让低收入家庭摆脱贫困，必须要给他们找到适合他们的产业，提高他们的造血功能，每年都有稳定收入。"闻福安对记者说，他向派出单位争取到5000只鸡雏，自己用车拉回村里，无偿发放给低收入家庭，拓宽了低收入家庭收入来源。

在决胜脱贫攻坚的2020年，闻福安被省扶贫办抽调参加全省脱贫攻坚普查抽查工作，负责抽查本溪市桓仁县、本溪县脱贫攻坚情况。20多天抽查工作中，累计走访建档立卡贫困户381户，发现并反馈问题30余条，他本人被辽宁省扶贫办评为脱贫攻坚普查抽查先进个人。同年，他还参与了法库县脱贫攻坚普查工作及乡建档立卡贫困户摸底排查工作，走访建档立卡贫困户330户，发现并反馈意见20余条。

狠抓党建，不断提升支部党员综合素养

乡村治理核心在党，关键在党组织的组织力、领导力、战斗力。为充分发挥党组织在乡村治理中的领导作用，闻福安创新工作机制，把加强党的领导纳入乡村治理新体系权力清单流程，规范了党支部领导下的村级议事决策制度——"议事先由支部提议，重大事项和事关群众事项都必须经党员大会讨论"。每一名党员自觉扛起乡村治理责任，加强舆论宣传，营造浓厚氛围，组织相关培训，确保试点工作始终在党的领导下有序推进。

村里共有党员40人，年龄多数在七十岁以上，党员队伍老龄化严重、缺乏活力，村里年轻人少，发展新党员难度大。村里虽然建立了"三会一课""民主生活会""党员活动日""村务公开""重大事项决策"等制度，但实际开展时由于客观条件限制，流于形式，后满洲屯村被县委组织部定为软弱涣散党组织。

为了给支部党员带来一堂生动而且有效的党课，闻福安也是想尽了办法。最终他总结了几条经验：一是党课内容不能太长，太长容易让党员失去耐心，最好控制在20分钟左右；二是内容一定不能过于理论化，

讲理论必须结合具体实例，如果单纯地讲理论，党员们会失去兴趣；三是每次党课都给大家准备点问题，增加代入感，党课的目的就是让大家在学习中有收获，不能光是一个人讲、大家看热闹，要让众人共同参与。所以，每次党课他都会在中间提问几次，准备一些小奖品，增加代入感，"三会一课"内容不那么枯燥了，党员参加支部活动的兴趣也提高了。

闻福安为了早日摘掉软弱涣散党组织的帽子，重点增强基层党组织的组织力。他带领支部党员坚持"三会一课"和定期开展党员日活动；通过美丽乡村建设活动，促进支部组织能力不断提升；通过个别党员谈心谈话，支部党员凝聚力也不断提升。在软弱涣散党组织转化的实践工作中，他自身的党性修养也得到加强，锤炼了对党忠诚的政治品格。在乡党委的大力支持和指导下，在村党支委成员的共同努力下，村党支部于2019年成功转化，摘掉了软弱涣散党组织的帽子。

深耕产业，发展壮大村集体经济

后满洲屯村集体不仅预留地已用尽，还有外债115万元，除乡政府每年下拨的2万元办公经费之外，再无其他收入，勉强维持日常工作。俗话说巧妇难为无米之炊，村集体的枯竭直接导致村"两委"开展工作难度大，不能很好地发挥带头作用，很多好项目，好想法，由于缺少资金无法落实推广，因此如何壮大村集体经济是摆在闻福安面前的重要课题。

当地农民主要种植玉米和外出务工维持生计，省心省力但年收入较低，村民安于现状，缺乏脱贫致富的激情和勇气。闻福安利用每一次党课，多次讲国家脱贫攻坚的政策，并带领党员和致富能手到先进乡村去参观学习，调动、激发大家的致富积极性。

光说光看不行，要拿出实际行动来。2019年，闻福安为村里成功申请到壮大村集体经济项目，在严格履行"四议一审两公开"程序基础上，首次探索实施朝天椒种植项目。通过与专业合作社签订协议，村集体种植朝天椒210亩，同时带动村民种植朝天椒200余亩。据统计，朝天椒种项目带动本村劳动就业岗位130人次，人均年收入增收0.2万元。

他向沈阳市烟草专卖局协调争取捐助资金24万元，建设150平方米干椒储备库一处、150平方米农机储备库一处、抗旱井4口，为村民活动广场购置价值3万元健身器材。现在的后满洲屯村逐渐在改变，由过去的"脏乱差"到现在的"洁净美"，由过去的"混乱动荡"到现在的"安静祥和"，由过去的"单一生产"到现在的"多元化发展"，一幅美丽乡村画卷徐徐展开。

2021年，闻福安转到红砂地村任第一书记。红砂地村有着很好的养殖基础，前几年村里发展"代养羊"特色集体经济项目，取得很好的经济效益。2021年，村里争取乡村振兴资金并筹集村集体资金共计18万元购入后备母羊，与12户农户签订一年期代养羊协议，通过日常监管，目前盈利状况非常好。

闻福安来到红砂地村着手实施"党支部领办合作社"项目，成立了"领头羊羊"党支部领办合作社，并发动党员入社，村"两委"成员积极响应号召，做好表率，每人筹集4000元入股，加入合作社，目前发展入社成员5人，筹集资金2万元，为合作社发展奠定一定基础。闻福安和村"两委"还整合了村集体其他项目加入党支部领办合作社里，扩大村集体

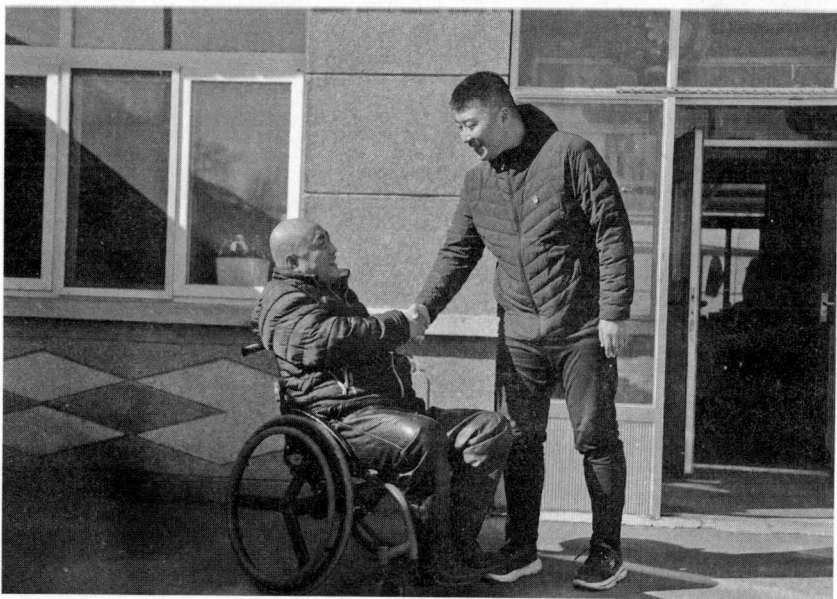

经济规模，增强村集体经济动能，提高村集体经济收入。

闻福安说："新的一年里，我村将以'振兴新突破，我要当先锋'的精神为引领，整合村'两委'班子力量，加强党组织建设，进一步激发党员干部的示范引领作用，推动党支部领办合作社开花结果。"

赵子骥

2018年4月,赵子骥被沈阳市公安局皇姑分局派驻康平县张强镇良种场村任第一书记。"90后"的赵子骥,在父母眼中还是个孩子,但他在工作中早已经独当一面,并取得了优异成绩,被公安部授予个人二等功,荣获个人三等功3次,个人嘉奖5次。在驻村期间荣获辽宁省公安厅"人民满意民警"、沈阳市公安局"我最喜爱的公安民警"、沈阳市五一劳动奖章、沈阳市感动青春人物标兵等称号。驻村期间,又被康平县委组织部任命为张强镇副镇长(挂职)。

用青春浇灌乡村振兴热土

—— 记沈阳市公安局皇姑分局驻康平县张强镇
良种场村第一书记赵子骥

见到赵子骥的时候，他满身灰尘刚刚从火灾现场赶回来，脱下消防衣，快速洗完脸，整理衣帽，就坐进了直播间，直到深夜一两点钟。赵子骥的每一天一刻都不停闲，为良种场村的发展奉献青春力量。

"90后"的赵子骥，在父母眼中还是个孩子，但他在工作中早已经独当一面，并取得了优异成绩，被公安部授予个人二等功，荣获个人三等功3次，个人嘉奖5次。作为沈阳市公安局皇姑分局派驻康平县张强镇良种场村的第一书记，在驻村期间荣获了辽宁省公安厅"人民满意民警"、沈阳市公安局"我最喜爱的公安民警"、沈阳市五一劳动奖章、沈阳市感动青春人物标兵等称号。驻村期间，又被康平县委组织部任命为张强镇副镇长（挂职）。

"领头羊"带出乡村振兴精气神

"做好基层工作不难，关键是用心，走进群众的内心，做群众的贴心人。"2018年4月，郭子骥带着领导的嘱托、组织上的信任，奔赴新的"战场"——康平县张强镇良种场村。

从城里到村里，赵子骥要面对的，不仅仅是生活环境的变化，"融入"成了驻村的第一课。

赵子骥用了两个多月的时间，把全村34户建档立卡户、38户低保户、6户边缘低保户、8户五保户全部走访了一遍，还通过电话了解外出务工党员、群众情况，收集意见、建议近百条，很快掌握了村民的所期、所

盼、所想，村民也很快认识了这位新来的"小赵书记"。

赵子骥嘴巴甜，整天大叔、二婶地叫着，甭管田间地头还是锅台土炕，在哪儿都能和大伙搭上话、唠上嗑儿，农忙的时候和大伙一起学着干农活。与乡亲们相处久了，他越来越意识到，村民最大的穷根就是在心里，很多贫困户数着口了等救济。了解到这些，他心里很不是滋味，都说穷啥不能穷志气。

扶贫先扶志。赵子骥决定先抓班子带队伍，去穷根、长志气。他多次与村干部单独交谈、交心，找出矛盾点，耐心梳理疏通，提高他们的政治站位与思想觉悟。同时，加强基层党组织标准化、规范化建设，重新维修了村部，完善了党建内容，健全各项制度。

现在，走进村部，一派欣欣向荣。党员干部有了良好的学习工作环境，村班子心气顺了，精气神上来了，各项工作有序有效开展，大家心往一处想、劲儿往一处使，逐步形成一支具有战斗力、凝聚力的队伍。

村里那几条破烂的土道，晴天灰沙漫天飞，雨天出门两脚泥。因为村里人意见不统一，张罗了很久也没有修成，弄得大家满肚子意见，这几条破路便成了村民多年来的一块心病。

修路就是修心，心摆不正，路没个成。别看他年龄小，但他只认一个理，拳头攥紧才有劲儿，人心不齐难成事，只有乡亲们拧成一股绳，全村才能奔前程。赵子骥挨个找乡亲们谈心讲理，人家渐渐解开了心里的疙瘩，开始一起为修路想办法。

赵子骥从申请资金到制订方案，就这么一关关地闯了过来。为了抢在雨季前完工，他带着乡亲们与工人们一起加班加点、挑灯夜战，有的自愿出工出力，有的自发养护路面，原计划3个月的工期，硬是只用了1个月就把路修了出来。

这条路不仅是一条"疏心路"，更是找回志气的"幸福路"。

良种场村原来基础差、底子薄，赵子骥在开源节流上做文章。经过集体研究，村里把闲置的老厂房出租，引进秸秆加工厂，不但解决了秸秆回收问题，每年还给村集体增收3万多元。

道路、绿化、环境、住房……一个个民生项目开始实施，新农合、新农保、农机补贴、农村低保、医疗保障……一件件民生事宜帮着办理，村民在一件件、一桩桩好事实事中感受到"小赵书记"的温暖和力量。

赵子骥就是这样带着一缕清风，带着一颗火热的心，一头扎进村子，甩开膀子，蹚出路子，偏远的小乡村开始了蝶变……

"网红书记"播出乡村振兴新引擎

一个人带火一个村，在康平县张强镇，第一书记赵子骥被老百姓称为"网红书记"。

赵子骥了解到良种场村盛产小米、地瓜、寒富苹果等绿色有机农副产品，口感好，价值高，但是村民却卖不上好的价格。销售渠道也不畅通，每年还会出现滞销、腐烂等情况，直接影响村民的收入。

农产品如何才能便捷、顺畅、高效地出村进城？

赵子骥决定开启"后备厢模式"，帮助村民销售农副产品。他积极协调了沈阳的几个社区，利用朋友圈、小程序，接受社区居民的订单，村里的笨鸡蛋、笨猪肉、新鲜蔬菜等很受城市居民喜欢。

他清空自己的小轿车后备厢，按照订单内容，早上到村民家收购农产品，下午开车送到沈阳各个社区，等他开车回到村里时已经半夜了。

为了让村民放心，他都是现金采购村民的产品，一手钱一手货，这样一来，他不仅搭上汽车和油钱，还需要一大笔采购资金，他只能向自己的妻子和母亲伸手要钱了，前前后后他已经搭进去近5万元。让他欣慰的是，家里人支持他工作，让他无后顾之忧，在村里放开手脚地工作。

"后备厢模式"进行了几个月，赵子骥发现这种方式不能满足市场需求。于是，他结合乡村实际情况，开始组建以村集体为主体的"沈阳情满良种场农业综合服务中心"，把建档立卡贫困户纳入合作社。他还自己购买种子，免费发放给贫困户，鼓励他们种植谷子。为了打造精品小米，降低成本，需要在村里进行初级加工，他又争取扶贫资金建设粮谷加工厂。

赵子骥紧跟开始注册"警心"商标，"警心小米""警心地瓜""警心笨鸡蛋""警心苹果""警心石磨面粉"等产品应运而生。

一切具备只欠东风。张强镇的"电商村"已经落在别的村了，没办法，他开始另寻渠道，找到沈阳市供销社，多次拜访，"死缠烂打"，供销社领导被他的助农敬业精神所感动，支持他成立了"良种场村供销电商服务站"。

赵子骥又华丽转身，很快在直播平台上找到了自己的位置，"网红书

记"的粉丝越来越多,点击率逐渐增加。他开始带着大家搞起了农副产品网上直销,警心小米、土鸡蛋和石磨面粉等特色产品,很快就成了直播间里的抢手货。

电商点亮新生活,他拍视频、做直播,通过网络拓宽农产品销售渠道,农副产品在"云"上走,他的脚下路却走得更加坚实。

"乡亲们守着好山好水,更应该过上好生活。"赵子骥说。

他通过"电商+服务站+农户"形式,做大集群、降低成本,有效组织起生产、加工、流通、销售各个环节,为农村产业带来了新的契机和创收渠道,现在他的电商平台不仅销售良种场村的农副产品,还扩展了到镇里、县里的产品。

疫情期间,赵子骥坚持每天上午8点准时走进村部直播间,通过快手程序直播,解答在疫情防控时遇到的问题,呼吁大家做好个人防护,给大家正确解读疫情防控工作的有关事项,积极引导大家配合相关部门做好疫情防护工作。

经过北京快手总部官方审批,将赵子骥认证为全国首位乡村振兴官,并将其账号列入全网可以解读新冠肺炎疫情等相关工作的白名单。截至目前,赵子骥在直播期间解答群众问题538次,目前共有145万人观看直播。

"赵倔强"卖出乡村振兴新模式

赵子骥常说一句话:"我没有能力给张强镇1.5万村民每人发钱,但是我能让老百姓吃上平价菜,每年减少生活成本,从而促进村民增收。"

沈阳市供销社在张强镇为赵子骥提供一处门市和一辆轻型厢式货车。于是,赵子骥成立了"赵倔强助农惠民服务中心",将身边的康平优质农产品的资源整合起来,以市供销社为依托,让张强镇的父老乡亲能吃到平价菜、放心菜、暖心菜。

赵子骥每天天没亮就赶到各大蔬菜基地、批发市场采购新鲜蔬菜,平价进,微利出。看到老百姓就在他的店前排起长长队伍,选菜、买菜,赵子骥笑了。

服务中心安排建档立卡贫困户在中心上班,每天70元的补助不算多,但是刘大姐脸上露出灿烂的笑容,"我很知足,力所能及为老百姓服务,是很开心的一件事"。

赵子骥的"后备厢模式"为他打开沈阳市场提供了坚实基础,需要与他合作的社区越来越多,他立即发动"赵倔强志愿者团队"将康平优质的农产品通过"第一书记进社区"的模式送往指定社区、园区,市民对这种模式都是拍手称赞。

为充分了解整体项目的运作情况,他每天全程参与,亲自开车去取货、送货,每天清晨5点到农户家取菜,白天正常开展驻村工作,下午装车出发进沈阳社区,每一次都是深夜回村,甚至没有睡觉的时间。

受本轮疫情影响,隔离区、管控区等对蔬菜、水果的需求量增大。赵子骥加入市供销社组建的"供销抗疫帮农销售群",在"乡村供销社"平台中看到吉林市人民政府采购苹果信息,赵子骥积极与对方取得联系,详细介绍康平寒富苹果的品质,并以批发价销售给对方,很好地解决了因疫情影响而滞销的几十吨苹果。

在县委组织部的支持协调下,赵子骥将受疫情影响而滞销的康平优质农产品与吉林市和沈阳市成功对接。目前已转运土豆、地瓜、寒富苹果及各类蔬菜总共116吨,总价值约104.8万元人民币。"康平好物"受到多方面的一致好评，不仅帮助农户解了燃眉之急，避免了农户的损失，更为打赢疫情防控战做出贡献。

"工作狂"干出乡村振兴新活力

3月初疫情暴发，赵子骥就战斗在防疫一线，这一干就是两个多月没有回家。有一次到沈阳送物资，他在装卸的空隙，回家取换季的衣服，也看看思念已久的女儿，6岁的女儿愣愣地看着爸爸，一时间无法接受这胡子拉楂的农民是自己的爸爸，赵子骥流下心酸的眼泪，狠狠心，匆忙离开家，在家只停留了10分钟。

赵子骥工作起来就忘记了时间，经常连续三四天通宵达旦，办公室里的折叠行军床也只是供他小憩片刻的地方，一箱箱方便面就是他的常备食物。

有人说他是"工作狂"，他不否认。因为他热爱这片土地，深爱身边这些淳朴、善良、可爱的父老乡亲。

"疫情不退，绝不离康。保护家乡父老，保卫英雄城市。"赵子骥向上级党委明确表态写下请战书。

驻守工作岗位，自己冲锋在前，无论白天黑夜，总能在"疫"线看到他忙碌的身影。他每天吃住在村部办公室，24小时守护家乡父老，为村民解决疫情中的各类问题。

赵子骥组建了战疫情"第一书记临时党支部"，集合第一书记全部力量，向党旗庄严宣誓，为打赢抗击疫情阻击战担当责任与使命。

他在朋友圈里喊话，抗疫是每个人的责任，号召村民行动起来，共同保卫家园。很快，"志愿者团队"和"党员先锋队"集结起来，凝聚抗疫力量。

他在朋友圈里喊话，为了更好地完成防疫工作，临时党支部需要一台小货车运送物资，做物流的朋友看到他的信息，主动与他联系，为他提供一辆厢货作为临时党支部的"应急帮扶车"。

有了交通工具，仿佛如鱼得水，他马上自己出钱购买生活用品和防疫物资，送至乡镇的各个堵卡点，及时解决抗疫物资短缺问题。

"这台车还立了大功。"赵子骥笑着说。

一天，赵子骥突然接到村里贫困户邢百战的儿子的求救电话，邢百战老人应在半个月前更换引流管，但因疫情防控等原因，无法更换，儿子在沈阳回不来，急需村里帮助。赵子骥立即协调有关部门，火速办理各类手续，并用自己那辆"应急帮扶车"，将救命的"医疗器械"送至邢百战家属的手中，病人得到及时治疗。

防控期间，赵子骥亲力亲为，带队上门做核酸检测，亲自在堵卡点执勤。他还组织人员，利用宣传车、大喇叭、悬挂横幅、拍摄短视频、张贴倡议书等方式，全方位立体式向群众宣传疫情防控知识及政策，引导群众勤洗手、戴口罩、常通风、不扎堆、不聚餐、不聚集、不串门、不离村，增强防范意识，自觉遵守防控要求。

赵子骥不仅是擒拿格斗的高手，还是多才多艺的才子。喜欢音乐，精通乐器的他，结合自己在防疫工作中的切身体会，利用休息时间，创作了歌曲《我把康平唱给你听》"战疫版"，在直播平台上唱响，被各媒体广泛转发。

"百家饭"吃出乡村振兴新动能

村民王大叔老两口晚上路过村部，看到赵子骥的办公室还亮着灯，就知道他还没吃饭，赶紧告诉老伴，"赶紧回家，给小赵书记弄点吃的"。一会儿工夫，一碗大米饭，一盆炖菜，还有蘸酱菜，摆在了赵子骥的办公桌上。

上午直播解答村民问题，下午转运滞销农产品，晚上回村写方案，半夜配合刑警兄弟抓捕嫌疑人，这就是赵子骥的一天！

赵子骥每一天忙起来，就会错过吃饭时间，吃饭的地点也不固定，走到哪里就随便吃到哪里，更多的时候是吃不上饭，乡亲们特别心疼他，今天这家送、明天那家送，甚至后半夜还有到村部给他送饭的。很多村民开玩笑说："小赵书记真是一个吃百家饭长大的孩子。"

记得赵子骥刚到村里的时候，乡亲们对这位城里来的"90后"产生了质疑。"小书记这么年轻，是来镀金的吧，吃得了农村的苦、干得了农

村的活吗?"村民交头接耳地议论着。

面对村民的议论,年仅28岁的赵子骥没有退缩,而是迎难而上。

一件件诉求、一桩桩事件密密麻麻地记录在赵子骥的驻村工作日志本上。慢慢地,赵子骥的驻村日志本变"厚"了,村里的土地确权问题、河塘承包问题、道路维修问题……这些老大难问题,也是村民长期上访问题。在赵子骥胆大心细、雷厉风行的工作作风下,这些问题逐一得到解决。赵子骥的驻村工作日志又变"薄"了,村民们的称呼也从"这孩子"变成了亲切的"小赵书记"。

作为驻村第一书记,他默默怀着"再做一次战士、再当一回先锋"的念头勉励自己,常常身先士卒,"抢先干、跟我上"的军人作风给良种场村带来青春活力。

"对于良种场村而言,我是一个流水的兵,要实现良种场村的长远发展,就要有一个铁打的营盘。"赵子骥在村党委会上说。

2021年,第一批驻村工作结束后,因为几个项目还没能很好落地运行,于是,他向组织递交申请,申请继续驻村工作。在他坚持推动下,现在这些项目已经成了良种场村集体经济发展的新动能,焕发出勃勃生机。

花要浇到根子上,帮扶要扶到点子上。实践证明,无论是彻底摆脱贫困,还是全面推进乡村振兴,都必须在"精准"二字上下功夫,既要摸准穷根子,更要找准富路子,发挥自身优势,瞄准时代需求,创新销售模式,助力乡村振兴走上快车道。

李琦

　　2017年11月，李琦成为铁岭市人民政府办公室派驻铁岭市西丰县振兴镇沙河村第一书记、工作队队长。他先后引进日光暖棚采摘项目、体验式酿酒项目、梅花鹿养殖项目、果树苗木种植和培育项目、数字智能温控棚食用菌种植和培育项目。累计争取基础设施建设项目资金和支持产业发展项目资金1114.69万元，村民收入大幅提升，村集体年收入实现了由0到34.81万元的谷底飞跃。李琦年度考核连续五年被评为优秀，荣记三等功2次，铁岭市优秀选派干部、铁岭好人·最美扶贫人、2019年辽宁五一劳动奖章、2021年辽宁省脱贫攻坚先进个人等荣誉称号。

奏响乡村振兴"最强音"

——记铁岭市人民政府办公室驻西丰县振兴镇 沙河村第一书记兼工作队队长李琦

今年是李琦担任沙河村第一书记第六个年头了。6年来,李琦带领工作队充分利用乡村自然资源"量体裁衣"发展壮大村集体经济,以党建引领激活乡村振兴发展红色引擎,通过"五大举措"优化布局,调结构、转方式、强基础、增活力,实行沙河村布局科学化、经营规模化、生产标准化、发展产业化,推动农业产业高效发展,打造"有产业"的新乡村,奏响了乡村振兴发展的"最强音"。

2017年,铁岭市人民政府办公室选派李琦到西丰县振兴镇沙河村担任驻村第一书记兼工作队队长。驻村期间,工作队被西丰县委组织部评为优秀驻村工作队,李琦年度考核连续五年被评为优秀,荣记三等功2次、铁岭市优秀选派干部、铁岭好人·最美扶贫人、辽宁五一劳动奖章、辽宁省脱贫攻坚先进个人等荣誉称号。

党建引领,打赢脱贫攻坚战

驻村后,李琦针对全村100户237名贫困人口,实行一户一册、一人一档,逐户逐人排查致贫原因,做到因户因人施策,认真落实精准帮扶的工作要求。

农村要发展,农民要致富,关键靠支部。他走入田间地头,走进村民家中,"把脉"村情,掌握"一手"资料,并与班子成员分析存在的问题,用民主议事机制取代了之前的"一言堂",强化村级重大事项的管理和监督,消除"吃拿卡要"行为,凝聚起班子的共识,形成了心往一处想、劲儿往一处使的团结氛围。

李琦为了让主题党日开展得更加有意义、有活力，他大力推行"主题党日+"模式。把党日活动开到农家炕头和田间地头，让"三会一课"更接地气、更聚人气，有效提升了党员队伍整体素质，通过党建引领，党员群众共建共治共享，全村上下处处洋溢着浓厚的干事创业热情。

加强党内关怀帮扶激励机制，有效地开展对农村困难党员和老党员的帮扶工作。春节前夕，市政府办公室党员干部走访慰问了100户沙河村脱贫户，送去了价值22000元的米、面、油等生活必需品，让脱贫户感受到了党和政府的温暖。

李琦更注重后备干部队伍建设，择优培育储备3名村级致富带头人，发展5名优秀青年加入党组织，每年都培养3—5名入党积极分子，成功打造了一支赶不走的乡村振兴队伍。

陈海波是一名新党员，也是李琦重点培养的对象。她责任心强、有知识、有能力，牵头成立了"养生之路"家庭农场合作社，饲养120头梅花鹿，年利润达到60万元，安置脱贫户2人就近就业，每年向村集体缴纳收益2.5万元，成为优秀的农村青年致富带头人。

　　高维国是一名老党员，李琦手把手教他新媒体操作，通过远程教育平台，了解市场需求信息，把果树苗木远销到山西、新疆等地，实现了农业增效、农民增收，高维国成了远近闻名的果树苗木销售经济人。

　　李琦说："扶贫任务在哪里，党员干部的模范带头作用就要发挥到哪里。"几年来，李琦以此为目标，以抓党建、聚合力、促发展为切入点，不断创新载体，通过强化基层党建、设立党员示范岗，实施党员积分管理，引导全村党员发挥模范带头作用，走出了一条党建引领脱贫致富的新路。

　　为了建设一个环境优美的"新村部""党群之家"，李琦开始研究各类政策。他了解到沙河村作为水库移民村，可以申请移民建设款，他就多次跑水利部门，先后协调资金68万元，新建了300平方米村民文化活动室，2500平方米休闲广场，购置了20套会议桌椅，制作了3套党建展板。

　　他想群众之所想，帮群众之所急。陆续帮助农村解决安全饮用水1处；健康扶贫惠及百姓235人，累计减免医疗费用4.7万元；实施CD级危房改造47户；为5名贫困家庭学生减免费用1.3万元，有效推动各项帮扶举措落实落地。

产业引领，乡村振兴走上快车道

李琦为沙河村制订了《沙河村2021—2023三年发展规划》，为壮大村集体经济提供了遵循依据。

他紧紧抓住农民专业合作社这个撬点，发挥其强大的驱动作用。通过政策引导、资金扶持、技术指导、模式复制等方式，鼓励贫困村民积极参与合作社发展。大力培育壮大专业合作社、家庭农场等新型农牧业经营主体，辐射带动贫困户增收致富。

近年来，依托沙河村独特的地理位置和良好的生态资源优势，逐步形成了休闲观光环路、民宿度假区、方塘垂钓区、暖棚采摘区、酿酒体验区、梅花鹿观赏区的"一路五区"的旅游综合体空间布局。以"四大特色产业"为振兴主线，以促进农民持续增收为目标，坚定走好稳农与强农相辅相成的乡村振兴特色发展工作思路，有力推进产业融合振兴乡村。

为了大力发展现代农业，调整农业产业结构，李琦引进了日光暖棚采摘项目，争取扶贫资金99万元，建设了4栋、共810延长米标准化日光暖棚，97平方米冷库，30平方米看护房。暖棚内栽种果树1200棵，通过成立合作社、农民土地入股等方式，使农民收入不断增加，带动5户建档立卡脱贫户实现脱贫，每年村集体增加收入5万元。

他引进体验式酿酒项目，争取扶贫资金110万元建设一座酒厂。酒厂占地面积3000平方米，新建酒窖10个，购置酒罐4个，场地硬覆盖1060平方米。酒厂年产2吨纯粮酒，年利润达到8万元，可提供5个就业岗位，每年村集体可增加收入5.7万元。

他又开发梅花鹿养殖项目，争取扶贫资金50万元，新建梅花鹿养殖场一座，占地面积4600平方米，养殖场建设围墙260延长米，场地硬覆盖3000平方米，饲养梅花鹿200头。鹿场按管理区、饲养区、散养区、辅助区依次排列，便于拨鹿、观赏、饲养管理，配备看护房、青储窖、叶子库、蓄粪池、化粪池等农用设施，年利润可达到60万元，可提供2个就业岗位，每年村集体可增加收入2.5万元。

他还培育果树苗木种植项目，争取农业产业项目发展资金80万元，依托沙河村果树苗木种植产业，新建长100米、宽50米冷棚35栋，棚内配套滴灌、地灌等先进农业生产设备。苗农预计年纯利润收入16万元，可带动建档立卡脱贫户10户15人脱贫，可提供20个就业岗位，每年村集体增加收入2.7万元。

李琦对记者说："产业兴旺是乡村振兴重点，是实现农民增收、农业发展和农村繁荣的基础。"他围绕发展乡村产业，建立了"农户＋合作社＋企业"的利益联结机制，鼓励农业致富带头人创业创新，以产业振兴推动乡村振兴，让新型农业种植模式成为农民致富的新途径。

在合作社打工的谭金生笑着说："家里的土地流转给了合作社，我们也没闲着，平时在合作社打工，天天有活干，还能学到养殖和种植技术，收入比以前提高了不少！"

特色产业的蓬勃发展，有效带动全村100户237名贫困人口如期稳定脱贫，村民收入大幅提升，每人月增加收入平均在500元左右，沙河村彻底摘掉了贫困村帽子，村民们的钱袋子鼓起来了。

法治引领，建设新时代和谐新乡村

以前的沙河村党组织生活不规范、不严肃、走形式，乡村环境脏乱差，村民矛盾聚集突出，概括起来就是"难、松、单、假、差"，这些问题严重影响了党组织的质量，弱化了党组织的力量。

现在的沙河村由"弱"到"强"、由"乱"到"治"的蜕变，似一曲奋进的变奏曲，在沙河村回响。说起村里的变化，大家都不约而同提到一个人——"李琦书记"。

村书记吴长付说："李琦书记来了以后，沙河村发生了翻天覆地的变化，他一心朴实为沙河村，女儿生病了都没时间回去照顾，真把这里当成了自己的家，我们都深深被他感动。"

为了打造和谐美丽乡村，李琦带领工作队与村"两委"班子一起合力将治理的重心由过去专注"大事"转向关注群众身边的"小事""常事"。不仅做好脱贫致富、村务公开、村委会选举等大事，更加关注群众身边的"小事"，以群众满不满意为出发点和落脚点，切实解决人民群众最关心的问题。

坚持党政统一领导，以落实领导责任制为龙头，以排查化解矛盾纠纷为主线，以平安创建为载体，以解决突出治安问题、加强社会管理为重点。结合"扫黑除恶"专项斗争，采取有力措施，积极排查黑恶势力的违法犯罪隐患，铲除黑恶势力滋生土壤，为村民营造了平安幸福的治安环境。

按照"属地管理"和"谁主管谁负责"的原则，对平安乡村建设工作建章立制。进行责任分解，细化目标任务，层层签订责任状，建立"纵向到底、横向到边、上下联动"的责任网络。严格实行责任追究制度，确保平安乡村建设目标的全面实现。

按照"小事不出村、大事不出镇、矛盾不上交"的目标要求，对重点矛盾和纠纷实行领导包抓制度，做到"一个问题、一名领导、一套班子、一抓到底"，把调处工作责任落实到相关责任单位和具体责任人。

充分利用村广播、墙报和横幅等各种宣传方式，在农闲、节假日、人口比较集中的时间和地点，开展有关平安乡村建设活动的宣传。通过开展社会治安综合治理知识讲座、发放致村民一封公开信等多种形式，大张旗鼓地宣传平安乡村建设的指导思想、创建原则、总体目标、实施步骤、工作重点和保障措施，做到家喻户晓、人人皆知，使村民知道怎样守法，不参与和自觉制止赌博、斗殴、打群架等违法活动。

沙河村是满族村，作为少数民族特色村，在这几年的综合治理下，满族文化气息越来越浓厚，文化生活越来越丰富，文化品质越来越高雅，一派欣欣向荣的美丽画卷徐徐展开！

文化引领，营造乡村文明新风尚

沙河村以文明乡风培育塑造为重点，大力实施"塑德工程"。李琦带领工作队狠抓农民思想道德教育和法治建设，发挥村规民约、家教家风作用，全村呈现出文明健康、向善向上的良好家风、淳朴民风。

李琦牵头组织成立了沙河村"红白理事会"，选举村民信任和德高望重的老党员、乡贤担任理事。通过村广播宣传、张贴标语等方式，有效制

止了大操大办、相互攀比之风，彻底改变了村民的不良观念，切实推进了移风易俗工作。

"红白理事会"成立没几天，村民赵某的姥姥去世了。全村的目光一下子会聚到了赵某家，大家都想看看，村干部这回怎么办。

正所谓："只有落后的政策，没有落后的群众。"与惴惴不安的村干部相比，事主赵某却非常开通。他说："村上规定在先，我家老人去世在后，这制度又不是针对我，我愿意带这个头。"赵某的积极态度令村干部们信心大增，工作更加主动，不仅改用灵车送葬的制度得以实行，而且丧事办得井然有序，简洁节约。

李琦与村两委班子每年都组织开展沙河村好人评选活动。通过广泛宣传先进事迹、树立典型，营造了崇尚好人、争做好人的浓厚氛围，逐步形成了规范有序、和谐稳定、充满活力的乡村治理新机制。

孙诗涵是从外地嫁到沙河村的媳妇，在婆婆病重期间一直陪护在身边，衣不解带，细心看护，不嫌不厌，耐心安抚，婆婆是在她的怀里安详离世的。婆婆离开后，她又负责照顾公公的生活饮食起居，任劳任怨，始终如一，被评为"沙河村好人"，感人事迹广为流传。

"移风易俗，关键是要正面引导和制度约束，让群众转变传统观念，自觉践行文明新风。"李琦告诉记者，沙河村通过"村规民约"，特别是将红白喜事筹办标准、垃圾分类清理、公筷公勺使用等移风易俗事项纳入村规民约内容，真正使村规民约成为立新风、树新风、构建文明有序乡村治理环境的制度支撑。

现在，沙河村的文艺活动多了，学习气氛浓了，倡导法治文明、道德诚信、勤劳致富新风尚，让农民口袋鼓起来的同时，还要让农民的脑袋也富起来。

李琦说："农民有了文化活动，充实了自己的生活，在接受艺术所传达的信息后，会潜移默化地改变自己的行为，像之前村民红白喜事喜欢大操大办、互相攀比，经过引导，这两年勤俭办事的新风尚已逐渐形成。同时，村民喝酒打架的少了，干事创业的多了，特别是学乐器、拍视频的开始多了，有的都成网红了。"

生态引领，创建美丽文旅小镇

如今走进沙河村，村道干净、庭院气派、民风淳朴……展现的是"生产美、生活美、环境美、人文美"的美丽景象。

李琦驻村后，为了改变沙河村的落后面貌，他不断往返于各个主管部门，想办法筹资金，先后争取水利部门资金160万元，更换了12.5公里村自流水管网，修缮了1320延长米屯河护岸和400延长米寇河上游沙河段堤坝。

他争取到统战部门84万元资金，新建仿古边墙1167延长米、仿古凉亭25平方米，更换仿古大门71扇，改造民宿140平方米。争取交通部门130万元资金，铺设屯内巷路5.2公里。

李琦以建设美丽宜居村庄为导向，以农村垃圾、污水治理和村容村貌提升为主攻方向，动员各方力量，开展农村污水乱排、垃圾乱扔、秸秆乱烧"三乱"的治理工作。

每屯设立一名保洁员，负责本屯的垃圾清扫工作；制定了垃圾清扫制度，确保农村生活垃圾日产日清；制定了户承包制度，包卫生、包绿化、

包整洁。

春季，对村屯内冰雪融化后裸露的垃圾进行集中清理；冬季，对村头、桥头、河道、道路两侧垃圾多次进行集中清理。开展以屯为单位的农药回收工作，通过广播、标语、宣传单等形式，加大防止农药瓶对环境污染的宣传力度，让广大农民养成自觉回收农药瓶的良好习惯。

沙河村变美了，小山村充满了新活力；习惯变了，文明新风成为村民自觉；产业变了，村民的钱袋子鼓起来了。

李琦开始将特色资源和旅游业结合起来，以"集体合作社+公司+农户"的形式推动农业种植、家畜饲养、农品加工、休闲观光、研学旅行、精品民宿和节庆融合发展。

他在沙河村建立研学基地、亲子度假基地，可以体验农事劳作、户外探索，学习民俗文化、"非遗"技艺，接受自然教育、博物认知，不仅丰富了游客的行程，也带火了当地特色农产品。

2020年，沙河村被辽宁省农业农村厅评为"辽宁省休闲农业和乡村旅游特色村"。农业、旅游、文创、产品……"农文旅"融合发展的乡村振兴之路在实践中越走越清晰。

王铁柱

　　2017年10月，锦州市经济合作中心派驻锦州市义县张家堡镇谷家屯村担任第一书记、工作队队长。他引领村党建工作实现由全镇"小拇指"到全县"大拇指"的"五指转变"。引进服装加工、母牛繁育基地、中药材试验田、黑果花楸种植园等项目，总投资1100余万元，总产值400余万元，提供就业岗位500余个，村集体增收50余万元，带动全村56户贫困户111人如期脱贫。引进辽宁邦基饲料项目落户锦州七里河高新技术产业开发区，项目总投资1.02亿元，县乡村三级受益。2021年，王铁柱被评为辽宁省脱贫攻坚先进个人。

为乡村振兴注入"源头活水"

——记锦州市经济合作中心驻义县张家堡镇谷家屯村第一书记兼工作队队长王铁柱

将一个落后的小山村建成望得见山、看得见水、记得住乡愁的如油画般生态宜居的美丽乡村，这绝对是个大手笔！

现在走进谷家屯村，村部门前的大坑已经被填平，取而代之的是宽敞整洁的文化广场，宣传栏、篮球架、运动器材等配备齐全，鲜红的国旗在广场中央高高飘扬……

谷家屯村翻天覆地的变化源于村里来了第一书记王铁柱。他任职以来，连开"四枪"，命中了目标，打出了精彩，为乡村发展注入了"源头活水"。

2017年10月，王铁柱带着满腔热情走进这个小乡村，任第一书记兼工作队队长。他带领工作队员经过近6年的奋战，将原本环境脏乱差和贫穷落后、举步维艰的小山村打造成了现在人人羡慕的产业叠加、生活宽裕、乡风文明、村容整洁、管理民主的美丽和谐新农村。2021年，王铁柱被评为辽宁省脱贫攻坚先进个人。

"第一枪" 精准命中"靶心"

过去的谷家屯村，晴天尘土飞扬、雨天泥泞路滑、垃圾到处堆放，群众出行难、就医难、吃水难、上学难、开展文体活动难。当时的集体经济一片空白，村级债务30余万元。村级党组织软弱涣散，村"两委"班子呈现"不会干、不敢干、不想干、不能干"的工作状态。

王铁柱上任后，"第一枪"就瞄准了建强支部这个"靶子"。从抓"两委"班子建设入手，采取"1+1+1"联建模式，即班子和队伍一起带、制度和规划一起建、党建和产业一起抓，确保组织建设和乡村振兴融合共进。

在支部建设上，他注重推进规范化建设，严格落实"三会一课"制度，创新"党员活动日"形式，在全市率先高质量完成村"两委"换届等工作。先后开展了"支部建设党员行""建党百年茶话会""'喜迎二十大，百年再出发'大讨论"等活动，全面提升了村党支部的号召力、凝聚力和群众向心力。

王铁柱充分利用个人资源，与中国银行锦州分行公司金融部党支部形成"联合共建党支部"，金融部党支部为村里捐赠各类办公设备，捐书、捐款，帮助村里建起了图书室。

他协调沈阳工业大学电气工程学院党支部暑期社会实践团来到谷家屯村社会实践、奉献爱心。现在谷家屯村已被确定为沈阳工业大学电气工程学院的"社会实践基地"，把义县七里河开发区确定为"科研与社会实践基地"。

依托网格化管理，他还组建了矛盾纠纷调解服务队，建立"党员评事""村民互助"微信群，累计解决群众烦心事210余件，化解矛盾纠纷23件。

紧紧依托精神文明建设，他开展了"好媳妇、好婆婆、好儿媳、村内好人"评选活动，举办春节联欢会、成立秧歌队。村民的获得感、幸福感、安全感持续提升，王铁柱也成了村民们的"自家兄弟和儿子"。

谷家屯村地处间山余脉，每年夏季雨水都要冲坏几条河道，给村民带来生活、生产上的损

失。王铁柱就组织一支以党员为主的志愿者团队，在雨季来临前，加班加点修整加固河道，避免了水患，给村民营造了一个安全的生产生活环境。

在他的不懈努力下，村党建工作实现了由全镇"小拇指"到全县"大拇指"的"五指转变"。2020年，谷家屯村被县政府评为先进村。2021年，谷家屯村被县政府评定为先进党支部。

"通过加强党支部建设，汇聚党员与经济的力量，在谷家屯村，党支部带党员、党员带群众已成为常态。现在，不仅村庄变美了，产业发展也是风生水起，有了收益，村民的日子越来越好了。"王铁柱说。

"第二枪" 准确摘掉"贫穷帽"

谷家屯村有380户村民，其中建档立卡户54户、低保户49户、五保户15户，贫困人口就占了三分之一，因病致贫、因学致贫是导致贫困的主要因素。

王铁柱了解到谷家屯村留守妇女和儿童较多的实际情况之后，不辞辛苦，多次协调省、市、县妇联，争取到妇女儿童之家项目。该项目也是省妇联在锦州地区唯一授权建设的"妇女儿童之家"。项目总投资17万元，其中省妇联安排建设资金12万元，配备物资5万元，不足部分由建设方自筹。"妇女儿童之家"是促进妇女儿童家庭幸福和社会和谐的民生工程和公益性项目，为生活在农村的妇女和儿童开辟了集娱乐、学习、培训、救助等多功能为一体的综合性妇女儿童活动场所。

为了尽快摘掉"贫穷帽"，他果断扣动"第二枪"的扳机——逐家逐户走访，认真研究扶贫政策，实施产业扶贫。

要想富先修路。王铁柱多方奔走，联系相关部门，为村里修水泥路两条，硬化村屯道路10余公里，安装路灯130盏，修方塘一座，安装环保厕所59个，打深水井一眼，村部一条街还免费安上了自来水。

通过多方协调，作为少数民族村的村部广场项目落户谷家屯。项目总投资35万元，包括2400平方米的村部广场，以及健身器材、标准篮球场和路灯等。村部广场的建成给村民健身娱乐提供了一流场地。每天晚饭后，来村部广场健身打球、跳广场舞、扭秧歌的络绎不绝，村民的业余生活得到了极大改善。

为彻底解决谷家屯村环境治理问题，王铁柱从县政府领回7000多株树苗，这支志愿者队伍又大干一个月，将家家户户门前的"三堆"清理干净，然后在路两旁种上树苗和花卉，如今谷家屯的面貌已经焕然一新。

为了从根源上解决贫困问题，王铁柱始终提倡产业扶贫，重视发展壮大村集体经济，积极引导村集体参与"三变改革"。通过引进资金和项目，谷家屯村的发展问题得到有效解决。

他利用派出单位的招商优势和自己的人脉资源，四处寻找适合村里发展的项目。

王铁柱深知，产业发展是巩固拓展脱贫攻坚成果与乡村振兴有效衔接的重要手段。在脱贫攻坚过程中，产业发展促进了脱贫户自我发展能力的提高。但也存在产业层次低、规模小、分布散、链条短、效益低、市场风险大，同质化与短期化倾向明显，多依赖外部主体，村民参与度不高等问题。

2018年年初，他自费带领村民两赴抚顺市清原县考察中药材项目，并把中药材专家请到谷家屯村把脉指导。经村"两委"班子和村民代表大会决议通过，他选了5户村民为代表，率先在谷家屯村搞中药材试验田，引进威灵仙和苍术两个品种，总投资10万元。当年，由于春季风沙较大，药材成活出苗后被风刮去了不少，严重缺苗，当时大家都快失去了信心，有两户干脆把苍术地给毁了，改种了花生。王铁柱当时的心情也特别低落，让老百姓遭受了损失，但他还是鼓励其他几户把中药材保留下来，看看到底什么效果。

2021年的秋天，仅存的威

灵仙试验田到了收获期，但是秋季雨水特别大，机器无法进地采收，他们只能等到2022年的4月份才采收中药材。出人意料的是，在缺苗的情况下，威灵仙试验田每亩地3年产值达到了18000元，每亩地年产值达到6000元，远远超过其他经济作物。坚持就是胜利，这给他们带来了极大的信心。今年春天，他们又育苗苍术，一定要让它在谷家屯村生根发芽。为了避免风沙侵袭，他们打算秋季栽种威灵仙，初步计划发展威灵仙30亩。

他联系辽宁省湖北商会辽西分会、锦州市吉林商会，为谷家屯村无偿援助几万元资金。他联系锦州市浙江商会、锦州市温州商会与张家堡镇签订31户脱贫协议，为全镇最后一批贫困人口脱贫贡献了力量。

众人拾柴火焰高。在社会多方力量的共同支援下，谷家屯村所有建档立卡贫困人口都达到了"两不愁、三保障"的脱贫标准，实现了稳定脱贫，村集体也一举摘掉了空壳村的帽子。

经过王铁柱的多方努力，谷家屯村于2018年年底全村成功实现脱贫摘帽。

"第三枪" 点燃人生的希望

王铁柱来到谷家屯村后，就住在村部一间四处漏风不足10平方米的房子里，艰苦的环境对他来说不是问题，因为他从小也是农村长大的，什么样的苦都吃过。村部旁边就是小学校，他从校长那里了解到，村里还有几个贫困家庭的孩子读书成了问题，眼瞅着就不能来上学了，这让他感到更痛苦、更揪心。自己的那点困难算什么，他要让村里这些孩子都能读书考大学。

王铁柱通过派出单位，与锦州市温州商会会长陈训嵩取得联系。陈训嵩会长被王铁柱的扶贫情怀所感动，商会与各家屯村签订了每年5万元的扶贫助学协议，优先帮助这些面临失学的孩子，连续4年捐助20万元。除了用于扶贫助学之外，还利用这些资金入股养猪合作社实现年底分红，还用于维修村路、打井、治理河道以及村部改造等。

贫困户李云会家五口人，李云会夫妇有两个女儿上学，老大李兰兰正

在读高中，小女儿李遂心面临小学升初中，老母亲年迈多病，后来卧床不起一年有余，常年需要人照顾。雪上加霜，李云会也得了脑血栓，无法从事重体力劳动，妻子陈力立为了照顾婆婆和丈夫，放弃了加油站的工作，一个人承担了全部的农活和家务。两个病人每天需要支付高昂的医药费，孩子上学、补课也是不小的开支，这日子可怎么过？

2018年开始，王铁柱协调锦州市温州商会，对李云会家连续5年进行扶贫助学。现在李云会的女儿李兰兰已经大专毕业并参加了工作，其小女儿李遂心也考入了义县职专。李云会的母亲已离世。李云会的病情得到了救治。现在村里还给他安排了公益岗位，其妻陈力立也回到了加油站正常工作，全家生活又充满了希望。

贫困户刘峰家六口人，三个孩子上学，还有多病的老母亲，他自己本人也有高血压，是典型的因学致贫家庭。为了让孩子上学，光靠种地收入完全不够，妻子黎维艳到镇里的批发部卖货打工。那一年，老大刘婷婷读高三正值高考，老二刘若雨和老三刘俊驰都上了小学。

王铁柱到他家的时候，屋子里什么都没有，他真正感受到什么是家徒四壁。刘峰家常年靠借贷维持生计，拆了东墙补西墙，生活极其艰苦，孩

321

子们随时面临辍学的危险。在锦州市温州商会的帮助下，现在刘婷婷通过自己的刻苦勤奋考入了山西师范大学，刘若雨读到了初三，刘俊驰也即将升入初中。

王铁柱又联系了锦州市4家商会与全村困难家庭签订扶贫助学协议60余万元，已有63名孩子受益。为了鼓励孩子们上学，他还联系了锦汇等一些企业和爱心人士为孩子们捐赠了服装、毛衣、毛裤、毛线和学习用品。

利用寒暑假时间，王铁柱还在村部办起了义务补课班，免费为村里的孩子补习功课。很多家长听到消息，都不约而同地把孩子送过来。可是村里的孩子多，年龄大小又不一样，这为孩子辅导带来了困难。为了不让老乡和孩子们失望，他索性放弃自己的休息时间，从小学一年级的课一直讲到初中一年级，七个年级的课程把王铁柱累得疲惫不堪。可看到孩子们那一张张纯朴的笑脸时，他所有的疲劳都烟消云散了。

"第四枪" 激发振兴发展的欲望

"老百姓要想富裕，光靠救济是不行的，不能解决根本问题。"王铁柱沉思了一会儿说，"发展才是硬道理。"

谷家屯村地处张家堡镇东南部，东依医巫闾山余脉，西临大凌河保护区，坡地多，雨水勤。王铁柱针对村里的地容地貌特点需找适合的项目，多方考察调研，最后黑果花楸进入他的法眼。他引入资金600万元，完全利用荒山荒坡发展黑果花楸种植业。目前，近200亩山地的黑果花楸长势良好，挂果特别多。实践证明，谷家屯的荒山适合黑果花楸生长。这样一来，谷家屯2000多亩荒山荒坡就会变废为宝。

谷家屯村养猪合作社每年出栏600多头猪，村集体收入达50多万元，村贫困户每年都能增加收益。王铁柱看到了养殖业的前景。通过调研，他引进了一个养牛项目——总投资600万元的凤栖养殖场项目。养殖场建设完成后，由于2021年夏秋雨大，冬季暴雪，养殖场的道路冲毁，牛棚压塌，今年初，王铁柱组织村民重新修复了牛棚。养殖场已经完成所有基础设施建设，现有基础母牛200头。谷家屯村养牛业不断发展壮大，村集体经济不断壮大。

王铁柱和村"两委"紧锣密鼓在春播前完成了土地流转，一期流转土地220亩，预留土地800亩，准备建设草莓大棚，发展草莓小镇。一个个项目在王铁柱的努力下成功落地，谷家屯村的产业逐步走上了乡村振兴发展的快车道。

王铁柱全力搞招商、跑项目，总投资100万元的服装加工项目建成投产。服装厂成立后，王铁柱与企业负责人共同把关，录用了村里心灵手巧的妇女，30多人到厂子里务工，实现了妇女在家门口就业，带了娃、守了家、赚了钱的美好梦想成为现实。

驻村以来，王铁柱为谷家屯村先后引进服装加工、母牛繁育基地、中药材试验田、黑果花楸种植园等多个项目，总投资1100余万元，总产值400余万元，提供就业岗位500余个，带动全村56户贫困户111人如期脱贫。

2021年，为巩固拓展脱贫攻坚成果、继续抓好项目发展，王铁柱义无反顾选择连选连派，持续推进乡村振兴，从产业扶贫转向产业兴旺的发展阶段。

此次再出征，王铁柱将主战场由村拓展到镇、县，利用"飞地经济"政策，成功引进辽宁邦基饲料项目落户锦州七里河高新技术产业开发区，使县、镇、村三级受益。

利用本村刘书记代理邦基饲料销售的有利条件，王铁柱多次与区域销售经理杨总接触洽谈。当得知邦基集团为扩大生产规模有意向在辽宁地区投资建厂的信息后，他第一时间向义县招商部门和镇领导汇报，并诚邀项目方来义县考察。在县领导的大力支持下，经过多方努力，最后项目选址落在义县七里河经济开发区，同时也盘活了区内的僵尸企业。

2021年年初，为推动项目尽快开工建设，王铁柱同镇里领导多次接触项目方，了解和帮助解决项目推进过程中的难题。在县领导和有关部门的推动下，投资约1.2亿元的项目顺利开工。目前完成了土建施工，预计今年下半年正式投产。

每个项目都如火如荼地发展，激活了这座小山村。2021年，王铁柱被义县县委、县政府授予首位"招商引资功臣"称号。

　　王铁柱要为谷家屯村留下"一支带不走的工作队、一批活力强劲的合作社、一份殷实厚重的村集体资产、一套高效管用的基层治理体系",更好地推动脱贫攻坚与乡村振兴有效衔接。

　　党支部的事都放在支部建设里说,摘帽的事就放在摘帽里讲,助学的事就放在助学里讲,发展的事就放在发展里讲。

钱莽

2021年8月，年仅33岁的钱莽被大连装备投资集团选派到庄河市光明山镇北关村任第一书记。驻村以来，钱莽履职尽责，勤勉敬业，与村"两委"班子协作共进，与群众打成一片，坚持把党的建设作为第一要务，积极推进基层党组织标准化规范化建设，坚持以党建促发展促振兴，统筹协调抓好各项工作。

扎根基层一线　助力乡村振兴

——记大连装备投资集团派驻庄河市光明山镇北关村第一书记钱莽

2021年8月，年仅33岁的钱莽被大连装备投资集团选派到庄河市光明山镇北关村任第一书记。驻村以来，钱莽履职尽责，勤勉敬业，与村"两委"班子协作共进，与群众打成一片，坚持把党的建设作为第一要务，积极推进基层党组织标准化规范化建设，坚持以党建促发展促振兴，统筹协调抓好各项工作。

党建引领，瞄准方向精准发力

光明山镇北关村隶属于辽宁省大连庄河市，地处辽东半岛东侧南部山区，系为小沙河上游水源地，水利条件十分优越，主要以发展水果、玉米、大豆、水稻等农作物为主，但设施农业与集体经济发展一直较为薄弱，农业产业结构转型是未来带动地方集体经济发展和村民致富的关键所在。

按照全面推进乡村振兴、巩固拓展脱贫攻坚成果任务要求，第一书记钱莽积极发挥党建引领作用，以党支部牵头，立足长远、共同谋划，从派驻村实际出发，通过开展座谈、实地考察、入户走访的形式遍访北关村13个村民小组、900余户群众，有针对性地推进北关村产业现状调研，制订了切实可行的驻村工作规划和任务清单，统筹推进村党组织建设、集体经济产业发展、公共基础设施建设及为群众办事服务工作。

通过走访困难群体知晓致困因素和解决途径，对接产业致富能手探索产业模式和发展方向，进驻网格了解乡村治理薄弱环节及治理良策，以"党建引领+多方联动"工作法，动态管理，挂图作战，瞄准方向精准发力，使各项重点工作有的放矢，成效显著。

扑身前行，发挥党员先锋作用

钱莽始终把党建工作放在首位，坚持以增强政治功能、提升组织力为重点，加强村"两委"班子建设，推进党员教育管理和监督，组织凝聚服务村民群众。积极推进"两学一做"学习教育常态化制度化，"七一"等重要节点为党员上党课4次；以身作则真正沉下去，号召村干部、党员深入实践，实行党员包户，定岗定责，在群众致富和乡村振兴发展中，充分发挥村党总支和党员的引领和带头作用。

驻村以来，着力夯实村党支部标准化规范化建设，推进"村屯筑垒"工程，系统梳理北关村组织设置结构，捋顺组织管理体系，搭建组织生活制度框架，明确标准化规范化建设要点。村屯干部拧成一股绳，积极推进村经济工作、治理工作、服务工作的相互联动，确立了"促党建谋发展，变思想谋振兴"的工作思路，紧抓经济发展这条主线不放松，积极发挥党建引领的作用。通过内引外联推进党建共建工程，与派出单位建立党建共建联系点，以支部共建的模式搭建培育地方产业基地、建立党建+学农产

学研试验基地、推进与社会组织的战略合作、致力为群众服务办实事、积极推进民生工程改善和村委办公环境改善事宜。

结对帮困，推进乡村治理水平

北关村位于光明山镇西部，全村总面积22.962平方公里，村内辖有13个自然屯，共有人口3016人，耕地面积11883亩，林地面积18868亩，村内产业主要以种植业为主。驻村以来，钱莽积极融入北关村乡村治理工作日常，深入群众协助村"两委"统筹山水林田湖草系统治理，牢牢把握和践行绿水青山就是金山银山的发展理念，协调社会资源助力村"两委"抓好管好农村公共基础设施和基本公共服务改善等各项工作。

脚上沾有多少泥土，心中就有多少真情。不论是田间地头、胡同巷弄，总能看到他走街串巷、探门入户的身影。他从一个"外地人"变成了人们口中常念叨的村庄"活地图"，家家户户"百事通"，大事小情说起来也总能如数家珍。他是邻里矛盾纠纷调解中的"灭火员"、国家大政方针政策的"宣讲员"、打通服务群众最后一公里的"跑腿小哥"，对接派出单位达成民生改善和基础设施建设项目意向，项目资金30万元，用于桥梁修建、基础设施改善；协调派出单位及其他社会面爱心机构，与4户社会救助公益机构达成长期帮扶联系点，对北关村20余户困难家庭进行4次走访慰问，捐款捐物近5万元；协调开展中小学生暑期夏令营活动，争取2名免费暑期夏令营名额；支援北关村防疫物资合计3万元。同时积极参与到村全民核酸检测、疫苗接种、防火防汛、危房险房排查、燃气罐排查、河道排查、违规建筑排查等工作中，北关村社会治理展现新面貌。

盘活资源，打造地方产业联动

基于北关村经济现状，钱莽与村两委共同研究，确定了通过培育和打造地域示范性产业基地为重点，致力于通过村企农户共建的产业模式探索和推动北关村集体经济规模化产业化发展的新路径。一是以产业帮扶为抓手，变"输血"为"造血"。协调派出单位与北关村进行产业合作，争取基直投资金34万余元，建立蔬菜种植基地示范点，推进"扶贫蔬菜种植（试验）基地"建设，带动周边农户在基地务工就业，推动周边农户流转土地，受益群众40余户，累计增收10余万元，户均增收2000余元。二是引进新品种，打造试验基地。通过协调引进辽宁省农科院优良品种和技术支持，打造绿色生态产业试验田1块，培育种苗品类和技术支持10余项，协调省农科院引进优良品种向周边有需求的农户进行推广，推动周边60余户进行试种，进一步加大蔬菜种苗培育能力，提升科技化助产水平，切实保障蔬菜基地生产标准规范、品种培育优质、食品安全放心、产运储存科学。三是打造品牌，拓宽市场。依托本村自然资源禀赋，引入市场化运作机制。在中国大连国际农业博览会及庄河农展会上展示精选的草莓、蜜薯等多种丰富特色农产品，加强北关村品牌建设和影响力；同时通过线上线下多渠道拓宽市场渠道和销路，与10余家关联企业达成战略助销意向合作，为农户销售农副产品20多个品种，助销农产品10余万元。

主动请缨，奋战疫情防控一线

最是艰难，方显勇毅。疫情大考、脱贫攻坚、乡村振兴、防汛抢险……2021年11月初，新冠肺炎疫情卷土重来，大连庄河市疫情防控工作进入全民战"疫"紧迫时期。排查来返人员、全民核酸，钱莽在北关村疫情防控一线不分昼夜地连续工作了4天，身体已经疲惫不堪。11月8日凌晨，庄河大学城急需一批志愿者为学生做后勤保障，时间紧，任务重，钱莽当得知大学城的紧迫状况后，主动请缨到最艰

苦、最危险的前线去战斗，当晚顶着雨雪连夜出发，进驻庄河大学城进行抗疫支援。

为了保证工作顺利开展，钱莽主动提出担任第4党小组组长兼公寓楼楼长，担负大学城西区学生公寓的守楼任务，带领志愿者开展志愿服务工作，为封闭区隔离学生和教师提供每日餐食保障、生活垃圾清理、核酸检测、区域环境消杀以及学生思想工作等相关保障工作。白天参与学生的后勤保障工作，进行安全防护宣传，晚上总结工作动员思想，当其他志愿者休息后，钱莽还要继续与防疫指挥部沟通工作，并应对随时出现的突发状况，每天最多只能睡3小时，高强度的工作考验着他。宿舍楼解封的那天，钱莽睡了来大学城后的第一个整觉，大约5个小时，他很满足，因为战胜了疫情，他发自内心地高兴。他不是天生的勇士，只因肩上那名为"第一书记"的责任，从而变得无所畏惧。

"从我踏上这一片土地开始，我就想着如何让它变得更好，如何扎扎实实做几件实事。"第一书记钱莽说道，他也正是这样做的，工作中他勇于直面贫困，脚踏实地，扎根农村，为乡村振兴贡献"第一书记"的力量。

林川

　　2016年1月，林川被本溪市委宣传部选派到桓仁满族自治县华来镇冯家堡村任工作队队长、第一书记。林川立足冯家堡村支部党建工作薄弱、集体经济薄弱、治理能力薄弱的实际，确立"打造一支队伍、建立一套制度、积累一份资产、培育一种文化"的工作目标。6年的驻村工作，林川带领工作队出色完成了脱贫攻坚与乡村振兴有效衔接，打出了一套漂亮的"组合拳"，探索出一条乡村振兴新路径。

精心打好乡村振兴"组合拳"

——记本溪市委宣传部驻桓仁满族自治县华来镇
冯家堡村第一书记、工作队队长林川

走进冯家堡村，首先映入眼帘的是一块刻有"冯家堡村"四个大字的巨型"村名石"，巨石长3米、高1.7米，后面雕刻着《冯家堡村赋》，记载着冯家堡村2000余年的历史文化、资源物产、民俗民风。《冯家堡村赋》就出自驻村第一书记林川之手。

2015年12月，在全国打响脱贫攻坚战役之时，林川就积极报名，被选派到市委宣传部帮扶的贫困村桓仁县华来镇冯家堡村任工作队队长兼第一书记。在市直机关从事近30年宣传思想文化工作的他写过无数个大材料，但是真正深入乡村与村民一起工作生活，这还是第一次。如何做好"理论联系实际"这篇"大文章"，他把驻村工作作为一次难得的学习实践机会，积极团结村"两委"带领冯家堡村脱贫致富，6年的驻村工作，林川打出了一套漂亮的"组合拳"，探索出一条乡村振兴新路径。

筑牢堡垒，让支部强起来

冯家堡村位于桓仁满族自治县西麓，村域面积26.2平方公里，共有553户1970人，常住人口1115人，建档立卡户14户24人；村党员总数35人，常年在外务工党员9人，留村党员平均年龄56岁；过去村集体经济项目数为零，村务管理只能靠每年上级转移支付的3万元资金维持运转；村干部领富能力不强，村基层党建不规范，村级党组织缺乏活力。

面对这样的现实，林川深深懂得只有根深才能叶茂，本固才能枝荣这一道理。驻村伊始，他就在深入调查的基础上，立足冯家堡村支部党建工作薄弱、集体经济薄弱、治理能力薄弱的实际，确立了"打造一支队伍、建立一套制度、积累一份资产、培育一种文化"的工作目标。

从固本强基工作入手，每年年初，林川都要带领村党支部认真研究制订年度党建工作计划，组织支委成员深入学习两个《条例》，结合全党开展"两学一做"常态化制度化、"不忘初心、牢记使命"主题教育、"党史学习教育"等重大主题活动，较好地坚持了"三会一课"、主题党日等组织生活制度，同时还充分利用学习强国、智慧党建等平台拓展学习教育内容，有效弥补农村基层党建教育资源不足问题。

特别是在党史学习教育工作中，他帮助冯家堡村两委建立起微信公众号，推送冯家村开展党史学习教育、乡村振兴实践等内容10余篇；组建村"党员群"，开展"党史百年天天读"活动，推送《山河岁月》等党史学习教育视频、文字资料50余篇；在疫情防控期间，他协助村党支部组织党员在线上党课，利用学习强国平台居家观看电影《离开雷锋的日子》，利用智慧党建平台集中收看《战疫一线党旗红》《红旗如画》等电视专题片，灵活多样的党课形式，受到在村党员的欢迎；在去年"七一"前夕，他协助村党支部组织在村党员、积极分子开展"学党史、感党恩——重走

家乡红色路，喜庆党的百年华诞"主题党日活动，通过参观东北抗日义勇军纪念馆、重温入党誓词、聆听专家《义勇军魂与桓仁精神的时代传承》主题党课、重走砬门抗联密营遗址等形式，利用当地特有的红色文化资源开展党史学习教育，有效增强了党日活动的吸引力。

注重在培养和发展年轻党员上下功夫。近年来，针对农村党员队伍年龄老化的实际，他积极协助村党支部加强对要求进步中青年农民的政治培养，严格选人标准和程序，发展党员7人，预备党员1人，积极分子1人，新发展党员平均年龄37岁，不仅为村级党组织补充了新鲜血液，还进一步优化了党员的年龄结构。

随着基层党建工作逐步完善，冯家堡村党组织和党员精神面貌也发生了很大变化，新组建的党员志愿服务队、青年志愿者服务队积极活跃在扶贫帮困、村屯环境整治、疫情防控、乡村振兴第一线，特别是在近年疫情防控期间，两支志愿服务队伍在返乡人口排查、外来人员管理登记、交通卡点值守、疫苗接种组织宣传、13轮村域全员核酸检测等方面发挥了巨大作用，在各项急难险重工作中，冲在最前面的始终是村里的党员干部，他们以自己的模范行动为村民树立了榜样，受到村民的赞誉。

真心帮扶，让日子旺起来

　　林川驻村工作6年，最熟悉、往来最多的村民群体，就是村里那14户建档立卡贫困户，像家人一样没事过去串串门、聊聊天已是他驻村工作的一种常态。

　　建档立卡户王忠琴大姐今年67岁，中年时丈夫因病去世，生性要强的她独自一人把一双儿女养大，如今大女儿已远嫁辽阳，20出头的小儿子也常年在外打工，每年春节才能回家。王忠琴过去居住的房屋始建于20世纪70年代，是村里最破旧的土坯房，2018年国家出台帮助建档立卡贫困户翻建新房政策，林川曾连续三次去王忠琴家动员其翻建新房，都被她拒绝了，这事一直成为林川的一块心病。国家给出资建房这么好的政策王忠琴为啥不同意呢？经过调查和思考，2019年秋季林川第四次登门动员王忠琴翻建新房。在王忠琴破旧的小院里，林川一边帮她把收获的玉米归仓，一边和她聊天分析其拒绝翻建新房的心理，当林川分析出她拒绝翻建新房的原因是自身年龄大，身为移民户在村里也没有啥亲属，自己身体还有病已无力张罗盖房子时，王忠琴点头了。林川接着劝她，"大姐，你家房子已属险房，如果遇到持续大雨随时会有倒塌危险，再有你儿子已经20多岁了，再过几年就要娶媳妇了，如果儿子领女朋友回来，看见你家房子这样，哪个姑娘敢嫁过来呀！"看着王忠琴低头不语，林川继续劝她，"大姐，你放心，如果你同意翻建新房，一切都由我和村里帮你张罗，你只负责监督就好了。"王忠琴眼睛亮了，"林书记，只要你们帮忙，我就盖。"

　　2020年5月春耕结束，王忠琴的新房破土动工，林川帮助王忠琴争取扶贫建房资金4.5万元，她自筹2.5万元，历时40余天，一座由驻村干部全程参与房屋设计、预算把关、材料购置、施工组织、质量监理、外墙涂刷装饰的60平方米崭新砖瓦房附带水泥院面、厕所、仓房等设施齐全的农家小院全面竣工。王忠琴笑了，她终于实现多年来老有所居以及能为未来儿子娶媳妇打造一个像样家的梦想。

　　把困难群众的家事当成自己的事。林川驻村以来，先后筹措争取资金

12.8万元帮助2户贫困户完成危房翻建，协调帮助1户贫困户购置安居住房，帮助1户贫困户完善住房冬季保温措施，帮助5户贫困户实施了家居环境改造，为1户贫困户申请了大病治疗资助。为了让贫困家庭彻底摆脱贫困，林川还协助争取扶贫贷款和产业扶持资金10.8万元，帮助5户贫困家庭发展家庭种养殖产业，助其增强"造血"功能，同村"两委"研究设置3个村级公益岗位，帮助3户建档立卡贫困户每年增收1000元，目前冯家堡村14户建档立卡贫困户人均收入11972元，脱贫成果相对稳定。

积极吸引社会力量参与扶贫。近年来林川先后2次协调市中心医院专家到村里开展义诊活动，为400余名村民进行诊疗咨询，并捐助4000余元药品免费发放给困难村民；协调市残联为村26名残疾人免费提供轮椅、助听器等辅具40余套，总价值4.9万元，极大地方便了残疾村民生活；2次协调社会慈善组织在冯家堡村开展"壹基金温暖包"捐赠活动，为家庭困难学生发放助学"温暖包"80余个，总价值达5万元。

完善设施，让村屯亮起来

走进冯家堡村采访，街巷路宽敞整洁，太阳能路灯夜间明亮，基础设施完善程度在全镇14个村中都是数一数二的。"这几年我们冯家堡村变化太大了",采访中村民自豪之情溢于言表,和第一书记林川交流,林川更多的是感慨近年来国家乡村振兴的好政策。

采访林川,感触最深的是他的"实",而且他的"实"是深刻于骨子里的。驻村伊始,林川和驻村工作队就给自己确立了不搞花架子、不做表面文章,实实在在帮助村里干好事做实事的帮扶工作原则。2016年刚入村时,冯家堡村的村部还在20世纪70年代建成现已废弃的村小学里办公,办公环境老旧阴暗。他入村后做的第一件事就是跑资金翻建新村部,在选派单位的大力支持下,多方筹措资金83万元建起450平方米的二层新村部办公楼及西侧500平方米的文化广场,目前新村部内党员活动室、文化健身室、农家书屋、妇女儿童之家、标准卫生室等配套设施齐全,现已能够完全满足服务广大村民群众的实际需要。

2021年年初,在林川和村"两委"的大力争取下,冯家堡村被确定为桓仁县美丽宜居乡村建设五个重点村之一,并积极向上争取资金262.2万元,新建村路冯菜线一期工程1100延长米,新建街巷路1000余延长米,新修田间作业路1890余延长米,新建临街围墙800余延长米、混凝土边沟960余延长米,新建防渗渠869延长米。在年底全县开展的村级党组织"我为群众办实事""最佳十事"评选中,林川协助村里申报的"冯家堡村修建致富路推动乡村产业振兴"项目被县委组织部评为全县"最佳十事"。2022年年初,林川又协助村"两委"积极争取6个乡村振兴基础设施建设项目在冯家堡村落地,即新建村路冯菜线二期工程(路、桥)1890延长米,新建村7组圩头桥涵一座,实施村内环路铺油工程2400延长米,新修老金前山田间作业路600余延长米,新建村后河混凝土固基护岸堤3000余延长米、村自来水管道跨河工程67延长米,预计今年雨季过后就能全面开工建设。

驻村6年来,林川协同村"两委"一起,积极向上争取基础设施建设资金总额达690余万元,目前冯家堡村8300余延长米的村组路全部实现硬化;7700余延长米的田间作业路全面铺设完成,现已完全满足广大村民农业生产需求;全村130余盏太阳能路灯维护亮灯率达到95%以上;新建成的3500余延长米护岸堤,使冯家堡村防洪标准提升至可抵御百年一遇的洪水。村基础设施建设不断完善，进一步改善了广大村民的生产生活条件，为推动乡村振兴打下坚实基础。

谋求发展，让产业兴起来

产业兴旺是乡村振兴的重点和基础。驻村以来，林川积极协助村"两委"不断深化农村集体产权制度改革，帮助研究制订《2020—2035 冯家堡村村庄规划》，成立了村集体经济股份合作社，因地制宜，科学规划，整理打造，形成了集人参加工、优质稻米种植、规模养殖、文化旅游为一体的特色产业体系，全面推进共同富裕。

为增加村集体收入，林川协助村"两委"先后建起 4 个集体经济项目，其中村集体参与的龙宝商铺、祥云药业、两山林场三个资产投资型项目，年收益可达 17.2 万元。2019 年秋季，他还协调市县国土部门投资 78 万元在村河滩荒地为村集体造地 24 亩，每年土地承租流转费用 0.72 万元，目前村集体年总收入已达 20 余万元，集体经济实现了从无到有质的飞跃。

冯家堡村自然条件优越，全村林地面积 3 万余亩，林下参种植面积

8000余亩，是桓仁县人参加工重要基地之一。村人参加工产业历史悠久，加工群体庞大，全村人参加工户已达60余户，每年鲜参加工量200余万公斤，年生产红参、白参及切片总量40余万公斤，产值达1.26亿元，在全县位居前列。林川协同村"两委"充分发挥这一产业优势，积极推动建立人参产销、加工合作社2个，有限责任公司1个，同时协助村"两委"积极做好协调发展产业贷款、为贷款村民开具信贷资产证明、人力资源信息提供等服务性工作，仅此一项就带动全村和附近村民500余人就业，带动贫困户10余人，户均增收达7000余元。

冯家堡村是桓仁"二户来"优质稻米的重要产地，每年盛产"稻花香"优质稻米60余万斤。为推动好大米能卖上一个好价钱，林川还协助村"两委"在村建立起"二户来粳源优质稻米种植专业合作社"，统一种子化肥及田间管理，目前合作社优质水稻种植面积已达100余亩。近年来林川还多方发动单位、社会力量、周边亲属朋友为村民及贫困户销售大米4万余公斤，帮助村民及贫困户增收30余万元。2021年年底，他还积极推动与桓仁大雅河绿色水稻种植专业合作社建立合作关系，帮助村民争取耕地服务性补贴17.9万元，助力广大村民增收致富。2022年7月，林川又同村"两委"一起，积极争取把全村4300余亩土地基数列入全县"十五五"高标准农田建设项目库，为冯家堡村未来农业产业发展打下良好基础。

根植文化，让乡风好起来

谈及冯家堡村历史，林川总能娓娓道来，他是真研究过。冯家堡村人居历史悠久，早在2000多年前，北扶余王子朱蒙逃难至今桓仁地区建立高句丽国，目前冯家堡村仍有40余座当年高句丽人积石墓葬群遗址散落在田间地头。明永乐年间，李满住在桓仁五女山脚下瓮城设立建州卫，明正统年间，华来镇冯家堡村以及八里甸子镇一带属于建州女真董鄂部辖属。道光年间，清政府开禁关外柳条边，准许山东、河北等地农民迁移东北，几户冯姓先民迁居于此，冯家堡村因此得名。2013年，桓仁冯家堡村高句丽积石墓葬群被国务院确定为全国第七批重点文物保护单位。

林川驻村后，认真研究冯家堡村的历史文化，为了让更多的人知道冯家堡村、走进冯家堡村，更为了以后发展乡村旅游打好基础，他耗时几个夜晚，一篇《冯家堡村赋》应运而生。

"两河之滨，毓吾先民；都定五女，沸水鎏金；史溯汉唐，累代茹辛；虽逾千载，仍布遗珍……"176个字的村赋行云流水、一气呵成，概括了冯家堡村2000多年历史、物产和民俗民风，为冯家堡村留下永久的精神财富，更增强了村民对家乡的认同感、自豪感。

林川还积极协助村"两委"大力推动宣传文化阵地建设，协调资金2.5万元在村建起宣传文化墙、电子显示屏。积极组织开展健康有益的文体活动，村秧歌健身队伍已发展到近百人，每年开展活动天数120余天。从2011年开始每年一次的村农民篮球赛目前已连续举办了10届，在村里已成为一项重要的民俗活动。大力推动新时代文明实践活动，建立村级道德公益金，在全村开展"乡村好人""最美家庭""最美庭院""最美乡村振兴带头人物"等典型评选活动，2021年村民韩绍虎被市文明委授予月度"本溪好人"称号，总结的"冯家堡村党支部大力推进新时代文明实践活动"做法被"学习强国"刊载，近年来冯家堡村先后被授予市级文明村、市级文明村标兵等荣誉称号。

采访冯家堡村党支部书记、村民委主任韩喜和，让他谈谈对第一书记林川的印象，老韩书记回答："这样的第一书记我们喜欢，村里老百姓认同……大家都不希望他走，如果明年9月林书记任期结束，希望他第三批选派还在咱们村……"

在采访最后问及林川驻村6年最大的收获是什么，林川思考片刻，缓缓地回答："是满足！能为村民办点事尽点力，挺有成就感的……"

李书军

2021年8月，大连市财政局非常重视乡村振兴工作，派出的干部从实职副处长里产生，时任农业农村处副处长的李书军有着丰富乡村经验，被选派到庄河市蓉花山镇源发村担任第一书记，助力乡村发展。李书军从"三农"工作资金保障的供给侧到了资金使用的需求侧，从市级的最先一公里走到了最后一百米，坚持一切从实际出发、政策同实践相结合的观点。秉持发展是解决一切问题的总钥匙，围绕宣传党的主张、贯彻党的决定，领导基层治理，团结动员群众，有效统筹村庄村民疫情防控、经济发展、防火防汛、乡村治理。

用心用情办实事　当好村民"主心骨"

—— 记大连市财政局派驻庄河市蓉花山镇源发村第一书记李书军

2022年6月，48岁的庄河市蓉花镇源发村第一书记李书军返回河南老家，用5天时间料理完母亲的后事，头也不回地回到了距离自己老家1500多公里的源发村，立即投入村里巩固提升项目的监督管理中去了。他和村里的同事说，没能见到老母亲的最后一面是他一生的遗憾，但办好村里老百姓关心的实事，是他这个驻村第一书记义不容辞的责任，他是这么说的，也是这么做的。自2021年8月，李书军被组织上选派下乡任蓉花山镇源发村第一书记以来，他就从大连市财政局的一位处级干部转变为一名沉在田间地头的"泥腿子"，成为源发村为民服务的"主心骨"和乡村振兴的"带头人"。

一、深入基层一线，做服务群众的"贴心人"

大连市财政局党组高度重视乡村振兴工作，坚决贯彻大连市委组织部关于选派第一书记要求。坚持选派有农村工作经验，政治素质好，热爱农村工作，工作能力强，敢于担当，善于做群众工作，作风扎实，不怕吃苦，甘于奉献的优秀干部。经过选拔考核，李书军作为第二批驻村干部来到源发村，他不但要把第一书记职责履行好，还要在基层乡村把财政支农政策情况摸实摸透。

李书军十分清楚，坚实的群众基础是做好驻村工作的首要条件。因此他放下身段，走进村民家中，沉到田间地头，近的远的都去，好的差的都看，干部群众的表扬和批评都听，真正把情况摸实摸透。通过入户走访村民，深入田间地头唠家常，脱鞋下田帮农忙，密切与群众之间的联系，增

342

进思想上的互通，搞清楚老百姓最需要和最希望第一书记干点啥。

为了成为村民的"家里人""贴心人"。近一年来，李书军始终站稳群众立场，深入掌握村情民意，着力为群众办实事解难题，共入户走访群众300余户，撰写民情日记近百篇，征询归纳乡村振兴群众意见建议71条，老百姓从内心把这个"外来客"当成了"家里人"。尤其在疫情突发的紧要关头，他主动靠前，及时联系派出单位，积极争取社会捐赠，为源发村捐赠了N95口罩两箱、一次性口罩6箱（12000个）、雪地棉鞋60双、防护服一箱、棉大衣25件、方便面6箱、火腿肠50公斤等物品，极大解决了防疫物资短缺的问题。

二、投身乡村建设，做加快发展的"引路人"

李书军作为驻村第一书记，始终坚守为村民谋幸福的初心和使命，将满足村民对美好生活的需要作为驻村的工作目标。

源发村的村内路成为困扰村民多年的老大难问题，雨天两脚泥、风天漫天沙，老百姓苦不堪言，村民常常因为修路问题调侃："我们不是买不起皮鞋，是雨雪天回家需脱鞋拎着回家，而不能穿皮鞋。"往年为早日把自家门前路修好，指标少不好分，采取抓阄儿的方式，被镇党委批评。修路就是村民急待解决的问题，也是李书军最上心的事。

身为财政局农业农村处副处长的他，对国家、省、市的乡村振兴的政策把握十分精准，在他的沟通、争取和谋划下，短短一年内落实了"硬化路面""美丽乡村""巩固提升"等项目，使源发村发展发生了翻天覆地的变化。现在的源发村，太阳能路灯、休闲广场、活动中心建设陆续开工，人居环境全面提质升级，美丽田园乡村景象凸显。

乡村美，老百姓心情也美，产业兴，老百姓才能更高兴。"我们只有真正解决群众的急难愁盼问题，村民才能拥护，村委说话才有号召力、组织力、说服力。"李书军边走边说，"我们还要大力发展产业，增加村集体收入，村里有钱了，还可以做很多事，使源发村变得越来越美。"

在李书军的争取和努力下，巩固提升项目在源发村有效落地，全村设施农业大棚增加6个，每个大棚使用面积2.56亩，村集体年增收13—15万元，带动近20户村民年增收3万元以上。

三、注重党建引领，做乡村治理的"带头人"

"发扬党让干啥就干啥，党让去哪儿就去哪儿的光荣传统和优良作风，让党放心，为光荣正确的党履职尽责是我驻村的初衷。"李书军由衷地说。

为了提升自己的履职尽责能力，他结合思想和工作实际，自觉用这一思想指导解决实际问题，切实把学习成效转化为做好驻村工作的实践。蓉花山镇源发村共有17个村民组，868户3034人。为成为乡村问题的"研究员"和村级治理工作的行家里手，在前期工作开展中，李书军入户走访近12个村民小组。研究弄透了村级治理中村"两委"怎么干才能行，干什么村民才认可，深度聚焦群众急难愁盼和强村富民需要，充分利用服务农业农村、援疆等工作经验，注重把握干中学、学中干，坚持学用结合、学以致用，积极争取"工作圈"支持，动员"朋友圈"帮助。通过"朋友圈"推动大连市建行金融下乡，服务到村。同时对10户困难党员、群众进行了走访慰问，送去米面油，为村委会购置两台空调。

　　为提高源发村治理水平，他运用交换、反复、比较的方法，通过察真情、听真话、真研究问题、研究真问题，深入群众分析思考，和村"两委"认真谋划利用老干部、老党员、乡贤的人熟地熟事熟优势，把国家提倡的"揭榜挂帅"用在村民之间，让能人参与评理说事，谁有能力评事谁上。用农村自治的方法治理乡村，使小事不出村，有效提升村庄稳定和谐。

引领发展

王明芳

    王明芳是新宾县苇子峪镇杉松村"菇满香"合作社负责人,是抚顺市新宾满族自治县远近闻名的女强人。回乡创业这几年,她自己出资,建立了"菇满香"香菇种植专业合作社,她带领"菇满香"合作社引领贫困乡村逐步走上了产业发展之路,为乡亲们打造了不出村就可以打工致富的广阔天地。她聘请优秀的技术员做技术指导,为产业发展增添智慧引擎,她把党员聚在产业上,为人才打造孵化基地。

小香菇　大产业

——记抚顺市新宾满族自治县苇子峪镇杉松村
"菇满香"合作社负责人王明芳

　　王明芳是辽宁省抚顺市新宾满族自治县远近闻名的女强人。这几年，她带领"菇满香"合作社引领贫困乡村逐步走上了产业发展之路。她先后3年累计带动贫困户126户，贫困人口370余人，人均增收3500元以上，荣获"辽宁省巾帼建功标兵"、省农村科技致富能手、抚顺市三八红旗手、抚顺市"巾帼雷锋"等荣誉称号。新宾县委将她作为新时代"三向培养"对象，目前，培养阶段为"初级"，培养方向是"党员"。

为乡亲父老支撑一片天

　　王明芳是苇子峪镇杉松村人，早年间从事过供销社职员、木材销售、开办养鸡场等行业，几年下来不仅积累了丰富的从商经验，自家的腰包也鼓起来了。当了解到自己的家乡因为贫穷而落后，2009年她决定返乡创业。杉松村是个偏僻小山村，老百姓靠天吃饭，种植传统农作物，没有产业，村里环境脏乱差，村里贫困户很多。王明芳是个有思想、有能力的人，她与几个要好的姐妹商量，要改变杉松村，让农村过上好日子。说干就干，她出资金，带领几个姐妹开始种植香菇，并建立了"菇满香"香菇种植专业合作社，为乡亲们打造了一片不出村就可以打工致富的广阔天地。

　　现在的"菇满香"实施了"公司+合作社+农户+技术协会+电商"的全新生产经营模式，实现菌棒工厂化生产、农户分户种植、统一技术指导、统一销售，创造了优质香菇产业发展的新模式。目前，合作社固定资产1000余万元，拥有杉松村和于家村两个基地，共占地600余亩，年加工菌棒450万棒，年产香菇4500吨，年产值1500万元，纯利润300万元。建有高标准种植大棚400余个，水电设施齐全，吸收附近120余户农户种植精品香菇，5年来带动1000余人就业，年均增收20000元以上。王明芳说："香菇产业的一路高歌，不仅托起扶贫大产业，也带富了一方百姓。"

为产业发展增添智慧引擎

在乡村发展产业是很难的，要结合农民的特点，不断调整发展战略。王明芳不断学习中央解决"三农"问题的最新精神政策，了解农业农村和扶贫部门的各种项目，她经常走出去、请回来，学习先进的管理技术。

"菇满香"香菇种植专业合作社创新"四统一"发展壮大香菇产业，即统一生产资料、菌棒供应，降低生产成本；统一购销产品，降低运输、人工、交易等费用；统一股份分红，年终结算当年盈亏，从当年盈余中分配返利；统一技术培训，不定期聘请省农科院专家教授对贫困户统一培训，传授先进种植技术和管理经验，"以强带弱"走出一条"种、管、收、销"一体化的强社富农之路。

王明芳聘请优秀的技术员做技术指导，并选派9名农民种植户到大专院校进修，从而培养基地的后备技术力量。她和沈阳农科院食用菌研究所、沈阳农大等大专院校多次联合进行优质香菇的一体化培育。

为人才打造孵化基地

王明芳自己是"三向培养"的对象，在合作社发展的过程中，她深切感受到人才的重要性。为贯彻抚顺市委和新宾县委《关于深入开展新时代

"三向培养"工程实施意见》，做好新时代"三向培养"工程"前半篇"文章，解决乡村振兴实用人才和村"两委"干部后继乏人、后劲不足的问题，从2019年开始，苇子峪镇党委、政府实施"雁归巢"行动计划，鼓励引导扶持一批农村外出务工经商的青年农民、高校毕业生、退役军人等群体返乡创业，助推乡村振兴和"三向培养"工程，在"菇满香"香菇种植专业合作社打造"雁归巢"返乡创业孵化园。目前，共吸引外出返乡青年11人，种植冷棚香菇53棚。

2020年5月，在流动党员管理工作站基础上，新成立新宾满族自治县"菇满香"香菇种植专业合作社流动党支部，该支部现有党员8名，受新宾县委组织部及苇子峪镇党委的领导。在党建引领作用下，积极探索"把支部建在产业上，把党员聚在产业上，把作用发挥在产业上"，让党员成为香菇产业上的富民"领头雁"。

"这小香菇可是我们镇脱贫致富的'看家宝'。"苇子峪镇党委书记贾秀峰说这话时，脸上满是自豪。市、县、镇倾心培育合作社，形成龙头效应；树立品牌，打响香菇品牌，全面开拓市场；点面结合，以合作社为支点，鼓励贫困户以生产代植、参与务工、代种代管等多种形式参与生产。

2020年，基地严格按照技术要求生产，提前20天下地，实现了差异竞争错位发展，生产香菇的价格是普通香菇的3—4倍以上，且供不应求销往上海、广州等地，并远销韩国等国家。

李凤雷

李凤雷是朝阳市建平县小塘镇新城村党总支书记。沈阳化工大学毕业后回家乡创业，成立了"凤雷果蔬种植专业合作社""和顺土地合作社"，吸纳社员270户，流转土地1700亩，合作社发展以种植西红柿、西葫芦等蔬菜为主的大棚800栋，年产量1.2万吨，产值4000万元，产品热销沈阳、北京、河北、赤峰等地。身兼共青团朝阳市委副书记的李凤雷，是辽宁省第十二届、十三届人大代表。2019年11月，被共青团中央、农业农村部表彰为全国农村青年致富带头人，2020年11月被评为全国劳动模范并被授予朝阳市劳动模范、优秀共产党员、扶贫先进个人称号。

当好领头雁　干出新气象

——记朝阳市建平县小塘镇新城村党总支书记李凤雷

2021年1月29日，辽宁省"两会"期间，李凤雷接受了人民日报记者的采访。

"摘帽不摘责任，继续巩固、扩大脱贫产业，真正变'输血'为'造血'，不断提高村集体经济收入，真正使农业、农村、农民得到优先发展。"铿锵有力掷地有声的回答，让新城村的老百姓更加兴奋和幸福。

34岁的李凤雷，个子不高，黝黑的脸庞写满了自信与坚定。他大学毕业后，立志做一名有觉悟、有知识、有能力、有情怀的新型农民，立志改变家乡的贫困落后面貌。回乡创业几年来，在家乡这片热土上，用自己所学、所知、所能勾勒出一篇篇炫丽的蓝图。

回乡创业　让家乡变成诗和远方

2010年，沈阳化工大学毕业的高才生李凤雷，顺利地进入了沈阳华晨宝马有限公司就业。学习机械设计制造专业的李凤雷在德国独资企业很受重视，待遇优厚，年薪达到10万多元。这样的收入令师生和家乡人都很羡慕，李凤雷也成了十里八村家长教育孩子的典范。

在华晨宝马公司工作的时间里，也是李凤雷真正走入社会的开始，他对人生、人生价值有了重新的认识，工作在先进的现代化企业里，脑子里却总是浮现家乡贫穷落后的景象。经过深思熟虑后，李凤雷做出一个大胆的决定——回乡创业。

李凤雷的决定遭到父母的极力反对，辛辛苦苦培养出来的大学生，在城市里前途无量，现在却要回家乡当农民，这不是白培养他了。了解他的人说他傻，不了解他的人，以为他犯了错误被开除了。在人们的不解和猜疑中，李凤雷没有做过多的解释，而是极其果断地走出家门，开始在自家的土地上摸爬滚打，迅速地完成了身份的转变，他要当一个有技术、有理想的新型农民，他要在这里起飞实现自己的梦。

新城村地处朝阳市建平县小塘镇北部，有8个村民小组，622户2180口人。全村总面积16万平方公里，耕地面积10800余亩，十年九旱，有限的耕地中大部分是山坡地，水浇地仅有2000多亩，占耕地总数的20%多一点。多少年来，人们深陷靠天吃饭的困扰，从小到大，李凤雷看惯了大片庄稼因为缺雨导致歉收和绝收，父辈们辛苦经营的成果毁于一旦。

李凤雷读大学期间，有幸认识了沈阳农业大学的张恩平教授，让他接触到了设施农业，了解到设施农业便于集中管理，受自然条件影响小，特别适合家乡发展。

俗话说，万事开头难。创业之初，资金不足，他就厚着脸皮东借西凑。村民们不同意占地，他就苦口婆心甚至许以高利换地租地。为确保施工质量，他亲自监工吃住在工地。一个多月后，一处占地50多亩的蔬菜大棚小区建成落地。他克服干旱缺水、缺技术、缺资金、销售难等一系列问题，采用了微润灌技术，每亩灌溉节水50%以上。他还请来沈阳农业大学的张恩平教授帮助他培育西红柿优良品种种苗，并请张教授为乡亲们讲授大棚蔬菜栽培和病虫害防治等方面的技术。他创办建平县富源农产品开发有限公司，建立蔬菜销售网站，帮助本地蔬菜大棚经营户实现了产供销的顺畅对接。

第二年，12个标准棚种植西红柿收入达到13万元。在李凤雷的带动下，当年就有

30多户农户新建蔬菜大棚2000多亩，产品不仅走进省内的大型超市，还远销内蒙古、北京等地。李凤雷用了两年的时间，以蔬菜大棚为家，摸爬滚打探索出一条乡村振兴之路，改变了传统产业模式，为新城村的高质量发展奠定基础。

拓宽思路　提升规模化经营水平

为了让乡亲们从设施农业生产中获得更大收益，李凤雷在种植上，引导农户掌握好蔬菜种植的时间差，有效避免了蔬菜生产一哄而上造成的菜贱伤农问题。在销售上，他根据市场需求确定种植的品种、数量，并与种植户签订购销合同，提供稳定的蔬菜收购价格，尽力降低市场风险。他还在生产实践中探索创新，运用自己的专业知识研制了电热传感器，解决了棚内空气循环问题，防止了冬季蔬菜大棚种植的冻害现象。他又带领种植户把循环经济理念应用到设施农业中，建设养殖、种菜一体化的生态大棚，即一个大棚里建设一个沼气池，把畜禽的粪便引入沼气池发酵产气，沼气用作清洁能源，沼渣和沼液作为肥料，使资源得到循环利用。

为拓宽规模化生产思路，2014年7月，李凤雷成立了"凤雷果蔬种植专业合作社"，吸纳社员50人。为便于土地集中连片集约化经营，2017年李凤雷又成立了"和顺土地合作社"。他以这两个合作社为载体，专门指导、协调和服务本镇及周边地区的果树发展，对农户果蔬种植进行统一培训、统一技术指导、统一把关，并实行选种、种植、运输、销售"四统一"的企业化管理模式，目前合作社农作物耕种已全部实现了机械化。

2018年，合作社流转土地1700亩，与南京农业大学合作实施生物质炭基肥示范田建设。合作社刻意为村里5户13口贫困人口预留了110亩土地入股，每户均分红1000元，同时还壮大了村集体经济，直接增加收入2万元。2019年，合作社吸纳本村建档立卡贫困户7户15人入股，不收取任何入股费用，使贫困户每人年增收500元。

李凤雷旗下的这两个合作社已吸纳社员270户，共拥有设施大棚600栋60000延长米，流转土地1700亩，年产值近2300万元，为贫困地区打赢扶贫攻坚战贡献了一分力量。

多年来，李凤雷在这片黑土地上奉献了青春和汗水。新城村多次被省市评为"五个好"村党组织标兵、先进党总支、文明村、县级红旗村。身兼共青团朝阳市委副书记的李凤雷，是辽宁省第十二届、十三届人大代表。2019年11月，他被共青团中央、农业农村部联合表彰为"全国农村青年致富带头人"，2020年11月被评为全国劳动模范。他还先后获得朝阳市劳动模范、市优秀共产党员、市"五四奖章"、市扶贫先进个人等。

科技兴农　打造绿色高端农产品

随着我国人民生活水平的不断提高，人们对食品的安全和品质要求越来越高。尤其是近年来，在国家与市场对绿色环保战略的双重作用下，原生态、绿色、无公害的农产品备受市场消费者青睐，绿色食品的潮流趋势瞬间高涨，为农产品行业的发展带来了新契机、新热潮。应此趋势与背景，李凤雷积极响应国家"双创"热潮，顺应时代"互联网+"的趋势，一个秉承"科技兴农"的新型农业基地应运而生，并且经过多年的发展，如今已经初露头角，正致力打造绿色农业新生态、新品牌，成为国内绿色高端农产品的供应基地。

合作社为打造设施农业样板示范工程，丁2016年在新城村建设占地面积100亩、膜内面积38亩的高标准设施农业小区，示范作用非常明显。为提升科技含量，合作社于2018年与南京农业大学环境与资源学院合作，建成东北乡村振兴产业基地，并成为2018年国际碳基生态农业与乡村振兴研讨会观摩地点，得到了与会国际、国内专家的一致好评，基地计划在2019年实验两个科研课题，分别是土壤调理剂的示范和秸秆循环利用。双方合作落实了3个科研项目：一是裸地青椒加工项目，当年产椒700吨，每亩实现收入2000多元；二是碳基生态杂粮加工项目，现在已经进入土地规划和设备考察阶段；三是土壤改良剂规模化生产项目，已进入具体实施阶段，预计年内可增加村集体经济收入8万元。

目前加入合作社的大棚近800栋，主要以种植西红柿、西葫芦等蔬菜水果为主，年产量可达1.2万吨，产值近4000万元，产品热销沈阳、北京、河北、赤峰等地，经济效益可观，社员发展蔬菜大棚的积极性非常高。2020年6月，李凤雷争取资金1800余万元，实施面积300亩的种植基地项目，建设高标准日光温室蔬菜大棚69栋，建筑总长度8200延长米，预计年净利润可达到250万元。项目建成后，可以为农户或建档立卡贫困户创造500余个就业岗位，促进农户或建档立卡贫困户增收。按现有大棚收入计算，预计每年每亩可获取净利润3万元，可带动农户200户。

精准扶贫　小康路上不落下一人

新城村建档立卡贫困户22户45人。李凤雷一直把这些贫困户装在心里，怎样彻底解决贫困户脱贫？在全村奔赴小康路上不落一人，他决定在两个合作社采取"党建+合作社+社员+贫困户"的方式，让贫困户全部脱贫致富。

"我今年60了，现在在合作社打工，每月我能挣2000元。"李子文也是新城村村民。今年，他不光流转了自家的12亩土地到合作社，他本人也到合作社务工。通过流转土地，李子文今年分到5000余元，在合作社务工，每个月2000元的固定工资让花甲之年的他十分满足。"我这个岁数，出去打工还能干啥，就算我能干，也很少有地方肯用我，合作社就在家门口，我不用离家干活，这日子多好哇！"像李子文这样的村民还有很多，还有更多的贫困户享受着合作社的保障。

2016年，李凤雷继续扩大设施农业规模，在新城村新建总长3000延长米的高标准大棚21栋，积极吸纳新城村建档立卡中有劳动能力的贫困户加入合作社，运用成熟稳定的供产销产业链，确保加入合作社的贫困户增收致富。低保户石永志就是其受益者中的一个缩影，石永志家靠种地为生，收入微薄，且有两个孩子在读书，家庭生活较为困难。2016年，李凤雷亲自来到石永志家中鼓励其种植大棚蔬菜，并承诺前期免费为其提供大棚、种苗、技术指导，年末实现利润3万元以上，与合作社五五分成，每年根据收益情况分期交纳建设大棚成本费，此举解决了石永志的燃眉之急，通过种植大棚蔬菜达到了稳定脱贫。像石永志这样因缺乏资金而没有能力发展大棚蔬菜种植的贫困户，合作社全部将大棚免费交给贫困户种植蔬菜，并在技术方面采取"结对子、一帮一"方式为贫困户提供技术指导，在获益后再根据实际情况采取五五分成的模式分期支付成本，实现了合作社与贫困户的"双赢"。这样做不但增加了贫困户收入，还增强了他们的脱贫信心，使他们体会到了发展设施农业的优势，这也正是李凤雷发展设施农业的初心所在。

2017年，20亩裸地全部种植有机菜花，统一品种，有利于经营，菜地全部覆膜采用喷灌，即使在发生旱情的情况下，因有喷灌提供充足水源，有机菜花仍然长势喜人。有机菜花每亩纯利润2500—3000元，20亩地纯利润5万—6万元，新城村建档立卡贫困户22户45人，李凤雷为每人拿出500元，为贫困户进行兜底脱贫，确保贫困户达到当年脱贫收入标准。

李凤雷决定拿出一部分资金对新城村"比干劲、奔小康"活动中表现优秀的贫困户给予一定的物质奖励，鼓励他们比的劲头，奔的方向。这一系列举动，是一名党员的觉悟，更是一个创业青年的服务情怀。他先后组织村干部6次入户排查核实，在原来的基础上，新吸纳贫困人口6户12口人，翻建D级危房1处，落实产业项目35户，通过合作社帮助贫困户7户，有效保证了贫困户稳步脱贫。

打破常规　培育乡村振兴生力军

2019年4月，李凤雷被推选为小塘镇新城村党总支书记。下设4个党支部，他把党支部工作条例与抓党建促脱贫攻坚、乡村振兴紧密结合起来，在两个合作社建立农村青年人才党支部，着力整治"农村党员队伍结构不优、村级后备干部储备不足、农村青年人才留不住"等问题，为乡村振兴培育生力军。

李凤雷把一批素质高、能力强、作风硬、创新意识好的优秀青年纳入新城村人才库来教育培养。新一届"两委"班子成员以年轻化高学历为主，平均年龄37岁，本科1人，大专3人。对有一定政治素养和综合能力较强的党员，有序引导他们向村"两委"班子、农村"后备"干部、产业协会等岗位流动，着力把青年人才党员培养成为农村基层组织的"领头雁"。

"实施乡村振兴战略，农村干部队伍是主力军，村里年轻干部多了，

提升了村级班子的活力，推动了产业发展，带动了农民增收，乡村振兴就有了生力军！"李凤雷说。

农村干部队伍是带领群众实现乡村振兴的组织者和实践者，村级后备干部是村干部的"接班人"，他们的能力关系着一个村的发展前景。建设一支政治合格、年富力强、数量充足和有较高业务素质的村级后备干部队伍，是进一步增强农村基层组织活力、实现乡村振兴的有效之举。李凤雷现在不再鼓励在外经商的本村人回乡创业了。他说："新城村年轻队伍已经建成，我希望在外经商的老板都能成为我们村的代言人、经销商，在不同的区域和领域，共同为乡村发展做贡献。"

迎着清晨第一缕阳光，李凤雷行走在新城村宽敞亮丽的道路上，映入眼帘的是新修建的卫生室、小学、幼儿园、文化广场、文体中心、党建活动中心、展示中心等。道路两旁绿树成荫，路灯全部覆盖，村民在三个文化广场上跳起幸福的广场舞，李凤雷脸上露出了会心的笑意，但他的心里却又规划着宏伟蓝图。

李凤雷书记要带领年轻的村"两委"班子，搭载着国家"十四五"规划的列车，快步向前发展。新城村将持续推进设施农业主导产业，依托合作社流转土地5000亩，加快了裸地青椒、草莓等订单农业发展。新建高标准钢构暖棚200栋，力争实现经济效益1000万元，年可增加村级集体收入10万元。

他与南京农业大学合作，实现村自产碳基生态有机杂粮深加工。建成大型蔬菜集散地，实现蔬菜深加工，创办冷链物流，实现线上销售。夯实农业基础，3年内治理低产农田5000亩，治理后节水灌溉农田达到村总耕地面积的80%，亩增300元，运用土壤改良剂重新肥沃土地200亩。

未来的新城村人气更旺了，土地更肥了，更好的日子还在后头。

孙秀梅

孙秀梅是丹东市宽甸满族自治县电商产业联盟负责人。创新"党支部+合作社+产业基地+贫困户"的精准扶贫模式，以党支部为核心建立"管理、财务、技术、销售"4个工作团队，建立党群致富共同体。建设蓝莓、养牛、软枣产业基地，4年后村集体经济由原来欠外债40万元，实现年收入30万元，全村所有贫困户稳定脱贫。依托互联网优势，建立全县电商服务点和服务队，推动了蓝莓产业规模不断扩大，覆盖全县8个乡镇20个村，建设蓝莓基地2000亩，暖棚60栋，带动全县5000人脱贫增收。带领团队围绕"一县一业，一村一品"，打造出"品味宽甸"区域特色公共品牌。

蓝莓扶贫路 惠及每一户

——记丹东市宽甸满族自治县"品味宽甸"农村
电商平台负责人孙秀梅

孙秀梅生在大草原、长在大草原。她的性格就如同呼伦贝尔大草原一样纯朴、豪爽、宽厚而坚忍。2007年，孙秀梅以优异的成绩考上了中国农业大学。大学生活让她发生了巨大的变化，让她对中国农村乃至家乡的农业都有了深刻认识和理解。毕业后，她在北京找到一份收入丰厚的工作，一切美好刚刚开始。此时，一个人走进了她的生活——她的丈夫使她的人生发生了180度大转弯。她跟随丈夫的步伐，回到了中国东北边陲小镇——丹东市宽甸满族自治县。

回乡创业寻找致富渠道

2010年大学毕业后，孙秀梅在北京工作两年多。2012年新春佳节和爱人一起回到宽甸满族自治县大西岔镇杨林村过春节。她看到婆家的生活状况很清贫，几十年的老房子还保留着木制门窗，家里没有一件像样的电器，每年种粮食的收入只够维持老两口的生活需要，更别提储蓄了。杨林村像婆婆家这样境遇的农户还很多，村里的贫穷落后现状让她难以接受，这时她体会到了自己母亲坚决反对这门婚事的苦衷了。

借着过年休假的时机，孙秀梅在村里做一些调查，发现杨林村属于省级贫困村，全村470户农户，其中建档立卡贫困户就有113户，贫困发生率24%以上，村集体欠外债40万元，全村青壮年劳动力全部外出打工。

孙秀梅冒着寒风大雪，走访了多家贫困户和村里的老党员，与村书

362

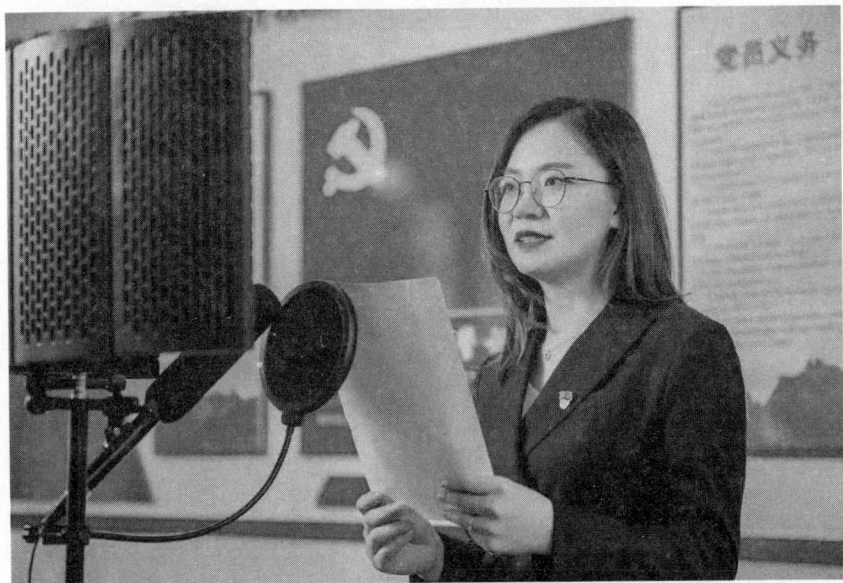

记、村主任深入交谈。她发现这里山清水秀，物产丰富，蓝莓产业初具规模，农副产品绿色纯天然，但是由于地理位置偏僻，信息不对称，优质农产品卖不出去，城里人想买还买不到，这不是捧着金碗要饭吃吗？

孙秀梅浮想联翩，她看到了农村的资源、优势、潜力、前途，但是农村缺技术、缺管理、缺人才。此时，打赢脱贫攻坚战的号角已经吹响，能不能辞掉在北京的工作，来到农村干一番事业，把自己在大学学到的知识运用到脱贫攻坚的伟大实践中呢？孙秀梅反复思考后拿定主意，又千方百计做通了爱人和家人的工作，决定和爱人一起辞掉在北京的工作，回乡创业，带领贫困户脱贫致富奔小康。

2012年5月，孙秀梅竞聘成为杨林村村委成员，她开始建立电商平台，将村里的农副产品分门别类进行重新包装、整理，通过电商平台进行销售。她向自己的同学、朋友大力推荐村里的绿色农产品，大家被她的这种勇气而感动，出谋划策、全力支持，她取得了一个"开门红"。

孙秀梅的小有成就，让村"两委"班子对她刮目相看，换届时经镇党委考核通过，孙秀梅担任杨林村党支部副书记。新的岗位意味着更大的责任，她要带领全村老百姓寻找一条致富之路。

随着网络订单的不断扩大，她决定引领村民加大养殖和种植，将蓝莓产业做大做强。"我要将产业基地和销售渠道完美结合，打造自己品牌，带领贫困人口一起奔赴小康。"孙秀梅对记者说。

经过多方论证，孙秀梅创新建立"党支部+合作社+产业基地+贫困户"的精准扶贫模式，以党支部为核心建立"管理、财务、技术、销售"四个工作团队，形成党群致富共同体。建设蓝莓、养牛、软枣产业基地。到2016年，村集体经济由原来欠外债40万元，实现年收入30万元，全村所有贫困户稳定脱贫。

发展电商产业一波三折

为了拓展杨林村扶贫产业，利用电商帮助农户销售农产品成为她进村励志发展的方向。她了解到，像山野菜、土鸡蛋这些东西在农村随处都是，在城里却价格不菲。说干就干，杨林村电商服务点很快成立，两年下来做得特别成功，一度把村民的鸡鸭蛋卖断货，贫困户的腰包逐渐鼓了起来。

初见成效后，发现贫困户家农产品不够卖，孙秀梅就积极争取资金，带动全村贫困户做庭院养殖和种植项目，让贫困户有更多农产品换钱增收，但是贫困户观念守旧，她的好意贫困户并不领情。

乡村振兴，产业要"兴"。孙秀梅要大力发展乡村产业，重点打造蓝莓产业和养殖产业，实现"一村一品"。她多次到县、市扶贫部门，争取扶贫项目专项资金。

项目资金申请下来了，贫困户就是不干，说干了怕赔钱。孙秀梅挨家挨户做工作，大家还是不买账，她当时特别失落和伤心。可是资金已经下来了，孙秀梅强忍着不解和伤心，又走访了几户平时她帮助过的贫困户，赔着笑脸做工作。

贫困户提出除非她和大家签合同，赔了由她承担，同时还要有保证金，听到这里孙秀梅心里更不是滋味，但是要强的她还是答应了贫困户的要求，签了合同，项目总算落实了，让一些贫困户勇敢地迈出了第一步。

可没过几天，孙秀梅就接到了村里李大娘的电话："孙书记呀，我家养的小鸡都长大了，如果卖不出去，我今年的投资就白费了，家里花销也没有了，你小弟上学都没钱，这可是你让我们养的，说好了帮我们卖的，你可别坑我们哪！不行就得给你送村里了……"原来，李大娘从来没养过这么多的鸡，看着小鸡逐渐长大，怕卖不出去，所以给孙秀梅打电话唠叨唠叨。听着李大娘焦急的话，孙秀梅赶紧安慰："大妈，您别着急，您这块儿呢，我都给你安排好了，保证都卖了！等这些鸡都卖出去，换成钱支持我老弟上学。"

嘴上说着安排好了，孙秀梅心里一点儿底都没有，急得满脸起疙瘩。因为这几天，订单急剧下滑，特别是刺嫩芽也要上市了，在原来的渠道发布了信息，订单却没多少，她可是和贫困户签了合同，出了保证金的呀！接下来她带领团队日夜做策划，找新的销售渠道，探索新的销售方法，她联系了第三方加工厂，有的做成冷鲜包装出售、有的做成熏鸡，最后不仅李大娘的鸡卖出去了，所有贫困户的农产品，都卖出去了！

再接再厉，她又指导贫困户卖刺嫩芽时，为了增加浓浓的乡情，记住家乡味道，让贫困户从菜园子里拔一绺发芽葱，从鸡蛋窝里捡两个土鸡蛋，放在礼盒里，带着家乡的情怀，送去浓浓的乡愁！这样产品发布后，订单爆满，整个刺嫩芽的销路都打开了。

孙秀梅考虑到普通村民对手机的使用习惯，利用微信群推进各个村的电商工作，为每个村建立电商群，培训村民在微信群发布信息、接受订单、互通有无，培养和建设一支适合宽甸城乡的本土化电商服务队伍，做好城乡居民产品上行下行服务和对接，提升城乡居民利用电商的能力和水平。这种简单有效的方式帮助全县5000户村民、1000户贫困户销售农产品，人均增收500—2000元。

打造品牌提高产品知名度

"我们宽甸产品真好，我的朋友和亲人特别喜欢，可是你们包装太简陋了，没个品牌！我帮你推广都没法说。"一位远在外地的宽甸人说。"小孙！你一定把握住产品质量，把宽甸扶贫产品推出去。"扶贫办领导嘱托说。随着产品销售的增加，产品包装、质量、品牌等问题都摆在了孙秀梅

面前。

品牌化首先面对的问题就是包装。孙秀梅熬了一个星期，第一个土鸡蛋箱设计出来了，正好一个客户要200箱鸡蛋，她信心满满地对接加工厂，先做2000个，箱子回来她却傻眼了，太难看了！后来和厂家复核才知道，图片和实物有差距，箱子的材质等太多问题都会影响包装效果。

眼前的最大问题是，客户这200箱鸡蛋怎么办？明知道这个包装太难看，可却不得不用这个包装发出去，从包装到发货，孙秀梅连着几天都睡不好觉。果然，客户回馈很不满意，还狠狠地说了一句："你们太土了！这样包装，我都没法送人！"孙秀梅道歉解释，还送了些礼物，最终缓和了和客户的关系，可她的心却难以平静，如果产品真的没法送人，那也是客户的损失，她决定必须出去学习！

放下了手中的活，带着压力和问题，她远下福田、浙江，到京东总部、沈阳附近集市等，为了节省开支，吃盒饭，住地下室，半个月下来整整瘦了5公斤，人瘦了，知识却丰富了。回来以后，她带领团队围绕"一县一业，一村一品"的产业格局，提出品味宽甸山水、品味宽甸满族文化、品味宽甸特色特产的理念，打造出"品味宽甸"区域公共扶贫品牌。

她找专业公司，为品牌做出了符合心中形象的完整视觉识别系统设计。之后陆续推出了品味宽甸——蓝莓、蓝莓酒、蓝莓蜂蜜、蓝莓干；品味宽甸——蛙子沟鸭蛋；品味宽甸——牛毛坞香菇；品味宽甸——台沟草莓；品味宽甸——干沟鸡；品味宽甸——百家扶贫蛋；品味宽甸——寿乡蓝莓等20多个扶贫品牌产品投放市场。通过打造宽甸本土地产扶贫品牌"品味宽甸"，提高宽甸扶贫农副产品的知名度，将宽甸的扶贫农产品推广得更高更远。

蓝莓成为县域扶贫产业

现在孙秀梅走进村里，老百姓都亲切地称呼她"蓝莓西施"。她让宽甸的蓝莓走向全国，深受消费者喜欢，蓝莓产业已成为宽甸县的支柱扶贫产业。

孙秀梅一小小女子如何能有这般力量？那还得从她刚做村干部的第一战说起。那时候，杨林村的集体经济，蓝莓产业初见规模，产量刚刚上来，销售就成了大问题，如此大规模的产出，在这样的边陲小城是消耗不了这么多高端水果的。只有一个办法，去大城市卖！

村里在外面上大学又工作过的就她一个，她义不容辞！去了哈尔滨、沈阳等大型水果市场蹲守，半夜12点起床，凌晨交易，为了省钱，住地下室，自己搬扛，记不清受过多少伤，也记不得一天吃了几顿饭。3岁多的女儿也跟着她到处奔波，孩子感冒发烧了，她都无暇顾及，现在谈及这段往事她还会泪眼婆娑，一切的付出都是值得的，她得到了客户的认可。

40天的市场销售，让当年的基地收入达到了120万元，纯收入80万元，杨林村由落后村一举成为远近闻名的先进村！这次的经历让她接触到了更多的资源和销售信息，为她以后电商的道路打下了基础，也让她更坚定地在扶贫这条路上走下去。

"赶快想想办法吧，今天雪太大了我们走不出去了，停电了，卷帘机也坏了，维修缺件！整个基地棉被卷放不下来，蓝莓果随时会被冻坏，绝产的话，一年的收成，近百万元的收入就没了！"长甸蓝莓扶贫基地负责人焦急地打来电话。

连续3天大雪，电路中断，道路中断，暖棚设备故障不能升温，基地危险告急。雪灾就是命令，孙秀梅联系供电部门，应急发电，组建抢修队伍，她带队徒步进山，清扫积雪，经过一天一夜的抢修，终于救回了这一批蓝莓。

"秀梅，我们的蓝莓，这怎么都裂口了，是哪儿出了问题呢？"基地负责人打来电话。这个问题她以前没遇到过，她找专家请教，了解到老品种时间长了口感差、产量低，会出现这样的问题。她知道改良品种迫在眉睫。

她与辽东学院对接，邀请科技特派员到蓝莓基地指导，引进"H5""甜心莓"新品种。新品种果质硬、保存时间长，口感脆甜、花青素含量高。产业基地在种植上打时间差，保证销售价格最优，新品种为蓝莓产业提供了更广阔的发展空间。

在扶贫工作上，她像一个家长一样被依靠、被牵挂，村里人都知道她是内蒙古人，谁家有好吃的都给她留一碗，谁家有从内蒙古回来带的礼物都特意给她送来。远在千里之外的母亲也时刻想念着女儿，几年没看见她了，听说女儿成了远近闻名的致富能人，专程坐车来看望她。母亲在家待

了几天，一天很难见到她，她看到女儿为了电商平台、为了基地、为了贫困户起早贪黑，很欣慰也很心疼，含着泪水鼓励她说："女儿好好干！妈妈先回去了，下回再来，你一定要陪我几天……"

党旗在扶贫路上飘扬

孙秀梅的电商产业越做越大，她就常常被其他村邀请去做电商扶贫的经验分享，业务就更加繁忙了。随着自己名气增大，要来学习的、找帮忙的、合作的越来越多。这时孙秀梅陷入了困苦，她在想，这么多人需要我帮助，只有我一个人不行啊！

"秀梅，你可以组织和凝聚和你一样对扶贫事业有情怀，有责任的人，特别是支部书记和第一书记。"老书记一句话提醒了孙秀梅。"我一个人解决不了，那么我可以和各村的村支部书记和第一书记联合在一起，复制成10个孙秀梅，100个孙秀梅，发挥各自的智慧，发挥各自的特长，凝聚力量，依托电商把扶贫产业做大做强。"

杨林村蓝莓的成功经验是可复制的。在县扶贫办的支持下，孙秀梅借助党的组织优势，发挥各自的特长，凝聚一群志同道合的村第一书记、党支部书记、村干部、各界电商精英、企业精英等成员的"党旗红电商产业扶贫联盟"成立了。

扶贫联盟于2017—2020年完成179个村204个服务点建设，全县农产品和工业品实体展示中心300平方米，电商创业中心50平方米和物流配送中心建设200平方米。实现县域电商队伍建设、平台建设、服务网络建设（仓储、物流、服务点）、品牌建设，促进了扶贫产业发展，实现脱贫致富。

孙秀梅带领团队围绕"一县一业""一村一品"，因地制宜发展规模化基地（集体产业）和康养庭院经济（农户在房前屋后养老休闲庭院产业）两种产业模式，做好产品品控，提升平台服务质量，联盟整合专业公司和企业，提供产业技术服务、账目管理服务、农资采购服务、产品销售服务等专业服务。充分发挥党组织优势，完成"百村千组"便利店建设，建成网格化服务体系，夯实电商服务村民的基础网，培养和建设一支适合宽甸城乡本土化电商服务队伍，做好城乡居民产品上行下行服务和对接，提升城乡居民利用电商的能力和水平。

"党旗红宽甸电商扶贫产业联盟"依托互联网优势，利用电商平台帮助贫困户销售农产品，大力发展扶贫产业，带动贫困户脱贫，直接帮助全县1000多户贫困户脱贫，推动了蓝莓扶贫产业规模不断扩大。现在蓝莓产业覆盖全县8个乡镇20个村，建设蓝莓基地2000亩，暖棚60栋，带动5000人脱贫增收。在孙秀梅的带动下，不断培育壮大乡村优势特色产业，加强农业全产业链建设，让农民更多参与分享产业增值收益。

李国林

　　朝阳市建平县榆树林子镇下窑沟村党总支书记。他积极带领村"两委"建立扶贫产业园，采取"村党支部+合作社+扶贫产业园"模式，全村发展蔬菜大棚1300标准栋，年产蔬菜10000吨，年销售额1.2亿元，棚户户均年纯收入15万元以上，每年设施农业项目可使人均增收2.3万元，村集体收入实现98万元。他将物联网、人工智能等技术运用到蔬菜种植生产中，进行精准动态调控，有效提升生产管理数字化水平，实现降本增效。建立了HACCP食品安全追溯控制管理体系，覆盖种植、采摘、运输、销售全程质量控制，实现了"产、供、销"的全链条数字化。

下窑沟村有"棚主" 致富路上快步走
——记朝阳市建平县榆树林子镇下窑沟村党总支书记李国林

"李国林就是我们下窑沟村赫赫有名的'棚主'。"村民李雪东无比自豪地说。李国林听到村民都这样称呼他，他那黝黑质朴的脸上露出羞涩的笑容。

建平县榆树林子镇下窑沟村现在是远近闻名的富裕村，设施农业产业园的"下窑沟番茄""下窑沟豆角"近销东三省，远销沪、粤、港，已经成为北方番茄、架豆重要生产基地。

下窑沟村的巨变源于村党总支书记李国林。李国林10余年带领村民走出了一条棚菜产业致富路，多次被评为朝阳市、建平县劳动模范称号，成为村民心中的"棚主"、主心骨、领头人。

回家乡，再创业，带领乡村走上致富之路

李国林生在下窑沟村，长在下窑沟村，是地地道道的下窑沟村人。2000年，25岁的李国林已经成家立业，但是家境贫困生活困难，养活老婆孩子都成问题。万般无奈之下，他带着妻儿来到深井镇章吉营子绿园小区承包了2栋大棚。他辛勤奋斗，刻苦钻研，经过10年的奋斗，取得了丰厚的收入，也积累了丰富的蔬菜种植经验。

富起来的他没有沉浸在小富即安的自我满足里，每次回到家乡，看到依旧面朝黄土背朝天的家乡父老，他就想回到家乡种植大棚蔬菜，带领乡亲们脱贫致富。

2010年年初，在时任村书记王福阳的真诚邀请下，李国林回到下窑沟村，他选择在二道沟村民组开始建设大棚，实施他的伟大梦想。

二道沟是榆树林子镇下窑沟村最东边的一个村民组，距村委会有五华里，东临树底下村，全组18户65口人。过去所有人都居住在深沟里，交通不便，生活困难，人们过着靠天吃饭的生活，成为深度贫困村。让本组村民改变传统观念，放弃种植传统的玉米高粱，而改种设施农业建大棚，村民心里害怕、没底呀。

李国林现身说法，村民组里的大部分人还是积极响应的，但少数人还是想不通，因为建设施农业小区调地块一户不同意这个项目就得泡汤，情急之下，李国林当着村民的面，许下了庄严的承诺：他义务提供技术和联系销路，如果不挣钱，他按地的粮食产量赔付损失。

就这样，全组的思想达到了统一，施工建设得以顺利进行。他带领全组村民当年建起49自然栋4500延长米蔬菜大棚，占地210亩，共24户，其中外村（组）6户，整个村民组实现了户户有大棚的目标。

筹建期间，他不辞辛苦，为大棚的建设奔波劳碌。大棚投入使用后，他又无偿向棚户传授蔬菜种植技术及管理经验，成了棚户增收致富的贴心人。整个棚区当年建设、当年投产、当年见效，当时每100延长米纯收入约4.5万元，种植3茬蔬菜（一年半）全部收回成本，该棚区当年产值200万元以上。

由于经济效益显著，2013年该小区部分棚户自行改扩建蔬菜大棚2000延长米。2017年新建大棚3栋300延长米，至此二道沟棚区达到6800延长米，总面积320亩。二道沟村民组能建大棚的地块都已建了大棚，达到了应建尽建。在李国林的带动下，二道沟设施农业小区基础设施不断完善，种植技术不断提高，经济效益越来越好，整个棚区年产值300万元以上，他成了下窑沟村设施农业发展的带头人。

守初心，建支部，做脱贫攻坚战役的领头雁

2011年6月，李国林站在党旗前宣誓，光荣地加入了中国共产党。那一刻，他自感肩上的责任更重了，信心更足了。李国林深知这一身份的神圣使命，学党章、知党史、明志向，无时无刻不以最严格的标准要求自己。

2015年，在镇党委和村党总支的指导下，成立下窑沟村产业协会党支部，李国林担任协会党支部书记，以实际行动践行共产党员的模范先锋带头作用。2017年，他担任下窑沟村党支部书记，率先带领大家学习理论政策，结合工作实际着手完善了各项管理制度。通过"规范制度，创新工作促党建"，明确了思想建设对于下窑沟村发展的重要性，党员们发展的劲头更足了。

围绕思想建设、组织建设和作风建设，用理论武器锤炼各个村干部的党性素养，用规范标准力促工作提升，用制度机制强化基础保障，村党支

部理论化、规范化、制度化建设水平逐步提升。

"让农民富起来是党领导的第一民生工程、头等大事，更是一项崇高而伟大的事业。作为一名村干部，有幸参与这一伟大事业，所感所悟更是颇多。"李国林说。

他表示，想要做好脱贫攻坚和乡村振兴工作，就要用"绣花"功夫精准抓扶贫，用"打铁"力度搞振兴，绝不能纸上谈兵，绝不能假、大、空。要落实责任制，干事创业的村干部要细琢磨、擦亮眼、迈开腿、抓落实，从根源揪出致贫原因，因地制宜制订脱贫方案，真正给老百姓交出一份满意的答卷。

为提高下窑沟村建档立卡贫困户和老弱病残等弱势群体的经济收入，2016年，李国林协助下窑沟村成立了建平县榆树林子镇惠泽种植专业合作社，李国林任理事长，共34户入社，吸纳建档立卡贫困户32户。

为带动建档立卡贫困户脱贫，做好脱贫攻坚工作，李国林与时任村书记王福阳积极为有劳动能力的建档立卡贫困户协调贷款建设大棚，协助3户建档立卡贫困户建设蔬菜大棚5栋530延长米，使他们的收入得到稳步提高并脱贫。动员无劳动能力和无建棚能力的18户建档立卡贫困户通过土地流转增加了收入，地租收入由原来的每亩50元提高到300—800元，户均增收1200元。优先安置部分贫困户去大棚打工提高收入，户均年增收5000元以上，使建档立卡户参与率达60%。

2017年春，李国林积极协助村"两委"建立了扶贫产业园，以村委会引领、合作社经营，采取"村党支部+合作社+扶贫产业园"模式，发展设施冷棚19自然栋1360延长米。由于项目实施较晚，只能栽植一季西红柿，实现销售收入11万元，纯收入5.8万元，为22户建档立卡贫困户每户分红1000元，解决了建档立卡户7人的就业问题，村集体增加收入1.1万元，经济效益和社会效益十分明显，并且积累了丰富的设施冷棚经营经验。

2018年，扶贫产业园规模进一步扩大，又发展了200亩50栋设施冷棚，为壮大集体经济和全村脱贫攻坚工作夯实了基础。如今，下窑沟村的设施农业发展得如火如荼，随之发展起来的扶贫产业后劲十足，其中离不开村"两委"的辛勤努力和李国林的无私付出……

强辐射，整资源，产业发展基础强起来

产业兴旺是乡村振兴重点，是实现农民增收、农业发展和农村繁荣的基础。

二道沟棚区的成功经营，极大地调动了下窑沟村村民的积极性。2016年以来，村民自发建棚的热情空前高涨，三组东坡棚区建了9自然栋1500延长米，2017年增建了18自然栋，2021年该棚区已达27自然栋5000延长米，占地270亩，棚户19户，该地块已全部建满。

三组西洼子棚区建了24自然栋3400延长米，2017年建设14自然栋1400延长米，该棚区棚户已达37户4800延长米，占地340亩。

五组东道棚区目前已建成32自然栋5000延长米，占地300亩，该棚区棚户已达30户。

现在下窑沟村已发展蔬菜大棚1300余标准栋6.5万延长米，占地6800亩，年产蔬菜10000吨，年销售额1.2亿元，棚户户均年纯收入15万元以上，每年设施农业项目可使人均增收2.3万元。

为了提高设施农业产业化水平，二道沟棚区于2015年5月成立了二道沟果蔬专业合作社，当时入社的只有5户棚户，现入社棚户已达到60户，由李国林担任理事长。合作社采取"统一购苗、统一购肥、统一销售、统一管

理"的"四统一"运作模式，降低了种植成本，提升了蔬菜品质，收益明显提高。经过不断探索，李国林的管理思路逐步完善，全村资源得到整合，全村形成了"党支部+合作社+棚户"的典型产业发展模式，党支部的引领作用得到充分发挥，经济效益和社会效益双丰收。

金秋时节，硕果飘香。一排排大棚整齐有序，大棚内种植的豆角郁郁葱葱，鲜红饱满的西红柿挂满了枝头，农户们忙着采摘、搬运、分拣、装箱，棚菜收获季节正是蔬菜种植户、务工农户最忙时，也是他们腰包"丰收"的时节。

现代农业需要现代化的生产组织方式。在下窑沟村的带领下，镇政府牵头，统一协调土地流转，在中官村、前营子村、孤家子村、大罕沟村发展设施农业2000多亩，产业园不断扩大，不断增加。摆在李国林面前的问题不仅是技术问题，而是强化管理、树立品牌、高质量发展的问题。在管理上，李国林带领的合作社实行统一品种（上茬西红柿、下茬豆角）、统一种植、统一供苗、统一技术、统一销售，并注册了"下窑沟番茄""下窑沟豆角"两个商标。

学科技，改观念，让产品优势跟上市场需求

习近平总书记在"七一"重要讲话中强调，构建新发展格局，推动高质量发展，推进科技自立自强。李国林深刻领会习总书记的讲话精神，他知道，农业领域同样天地广阔，大有作为。

李国林种植大棚蔬菜已有20多年，带领下窑沟村发展大棚种植产业也有10多年。成功秘诀是啥？李国林和大棚打了半辈子交道，他的道理很简单："咱就认准科技这条路，把握好市场，坚持走到底。"

"刚开始，大棚起土墙，搭草帘子，可棚里采光不好，温度上不去，蔬菜生长没有后劲，产量很低。"李国林回忆道。

科技引领设施农业，在李国林的培养下，已经有15名技术能手为整个棚区进行技术指导。李国林又积极引进农业科研机构进园区、进大棚，为基地发展坐诊把脉，提高产品质量。并与华南农业科技大学联合，建立专家工作室，为棚户专业发展吃了定心丸。

在村副书记李晓玲家的大棚里，高高的硬粉西红柿秧郁郁葱葱，西红柿缀满枝头，李晓玲正忙着在大棚里为西红柿浇水。她说："硬粉西红柿色泽好，口感酸甜，个大均匀，市场价格高，每年都能卖上好价格。"

近年来，李国林培育的硬粉西红柿、无丝豆角，品种改良不断推进，大幅度提升设施农业科学种植水平，拓展农产品销售渠道，已成为东北地区硬粉西红柿、无丝豆角设施农业重要生产基地。

现在，每个大棚每年种植两茬蔬菜，头茬西红柿，二茬豆角，年产蔬菜10000余吨，年销售额1.2亿元。全村户均蔬菜大棚2.85标准栋，棚户户均年纯收入15万元以上。良好的经济效益极大地激发了群众的建棚热情。

"我们下窑沟村在蔬菜育种方面有传统、有基础，这些年集聚了一批农业专家。"李国林说，农业产业园正以深入推进农业供给侧结构性改革为主线，探索建立品种培优、品质提升、品牌打造的一体化模式。

定标准，树品牌，打通农产品产销链条

品牌名气越来越大，外地大客户纷纷到下窑沟村来订购西红柿和豆角。"以前主要靠去外面推销，现在就在我们村内的批发市场出售，非常方便，我们不出家门就能赚钱了。"脱贫户白永奎说。他家2016年开始种植蔬菜，有了市场保证，一年有10多万元的收入，2017年已经脱贫，今年他计划再建一个大棚，争取收入再上一个新台阶。

"有什么需求，直接跟合作社讲，销不动的由合作社来兜底，不能让种植户有损失。"李国林说。现在市场销路更广了，原来的蔬菜批发市场太小了，不能满足客商的需求，今年我们通过招商引资形式规划建设综合性市场，占地30亩，投资3000万元，能满足全国各地的批发商云集此处。

过去，"下窑沟番茄""下窑沟豆角"主要市场在东三省，现在一路销往山东、北京、上海、广州、深圳等省、市。这两年，合作社通过电商平台，已将"下窑沟番茄""下窑沟豆角"销往全国各地。

李国林介绍到，他们将物联网、人工智能等技术运用到蔬菜种植生产中，进行精准动态调控，有效提升生产管理数字化水平，实现降本增效。

建立了HACCP食品安全追溯控制管理体系，覆盖种植、采摘、运输、销售的全程质量控制，实现了"产、供、销"的全链条数字化。

品牌化是下窑沟村做大做强的关键，产业发展的必经之路。农业合作社创新营销方式，借助网络直播和销售平台，成功开展了一系列"互联网+"品牌推广活动。同步推出品牌设计保护、基地建设、媒体塑造以及文化活动宣传等一系列举措，全力打造"下窑沟番茄""下窑沟豆角"金字招牌。

拓宽渠道拉动大众化宣传。李国林发现，要将营养价值宣传到位，才能打开巨大的潜在的蔬菜消费市场。为此，下窑沟村一方面加大宣传力度，邀请中央、省市媒体走进下窑沟村，多角度全方位宣传推广。又开展网红直播带货、财经栏目走进乡村等系列推介活动，让更多消费者认识了"下窑沟番茄""下窑沟豆角"这一特种蔬菜，让"中国蔬菜看建平"成为行业共识。

另一方面围绕农业产业园延伸产业链条。李国林说"心有多大，市场就有多大"。在榆树林子镇的支持下，李国林开始着手在下窑沟村部署一系列延伸产业。通过招商引资三家农业龙头企业，对西红柿、豆角等蔬菜进行深加工，增加农产品的附加值，增加农民收入，巩固拓展脱贫成果，用高价值赋能促进乡村振兴。

随着下窑沟村蔬菜特色产业的快速发展，随之拉动的打包、装箱、住宿、餐饮等行业也兴旺起来，并吸引了附近大量村民前来务工，加上全国各地的客商，下窑沟村一年四季人潮涌动，热闹非凡。

"今年，村里加强了基础设施建设，对路边进行绿化，修建长城墙，美丽乡村建设已接近尾声，村集体收入达到98.84万元，一个美丽和谐富裕的小山村将呈现在大家面前。"李国林满怀信心地说。

　　他们下一个奋斗目标是高标准重新建设党群服务中心、学校和养老院、幼儿园，继续完善基础设施，提高农产品市场竞争力，以九龙山奇石自然资源为基础，打造集观光采摘、民俗体验于一体的旅游休闲美丽乡村。

任丽杰

任丽杰是辽宁省久久祥瑞农业科技发展有限公司董事长，她采取"基地+合作社+农户"模式，带动农民种食用、药用菊花，建立13个种植基地，1000多亩，年销量150吨，销售额900万元。形成了菊花种植、加工、研发、销售、文化旅游等一体化全链条的产业发展之路，成为全国最大的食用、药用种植基地，并与中国烹饪大师苏喜斌合作推出了系列菊花饺子品牌。

任丽杰被评为"爱岗敬业标兵""优秀共产党员"；她培育的花卉"微型万寿菊""逐浪高"在辽宁省花卉博览会上被评为金、银奖；"金辉千头菊"被评为辽宁省优质农产品。

菊花仙子　筑梦未来

——记辽宁省久久祥瑞农业科技发展有限公司董事长任丽杰

"采菊东篱下，悠然见南山。"东晋诗人陶渊明一生挚爱菊花，他不仅爱酿造菊花酒，还种菊、采菊、食菊、赏菊、叹菊、颂菊，以自身的人生经历，隐逸情怀，真正参悟到菊之风骨、人之傲骨，开创了物我合一的新境界，创作了许多颂菊名篇。

如今，在辽宁的许多地区，你会体验到诗人陶渊明赏菊时的美景，更能感受到春夏秋的田野上遍地姹紫嫣红、娇艳欲滴的各种颜色的唐菊、甜菊、北京菊、药用菊花……清新如风、淡雅如云；冬日的暖棚中，你同样能感受到一朵朵、一簇簇如红色海洋、黄色海洋一般千姿百态、争奇斗艳的菊花。置身于花海中的你，会被阵阵清淡的菊花香所陶醉，让你流连忘返、心旷神怡。

酒能祛百虑，菊解制颓龄。这道美丽的风景已被任丽杰赋予更多的内涵，或药、或食，菊花产业在乡村大地铺展而来，成为辽宁的一张美丽名片。

"富民之花"追逐梦想三十年

"植物养生、健康为民"是任丽杰研究菊花、种植菊花30多年来所追求的目标。

任丽杰出生在黑龙江省黑河市的一个农村家庭，从小的梦想就是走出山村，到大城市实现自己的梦想。1985年她如愿以偿考上了沈阳农业大学，学习花卉专业。"鸟入森林，鱼入大海"，任丽杰在大学里如饥似渴地学习，菊花走进了她的生命，研究菊花、培育菊花，这一干就是30多年。

毕业后，任丽杰在沈阳军区后勤部的果蔬花卉种植基地工作，负责花卉培育和种植工作。这期间任丽杰被单位评为"爱岗敬业标兵""优秀共产党员"；她培育的花卉"微型万寿菊""逐浪高"在辽宁省花卉博览会上被评为金、银奖；"金辉千头菊"被评为辽宁省优质农产品。任丽杰带领她的团队自主研发了5项发明专利，10项实用新型专利，并在专业期刊上发表了多篇论文。其间，她积累了丰富的种苗培育、种植管理经验，拥有了独立自主知识产权的菊花新品种，在行业内赫赫有名。

2016年，任丽杰做出一个大胆的决定。她要把自己的科研成果转化为生产力，把菊花种植规模化、产业化、市场化。这个决定得到家人和同事们的支持，于是她在沈阳市苏家屯区租下了50亩地，投资240多万元，修建7个大棚。并注册了沈阳市久久祥瑞园林绿化工程有限公司和沈阳市苏家屯区久久祥瑞农业种植专业合作社。

"菊花药食同源，既可入药，又能做食品，市场份额巨大，可控制经营风险。"任丽杰对记者说，"为耕者谋利，为食者造福，是我做菊花产业的初衷。"

在苏家屯基地，任丽杰采取"基地+合作社+农户"模式，带动当地农民种食用、药用菊花。几年下来，她把小小的菊花做成一条产业链、一个知名品牌、一项支柱产业，更有效带动农民增收致富，成为远近闻名的

"富民之花"。

今年，菊花产业发展取得显著成效，生产规模不断扩大，优势产区逐步形成，种植水平逐年提高，促进农民增收作用明显。

"产业之花"促进高质量发展

因"花"致富，一朵花"长"出一片大产业。

目前，久久祥瑞农业科技发展有限公司发展了13个种植基地，共1000多亩地，年销量可达150吨，销售额900万元。形成了菊花种植、加工、研发、销售、文化旅游等一体化全链条的产业发展之路，成为全国最大的食用、药用种植基地。

说起食用菊，任丽杰如数家珍："菊花是我国的传统名花，栽培历史悠久，品种繁多。食用菊花里含有黄酮，可以延缓衰老，增强人体代谢功能，对肝脏也有保护作用。食用菊的花形饱满，口感清香，对眼睛尤其好，经常看手机或电脑，用菊花洗眼睛会感觉特别明亮。"

但真正将菊花形成商品化、规模化、产业化，国内尚属冷缺，大力推广食药用菊意义深远。

成功来得并不容易。创业路上，任丽杰真正体会了什么叫"难"。

销售是创业的"最后一公里"，也是最难跨越的一道"坎"。

任丽杰一直从事科研工作，以前的工作范围就是基地、大棚，现在她要走出去找市场，这对她是最大的考验。她考察南方市场，走访批发商，参与各种订购会、展览会，一家一家推广自己基地生产的食用菊花。

经过她不懈的努力，鲜菊花的渠道慢慢打开，但是随之而来的就是一年两季的鲜菊花采摘量很大，储存又是个大问题。

任丽杰带领他的团队研发出菊花低温冻干技术，发明专利"一种食用菊花的烘干及还原"，建立了菊花烘干车间和低温冻干车间，这样的保存方式可让菊花保鲜期延长，新鲜程度和营养价值不变。

由于种植技术、保存技术的提高，销售渠道不断扩大。现在菊花产品的销售以北京为中心，辐射京津冀及"三北"地区，即东北、华北、西北三个地区。全国残疾人联合会各个团体、商超、部队、高校、企事业单位等也与基地签订了订购合同；国内部分药厂商也纷纷与基地合作。

现在是新媒体时代，任丽杰实行线上线下方式销售，部分产品已出口日本、韩国、俄罗斯等国家，逐步走向国外市场。

任丽杰重点打造菊花示范基地，推动菊花的品种培优、品质提升、品牌打造和标准化生产，促进菊花产业高质量发展。

10月，春菊开过，又到秋菊花期，任丽杰的菊园内繁花似锦，蜂飞蝶舞。上个月她刚与沈阳农业大学签约校企合作，引进了一批观赏性菊花，借助菊花品种的多样性，扩大开发旅游产业。她的愿望是：做大做强菊花产业，让菊花成为辽宁省的一张美丽名片。

"美丽之花"走出幸福之路

苏家屯基地、大民屯基地、秋家基地、朝阳基地、康平基地、北岗基地等共1000多亩菊花即将迎来采摘期，菊花不仅有药用菊，还有食用菊。可以吸引旅客赏菊采摘，还可以入菜使用。

如何把一朵朵菊花变成一件件产品？

只是种菊花、卖菊花，任丽杰觉得还不够，她又将"拉伸菊花产业链，提高产品附加值"作为公司发展的新目标。"目前我们的菊花衍生产品有菊花饺子、菊花养生包子、菊花面条、菊花豆腐、菊花茶、菊花醋、菊花酒、菊花饼、菊花精油、酱菜等，还有用菊花秆叶加工的饲料添加剂，市场反应都挺好。"

在任丽杰看来，创业的意义不仅是增收，更是价值的体现。在"十四五"新征程中，要全面推进乡村振兴，要发展农村特色产业、品牌产业。

"菊花从一棵苗、一朵花，再到一杯健康的饮品、一盘美味佳肴。在这个过程中，吸引更多的年轻人返乡，加入我们的创业队伍，培养更多致富人才，为乡村振兴贡献力量，带领大家实现共同富裕的美好生活，我的创业、我的人生才更有意义。"

久久祥瑞农业科技发展有限公司带动周边农户种植菊花，公司负责技术培训，统一育苗、收购，农户负责种植。采取"种植、加工、销售"一体化模式，有效带动当地剩余劳动力在家门口创业、就业。

任丽杰给记者算了一笔账：按目前市场行情计算，食用菊花每亩投入65000元，可产出鲜花4000斤，干菊花400斤（10斤鲜花出1斤干花）。400斤×350元/斤=140000元，每亩利润为75000元，每年可栽种两茬，每亩食用菊花每年可获利150000元。（第二年无须购买种苗，每年递增10%—15%利润）。药用菊花（露地）每亩投入5000元，可产出鲜花1500斤，干花300斤。300斤×30元/斤=9000元，药用菊花每亩可获利润3000—4000元。

公司还研发出核心技术"气雾栽培"，发挥水、电、光的三元作用，采取立体化种植结构，提高温室蔬菜种植面积，结合酵素营养剂科学配方，实现工厂式的洁净生产，达到高档的洁净无农药的安全菜。

"未来，我们要把企业做大做强，不仅为百姓致富当好引路人，还要做好他们健康的守护者。"

"振兴之花"绽放品牌力量

"河豚菊花饺""海鲜菊花饺""羊肉菊花饺""驴肉菊花饺""鸡蛋菊花饺""素馅菊花饺"等9种饺子今年秋季成功面世。这是任丽杰与中国烹饪大师苏喜斌合作推出的系列菊花饺子品牌。

苏喜斌是中国调味大师、中国烹饪大师，中华厨神，中国杰出餐饮企业家，2008年北京奥运会食品专家，中国药膳大师。苏喜斌在北京被称为"中华厨神""京城九爷"，他对菊花有着深厚的兴趣，2020年，他决定与任丽杰合作，研发推广菊花系列饺子及菊花系列菜品，采用瑞祥菊花与传统饺子深度融合创作而成。菊花入馅儿，佐以肉蛋等新鲜食材，色味俱佳，令人回味无穷，兼具视觉与味觉的双重享受，是美食更是中华饮食文化的升华。

任丽杰注册了"九爷菊花饺"，她要让九爷菊花水饺走进老百姓的餐桌，走进人民大会堂。

随着"九爷菊花饺"的注册成功，任丽杰将食品厂也建设起来，新建6条生产线及配套设施，生产线包括菊花饺子系列、菊花养生包子、菊花面条、菊花豆腐、酱菜等，及蔬菜加工生产线。

菊花入菜不是简简单单地把菊花摘下来放在菜品里烹制即可，食用菊花的选种和培植、生长过程中对各方面条件的监控都是非常严格的。任丽杰说："我们以有机标准种植食用菊，用了5年反复试验，才有了品类丰富的菊花宴。"如今的菊花宴已经非常丰富了——菊花凉拌菜、菊花茶、菊花馅儿饺子、鸡蛋菊花饼以及压轴的菊花火锅，每一道菜都既好看又好吃。

菊花的清香与菜肴的鲜香弥漫在空气中，娇嫩怒放的朵朵菊花，经过精心拌、蒸、炸，炒，变成了一道道诱人的美食，刺激着"吃货"的味蕾。

深秋时节，百花开尽，菊花却迎来了最灿烂的季节。赏菊的去处不少，但是品菊的地方不可多得，任丽杰的菊花种植专业合作社就是一个让眼睛和味蕾都能得到满足的好去处。

自发展菊花产业以来，任丽杰大力推广菊花新品种，并注册了"祥瑞中一花食""盛京唐菊"商标。鼓励农户种植经济效益可观的菊花品种，保障农户与企业的利益联结机制，稳步提升菊花的产量和质量。

"健康之花"开出大产业

菊地里，村民忙碌采摘；厂房内，花香沁人心脾。如今，在苏家屯基地、大民屯基地、秋家基地、大汉屯基地、北镇基地、绥中基地、康平基地等地，到处都可见到菊花盛开的景象。

创业带来了怎样的感受？这个问题让任丽杰沉吟片刻，然后吐出两个词：坚持、热爱。她说："要想做成一件事，坚持是最重要的。"每当感觉坚持不下去的时候，她就学着自我释放，要么找一个清静的地方，泡上一杯菊花茶，独自坐一下午；要么约上三五好友，一起到美丽的乡间，与大自然亲密接触。"那时什么都不想，就是放空自己，然后一身轻松，重新上路！"任丽杰说。

任丽杰对菊花的热爱已入脑入心，对菊花的习性了如指掌。

自古有重阳节赏菊和饮菊花酒的习俗，从唐朝起就有相关记载，菊花气味芬芳，绵软爽口，是入肴佳品。在我国，不少地方都有食菊的风俗。可鲜食、干食、生食、熟食、焖、蒸、煮、炒、烧、拌皆宜，还可切丝入馅儿。菊花酥饼和菊花饺都自有妙处。制作饮料，清热解暑。

菊花是多年生宿根植物。它浑身是宝，"春食苗、夏食叶、秋食花、冬食根"，菊花药效价值、营养价值、经济价值极高。它适应性广、生态环保、绿化美化环境，并且管理简单、产业链长，是国家新兴战略项目，是低风险、高回报、周期长的好项目。

食用菊花分为"甜菊"和"唐菊"。花器中含有菊花甙、腺嘌呤、氨基酸等微量元素，有清热解毒、平肝明目之功效。比普通菊花花朵更大，花瓣更厚，口感更甜，产量更高。

甜菊品种特点是花朵比较大，食用量大、感观非常好、比较震撼。主要是鲜食，例如：菊花火锅、菊花馅儿饺子、菊花鸭、凉拌菊花等，成为经济效益比较可观的"菊花宴"。

唐菊品种特点是花朵为中型花，适可烘干；它的紧密度好，花瓣层次数多，烘干不变形，形态优美，适合煮茶、做火锅、吃菊花粥、煲汤；它煮出来的茶汤色好，喝完茶又可以像银耳一样吃掉，非常软润、滑嫩、美味、香甜回甘。

菊花土豆粉条中含有淀粉、蛋白质、脂肪、粗纤维、钙元素、磷元素、钾元素、铁元素、胡萝卜素、硫胺素、核黄素、维生素C、维生素A、维生素B_1等营养成分。

在种植上，任丽杰也有自己的种植特色，"不用化肥，全程绿色有机"。既采用中国有机标准，也采用美国、日本、欧盟等有机标准，这在业内尚属首家，她要把食用菊做成精品产品走进千家万户。

任丽杰表示，下一步，将对菊花进行深加工，让菊花提质增效，并进一步拓展海外市场出口量。将借助旅游文化资源发展菊花产业，实现农旅融合，打造秋赏菊文化旅游精品线路，助推乡村振兴快速发展。

杨晓桐

杨晓桐是非物质文化遗产盛京满绣第四代传人。自幼喜爱绘画艺术，家传满绣技艺。外祖母是满族正白旗人，精通满族盘金绣，1921年为末代皇后婉容绣制过嫁衣。杨晓桐从4岁起跟随外祖母学习皇族刺绣技艺，掌握了所有的满绣技巧。作品《盘金龙》在2017年辽宁省文化产业博览会上获得"玉园杯"辽宁省工艺美术精品奖金奖；作品《官补系列》获得第三届中国（潍坊）民间艺术博览会金奖。杨晓桐打破了满绣"传内不传外"的封闭保守式传承方式，以开放式办学、公益性培训、校企联合教育等多种形式，为盛京满绣技艺培养更多的传承者。积极探索"盛京满绣"产业扶贫之路，先后在省内建立了42个扶贫孵化车间和刺绣基地，帮助百余户贫困家庭脱贫，有部分贫困群众已经奔小康。

"盛京满绣"绣出扶贫新路径

——记非物质文化遗产盛京满绣第四代传人杨晓桐

　　盛京满绣被称为"中国清代皇族刺绣",是"旗袍故都"沈阳城的非遗瑰宝之一,是沈阳地区独有的刺绣技艺符号,是辽宁省著名的文化名片,也是中华优秀传统文化的代表。杨晓桐的满族名字叫巴彦殊兰,自幼喜爱绘画艺术,家传满绣技艺。外祖母是满族正白旗人,精通满族盘金绣,1921年为末代皇后婉容绣制过嫁衣。杨晓桐从4岁起跟随外祖母学习皇族刺绣技艺,掌握了所有的满绣技巧,成为满绣第四代传人。作品《盘金龙》在2017年辽宁省文化产业博览会上获得"玉园杯"辽宁省工艺美术精品奖金奖;作品《官补系列》获得第三届中国(潍坊)民间艺术博览会金奖。

　　作为辽宁省扶贫协会副会长,杨晓桐打破了满绣"传内不传外"的封闭保守式传承方式,以开放式办学、公益性培训、校企联合教育等多种形式,为盛京满绣技艺培养更多的传承者。2018年,杨晓桐又积极探索"盛京满绣"产业扶贫之路,先后在省内建立了42个扶贫孵化车间和刺绣基地,有百余户贫困家庭脱贫,有部分贫困群众已经奔小康。盛京满绣产业扶贫从根本上激发了贫困群体和留守妇女自身内在的脱贫动力,在乡村增强了持续发展的"造血"

功能。盛京满绣更能壮大农村集体经济，是引领农民实现共同富裕的重要途径。

第一个满绣车间在拉各拉村成立

杨晓桐与拉各拉村第一书记刘胜伟多次交流，了解到拉各拉村地处阜新蒙古族自治县东北部40公里处，距招束沟镇政府5公里，是全镇面积最大、人口最多的行政村。全村70%以上土地为低山丘陵，86.5%的耕地在25度坡以上，土地瘠薄，漏水漏肥，全年降水量不足400毫米，是典型的贫困村。刘书记说："拉各拉村发展农业产业没有优势，但我们村的留守妇女多，她们中也有很多心灵手巧的人，也想做些事情填补家用，满绣产业很适合我们村的实际情况。"

对于杨晓桐来说，在偏远贫困村里设立"盛京满绣"车间还是第一次，心里还是有很多的担忧，她担心盛京满绣作为扶贫项目成了花架子、走形式，产品质量不合格毁了满绣事业。

村里建档立卡户朱喜红说了一句话："我们这些留守妇女上有老下有小，不能出去打工，如果能在家干活挣钱，尽快摆脱贫困，那有多好哇！"

听到村民无奈的话语，看到这些妇女真诚的目光，杨晓桐下决心在拉各拉村成立"盛京满绣"扶贫车间，她要带领全村人走出贫困，走向富裕。针对村里的实际情况，杨晓桐先安排村里的宁桂梅和陈丽两个人到沈阳盛京满绣集团总部免费学习满绣。学习刺绣对于农村妇女来说就好比登天，拿惯了铁锹锄头的手，拿起绣花针，真是找不到北呀！但是一想到这是全村人的希望，宁桂梅和陈丽两人付出双倍的努力，别人一个月就学会的课程，她们用了两个月学成。

满绣车间成立初期还是遇到了很多困难。杨晓桐多次来到村里，与村委共同努力推进，第一个车间耗时8个月，直接投资近8万元，间接投入近14万元。2018年8月9日，盛京满绣扶贫车间正式挂牌，这是全省首个满绣扶贫车间，也是阜新市首个挂牌成立的创业扶贫车间。为了能让车间顺利运转，杨晓桐每年给拉各拉村1万元作为协助管理费用，确保扶贫车间正常生产。

扶贫车间成立了，首先就是培训新员工。这是杨晓桐最担心的事，不知道这些拿惯锄头铁锹的手是否能拿起绣花针。杨晓桐亲自带老师来到拉各拉村，手把手教、口对口传。学成归来的宁桂梅和陈丽已经是村里满绣车间的老师，她们用自己的语言和方法培训绣工掌握满绣技巧，并且还要到其他村进行培训传授，现在她们从建档立卡户已经成长为盛京满绣助理教师。

"无论做什么工作，女人都有刺绣的天赋。"杨晓桐开心地说。她亲眼见证了村民的成长过程，学员每天的学习成果在拉各拉村"劳动保障"微信群中宣传，吸引全村留守妇女关注盛京满绣，随时接受报名。

目前，全村已经有 36 人在车间就业，月工资可达 1500 到 2500 元左右，不仅解决了留守妇女在农闲时间创收增收的问题，更巩固了 12 名建档立卡户及子女脱贫成果。

村子里有位身残志坚的男士，他在培训期间克服手部缺陷，认真完成自己的绣品。还有一位女士，她是村里的抑郁症患者，当她拿起手中的绣线时，完全沉浸在她的绣品中，脸上流露出孩童般的笑容。此项目"以点带面"产生规模效应，不仅传授满族刺绣技艺，帮助村里贫困妇女脱贫致富，而且还丰富了她们的精神文化世界。

2019 年春节，拉各拉村的村民代表专程来到沈阳，真诚邀请杨晓桐参加乡村联欢会。联欢会是村民自编自导的，内容丰富多彩，有单口相声、蒙古族歌曲、扭秧歌、三句半等，村民以这种形式感谢杨晓桐的付出与帮助。

杨晓桐说："这是村民专程为我一个人准备的联欢会，他们真情的表演，让我非常感动，看到他们脸上洋溢着幸福的笑容，自信地唱着、跳着，我感到特别的幸福，更为今天的决策感到骄傲。"

满绣改变钱家沟村精神面貌

2018 年 8 月 16 日，杨晓桐为法库县钱家沟村刺绣基地揭牌。钱家沟村位于十间房镇政府东南 6 公里，毗邻铁法、三面环山，是一座宁静、优美、原生态的小村庄。全村人口 930 人，产业单一，村民致富能力有限，村集体负债近 200 万元，是比较典型的空壳村。在农闲时分，村内的剩余劳动力，特别是女性剩余劳动力较多，她们往往以打麻将等方式消磨时间，这样既容易因钱财引发口角造成邻里不睦，也浪费了大好的时光。在县就业服务局等单位的大力支持下，在第一书记张云路的积极推动下，解决了刺绣基地场地、学习用品、启动资金等问题。

杨晓桐对钱家沟村的满绣车间准备工作非常满意，在这里她也看到了满绣产业扶贫的希望，因地制宜发展满绣产业，乡村接受，百姓收益，这让她有了更大信心发展满绣扶贫产业。杨晓桐尽快安排老师驻村培训，村民报名学习刺绣十分踊跃，第一批 15 名学员短时间内招满，仅一周时间就已经结束学习阶段开始承接订单。

据估算，每年该项目能为钱家沟村百姓创收 15 万元以上。

自从盛京满绣落户钱家沟村后，村民们都发生着潜移默化的变化，从过去有时间就去小卖店打麻将变为到刺绣基地绣活，从过去的聊家长里短，到现在的聊怎么配线配色，如何提升工艺，加快进度。

杨晓桐对记者说："刺绣真的可以改变乡村精神面貌，既能赚钱又能解决邻里之间的矛盾。"

9 月 20 日，"我们的节日·中秋大型公益活动"在钱家沟村举办，村里刺绣学员身着格格服上台展示刺绣作品，极大提升了刺绣学员的信心和自豪感，也获得了全体村民的衷心称赞和高度认可。

盛京满绣是非物质文化遗产，非物质文化遗产就意味着脱离普通民众，远离大众市场。杨晓桐认为：非物质文化遗产除了传承和鉴赏，还要走进百姓家，让普通老百姓都能用得起，让满绣尽展绚丽风采。在杨晓桐的努力改良下，满绣衍生出大量贴近普通百姓的消费品，深受广大消费者欢迎，市场表现强劲，市场前景广阔。

白音昌营子村年轻人学习满绣

杨晓桐对阜蒙县哈达户稍镇白音昌营子村满绣产品最为满意。她高兴地说："'80后'的绣工工作效率高、思想活跃、保证质量，我们以后要大力培养年轻乡村绣工，为乡村振兴带来新的活力。"杨晓桐之所以这样说，是因为白音昌营子村第一书记林雪去年年底派出三名"80后"在盛京满绣集团进行了3个月的培训，她们学习认真，技术过硬，回村后可以独立培训新学员。

北方的冬天寒风刺骨。杨晓桐因腰椎疾病行动比较困难，但是她还是顶着零下20多度严寒于2018年12月29日来到白音昌营子村为满绣车间剪彩，并带来了专业老师陈雪莲。她安排陈雪莲老师在村里进行培训和指导。

在杨晓桐的指导下，12月29日，盛京满绣扶贫车间白音昌营子村妇女手工合作社成立。两个多月以来，绣工们珍惜致富机遇，爱护车间环境，雪天、风沙天主动换鞋入室，加工的绣品合格优质，没有一例退回产品。在不久前哈达户稍镇举办的"庆3·8国际劳动妇女节，助力乡村振兴巾帼观摩行"活动中，白音昌营子村观摩团队观看了盛京满绣集团提供的企业专题片，朗朗上口的诗体解说词、优美动听的配乐、历史悠久的满绣传奇以及色彩斑斓的满绣画面令大家心驰神往。

白音昌营子村满绣车间筹备之初，四位骨干几乎撑起了一片天。她们奔波十几里路去旧庙镇买旧椅子，当采购员。刺骨的寒风中，一家一家看椅子的质量和价格，买好了再搬上车运回车间，当装卸工，回到车间再当安装工和保洁员。马冬梅是车间质量检查员，她爱岗敬业，工作认真负责，哪里有活就默默出现在哪里。今年3月中旬的一天夜里，天气骤变，雨夹雪袭来，想到第二天上班车间需严格保证清洁，她马上在群里通知绣工自备一双鞋子进车间，避免泥泞污染车间地面，使绣布蒙尘影响质量。孙艳梅表达能力强、善于沟通，妇女主任安排她负责外联；李迎波性格内敛稳重，还是个女秀才，车间文艺演出她写的三句半非常受欢迎，车间委托她和公司每天沟通，随时反馈工作进度和质量；牟秀玲心细手巧绣得快，负责车间进料和物流。每个人各司其职，分工明确了，有独立有合作，配合默契。

绣工们和谐相处，每天主动扫地，擦窗台，为大家烧水，还有主动做饭的。有一次下雪，68岁的杜木青大娘特意早早来到车间，把车间台阶的积雪都清理干净，怕绣工们摔跤，她扫雪的背影感动了整个车间。刚开始大娘、大婶们学习的时候坐不住，现在到了下班时间还不回家。视力受限，她们就每人配了一副花镜。为了绣出更好更多的绣片，每天晚上都早来晚走，她们很热爱这份工作。

正因为有好的管理团队，在几个"80后"绣工的带领下，白音昌营子村满绣车间成立仅仅三个月，加工的所有绣片没有一例返工，全部做到合格。

白音昌营子村满绣车间现有绣工近30人，建档立卡贫困户5人。满绣车间能够实现当地留守妇女、留守老人月增收近2000元，受益人约900人，有效带动了村民增收脱贫。

记者问"80后"绣工们有什么心愿？她们真诚地说："我们能有今天的生活，要感谢党、感谢杨晓桐董事长、感谢县乡村的各级领导，我们也要积极加入中国共产党。"

养前村满绣基地助力乡村文旅发展

杨晓桐对记者说："盛京满绣一直致力于传承非物质文化，向世界推广满绣技艺。为了让盛京满绣走产业化发展之路，现在盛京满绣已经与世界知名品牌签订订单协议，一部分订单刺绣简单，容易操作，可以批量生产，这些订单很适合在乡村扶贫车间完成。"为了盛京满绣扶贫计划顺利长远发展，杨晓桐与海内外厂商的订单量签到了2020年。

根据满绣工艺上手迅速、场所多样、时间机动的用工特点，以产业扶贫、精准脱贫为基本方略，在辽宁阜新阜蒙县招束沟镇拉各拉村、营口大石桥建一镇铜匠峪村、沈阳法库县十间房镇钱家沟村、辽中区养士堡镇养前村等42个村建立了"盛京满绣扶贫车间"和"盛京满绣刺绣基地"，培养"定点招生、定式设计、定量制作"的"三定"从业人才，并确定了先

培训、再签约、后回收的合作模式。

2018年5月，杨晓桐在辽中区养士堡镇养前村成立了"盛京满绣刺绣基地"。养士堡镇是沈阳市果蔬经济区核心区以设施农业作为主导产业的地区，在寻求产业转型升级的过程中，养士堡镇魏启明书记与杨晓桐董事长经过协商，将"盛京满绣刺绣基地"打造成乡村文化旅游项目，不仅为养前村留守妇女提供创业就业机会，还提升了养前村民俗文化品质。

杨晓桐对"盛京满绣刺绣基地"给予大力支持，先派一名满绣老师到养前村进行了为期一个月的培训。此次培训班开班近20位村民参加了培训。经过一个月的锻炼筛选，近10位村民脱颖而出。到目前为止，能够绣成品的绣娘有4位，现在有两位绣娘正在绣制成品。2019年3月，辽中区妇联将盛京满绣基地作为区妇联今年的一项亮点工作进行推广。

杨晓桐积极探索盛京满绣产业扶贫，从2008年至今，在全省范围内开办公益讲座近千场，受众超过10万人，一对一传授过的学员有500多人，举办了120余期培训班，培训满绣学员千余人，培养刺绣工艺师120余人。2019年，她计划在全省100个村建立满绣车间，让盛京满绣真正成为脱贫致富的抓手，成为地方经济新的增长点。她默默地用自己的奉献之火、生命之光，照亮寒贫的土地，温暖群众的心灵，为脱贫攻坚的胜利做出积极贡献。

王凤才

　　王凤才是辽宁皇城鹿业生物科技有限公司董事长。他坚持以人为本、以德兴企、以孝道行天下，争做群众脱贫路上的贴心人，勇当抗疫战场上的急先锋，一种情怀一路走来，把好产品带给广大消费者，把完美品质作为企业永恒的追求，在大健康的道路上追逐他们的梦想，为用户提供优质产品的同时，时刻不忘自己作为一名企业家的社会责任和担当，特别是在疫情防控期间，为企业、街道、特殊群体免费提供防疫物资。

引"凤"招"才"奏响奋进曲

——记辽宁皇城鹿业生物科技有限公司董事长王凤才

"我宁可为价格解释一阵子,也不愿为质量道歉一辈子!"这是王凤才董事长经常挂在嘴边的一句话。他在大会小会上讲、对国内为客户讲、对亲戚朋友讲。

1964年出生的王凤才,经营了几十年的辽宁皇城鹿业生物科技有限公司,生产高质量产品一直是企业的核心竞争力。他在大健康产业中摸爬滚打了几十年,为用户提供优质产品的同时,时刻不忘自己作为一名企业家的社会责任和担当。

争做群众脱贫路上的贴心人

2013年11月,习近平总书记在湖南湘西考察时首次提出了"精准扶贫",后来又在多种场合进一步阐述并丰富这一概念的内涵,从理论到实践形成了系统的思想,不仅成为指导我国扶贫工作的重要方针,为我国扶贫攻坚全面建成小康社会能够取得成功奠定了思想基础。

"小康不小康,关键看老乡,关键在贫困的老乡能不能脱贫"。

王凤才董事长牢记习总书记的话,企业发展好了,更要响应国家号召,为国家为社会奉献自己的一分力量,为精准扶贫做一些力所能及的事情。

王凤才了解到,西丰县不仅是养鹿大县,有着养鹿的悠久历史,也由于地理位置的偏远,成为省级贫困县。他与西丰县委、县政府多方沟通,决定调整经营战略,将原山东生产基地转移回辽宁省,为家乡建设添砖加瓦。在西丰县的大力支持下,顺利将公司的养殖基地和生产基地落户在西丰县，公司产业的转移，为西丰县的精准扶贫、经济发展起到了推波助澜的作用。

2016年10月20日，沈阳皇城鹿业生物科技有限公司生产基地在"中国鹿乡"辽宁省西丰县落成，成为中国首个规模化、规范化的新型鹿胶生产基地。皇城鹿业集研、产、销三位于一体。旗下产品奉鹿堂鹿胶产品的生产标准获得国家认可，并成为国内首例鹿胶产品企业标准的提供者，为国家鹿胶行业企业标准的制定与出台提供了参考样本。

奉鹿堂系列产品采用传统工艺，结合现代科技，历百余道传统工序熬制完成。在西丰县投入运营的皇城鹿品生产基地将历经3000多年的传统工艺加以提升，按照GMP生产标准，打造了国内首家鹿胶系列产品生产线。

基地投资2000多万元，建设了包含从提胶、蒸发、提沫、凝胶、切胶到晒制、包装的一条龙生产流程。为保证奉鹿堂系列产品的品质，所有加工流程，全部参照GMP标准执行，坚持"零缺陷"的品控制度，以先进工艺塑造完美的鹿胶产品。为更多的消费者送去健康与活力，为经销商创造市场机遇，更为西丰县经济增加更多活力。

皇城鹿业生产基地坐落的西丰县安民镇，生产基地落成后，招聘了大量附近村民，优先录用当地贫困人口，为贫困村民提供适合他们的岗位。甚至为贫困村民量身定做，真心为贫困家庭提供一个就业创收的机会，实现了村民在家门口就能就业的梦想。

企业发展的同时王凤才不忘初心，勇担责任。几年来，皇城鹿业与安民镇中学结为帮扶对象，每年都携手奥运冠军王军霞、孙福明一起多次看望贫困学生，送去了温暖的羽绒服外套和体育用品等物品，关心贫困生的学习成长，为他们提供支持帮助，解决贫困学生的实际困难。

王凤才董事长激动地说："每次去学校看望学生，都是我们最开心的一天、学习的一天、收获的一天、成长的一天，能为孩子们做点事情也是我们最幸福的事。"

奥运冠军王军霞与王凤才相识后，被王凤才的创业精神所感动，对王凤才的公益行为非常赞许，她坚定地成为奉鹿堂的代言人，经常回到家乡与王凤才董事长一起走进学校、养老院、困难群众家庭，看望环卫工人、

执勤交警，为他们送去一份爱心，一点礼物、一个机会，力所能及地帮助他们。

养老院的一位老大娘唱了一首歌："人怕老，树怕黄，卖花的就怕景不长……"悠悠的歌声唱出了心中的无奈，也唱出了心中的感激和期盼，这歌声让王凤才永远都忘不掉，牵动着他一次次走向他们。

勇当抗疫战场上的急先锋

庚子年疫情肆虐，防疫物资不断告急！口罩告急！消毒液告急！为缓解疫情防控物资紧缺状况，各大企业纷纷领命加快产能，付出的艰辛和力量远超想象，王凤才也带领自己的企业用争分夺秒的生死时速与疫情对决。

春节过后，全国疫情严重，王凤才了解到有一家生产消毒液的企业因为市场原因停产多年，消毒液技术配方保存完好，现在想复产困难重重。他决定购买这家企业的消毒液配方，在自己企业进行原厂扩建。

行动！投资150万元引进最新的设备，组织技术人员快速到位，经过一个多月快速筹备，开始加工生产消毒剂。4月份，第一批"逍莎"牌消毒液顺利下线，实现鹿胶食品生产线"秒变"消毒液生产线，经过全公司齐心协力努力奋战，日产量达 10 吨的消毒液，及时投入市场，提供给有需要的广大群众。

王凤才对记者说："我要求相关技术人员，务必排除一切阻碍，务必争分夺秒准备，务必保质保量完成任务，我们不要计较个人的得失，控制住疫情是我们每个中国人的责任和义务。"

该项目能够火速成功下线，再次彰显了战"疫"特殊时期，作为有社会责任感的非公企业老板，始终坚持听党话、跟党走，勇于担当的社会责任感和使命感。

"疫情防控形势复杂严峻，我们广大民营企业家要彰显家国情怀，要树立齐心协力、攻坚克难的信心，围绕防控疫情大局，承担更多社会责任，以一方有难、八方支援的强烈责任感和使命感，积极为打赢防控疫情攻坚战贡献力所能及的力量。"王凤才是这样说的也是这样做的。

疫情无情肆虐，而皇城鹿业的社会责任和担当构筑了防控疫情保护生命的"隔离墙"，再次彰显皇城鹿业的大爱。王凤才积极组织企业员工为新民市高台镇、黑山薛屯乡、沈阳市第二十中学、沈阳市第三十八中学、铁路实验中学、东北中山中学、回民中学、沈阳市第一二四中学、沈阳图书城、安华物流、阜新老年护理院、天天养老社区及多个企业送去消毒液，加强疫情防控，为企业复工复产创造良好工作环境，皇城鹿业人一直用实际行动与家乡人民一起克服困难、共度时艰。

一种情怀一路走来

一个公司的发展道路都是艰辛曲折的，皇城鹿业也不例外，王凤才慢慢讲述着公司的发展历程。2011 年，第一个公司"沈阳东麒鹿生物科技有限公司"注册成立，这是国内首家现代生物科技与传统中医相结合的鹿制品生产和销售公司。旗下首个品牌奉鹿堂鹿胶产品，在传统古方的基础上，经过两年多的市场调研及产品测试，几近失传的鹿胶于 2013 年重获新生。2016 年，由于公司发展战略转变，王凤才重新注册了"辽宁皇城鹿业生物科技有限公司"，鹿胶制品质量再次提升，产品销售模式完成了线上与线下的完美结合，这一年，全国经销商达到 2000 多家，销售业绩勇创新高，新公司达到了质的飞跃。

王凤才在对传统工艺继承和发扬的基础上，与中国农科院生态研究所、沈阳药科大学等中国药学权威机构和精英人才合作，形成了以梅花鹿鹿皮为原料，进行深加工制成的奉鹿堂鹿胶胶块、鹿胶粉、鹿胶蛋白粉和鹿胶即食糕为主打产品的九大类鹿胶产品，皇城鹿业也成为国内第一家鹿胶经营企业。

为什么要做鹿胶产品？王凤才介绍说："我一直从事中药材采购工作，2005年我正在安国市采购药材，姐姐来电话让我帮忙买点鹿胶调理身体，但是在整个中药材市场没有找到鹿胶产品，这让我对鹿胶产生了极大兴趣。"

回来后王凤才认真研究鹿胶，才发现鹿胶之强大的功效。传统阿胶为驴皮胶，鹿皮阿胶则与之不同，是以鹿皮为原料制作而成。经检测，鹿皮胶的药用价值与传统食用胶类相似，但同时其各项指标又高于驴皮胶，各种有益成分含量比传统食用胶类都要高，具有气血双补、四季温补的效果。

王凤才没上过大学，也没系统地学习过中医，但是为了把鹿身上的宝贝挖掘出来，给人民带来健康产品，他不断学习，访名友、拜名师、请专家，研读中医理论，现在的王凤才也成一名"中医专家"了。一路走来，他致力于把好的产品提供给大家，把最好的健康理念传授给大家。

好产品带给人终身的健康

王凤才对鹿的研究已经到了痴迷状态，张口闭口都是鹿知识，办公室的书柜了摆着一排排关于鹿的书籍和中医理论书籍，与其说是鹿在造福人类，不如说是他走进了鹿的世界。

鹿是一种神奇的动物，全身器官皆可入药，浑身都是宝。鹿茸、鹿胎、鹿心、鹿血、鹿筋、鹿鞭、鹿尾、鹿骨、鹿皮都是医药的贵重原料，都具有极高的药用价值和保健功效。

鹿是唯一懂得自我治疗和修复的动物，散养梅花鹿能够自己觅药草而食，自我调理，所以梅花鹿拥有极高的营养价值和药用价值。另外，鹿的自我修复能力是哺乳动物中最强的。

鹿是唯一能够再生完整身体零部件的哺乳动物。鹿体内含有大量的团状活性因子——活性因子团，能够有效保持细胞活力，促进自身器官再生。

鹿是唯一全身可入药的动物，鹿的全身各个器官都有药用价值，包括鹿毛鹿肉，其药用价值为哺乳动物之最。

鹿是唯一与人体基因最相似的动物，鹿的基因与人体最为相似，鹿产品能够完全被人体吸收，与人体贴合。在滋补的过程中，不增加身体负担，不与其他药物相冲突。

奉鹿堂鹿胶中含有丰富的胶原蛋白、氨基酸和微量元素。胶原蛋白对造血干细胞有直接的作用，能直接刺激骨髓造血干细胞，提升白细胞、红细胞及血小板数量。甘氨酸通过调节血清铁离子，促进血红蛋白的合成，精氨酸促进机体分泌成长素和睾酮，促进血红蛋白的合成，苏氨酸、组氨酸、赖氨酸均具有生血作用。适合大病初愈及产后恢复，帮助美容养颜减少色素沉淀，调节内分泌拥抱沉稳睡眠，提高免疫力增强身体抵抗力，延缓衰老延缓更年期的到来。

完美品质是企业永恒的追求

"我不能给您最低的价格，只能给您最高的品质；我认为只有完美的品质，才是我值得骄傲的!"这是王凤才终生所追求的理念，他要把最好的产品提供给用户。

奉鹿堂鹿胶上市，开启食用胶新时代，曾经的皇家贡品，如今也要进入寻常百姓家。在古代，鹿胶因为稀缺而显得弥足珍贵，只有王公贵族才能享用，平民百姓难得一见。如今，沈阳皇城鹿业生物科技有限公司在千年古方的基础上，结合现代工艺，让鹿胶重获新生，鹿胶也迎来了新的发展契机。

在鹿胶的生产过程中，要经过百余道繁复的工艺，还讲究"适季、适温、适日、七洗、七泡、七提"的原则，皇城鹿业对此都严格遵循。皇城鹿业的鹿胶每年只在秋季熬胶。秋季天气凉爽，空气干湿适宜，并且正是

　　动物身体开始积蓄、储存能量的时候，皮毛渐厚，体内郁火散尽，鹿皮中的营养含量最为丰厚，是熬胶的上好季节。晒皮不能在太高的温度，不能经水。温度过高会导致皮脂晒得过干，胶质受到损坏。温度不够则水分不能完全蒸发，胶块稀软。因此皇城鹿业特制晒胶房，20度恒温晒胶，保证最适宜的温度，晒出刚刚好的胶。晒皮不光讲究温度，时间同样重要。皇城鹿业在时间上严格遵循传统要求，晒足七七四十九天，使鹿胶的营养完全沉淀凝练在胶质中，营养丰厚。

　　鹿皮要进行七次洗涤，将皮质表面的小绒毛和杂质完全除去。同时去除皮毛中可能存在的小虫和寄生物。保证皮子干净，无残留物。鹿皮洗净后，要经过七个池子逐一浸泡，将皮子中的腥气泡去，软化鹿皮，准备进行熬煮。鹿皮泡软后，在圆形蒸炉中进行熬制，再经过反复七次提纯，彻底滤出杂质，保证制成的鹿胶颜色通透，口感醇厚。

　　性能卓越，同出一门却胜于阿胶。自古以来，东阿阿胶久负盛名，这和东阿的自然条件有着密不可分的联系，同样的原料，在别的地方就做不出同样品质的产品。这很大一部分是和东阿镇的地下水有关系。因此，皇城鹿业与山东东阿圣胶阿胶制品有限公司合作，投资设立奉鹿堂鹿胶生产线，取东阿地下水熬煮，按照皇城宫廷古方熬制生产。皇城鹿业称此举为"取古今胶之精华而制胶"。

王凤才介绍说："这也成就了皇城鹿业鹿胶的卓越品质，在其生产的奉鹿堂鹿胶胶块、鹿胶即食糕、鹿胶粉和鹿胶蛋白粉等产品中，鹿皮胶中胶原蛋白含量在80%以上。具有明显的调节内分泌、改善人体微循环、补气补血、改善睡眠、增强免疫力等功效。"

掌控源头，品质自然有保障。一位业内人士称，国内的驴皮胶市场非常混乱，就是因为驴皮供应不稳定，各种乱七八糟的原料混入其中。皇城鹿业在成立之初，就在有意避免这种问题，如今已经牢牢把原料掌控在了手中。据了解，结合成熟鹿场规划饲养经验，皇城鹿业在东北三省、内蒙古、吉林、新疆、俄罗斯等国家和地区，与500多家鹿场建立了长期合作关系，最大限度地保证鹿源的充足和优质。这些地处北寒带的梅花鹿，皮质内营养丰富、胶原蛋白含量极高，是制作鹿胶的最佳原料。

对于其他原料的来源，皇城鹿业也相当讲究。在其即食糕产品中，除了超过30%的鹿胶之外，还有核桃、大枣和黑芝麻等，这些原料皇城鹿

业也都要选用全国最好的。

严格的原料把控，成就了优异的品质，也让皇城鹿业获得了绝佳的口碑，更是吸引了素有"东方神鹿"之称的奥运冠军王军霞加盟。作为代言人，王军霞表示："加盟皇城鹿业，与我的追求不谋而合。我将带着'健康、活力、美丽'的理念，在这个鹿的事业中，去实现自我的梦想，也助力更多人实现梦想。"

王凤才正带领他的团队以人为本、以德兴企、以孝道行天下，在大健康的道路追逐他们的梦想，奏响他们奋进的凯歌。

王俭

    王俭是辽宁茂源农业发展有限公司董事长。2017年，王俭在河北省秦皇岛市青龙县试种100亩杂交构树取得成功。2020年，王俭带着项目和资金返乡创业，在辽宁省葫芦岛市绥中县东戴河境内投入1600万元，流转了1.1万亩土地，两年种植杂交构树3600亩，成为山海关外唯一的杂交构树产业项目。公司依托中科院植物所、中国农科院等科技创新和成果转化，采取工厂化种苗培育、标准化种植、机械化采收，优化饲料配方，搭建线上线下销售平台，打造杂交构树种植、饲料生产、畜禽养殖、肉食加工等一体化产业模式。

一棵扎根北方的"树" 引来一片"幸福林"

——记辽宁茂源农业发展有限公司董事长王俭

"落霞与孤鹜齐飞，秋水共长天一色。"这样令人着迷的古诗美景已在辽宁葫芦岛市绥中县东戴河广袤而肥沃的大地上重现——4000亩一望无际的构树在秋风中起起伏伏，宛若大海的波涛一浪接一浪欢快地推涌追逐，与东戴河海浪遥相呼应。眼前的美景加上淡淡的清香，令人心旷神怡，浮想联翩，不忍离去。

"这是我省唯一的试种成功的杂交构树产业项目，承载着东戴河乡村振兴的希望，将成为东戴河的'绿色银行'。"辽宁省乡村振兴协会副会长、辽宁茂源农业发展有限公司董事长王俭满脸兴奋，握着记者的手自信地介绍，"今年收成不错，这已经是第二茬收割了，构树生长期很短，两三个月就成熟，每年的5月份和8月份进行收割，生长速度快、产量高是杂交构树的最大特点。"

寻求希望 为乡村振兴探索"一条路"

王俭出生在葫芦岛市绥中县东戴河，从小在海边长大，具有海一样的性格——乐观而自信、坚毅而豪迈、真诚而执着。

2017年，远嫁秦皇岛的王俭与几位朋友闲聊，其中有一位朋友谈到了农业扶贫项目——杂交构树。朋友介绍说，构树扶贫工程已列入国家精准扶贫十项工程之一。说者无心，听者有意。此时，处于事业低谷期的王俭正为转型发展而苦恼，她立即眼前一亮，决定用这个项目打开一条创新发展之路。

说起构树项目，王俭总是掩不住满脸的兴奋，"无心插柳柳成荫，这个项目就像吸铁石一样强烈地吸引着我。"

王俭多方查阅资料了解到：2014年12月，国务院扶贫开发领导小组确定将构树扶贫程列入精准扶贫十项工程之一。2015年2月25日，国务院扶贫办行政人事司印发《关于开展构树扶贫工程试点工作的通知》。2017年2月21日，在习近平总书记主持的中共中央政治局第39次集体学习会上，杂交构树产业扶贫案例作为我国脱贫攻坚形势和更好实施精准扶贫会议学习材料之一。2018年6月，国务院扶贫办在河南省兰考举行了全国构树扶贫工程现场观摩交流暨培训班座谈会，2018年7月11日，国务院扶贫办印发《关于扩大构树扶贫试点工作的指导意见》。2019年11月8日，国务院扶贫办、自然资源部、农业农村部印发《关于构树扶贫试点工作指导意见的补充通知》，对构树种植品种和范围、技术研发、跟踪监管等做出进一步规定。

全国杂交构树从2015年年初的1.47万亩发展到2019年年底的102万亩，构树扶贫试点县由35个增至200多个，参与的构树企业或合作社达600多家，带贫模式多种多样，已带动20万人以上贫困人口增收脱贫。

王俭是位不甘平庸的女强人。构树项目燃起了她再次创业的激情和勇气。在朋友的推荐下，王俭来到北京，与国务院扶贫办工作人员了解构树

项目的详细情况，这让她真正走进杂交构树并与之结下了不解之缘，也坚定了把构树引进家乡的决心与信心。

王俭又来到中科院植物研究所，找到沈世华教授。杂交构树是沈世华专家团队历经十几年的潜心研发出的新品种"科构101"，它解决了多年未解决的野生构树深根系发达破坏耕地深作层、有果实无序传播破坏耕地、茎叶片有毛适口性差等问题，由老百姓讨厌的"害树"变成了老百姓喜欢的"摇钱树"。

北京之行，更加坚定了王俭的选择。她决定把杂交构树引进到家乡——东戴河，让构树产业成为推动乡村振兴的一条阳光大道，成为东戴河发展的"绿色银行"。

扎根北方　为农业发展植下"一片林"

一棵树，扎根在北方，开始慢慢地发芽……

2017年，王俭安顿好家里的3个孩子，在秦皇岛试种100亩的基础上，毅然决然地带着构树项目回到家乡东戴河。

"还好，我爱人是支持我的，他承担起照顾三个孩子的重任，让我心无旁骛地做好这个项目。"王俭动情地说，"这个项目，让我感到既欣慰又惭愧呀，特别是对孩子。"

王俭是勇敢的，她压上了余生年华。

在赢得东戴河新区管委会的支持后，她投入1600多万元，成立了辽宁茂源农业发展有限公司，规划了建设一万亩的构树种植基地项目。

流转土地、成立公司、建设厂房、购买设备、引进种苗……也包括技术、管理、用工等等，一切准备工作都不是一帆风顺的。为了挤时间、赶进度，多方协调，她跑遍五省十六市，寻访、考察相关项目20多个，马不停蹄，一气呵成，在短短的四个月的时间内，统筹完成所有工作。

"最难解决的就是个别村民不理解的问题，个别村民在构树种植基地周边开荒种田，甚至在道路上种花生。"王俭很无奈地说，"还有最大的压力来自家里，家人都不同意我做这个项目，亲戚朋友也不理解，埋怨说放着好日子不过，非要跑回来种地，还搞出那么大的动静，他们都跟着受

气，这是最苦恼的事。"

翻过一座座山、跨过一道道梁，终于万事俱备、只欠东风。在做好准备工作后，很快，一棵棵绿色的幼苗飘然而至，镶嵌在辽西大地上，如星星之火，迅速在东戴河的大地上形成"燎原"之势。

采访中，记者很好奇，问为什么会有这样坚定的决心与信心。她直言不讳地说，是国家的政策和构树的发展前景，以及东戴河新区管委会的支持，使她坚定了发展构树产业是促进农民增收、农业增效、农村可持续发展的有效途径的信心，更是她选农业项目的主要决心。

因为她知道，构树浑身都是宝。农业农村部将构树茎叶纳入《饲料原料目录》。为了丰富饲料原料来源，促进饲料行业发展，将构树茎叶纳入《饲料原料目录》后，饲料生产企业就可以根据生产需要，按照规定采购构树茎叶作为饲料原料，这一规定为构树饲料进入销售市场，取得了合法身份，有力助推了构树扶贫产业的发展。

"构树种植基地"的建立，为东戴河新区的农业发展植下"一片林"。大量闲置土地得到充分高效利用，村民生活得到改善。管委会还主动介入，创新完善农户利益链接机制，不断深化农村土地制度改革，逐步解决种地难和种地收益不高等问题，实现小农户与大市场的有效衔接。

产业兴旺是乡村振兴的关键，是实现农民增收、农业发展和农村繁荣的基础。构树产业为高质量推进乡村全面振兴指明了方向和路径。短短两年时间，基地为当地群众提供就业岗位260余个。

发展构树　为牲畜饲料拓展"一个产业"

"我小的时候，这里是一片荒滩，我家所在的小村庄孤零零地坐落在大海边，每家每户靠海吃海，收入微薄。如今，东戴河新区是辽宁沿海经济带的起点，随着陆地经济、海洋经济和乡村经济的不断发展，小村庄发生了翻天覆地的变化，我更要为家乡建设贡献自己的一分力量。"王俭指着远处不断起伏的林海，深有感触地说。

王俭选择构树项目，就是为农村产业振兴提档升级。

中国扶贫发展中心委托中国农业大学专家团队，制定了杂交构树饲喂奶牛、肉牛、猪、羊的青贮和干草饲料标准，已于2019年1月29日在全国团体标准信息平台公开发布。在此基础上，中国扶贫发展中心于2019年再次委托中国农业大学专家团队，编制了杂交构树饲喂鸡、鸭、鹅、鱼、驴的团体标准。

这些团体标准的制定，为构树企业和贫困地区群众利用构树饲料饲喂

奶牛、肉牛、猪、羊、驴、鸡、鸭、鹅、鱼等畜禽及水产品提供了技术指导和服务，推动了构树扶贫产业科学发展。因此，制定构树饲喂技术标准，就显得尤为必要。

杂交构树饲料不仅蛋白含量高，适口性好，而且还含有类黄酮，具有抗菌消炎的作用，奶牛吃了乳腺炎明显好转。所以，杂交构树饲料是一种新型减抗蛋白饲料。中国农业大学专家团队编写的《构树饲用技术标准指南》指出，构树鸡蛋中钙含量、DHA含量、多不饱和脂肪酸含量和单不饱和脂肪酸含量，分别是普通鸡蛋的7.36倍、2.39倍、2.72倍和1.98倍，而胆固醇含量仅为普通鸡蛋的一半。

杂交构树生长速度快、产量高，两个月一个成熟期，必须及时采收，否则就易出现木质化程度高，蛋白含量降低，且适口性变差的问题。依据构树为强阳性树种、适应性特强、抗逆性强等特点，结合构树药理的特殊性，王俭实行"以树代料"，推进中药、动物、高产三大效益相融合，实现种植、养殖、销售三大循环闭环经营，使构树技术成为造福广大群众的"幸福树"。

"明年我们公司就准备自己养些牛和羊，用构树饲料喂养，牛羊的粪便制成有机肥，有机肥再用在构树种植基地，形成闭环。"王俭充满自信地说，"欢迎你们明年再来，就可以品尝我们的绿色食品了，还能喝上构树茶，一个崭新的绿色乡村度假村将呈现在你们面前。"

专注构树　为农村集体经济破解"一个密码"

"现在收获的构树茎叶通过青贮后作为饲料，去年公司收获1000吨，除满足其他用户之外，主要销往国务院原扶贫办推荐用户——宁夏盐池滩羊生产基地，该用户一个月就需要500吨，去年只给宁夏盐池提供500吨青贮饲料。今年除了继续供应宁夏盐池，还与承德、内蒙古等用户签署供货协议，产品供不应求。"

王俭在向记者介绍构树产品销售情况的同时，就接到了来自新疆的养殖用户的需求电话……

构树是我国原生树种，早在《山海经》和《诗经》中就有记载，遍布全国各地，只要有土壤有阳光的地方，都有它的身姿。自从西周《诗经·小雅》中最早出现有关构树被利用的记载以来，在中药、造纸、饲用、园林等方面已有应用，有着近3000年悠久的历史和文化，伴随着人类从远古走来，具有潜在开发应用前景。

针对我国蛋白饲料原料缺口大，严重依赖进口，立足我国粗蛋白饲料原料进口的现状和畜牧业发展形势，针对"人畜争粮"、饲料紧缺矛盾和食品安全的巨大需求，为解决我国饲草资源短缺的问题，同时满足我国作为全球第二大纸类消费国及生态治理等需求，中国科学院植物研究所的科技人员在搜集评价构树植物资源基础上，通过杂交育种与现代生物技术相结合，培育出适合产业化的杂交构树新品种。

杂交构树具有速生、丰产、优质、多抗、耐砍伐、耐病虫害等特点，在饲料、造纸、生态绿化、医药、食用等方面都有巨大的应用前景。这是构树木本植物育种中的重大突破，是本土原创有自主知识产权的非转基因品种。杂交构树具有较强的抗旱性、耐瘠薄、耐盐碱性、抗污染和病虫害等特点。可在盐碱含量0.6%以下、极端低温-20℃以内、年均降水量300毫米以上、无霜期180天以上的区域种植。

杂交构树饲料林可以1年种植、连续收割15年以上，实现了一次种植，多年受益。当杂交构树生长到1米左右时，离地面10—20厘米以上部分可连秆带叶全株采收，粉碎后加工打包青贮发酵饲料，自然发酵，无须添加菌剂，也可以加工成干粉和颗粒饲料。

为进一步巩固拓展脱贫攻坚成果，推进乡村振兴，王俭正在思索着杂交构树产业新的发展规划。进一步扩大基地规模，建设万亩杂交构树产业示范园，在省内适于种植构树的地区，采取"公司+基地"的模式，大力发展村级集体经济。在做大产业规模的同时，积极研发构树系列产品，与相关企业合作生产构树食品、饮品等，延长产业链，提高构树附加值。

科学种植　为构树发展开拓"一个市场"

王俭第一年在北方种植构树，没有经验，她从四个地区引进四样种苗，分四个板块种植。她想看看哪个种苗更适合北方地区，她每天都要来

到地里走一圈，观察构树的长势，详细记录每个板块的生长情况，为研发改良提供初始数据。

构树生长在中国的温带、热带，平原、丘陵或山地都能生长，但是它喜热怕冷，耐寒温度只能达到-20℃。王俭第一次在北方种植，心里也是忐忑不安。

2020年的冬天，东戴河地区遇上了罕见的"倒春寒"气候，气温达到-30℃左右。构树是怕冻的，三分之一被冻死了。这可把王俭吓坏了，站在地边，眺望着远方一片片冻死的树苗，别有一番滋味涌上心头，但她此时的心却更加坚毅。

王俭迅速成立了一支10余人的研发团队。中科院植物所沈世华专家团队做指导，聘请沈阳农业大学和农科院的专家，并招聘农业专业的大学生。

作为东戴河构树基地技术指导的中科院植物所沈世华教授，时时关注东戴河的构树基地。事件发生后，紧急赶到种植基地，第一时间查看构树生长情况和树苗冻死情况，共同研究对策。

随后，沈世华教授从各个基地向东戴河调配优质种苗，等来年开春进行补种。经过这次事故，王俭在专家团队的指导下，决定成立种苗培育基地，自己培育种苗，并研发抗寒能力强的适合北方生长的构树种苗，在北方大面积推广。

"专业的人，就得干专业的事。没有专家团队的帮助，就谈不上科学种植，不能科学种植，构树基地在北方就无立足之地了。"王俭弯腰摘下一片树叶，脉脉含情地对着绿叶自言自语。

经过一年的种植，王俭渐渐掌握了构树的习性。收割完的构树，一部分打碎压捆，直接销售到各地养殖场；一部分要进行烘干，可以短期保存，适合销往更远的地区。

王俭积极与龙头企业搭建产销对接平台，推广使用杂交构树蛋白饲料，积极开拓产地和销地市场，一个构树蛋白饲料销售市场逐步形成。通过以销定产，按照种养一体、务工就业、入股分红等方式，带动当地村民多环节参与构树产业，逐步发挥构树在乡村振兴中的作用。

"幸亏有王俭董事长，她可是我们村里的大恩人哪。"村民张大爷握着记者的手兴奋而又激动地说，"自从种上构树，我家还可以养些羊，饲喂构树为主的饲料，又肥又壮，我们心里就有了盼头，日子也有了奔头。"

一分耕耘，一分收获。王俭将构树产业项目引进辽宁并试种成功，也为当地带来发展的希望。

王俭永远把家乡的长远发展放在心上，"爱农村"并非一句空话，不为一时的利益所动，为农村的长远发展而做长远谋划，最终让农村的产业发展行稳致远，让农村留得住环境、记得住乡愁、赢得了未来。

高云山

　　高云山1971年生于内蒙古自治区通辽市。他2004年接手全面停办的朝阳重型机器厂技工学校，走出了一条建校办学、砺智铸魂、精技创新、兴业富民的职业教育办学之路，将朝阳市劳动高级技工学校打造成为辽宁职业教育系统一张闪亮的名片，为辽西地区乡村产业繁荣、经济振兴和人民的脱贫致富做出了杰出贡献！

丹心一片育英才

——记朝阳市劳动高级技工学校校长高云山

朝阳市劳动高级技工学校成为辽西地区最大的民办职业学校，凭啥？记者经过与高云山校长的一番深谈，终于找到了答案。

2004年，曾在辽西地区极负盛名的朝阳重型机器厂技工学校全面停止招生，仅存一块牌子、一套资质、20多块黑板和40余套桌椅。在学校危急存亡的关键时刻，年仅33岁的高云山勇敢地站出来，倾其所有，接手了这所名存实亡的学校。学校由公办转为民办，更名为朝阳市劳动高级技工学校，开启了他艰辛的职业教育办学之路。

经过18年奋斗，高云山紧贴辽西地域实际，重点培养应用型人才，探索出一条强化技能、砺智树人、对接市场、服务产业的民办职业学校发展新路，为辽西地区和沿海经济带培养大量的实用型、应用型人才，逐渐形成了独有的办学优势。

"三部曲育人"唤醒师生灵魂

教育是什么？一位西方哲人说过，教育的本质是一棵树摇动另一棵树，一朵云推动另一朵云，一个灵魂召唤另一个灵魂。

学校牢牢把握立德树人这一根本任务，坚定走应用型办学之路不动摇。新时期，社会对应用型人才的要求不再局限于专业知识的精通，人才的道德素养水平、心理健康状态等也越来越成为社会选拔人才的重要标准。只有具备了较高的思想道德素质，才能够更好地服务、融入和贡献社会，才能够为国家建设持续发光、发热。

高云山说："职业学校培养的学生要有创新的智慧，要有专注于职业的灵魂，要有适应市场的专业技能，要有个性化的职业生涯规划，要有高尚的道德情操，学生就是学校的品牌和名片，学生的发展代表了学校的发展，学生的层次代表了学校的层次。"

18年来，高云山带领他的团队，始终专注于学生的成长发展和道德培养，他在思政教育中创造"三部曲"教育新模式，有效融汇全员育人合力、融合全方位育人要素、融通全过程育人环节。

一是"规划进行曲"。就是为学生量身定制职业生涯规划。学校聘请专业的职业生涯规划师到校任职，构建了由专业的职业生涯规划师、政教老师、班主任和专业课教师广泛参与的学生职业生涯规划管理队伍。要求在学生进校一个学期后要对每一名学生做出详细的职业生涯规划，并定制个性化的教育实施方案。

二是"素养进行曲"。通过分类指导、活动引领、制度约束、强化训练等一系列步骤，逐步形成职业素养。教育是一个严谨、科学的过程，学校的教育更要专注于此。高云山要求学校教职工切实做到管理到位、跟踪到位、引导到位、执行到位，保证职业生涯规划准确实施。

三是"培训进行曲"。培训是提升教学质量的有效手段。学校通过岗位培训、职业检验，把学生安置到实训基地的岗位上，接受专业的岗位检

验，让学生在走出校门之前接受真正的岗位生产检验和考核，为今后融入社会发展奠定一个良好的基础。

在学生培养教育过程中，学校通过坚持帮助学生规划人生，明确目标，让他们对美好未来充满期待。用文化熏陶学生，开展系统德育，最大限度满足学生的心理需求。加强学校规范化、科学化管理，让学生的竞争意识和规矩意识得到明显加强，逐渐形成良好的生活和学习习惯。强化自我管理、自主服务，逐步提高学生的自我约束能力。学校做好毕业生回访工作和毕业学生的跟踪调查，总结自己的教育管理成效，查找工作中的问题，使学生的管理更加适合市场的需求。

从学校走出去的每一名学生，都成了学校独具特色的教育名片，使学校在社会上的声誉不断提高，形成了学校独有的品牌优势。

"三进式教育"激发办学潜能

应用型学校怎样适应社会需要？高云山始终坚持"对接岗位练技能、跳出学校办职教、对接企业抓素养"的办学思路，采用"三进式"的专业课教学模式。所谓"三进式"，就是一进实训室，二进实训中心，三进工作室。将专业课教学全部放到相关专业实习中心和实训室授课，让学生积极参与到学校的大师工作室建设之中，真正让大师在专业教学中发挥作用。

为了鼓励学生到火热的生活中去，在社会实践大舞台上锻炼成长，学校制定了《实习实训管理制度》，建立了"校内实训与基地实训相结合"的长效实训机制，学生实训时间达到总学时的3/5以上，各专业实习实训开出率均达100%，所有设备实现了安全、高效利用。

学校坚持"适应市场、对接岗位、强化技能、提升素养"的教学定位，建立了专业教学过程和生产过程相对接、实习岗位与所学专业岗位群相对接、职业素养与企业用人标准相对接的实习实训新体制，大力推行工学结合、学以致用的人才培养模式。

学校和多家企业签订实习实训教学协议，将生产型企业变成学校的实训基地，让学生在学习过程中接触真实的企业环境，使课堂变车间、教师变师傅、学生变徒弟，学生可以参与企业生产，在做中学、在学中干，实现了真正的产教融合，使学生的在校学习和就业上岗无缝对接，从而让教学与实践零距离、教师与学生零间隙、毕业与上岗实现了"零衔接""零过渡"。

通过与大连汽车职业学院托管合作、天津职业技术师范大学等高校合作办学和马来西亚大学交流合作，以及国家对口升学等渠道，2800多名学子升入了高职或本科，让有升学愿望的学生100%升学。累计13000多人分别到北京、上海、天津、广东、山东等地区顶岗实习或就业，月工资待遇5000元以上，累计工资待遇总额超10亿元。

近年来，学校以实效的专业教学模式做保障、长效的实训制度为准绳，从而让学校的专业技能教学质量得到显著提升，学校涌现了大量的德技兼备的优秀人才，在省、市举办的专业技能大赛上，学校师生代表力挫群雄，多次夺得冠军，先后有158人次获得市级专业技能大赛奖项、62人次获得省级技能大赛奖项、28人次获得国家级专业技能大赛奖项，其中5人获得市级五一劳动奖章。

"五字办学法"撑起一片蓝天

目前，学校开设一产类专业3个、二产类专业15个、三产类专业6个，现有全日制在校生5400多人，教职员工316人，年均培训在职人员3万人次。学校已经成为集中等职业技术教育、职业技能培训、生产技术推广和科学技术普及于一体的综合性职业学校，成为辽西地区最大的民办职业学校。

高云山回忆办学之初的艰难时很是感慨，民办职业学校改善办学条件十分艰难，很难拿到政府职业教育的项目工程，学校的建设经费主要靠自筹和"化缘"，改善办学环境更是异常艰难。

高云山接手学校后，始终坚持"对接岗位、注重实效"的建校原则，他说："职业学校的学生没有对接岗位的实训条件为保障，培养出来的专业人才就是纸上谈兵的人才，是没有发展潜力和市场价值的。"所以，他一直将建设学校实训条件作为学校改善办学的核心工作。

高云山把改善学校办学条件的做法概括为五个字，即"省、赊、借、融、超"。"省"就是节省，力求减少不必要的附带开支，将设施设备的价格和人力成本投入降到最低，做一个"抠门"校长。"赊"就是赊欠。钱不够用，又要上好的设备，就要耐心和商家协商，争取先赊过来，让设备提前投入使用，让学生提前用到先进的设备。"借"就是拆解、借钱。人生最难，莫过借钱。但为了学校、学生，他舍得面子、忍住委屈、低下头、弯下腰，向亲属借、朋友借、企业借、银行借，想尽所有能借钱的办法。"融"就是融资。积极争取有经济实力又志在做好职业教育的企业和个人参与学校办学，通过多种合作方式走集团化发展的道路。"超"就是超前。高云山始终认为职业学校的基础设施建设一定要有超前的意识、超标准的要求、超长的眼光，尽量减少二次投入。为此，他选择当时市场上质量最好、产品最新、对接岗位性最强的优质设备，绝对不做"图贱卖老牛"的傻事。

现在的朝阳市劳动高级技工学校学校占地面积达到180亩，建筑面积53110平方米，建设总资产3个亿。其中校园硬化、绿化、美化面积60000多平方米，建设高标准篮球场4000平方米，高标准体育运动场2个，校内建有生产性实训中心8个，专业实训室46个，省级大师工作室3个，签约校外实训基地26个，学校拥有能够满足专业教学和实习实训需求，紧密对接学生就业岗位的教学设备3600多台套，实训设备总值3800万元，学校实习实训条件已经超过了职业技术学院的设计标准。

"八字校训"铸就精神高地

围绕"培养什么人，怎样培养人，为谁培养人"这一根本性问题，高云山在多年办学经验积淀中凝练出"忠诚、奉献、博爱、担当"的学校精神。通过专题讲座等多形式宣讲学校精神，他让学校精神深入人心，成为全校教职员工的战斗之魂、精神之魂。

几年来，学校各部门实现有效联动，学校的办学优势逐步显现，学校的良好形象逐渐得到社会的认可，学校的人气指数显著提升，学校跨越式发展的态势蒸蒸日上。

在教师团队建设中，坚持以"忠诚、奉献、博爱、担当"精神为引领，强化教师队伍的灵魂建设。通过公平的绩效奖励政策和职称晋升政策，引入企业竞争机制，使教师队伍活力十足，充分体现了劳有所得、能有所用、情有所依、心有所归。学校注重重用能人，树立典型的用人导向，让教师有信仰、有操守、有追求、有品格、有用武之地，形成强大的战斗合力。教师的自身价值得到体现，全体干部、职工心中的愿景全面实现。

在推进科研育人的实践中，学校紧跟时代节拍，树牢科研服务社会思想意识，全方位挖掘科研育人的要素，优化环节与程序，完善评价机制，强化实施保障，促进科研成果转化应用，倡导敢为人先的科技创新、团结协作精神，坚持打造卓越的教师团队。

高云山严格兑现每一年绩效考核奖励，每一项活动的优秀奖励，不管学校资金多么紧张，学校绝不失信于教师。10多年来，累计为教师发放奖励性绩效超过5000万元，形成了良性的保障机制，让教师能够安心地将全部能力、精力投入学校工作上来，教师队伍的凝聚力、战斗力显著提升。

学校将紧密对接区域产业链布局，完善学科专业动态大力发展社会需

求大、与经济社会联系紧密的专业，形成多专业优势互补、协调发展的学科专业结构布局。办学规模逐步扩大，各专业招生持续火爆，每年两期招生，都是提前完成招生计划，提前停止招生，学生想进却进不来成了学校幸福的"烦恼"。

学生的出路就是学校发展的生命线。高云山说："我们学生的出路有三条，一条是走'中高职互通、东西方合作'的职业教育升学之路；第二条是成为'对接人才市场、符合产业需求'的职业技术人才，通过培养学生精湛的专业技能，实施订单培养，引入校企共建，形成稳定的就业渠道，走优质高薪就业之路；第三条是携笔从戎，保家卫国，走从军之路，通过加强思想品德教育，锻造'对党忠诚、对民有爱、吃苦耐劳、无私奉献'的学生品格。几年来，累计为部队输送专业军人136人。"三条毕业生出路，形成了学校独有的人才出路优势。

"四大板块"凸显育人特色

顶层设计决定学校的发展潜力。高云山说，他从建校之初就坚信只有做好学校的制度体系建设，坚持按规划发展，按制度运营，学校才能持续健康发展。因此，他重金选聘具有企业运营和职业院校管理经验的专家为学校量身打造发展规划和管理制度体系，结合市场运营经验不断调整，使之具有极强的市场竞争力。

通过多年实践，学校内部形成了完备的制度体系，包含风险管理、资金管理、人员管理和学生管理四大板块。在选人用人上，坚持不惜重金选聘有经验、有能力、有情怀、有思想、有作为的教育专家、企业精英、技能大师参与学校的管理和教学。在常规管理上，学校引入企业竞争机制，实行岗位目标责任制，健全人员工作考核，实行竞聘上岗，实施晋职晋级。

在教学理念尤其是教学内容上，尽可能与国际接轨。为此，他聘请许多国内外顶级的专家学者来校讲课。现在，学校师资力量雄厚，全面实行"底薪+绩效"的薪酬管理，实现能者上、平者让、庸者下的良性循环机制，体现岗位公平。在资产管理上，学校采用董事会、监事会管理办法，实施重大资产董事会商议决定，避免决策失误和资金使用风险，提高资金管理透明度，使师生员工明白清楚。内部管理体制健全，每个涉及资金部门都做到了现金与账目分开，采购与保管分开，耗材必须提出计划。学校每个季度对涉资金部门进行财物审计，每学期公示一次涉钱部门的账目清单和盈利部分的使用清单，并征求教师意见，让全体教师了解、参与、监督资金部门的工作。

学校已经构建特有的集团化运营管理制度体系，这套严谨性、竞争性和赏罚性兼备的制度体系已成为学校的核心竞争力，确保学校在市场竞争中占据有利的位置，为学校创造了独有的管理优势。

学校快速发展的同时，高云山时刻不忘社会责任。疫情肆虐，员工短缺，企业停产，高云山为解企业燃眉之急，输送优秀专业技能人才658人，积极支援企业复工复产，为疫情后企业的全面复工复产打响了第一枪。

在扶贫攻坚战役中，高云山带领党员、教师积极筹措资金、制订方案，全面落实朝阳地区扶贫工作总体部署。筹集扶贫资金15万元购买扶贫物资，免费为对口帮扶贫困户送技术、送培训。通过实用技术和培训就业两条途径，有效助力困难家庭快速脱贫。

高云山说："我们要全面贯彻党的教育方针，提高政治站位，强化使命担当，坚持不懈，久久为功，积极构建新时代应用型人才培养平台，在服务地方经济社会发展中展现新作为、做出新贡献。"

后　记

    2018至2022年，中共辽宁省委分三批选派3万余名优秀干部奔赴脱贫攻坚第一线。这些政治好、作风硬、有理想、有情怀的同志为打赢脱贫攻坚战役、巩固脱贫攻坚成果、有效衔接国家乡村振兴战略付出了辛勤汗水。

    几年来，我实地采访了50多位优秀选派干部及基层党组织，形成了48篇报道文稿，记述了扶贫工作队、驻村第一书记、村"两委"干部和致富带头人等扎根基层、勤奋工作、以身作则，带领贫困地区广大群众脱贫致富、共赴小康的生动经历。现将这些文稿结集成书，将具有典型代表性的人物以及他们真实感人的事迹展现世人，彰显我国脱贫攻坚与乡村振兴战略的伟人意义。

    本书得到中共辽宁省委组织部、辽宁省乡村振兴局、辽宁省乡村振兴协会的大力支持，得到刘文生、毕德利、高兆明、李文锋四位同志细心指导和帮助，至此衷心感谢！

杨术玲

2023年3月5日